☒ | KRÜGE

LORI NELSON SPIELMAN

NUR EINEN
HORIZONT
ENTFERNT

ROMAN

Aus dem Amerikanischen von
Andrea Fischer

KRÜGER

Erschienen bei FISCHER Krüger

Die Originalausgabe erschien 2015 unter dem Titel ›Sweet Forgiveness‹
bei Bantam Books, Random House, Inc., New York.
© 2015 by Lori Nelson Spielman
Published by arrangement with Lori Nelson Spielman.
Dieses Werk wurde vermittelt durch die Literarische Agentur
Thomas Schlück GmbH, 30827 Garbsen.

Für die deutschsprachige Ausgabe:
© S. Fischer Verlag GmbH, Frankfurt am Main 2015

Satz: Pinkuin Satz und Datentechnik, Berlin
Druck und Bindung: CPI books GmbH, Leck
Printed in Germany
ISBN 978-3-8105-2395-2

Für Bill

»Verzeihen heißt, einen Gefangenen zu befreien
und zu entdecken, dass man selbst der Gefangene war.«
Lewis B. Smedes

1

Das Ganze dauerte einhundertdreiundsechzig Tage. Jahre später habe ich noch mal in mein Tagebuch geschaut und nachgezählt. Jetzt hat sie also ein Buch geschrieben. Unfassbar. Die Frau ist auf dem besten Weg, ein Star zu werden. Eine Expertin für Vergebung, Ironie des Schicksals. Ich betrachte ihr Foto. Sie sieht immer noch süß aus mit ihrer Kurzhaarfrisur und der Stupsnase. Das Lächeln wirkt ehrlich, ihr Blick ist nicht mehr so höhnisch wie früher. Dennoch – allein schon ihr Bild lässt mein Herz rasen.

Ich werfe die Zeitung auf den Couchtisch, nur um sie sofort wieder in die Hand zu nehmen.

Mut zur Reue
Von Brian Moss, The Times-Picayune

NEW ORLEANS – Kann eine Entschuldigung alte Wunden heilen, oder bleiben manche Geheimnisse besser ungesagt?

Glaubt man Fiona Knowles, 34, Rechtsanwältin aus Royal Oak, Michigan, ist die Wiedergutmachung vergangenen Leids ein unverzichtbarer Schritt zur Erlangung des inneren Friedens.

»Es braucht durchaus Mut, sich seine Reue einzugestehen«, sagt Knowles. »Den meisten von uns ist es unangenehm, sich verletzlich zu zeigen. Lieber verdrängen wir unsere Schuldgefühle und hoffen, dass niemand herausfindet, was wir verbergen. Es ist befreiend, sich seiner Reue zu stellen.«

Und Mrs Knowles muss es wissen. Im Frühjahr 2013 machte sie die Probe aufs Exempel und verfasste fünfunddreißig Entschuldigungen. Jedem Brief legte sie ein Beutelchen mit zwei Steinen bei, die sie Versöhnungssteine *nannte. Sie bat den Empfänger um zwei scheinbar leichte Dinge: ihr zu vergeben und selbst jemanden um Verzeihung zu bitten.*

»Ich habe gemerkt, dass die Menschen sich geradezu nach einem Grund – einem Anlass – sehnen, um sich zu entschuldigen«, erklärt Knowles. »Wie die Samen des Löwenzahns wurden die Versöhnungssteine vom Wind davongetragen und verbreiteten sich.«

Ob es nun am Wind liegt oder an Mrs Knowles' geschickter Nutzung der Social Media, sei dahingestellt, aber die Versöhnungssteine treffen offensichtlich einen Nerv. Schätzungsweise sind momentan fast 400 000 Steine in Umlauf.

Am Donnerstag, den 24. April, wird Mrs Knowles bei Octavia Books über ihr neues Buch mit dem passenden Titel DIE VERSÖHNUNGSSTEINE sprechen.

Als mein surrendes Handy mich erinnert, dass es Viertel vor fünf ist – Zeit, zur Arbeit zu fahren –, zucke ich zusammen. Mit zitternden Fingern stecke ich die Zeitung in die Tasche, greife zu Schlüsseln und Thermobecher und mache mich auf den Weg.

Nachdem ich mir die abgrundtief schlechten Quoten der letzten Woche angesehen und die Infos zum Thema des Tages überflogen habe (die richtige Anwendung von Selbstbräuner), sitze ich drei Stunden später mit Wicklern im Haar und einem Plastikumhang über dem Kleid in meinem Büro, beziehungsweise meiner Garderobe. Man sollte meinen, dass ich nach zehn Jahren vor der Kamera an die Maske gewöhnt bin. Aber geschminkt zu werden setzt voraus, dass ich ungeschminkt herkomme, was für mich dasselbe ist, wie Badeanzüge unter Neonlicht vor Publikum zu präsentieren. Früher entschuldigte ich mich immer bei meiner Maskenbildnerin Jade für die Krater auf meiner Nase, auch bekannt als Poren, oder für die Ringe unter meinen Augen, die aussehen, als hätte ich mich tags zuvor in die erstbeste Schlägerei gestürzt. Einmal habe ich sogar versucht, Jade den Grundierungspinsel aus den Fingern zu reißen, weil ich ihr ersparen wollte, einen Pickel von der Größe eines Hühnereis an meinem Kinn zu kaschieren. Wie mein Vater immer sagte: Wenn Gott gewollt hätte, dass Frauen ungeschminkt herumlaufen, hätte er keine Wimperntusche erschaffen.

Während Jade an mir herumzaubert, gehe ich einen Stapel Post durch und zucke plötzlich zusammen. Das Herz sackt mir in die Hose. In der Mitte steckt ein Brief, von dem ich nur die obere rechte Ecke sehen kann, den großen runden Poststempel von Chicago. *Ach, Jackson, es reicht allmählich!* Seit seiner letzten Kontaktaufnahme ist über ein Jahr vergangen. Wie oft muss ich ihm noch sagen, dass alles in Ordnung ist, dass ich ihm verziehen habe? Die Sache ist abgehakt. Ich lege den Poststapel auf das Sims vor mir, schiebe die Briefe so zusammen, dass ich den Stempel nicht mehr sehen kann, und klappe meinen Laptop auf.

»Liebe Hannah«, lese ich Jade eine E-Mail vor, um die Gedanken an Jackson Rousseau zu vertreiben, *»mein Mann und ich schauen jeden Morgen Ihre Sendung. Er findet Sie umwerfend und meint, Sie wären die neue Katie Couric.«*

»Aufgepasst, Mrs Couric!«, mahnt Jade und betupft meinen unteren Lidrand mit einem Kajalstift.

»Genau, die neue Katie Couric, nur ohne deren Millionen und die riesige Fangemeinde.« Hübsche Töchter und einen perfekten Mann kann ich auch nicht vorweisen …

»Das kommt noch, du wirst schon sehen«, sagt Jade mit so großer Überzeugung, dass ich ihr beinahe glaube. Heute sieht sie besonders hübsch aus, sie hat ihre Dreadlocks zu einem lockeren Pferdeschwanz nach hinten gebunden, was ihre dunklen Augen und die makellose braune Haut zur Geltung kommen lässt. Wie immer trägt sie Leggings und einen schwarzen Kittel, dessen Taschen mit Pinseln und Stiften in allen erdenklichen Größen und Stärken vollgestopft sind.

Sie verwischt den Kajal mit einem flachen Pinsel, ich lese weiter. »*Ich persönlich halte Katie für überschätzt. Meine Lieblingsmoderatorin ist Hoda Kotb. Das Mädel ist wirklich lustig.*« »Autsch!«, sagt Jade. »Das war eine Ohrfeige.« Lachend lese ich weiter: »*Mein Mann meint, Sie wären geschieden. Ich glaube, Sie waren nie verheiratet. Wer hat recht?*« Ich lege die Finger auf die Tastatur.

»*Liebe Mrs Nixon*«, lese ich vor, während ich tippe, »*es freut mich wirklich sehr, dass Sie sich die* Hannah Farr Show *ansehen. Ich hoffe, Ihr Ehemann und Sie haben Spaß an den neuen Folgen. (Und übrigens: Sie haben recht, Hoda ist wirklich witzig.) Mit den besten Wünschen, Hannah.*«

»Hey, du hast ihre Frage nicht beantwortet«, meint Jade. Ich werfe ihr im Spiegel einen tadelnden Blick zu. Kopfschüttelnd greift sie zu einer Palette mit Lidschatten. »Natürlich nicht.«

»Ich war höflich.«

»Bist du immer. Zu höflich, wenn du mich fragst.«

»Na, klar! War ich etwa höflich, als ich mich über diesen großkotzigen Koch in der Sendung letzte Woche beschwert habe? Wie hieß der noch mal? Mason irgendwas? Der nur einsilbige Antworten gegeben hat? Bin ich vielleicht höflich, wenn ich mich wegen der Quoten aufrege? Und jetzt kommt auch noch Claudia, o Gott!« Ich drehe mich um. »Hab ich dir erzählt, dass Stuart überlegt, sie zu meiner Co-Moderatorin zu machen? Dann bin ich erledigt!«

»Augen zu!«, befiehlt Jade und tupft Farbe auf meine Lider.

»Die Frau ist erst seit sechs Wochen in der Stadt und schon beliebter als ich.«

»Nie im Leben«, widerspricht Jade. »Die Stadt hat dich angenommen und in ihr Herz geschlossen. Aber das wird Claudia Campbell nicht vom Versuch abhalten, dich vom Thron zu stoßen. Die Frau verbreitet schlechte Schwingungen.«

»Finde ich nicht«, gebe ich zurück. »Klar ist sie ehrgeizig, aber sie macht einen echt netten Eindruck. Ich mache mir eher

Sorgen wegen Stuart. Bei ihm dreht sich alles um die Quoten, und meine waren in letzter Zeit ...«

»... Scheiße. Ich weiß. Aber sie werden auch wieder besser. Ich sage nur: Sei vorsichtig! Miss Claudia ist es gewöhnt, im Mittelpunkt zu stehen. Nie im Leben wird sich der neue Star von WNBC New York mit einem lausigen Job bei den Morgennachrichten zufriedengeben.«

Im Fernsehjournalismus gibt es eine Hackordnung. Die meisten beginnen ihre Karriere mit Liveberichterstattungen für die Nachrichten um fünf Uhr morgens, das bedeutet, um drei Uhr früh für zwei Zuschauer aufzustehen. Nach nur neun Monaten mit diesen zermürbenden Arbeitszeiten hatte ich das Glück, zur Wochenend-Moderatorin befördert zu werden, und kurz darauf bekam ich die Mittagsnachrichten, die ich vier Jahre lang mit Freude vorlas. Natürlich ist der Chefsessel bei den Abendnachrichten das ganz große Los, und zufällig war ich gerade zur rechten Zeit bei WNO. Robert Jacobs ging in den Ruhestand beziehungsweise wurde gezwungen, in den Ruhestand zu gehen, und Priscille bot mir seine Stelle an. Die Quoten schossen durch die Decke. Bald war ich von morgens bis abends beschäftigt, moderierte überall in der Stadt Benefizveranstaltungen, gab die Zeremonienmeisterin bei Spendenaktionen und Feiern zum Mardi Gras. Zu meiner Überraschung wurde ich eine lokale Berühmtheit, was ich immer noch nicht richtig begreifen kann. Als Chefin der Abendnachrichten war mein schneller Aufstieg jedoch noch nicht zu Ende. Weil New Orleans sich »in Hannah Farr verliebte«, so hat man es mir zumindest erzählt, bekam ich vor zwei Jahren meine eigene Sendung angeboten – eine Gelegenheit, für die die meisten Journalisten morden würden.

»Ähm, ich sag's ja nicht gerne, mein Sonnenschein, aber die *Hannah Farr Show* ist nicht gerade oberste Liga.«

Jade zuckt mit den Schultern. »Die beste Sendung in Louisiana, wenn du mich fragst. Aber Claudia steht in den Startlöchern, denk an meine Worte! Wenn sie schon hier sein muss, gibt es nur eine Stelle, mit der sie sich zufriedengeben wird, und das ist deine.« Jades Handy klingelt, sie späht aufs Display. »Darf ich kurz drangehen?«

»Ja, klar!«, sage ich, dankbar für die Unterbrechung. Ich will nicht über Claudia sprechen, diese umwerfende Blondine, die mit vierundzwanzig ein komplettes – und entscheidendes – Jahrzehnt jünger ist als ich. Warum muss ihr Verlobter ausgerechnet in New Orleans wohnen? Aussehen, Talent, Jugend *und* ein Verlobter! Sie schlägt mich in jeder Kategorie, sogar beim Beziehungsstatus.

Jades Stimme wird lauter. »Ist das dein Ernst?«, fragt sie den Anrufer. »Dad hat einen Termin im West Jefferson Memorial, ich hab dich gestern noch dran erinnert.«

Mir wird gleich schlecht. Sie spricht mit ihrem zukünftigen Exmann Marcus, Vater ihres zwölfjährigen Sohns oder »Officer Arschloch«, wie sie ihn inzwischen nennt.

Ich klappe meinen Laptop zu und nehme den Poststapel von der Ablage, um Jade zu vermitteln, dass ich nicht lausche. Blättere durch den Stapel, suche nach dem Poststempel von Chicago. Ich werde Jacksons Entschuldigung lesen und eine Antwort verfassen, in der ich ihm versichere, dass ich glücklich bin und er sich um sein eigenes Leben kümmern soll. So langsam ermüdet mich diese Angelegenheit.

Ich finde den Umschlag und reiße ihn auf. Statt der Adresse von Jackson Rousseau steht oben links in der Ecke: *WCHI News.*

Der Brief ist also nicht von Jackson. Was für eine Erleichterung!

Liebe Hannah,
es war mir eine große Freude, Sie letzten Monat in Dallas kennenzulernen. Ihre Rede bei der Konferenz der Fernsehsender war wirklich fesselnd.
Wie ich damals schon erwähnte, konzipiert WCHI eine neue

Talkshow am Morgen: Good Morning, Chicago. *Wie bei der* Hannah Farr Show *richtet sich die Sendung an Frauen. Neben gelegentlichen humoristischen und leichteren Beiträgen wird GMC auch anspruchsvolle Themen in Angriff nehmen, unter anderem Politik, Literatur, Kunst und das Weltgeschehen. Wir sind auf der Suche nach einer Moderatorin und würden sehr gerne mit Ihnen über diese Aufgabe sprechen. Hätten Sie Interesse? Abgesehen von einem persönlichen Gespräch und einem Demotape, möchten wir Sie um ein Exposé für eine Sendung bitten.*
Mit herzlichen Grüßen,
James Peters
Senior Vice President,
WCHI Chicago

Wow! Er meinte es also ernst, als er mich bei der Konferenz der Fernseh- und Rundfunkanstalten beiseitenahm. Er hatte sich meine Show angesehen. Dass meine Zuschauerzahlen schwinden, wusste er, aber meinte, ich hätte unglaubliches Potential, ich bräuchte nur das richtige Format. Bestimmt hatte er diese Sendung dabei schon im Hinterkopf. Und wie toll, dass sie meine eigenen Ideen zu einer Sendung hören wollen! Stuart ist nicht gerade ein Fan von Eigeninitiative.»Es gibt vier Themen, die die Leute morgens interessieren«, behauptet er gerne.»Prominente, Sex, Abnehmen und Schönheit.« Was würde ich darum geben, eine meinungsstärkere Sendung zu moderieren!

Kurz beginne ich zu träumen, dann werde ich wieder realistisch. Ich will keine Stelle in Chicago, neunhundert Meilen entfernt von hier. Ich bin zu stark an New Orleans gebunden. Ich liebe diese widersprüchliche Stadt, die alte Eleganz und den Dreck, den Jazz, das French Quarter und Gumbo mit Krabben. Wichtiger noch: Ich liebe den Bürgermeister dieser Stadt. Selbst wenn ich mich in Chicago bewerben würde – was nicht der Fall ist –, würde Michael nichts davon hören wollen. Seine

Familie lebt in dritter Generation hier, und er zieht gerade die vierte heran, seine Tochter Abby. Dennoch ist es schön, begehrt zu sein.

Jade beendet ihr Telefongespräch, die Ader an ihrer Stirn tritt hervor. »Dieser Vollidiot! Mein Vater darf den Termin im Krankenhaus auf keinen Fall verpassen. Marcus hat mir versprochen, ihn hinzubringen – wollte sich wieder so richtig einschleimen. ›Kein Problem‹, hat er letzte Woche gesagt, ›ich hole ihn auf dem Weg zur Arbeit ab.‹ Ich hätte es wissen sollen!« Im Spiegel blitzen ihre dunklen Augen. Sie dreht sich ab und wählt eine Nummer. »Vielleicht kann Natalie kurz raus.«

Jades Schwester ist Direktorin einer Highschool. Nie im Leben kann sie ihre Arbeit unterbrechen. »Wann ist der Termin?«

»Um neun. Marcus behauptet, er käme nicht weg. Klar kommt der nicht weg. Der ist bestimmt an einen Bettpfosten gefesselt und macht mit seiner Schlampe Morgengymnastik.«

Ich schaue auf die Uhr. Zwanzig nach acht. »Geh!«, sage ich. »Ärzte sind nie pünktlich. Wenn du dich beeilst, schaffst du es noch.«

Jade sieht mich finster an. »Ich kann nicht gehen. Ich bin noch nicht mit deinem Make-up fertig.«

Ich springe auf. »Glaubst du, ich habe vergessen, wie man sich schminkt?« Ich scheuche sie davon. »Los, verschwinde!«

»Aber Stuart … Wenn er das herausfindet …«

»Keine Sorge. Ich passe schon auf. Du musst nur rechtzeitig zurück sein, um Sheri für die Abendnachrichten fertigzumachen, sonst landen wir beide in der Hölle.« Ich schiebe ihre zierliche Gestalt in Richtung Tür. »Jetzt mach schon!«

Ihr Blick schießt hoch zur Uhr über der Tür. Reglos steht sie da, beißt sich auf die Lippe. Mir wird klar: Jade ist mit der Straßenbahn zur Arbeit gekommen. Ich hole meine Tasche aus dem Spind und fische die Schlüssel heraus. »Nimm mein Auto!«, sage ich und halte ihr den Bund hin.

»Was? Nein, das kann ich nicht tun! Was ist, wenn ich …?«

16

»Das ist ein Auto, Jade. Das kann man ersetzen.« *Im Gegensatz zu deinem Vater*, denke ich, aber schweige. Ich drücke ihr die Schlüssel in die Hand. »Jetzt verschwinde, bevor Stuart auftaucht und merkt, dass du mich hast sitzenlassen.«

Die Erleichterung steht ihr ins Gesicht geschrieben, sie umarmt mich innig. »Oh, danke! Mach dir keine Sorgen, ich passe gut auf deinen Wagen auf.« Sie wendet sich zur Tür. »Immer locker bleiben«, sagt sie, ihr Lieblingsspruch zum Abschied. Sie ist fast schon am Aufzug, da höre ich sie rufen: »Ich bin dir was schuldig, Hannabelle.«

»Bilde dir nicht ein, dass ich das vergesse! Und drück deinen Vater von mir!«

Ich schließe die Tür und bin allein in meiner Garderobe, noch dreißig Minuten bis zur Pre-Show. Ich suche einen Kompaktpuder und pinsele mir bronzefarbenen Staub auf Stirn und Nasenrücken.

Ich löse die Verschlüsse meines Plastikumhangs und greife noch einmal zu dem Brief, um erneut Mr Peters Worte zu lesen, während ich am Sofa vorbei zu meinem Schreibtisch schlendere. Fraglos ist dieses Angebot eine phantastische Gelegenheit, besonders angesichts meiner momentanen Krise hier. Ich würde vom dreiundfünfzigsten zum drittgrößten Fernsehmarkt des Landes wechseln. Innerhalb weniger Jahre würde ich in den Kandidatenkreis für eine landesweit ausgestrahlte Sendung wie *Good Morning, America* oder *The Today Show* aufrücken. Mit Sicherheit würde sich mein Gehalt vervierfachen.

Ich setze mich an meinen Tisch. Offenbar sieht Mr Peters dieselbe Hannah Farr wie alle anderen auch: eine ehrgeizige Karrierefrau ohne Wurzeln und Anhang, eine Opportunistin, die für mehr Geld oder einen größeren Auftrag fröhlich ihre Sachen packt und ans andere Ende des Landes zieht.

Mein Blick fällt auf das Foto von meinem Vater und mir, aufgenommen bei den Critics' Choice Awards 2012. Bei der Erinnerung an die aufwendige Veranstaltung beiße ich mir in die

Wange. Die glasigen Augen und die rote Nase meines Vaters verraten, dass er bereits zu viel getrunken hat. Ich trage ein silbernes Abendkleid und grinse breit. Doch meine Augen wirken leer und stumpf, so wie ich mich an jenem Abend fühlte, als ich allein neben meinem Vater saß. Aber nicht, weil ich keine Auszeichnung bekommen hatte, sondern weil ich mir verloren vorkam. Die anderen Gäste saßen inmitten von Partnern, Kindern und nüchternen Eltern. Sie lachten und jubelten und bildeten später große Kreise auf der Tanzfläche. Ich wollte das, was sie hatten.

Ich nehme ein anderes Foto in die Hand. Es zeigt Michael und mich letzten Sommer beim Segeln auf dem Lake Pontchartrain. Am Rand des Bilderrahmens sieht man Abbys blonde Haare. Sie saß mit dem Rücken zu mir rechts im Bug.

Ich stelle die Aufnahme zurück auf den Tisch. Ich hoffe einfach, dass dort in ein paar Jahren ein anderes Foto steht, eins von Michael und mir vor einem hübschen Haus mit einer lächelnden Abby und vielleicht sogar einem eigenen Kind.

Ich lege Mr Peters' Brief in eine Aktenmappe mit der Aufschrift *Angebote*, in der ich schon rund ein Dutzend ähnlicher Schreiben verstaut habe, die ich im Laufe der Jahre erhalten habe. Ich werde die übliche Antwort verfassen: *Danke, aber leider kein Interesse.* Michael braucht das gar nicht zu erfahren. Auch wenn das klischeehaft und vielleicht sogar rückständig klingt, ist ein angesehener Job in Chicago nichts im Vergleich zu einer eigenen Familie.

Bloß: Wann bekomme ich diese Familie? Am Anfang waren Michael und ich auf einer Wellenlänge. Innerhalb weniger Wochen sprachen wir von unserer gemeinsamen Zukunft. Stundenlang träumten wir miteinander. Wir überlegten uns Namen für unsere Kinder – Zachary, Emma oder Liam –, spekulierten, wie sie aussehen könnten und ob Abby lieber einen Bruder oder eine Schwester hätte. Wir suchten im Internet nach Häusern, schickten uns Links mit Anmerkungen wie: *Nett, aber Zachary braucht einen größeren Garten*, oder: *Stell dir vor, was wir in so einem großen Schlafzimmer anstellen könnten!* Das alles scheint inzwischen weit zurückzuliegen. Jetzt träumt Michael nur noch von seiner politischen Laufbahn, jegliche Zukunftspläne wurden verschoben auf »Wenn Abby mit der Schule fertig ist«.

Mir kommt ein Gedanke. Ob die Aussicht, mich verlieren zu können, Michael vielleicht Feuer unter dem Hintern machen würde? Ich nehme den Brief aus dem Ordner, male mir das Szenario aus. Das ist mehr als ein Stellenangebot. Es ist eine Gelegenheit, meinem Privatleben auf die Sprünge zu helfen. In einem Jahr macht Abby ihren Schulabschluss. Es ist an der Zeit, die Planungsphase einzuläuten. Ich greife nach meinem Handy, zum ersten Mal seit Wochen beschwingt.

Ich wähle Michaels Nummer. Ob ich Glück habe und ihn in einem der seltenen Momente allein erwische? Es wird ihn beeindrucken, dass man mir so ein Angebot macht – besonders da es aus einer Stadt mit einem so großen Fernsehmarkt kommt. Er wird sagen, dass er stolz auf mich ist, dann wird er mich an all die wunderbaren Gründe erinnern, warum ich hier bleiben muss, und der wichtigste Grund von allen ist er selbst. Und später, wenn er Zeit zum Nachdenken gehabt hat, wird ihm klarwerden, dass er nun besser Nägel mit Köpfen macht, bevor ich ihm aus den Händen gerissen werde. Mir wird schwindelig bei der Vorstellung, wie begehrt ich sowohl beruflich wie privat bin. Ich lächele.

»Bürgermeister Payne.« Seine Stimme klingt schwer, dabei hat der Tag gerade erst angefangen.

»Heute ist Mittwoch!«, grüße ich in der Hoffnung, dass die Erinnerung an unseren wöchentlichen gemeinsamen Abend ihn vielleicht aufmuntert. Seit Dezember geht Abby mittwochabends babysitten, so dass Michael von seinen elterlichen Pflichten entbunden ist und wir einen Abend unter der Woche gemeinsam verbringen können.

»Hey, Süße.« Er seufzt. »Ist das ein verrückter Tag! An der

Warren Easton High School ist heute ein Bürgerforum, es werden Ideen zur Gewaltprävention an Schulen gesammelt. Bin gerade auf dem Weg dahin. Hoffe, dass ich um zwölf pünktlich für die Kundgebung zurück bin. Du kommst doch auch, oder?« Er spricht von der Kundgebung von *Into the Light*, einer Organisation, die über Kindesmissbrauch aufklärt. Ich stütze die Ellenbogen auf den Tisch. »Ich habe Marisa gesagt, dass ich diesmal nicht dabei sein kann. Zwölf Uhr ist zu knapp für mich. Hab ein furchtbar schlechtes Gewissen deswegen.«

»Musst du nicht. Du tust schon so viel für sie. Ich kann selbst nur kurz vorbeischauen. Habe den ganzen Nachmittag Besprechungen über den Anstieg der Armut. Ich nehme an, sie gehen bis in den Abend rein. Wäre es schlimm, wenn wir heute Abend absagen?«

Steigende Armut? Dagegen kann ich nicht argumentieren, selbst wenn heute Mittwoch ist. Wenn ich wirklich die Frau des Bürgermeisters werden will, gewöhne ich mich besser schon mal daran, dass er ein engagierter Mann ist. Das gehört schließlich zu den Eigenschaften, die ich an ihm liebe. »Nein, schon gut. Aber du klingst müde. Versuch mal, heute Nacht ein bisschen mehr Schlaf zu bekommen.«

»Mach ich.« Michael senkt die Stimme. »Auch wenn es mir lieber wäre, etwas anderes als Schlaf zu bekommen.«

Ich lächele, stelle mir vor, wie ich in seinen Armen liege. »Mir auch.«

Ob ich ihm wirklich von dem Brief aus Chicago erzählen soll? Es gibt schon genug, um das er sich sorgen muss, ohne dass ich auch noch mit einer neuen Stelle drohe.

»Dann lasse ich dich jetzt in Ruhe«, sagt er. »Es sei denn, du wolltest noch etwas?«

Ja, möchte ich ihm sagen, *ich will etwas. Ich will hören, dass ich dir heute Abend fehle, dass ich deine oberste Priorität bin. Ich will die Zusage, dass wir eine gemeinsame Zukunft haben, dass du mich heiraten willst.* Ich hole tief Luft.

»Ich wollte dich nur vorwarnen: Deine Freundin ist heiß begehrt«, sage ich in einem fröhlichen Singsang. »Ich hatte heute einen Liebesbrief in der Post.«

»Wer ist der Konkurrent?«, fragt er. »Ich bringe ihn um!«

Lachend erzähle ich von James Peters' Brief und der Aussicht auf eine Stelle in Chicago, lege gerade so viel Begeisterung in meine Stimme, dass bei Michael hoffentlich die Alarmglocken klingeln.

»Das ist natürlich noch kein Jobangebot, aber es hört sich an, als hätte man Interesse an mir. Die wollen ein Exposé für eine Themensendung. Cool, nicht?«

»Das ist wirklich prima. Glückwunsch, Superstar! Jetzt weiß ich wieder, dass du in einer ganz anderen Liga spielst als ich.«

Mein Herz macht einen kleinen Sprung. »Danke. Hab mich riesig gefreut.« Ich kneife die Augen zu und rede schnell weiter, bevor ich den Mut verliere. »Die Pilotsendung ist im Herbst. Sie wollen eine schnelle Entscheidung.«

»Das ist nur noch ein halbes Jahr. Beeil dich besser! Hast du schon einen Termin für das Gespräch vereinbart?«

Es verschlägt mir die Sprache. Ich lege die Hand auf die Brust und zwinge mich zu atmen. Zum Glück kann Michael mich nicht sehen.

»Ich ... nein, ich ... ich habe noch nicht geantwortet.«

»Wenn wir es schaffen, begleite ich dich mit Abby. Machen wir doch einen Kurzurlaub daraus! Ich war seit Jahren nicht mehr in Chicago.«

Sag etwas! Sag ihm, dass du enttäuscht bist, dass du gehofft hast, er würde dich anflehen zu bleiben. Erinnere ihn, dass dein ehemaliger Verlobter in Chicago lebt, Herrgott nochmal!

»Es würde dich also nicht stören, wenn ich wegziehen würde?«

»Na, es würde mir natürlich nicht gefallen. Fernbeziehungen sind ziemlich anstrengend. Aber wir würden es schon schaffen, meinst du nicht?«

21

»Klar«, pflichte ich bei, aber denke an unsere jetzigen Verpflichtungen, die es uns sogar in derselben Stadt kaum erlauben, Zeit miteinander zu verbringen.

»Hör zu«, sagt Michael. »Ich muss mich beeilen. Ich rufe später noch mal zurück. Und Glückwunsch, Schatz! Ich bin stolz auf dich.«

Ich drücke auf die rote Taste und lasse mich auf den Stuhl sinken. Michael ist es egal, ob ich gehe. Ich bin so bescheuert. Plötzlich ist mir alles klar. Er hat keine Hochzeit mehr auf dem Schirm. Und jetzt habe ich keine andere Wahl. Jetzt muss ich Mr Peters meinen Lebenslauf und ein Sendungsexposé schicken. Sonst sieht es noch so aus, als hätte ich Michael manipulieren wollen …

Mein Blick fällt auf die *Times-Picayune*, die aus meiner Tasche lugt. Ich ziehe sie heraus und lese erneut mit finsterer Miene die Überschrift: *Mut zur Reue*. Na, klar. Schick Versöhnungssteine herum, und alles wird dir verziehen. Du machst dir etwas vor, Fiona Knowles.

Ich lege die Stirn in Falten. Ich könnte das Jobangebot mit einem hingeschmierten Exposé sabotieren und Michael erzählen, ich sei nicht zum Bewerbungsgespräch eingeladen worden. Aber nein. Dafür besitze ich zu viel Stolz. Wenn Michael will, dass ich mich für den Job bewerbe, dann tue ich das auch, verdammt nochmal! Und ich bewerbe mich nicht nur, ich werde den Job bekommen! Ich werde nach Chicago ziehen und einen Neuanfang wagen. Meine Sendung wird der Wahnsinn, ich werde die neue Oprah Winfrey von Chicago! Ich lerne einen anderen Mann kennen, der Kinder liebt und sich binden will. Wie gefällt Ihnen das, Michael Payne?

Aber zuerst muss ich dieses Exposé verfassen.

Ich laufe in der Garderobe auf und ab, versuche, mir eine Idee für eine Wahnsinnssendung aus den Fingern zu saugen, irgendetwas nachdenklich Machendes, etwas Frisches, Aktuelles.

Ein Thema, das mir diesen Job verschafft und Michael beeindruckt ... und ihn vielleicht dazu bringt, es sich anders zu überlegen.

Wieder fällt mein Blick auf die Zeitung. Langsam glättet sich meine Stirn. Ja, das könnte klappen. Aber kann ich das durchziehen? Ich nehme die Zeitung aus der Tasche und reiße vorsichtig den Artikel über Fiona heraus. Tief durchatmend gehe ich zur Schreibtischschublade. *Was mache ich hier bloß?* Ich schaue auf die Schublade, als wäre sie die Büchse der Pandora. Schließlich öffne ich sie.

Ich muss Stifte, Büroklammern und Post-its beiseiteschieben, bis ich den Brief in der letzten Ecke entdecke, wo ich ihn vor zwei Jahren verstaut habe.

Eine Entschuldigung von Fiona Knowles. Und ein Samtbeutelchen mit zwei Versöhnungssteinen.

2

Ich ziehe das Beutelchen auf. Zwei stinknormale kleine, runde Kieselsteine purzeln auf meinen Handteller. Ich streiche mit dem Finger darüber, einer ist grau mit schwarzen Adern, der andere beige. Ich ertaste etwas Knisterndes in dem Samtstoff und ziehe ein wie ein Akkordeon gefaltetes Zettelchen heraus. Es gleicht dem Briefchen in einem Glückskeks.

Ein Stein symbolisiert die Last des Zorns.
Der andere steht für die Last der Reue.
Beides kann Dir genommen werden, wenn Du bereit bist,
Dich davon zu trennen.

Ob sie immer noch auf meinen Stein wartet? Wurden ihr die anderen vierunddreißig zurückgeschickt? Ich bekomme Schuldgefühle.

Ich klappe das cremefarbene Briefpapier auf und lese noch einmal den Brief.

Liebe Hannah,
mein Name ist Fiona Knowles. Ich hoffe aufrichtig, dass Dir das nicht gleich etwas sagt. Falls Du Dich erinnerst, dann nur weil ich Dich verletzt habe.
Wir waren zusammen auf der Mittelschule, der Bloomfield Hills Academy. Du warst neu in der Klasse, und ich habe Dich als mein Opfer auserkoren. Ich habe Dich nicht nur geärgert, sondern auch die anderen Mädchen gegen Dich aufgehetzt.

Einmal ging es so weit, dass Du fast einen Schulverweis bekommen hättest. Ich habe Mrs Maples erzählt, ich hätte gesehen, dass Du die Antworten für die Geschichtsarbeit von ihrem Pult genommen hättest, dabei habe ich das selbst getan. Wenn ich sage, dass ich mich schäme, kann das nicht auch nur ansatzweise meine Schuldgefühle ausdrücken. Als Erwachsene habe ich versucht zu begreifen, warum ich als Kind anderen Gemeinheiten zugefügt habe. Neid war der Hauptantrieb, Unsicherheit hat auch dazu gehört. Aber das ändert nichts daran, dass ich Dich schikaniert habe. Ich will das nicht ent-schuldigen. Es tut mir aufrichtig und von ganzem Herzen leid. Es hat mich so gefreut zu sehen, dass Du inzwischen großen Erfolg hast, mit Deiner eigenen Fernsehsendung in New Orleans. Vielleicht hast Du mich, das gemeine Mädchen von damals, längst vergessen. Ich aber werde von meinen Fehlern verfolgt.

Tagsüber bin ich Anwältin, abends Schriftstellerin. Hin und wieder habe ich das große Glück, dass etwas von mir ver-öffentlicht wird. Ich bin nicht verheiratet, habe keine Kinder. Manchmal denke ich, die Einsamkeit ist meine Strafe.

Falls Du meine Entschuldigung annehmen kannst, möchte ich Dich bitten, mir einen der zwei Steine, die ich beigelegt habe, zurückzuschicken. Damit würdest Du sowohl die Last Deines Zorns als auch die Last meiner Reue von uns nehmen. Bitte schicke den anderen Stein, mit einem zweiten, an jemanden, den Du einmal verletzt hast – zusammen mit einer aufrichtigen Entschuldigung. Wenn der Stein zu Dir zurückkommt, so wie ich es mir von meinem erhoffe, schließt sich der Kreis der Ver-söhnung. Wirf den Stein in einen See oder Fluss, vergrabe ihn im Garten oder lege ihn in ein Blumenbeet, egal was – es sym-bolisiert, dass Du Dich endlich von Deiner Schuld befreit hast. Ich hoffe sehr auf ein Zeichen von Dir,
Deine
Fiona Knowles

Ich lasse den Brief sinken. Selbst jetzt, zwei Jahre nachdem er in meinem Briefkasten lag, kommt mein Atem stoßweise. Wie viel hat dieses Mädchen damals kaputtgemacht! Wegen Fiona Knowles brach meine Familie entzwei. Wäre sie nicht gewesen, hätten sich meine Eltern vielleicht niemals scheiden lassen. Ich reibe mir die Schläfen. Ich muss das rational angehen, nicht emotional. Fiona Knowles ist inzwischen total angesagt, und ich bin einer der fünfunddreißig ursprünglichen Adressaten. Was habe ich da für eine Story, direkt vor meiner Nase! Genau die Art von Idee, die Mr Peters und seine Kollegen bei WCHI beeindrucken wird. Ich könnte vorschlagen, dass wir Fiona live senden, sie und ich könnten gemeinsam unsere Geschichte von Schuld, Reue und Versöhnung erzählen.

Das einzige Problem ist: Ich habe ihr nicht verziehen. Habe es auch nicht vor. Ich beiße mir auf die Lippe. Muss ich das jetzt tun? Kann ich das möglicherweise überspielen? Schließlich erwartet die WCHI ja nur einen Vorschlag. Die Sendung müsste nie gedreht werden. Nein, ich mache das besser gründlich, nur für den Fall.

Ich lege mir einen Bogen Briefpapier zurecht, da klopft es an der Tür.

»Noch zehn Minuten bis zur Sendung«, ruft Stuart.

»Komme sofort!«

Ich greife zu meinem Füller, ein Geschenk von Michael, als meine Sendung bei den Louisiana Broadcast Awards den zweiten Platz belegte, und schreibe schnell:

Liebe Fiona,
beiliegend findest Du Deinen Stein, das Symbol für die Last
Deiner Reue und den Verlust meines Zorns.
Freundliche Grüße,
Hannah Farr

Sicher, das ist halbherzig. Aber besser als nichts. Ich stecke den Brief und einen der beiden Steine in einen Umschlag und klebe ihn zu. Auf dem Heimweg werde ich ihn in den Briefkasten werfen. Jetzt kann ich ehrlich behaupten, dass ich den Stein zurückgegeben habe.

3

Ich ziehe das Kleid und die Pumps aus, um in Leggings und Ballerinas zu schlüpfen. Mit frisch gebackenem Brot und einem Strauß dicker weißer Magnolien gehe ich zum Garden District, um meine Freundin Dorothy Rousseau zu besuchen. Bevor Dorothy vor vier Monaten ins Garden Home zog, war sie meine Nachbarin im Evangeline gewesen, einem sechsstöckigen Haus mit Eigentumswohnungen.

Ich eile über die Jefferson Street, komme an Gärten mit weißem Fingerhut, orangerotem Hibiskus und rubinroten Cannas vorbei. Doch selbst inmitten der Schönheit des Frühlings springen meine Gedanken von Michael und seiner Unverbindlichkeit zu dem Stellenangebot, das ich nun nicht mehr unter den Tisch kehren kann, und zu Fiona Knowles und dem gerade verschickten Versöhnungsstein.

Es ist nach drei Uhr, als ich das alte Backsteingebäude erreiche. Ich gehe die Metallrampe hinauf und begrüße Martha und Anne, die auf der Veranda sitzen.

»Hallo, die Damen!«, sage ich und reiche jeder von ihnen eine Magnolienblüte.

Als die Makuladegeneration Dorothy ihres Augenlichts und somit ihrer Unabhängigkeit beraubte, zog sie in das Pflegeheim Garden Home. Da ihr einziger Sohn neunhundert Meilen entfernt lebt, war ich diejenige, die ihr half, ein neues Zuhause zu finden, wo dreimal täglich Mahlzeiten serviert werden und man mit einer Klingel Hilfe rufen kann. Mit ihren sechsundsiebzig Jahren bewältigte Dorothy den Umzug wie eine junge Studentin.

Ich betrete das große Foyer und lasse das Gästebuch links liegen. Ich bin so oft hier, dass mich inzwischen jeder kennt. Ich begebe mich in den hinteren Teil des Hauses und entdecke Dorothy allein im Garten. Sie sitzt in einem Korbstuhl und hat altmodische Kopfhörer auf den Ohren. Ihr Kinn ruht auf der Brust, ihre Augen sind geschlossen. Sie erschrickt, als ich ihre Schulter berühre.

»Hallo, Dorothy, ich bin's.«

Sie nimmt den Kopfhörer ab, stellt den CD-Player aus und erhebt sich. Dorothy ist groß und schlank, sie trägt einen flotten weißen Bob, der einen schönen Kontrast zu ihrer olivbraunen Haut bildet. Auch wenn sie blind ist, schminkt sie sich jeden Tag – um den Sehenden den furchtbaren Anblick zu ersparen, scherzt sie immer. Geschminkt oder ungeschminkt ist Dorothy eine der schönsten Frauen, die ich kenne.

»Hannah, Schätzchen!« Ihr Südstaatenakzent ist weich und warm, wie Karamell. Sie tastet nach meinem Arm, und als sie ihn findet, zieht sie mich an sich. Wie immer sticht es mir in der Brust. Ich atme den Geruch ihres Chanel-Parfüms ein, ihre Hand reibt über meinen Rücken. Es ist die Begrüßung zwischen einer tochterlosen Mutter und einer mutterlosen Tochter – ich bekomme nie genug davon.

Sie schnuppert. »Rieche ich Magnolien?«

»Gutes Näschen!«, lobe ich und hole den Strauß aus meiner Tasche. »Und ich habe ein frisch gebackenes Zimtbrot mitgebracht.«

Sie klatscht in die Hände. »Oh, lecker! Den Zimt habe ich auch gerochen. Du verwöhnst mich, Hannah Marie.«

Ich lächele. Hannah Marie – so würde mich vielleicht auch meine Mutter nennen.

Dorothy legt den Kopf schräg. »Was führt dich an einem Mittwoch zu mir? Musst du dich nicht schick machen für deine Verabredung heute Abend?«

»Michael hat keine Zeit.«

»Nicht? Dann setz dich hin und erzähl, was los ist!«

Ich lächele über ihre typische Aufforderung, es mir gemütlich zu machen, und lasse mich auf die Ottomane ihr gegenüber sinken. Sie streckt die Hand aus und legt sie mir auf den Arm. »Erzähl!«

Welch ein Geschenk, eine Freundin zu haben, die weiß, dass man etwas loswerden will. Ich erzähle ihr von dem Brief aus Chicago und von Michaels begeisterter Reaktion.

»Mach niemanden zu deiner ersten Wahl, wenn du für ihn nur eine Möglichkeit bist, hat Maya Angelou einmal gesagt.« Dorothy hebt entschuldigend die Schultern. »Du findest natürlich, dass ich mich um meinen eigenen Kram kümmern soll.«

»Nein, ich höre dir zu. Ich komme mir so dumm vor. Zwei Jahre habe ich damit verschwendet zu glauben, dass er derjenige ist, den ich einmal heirate. Jetzt zweifele ich sogar daran, dass er es nur ansatzweise auf dem Schirm hat.«

»Weißt du«, erwidert Dorothy, »ich habe vor langer Zeit gelernt, dass ich aussprechen muss, was ich haben will. Es ist nicht besonders romantisch, aber Männer können wirklich so ein dickes Brett vor dem Kopf haben, wenn es um Anspielungen geht. Hast du ihm gesagt, dass seine Reaktion dich enttäuscht hat?«

Ich schüttele den Kopf. »Nein. Ich saß in der Falle. Deshalb habe ich eine E-Mail an Mr Peters geschrieben und ihm mitgeteilt, dass ich Interesse habe. Was hatte ich schon für eine Wahl?«

»Du hast immer eine Wahl, Hannah. Vergiss das nie! Verschiedene Möglichkeiten zu haben, verleiht uns große Macht.«

»Gut, ich könnte Michael sagen, dass ich den Job meines Lebens sausen lassen, weil ich an der Hoffnung festhalte, dass wir eines Tages eine Familie sind. Yep. Die Möglichkeit würde mir allerdings Macht verleihen. Die Macht, Michael in die Flucht zu schlagen.«

Um die Stimmung ein wenig zu heben, beugt sich Dorothy vor. »Bist du stolz auf mich? Ich habe meinen lieben Sohn noch gar nicht erwähnt.«

Ich lache. »Bis jetzt.«

»Noch mehr Grund für Michael, sich cool zu geben. Die Vorstellung, dass du in dieselbe Stadt ziehst wie dein ehemaliger Verlobter, muss ihn furchtbar beunruhigen.«

Ich zucke mit den Schultern. »Wenn ja, zeigt er es nicht. Er hat kein Wort von Jackson gesagt.«

»Wirst du ihn treffen?«

»Jackson? Nein. Nein, natürlich nicht.« Ich nehme den Samtbeutel mit den Steinen in die Hand, um das Thema zu wechseln. Es ist zu verfänglich, mit der Mutter meines fremdgehenden Exverlobten über ihn zu sprechen. Sie hat uns damals einander vorgestellt, war der Ansicht, wir würden ein nettes Pärchen abgeben ...

»Ich habe dir noch etwas mitgebracht.« Ich lege ihr das Beutelchen in die Hände. »Das sind sogenannte Versöhnungssteine. Hast du schon davon gehört?«

Ihr Gesicht erhellt sich. »Natürlich! Fiona Knowles hat sie erfunden. Sie war letzte Woche auf NPR. Wusstest du, dass sie ein Buch geschrieben hat? Irgendwann im April kommt sie hier nach New Orleans.«

»Ja, habe ich gehört. Ich bin mit Fiona Knowles zur Mittelschule gegangen.«

»Was du nicht sagst!«

Ich erzähle Dorothy von Fionas Entschuldigung und den Steinen, die ich bekommen habe.

»Du meine Güte! Du gehörst zu den ersten fünfunddreißig! Hast du mir nie erzählt.«

Mein Blick schweift über das Gelände. Mr Wiltshire sitzt im Schatten einer Lebenseiche in seinem Rollstuhl, während Lizzy, Dorothys Lieblingspflegerin, ihm etwas vorliest. »Ich wollte eigentlich nicht darauf antworten. Ich meine, kann ein Versöhnungsstein wirklich zwei Jahre Schikane in der Schule wiedergutmachen?«

Dorothy sagt nichts, wahrscheinlich hält sie es für möglich.

»Egal, ich muss jedenfalls ein Exposé für WCHI verfassen. Dafür habe ich Fionas Geschichte ausgesucht. Sie ist momentan sehr gefragt, und da ich zu den ursprünglichen Adressaten gehöre, bekommt das Ganze eine persönliche Note. Das ist die perfekte Geschichte mitten aus dem Leben.« Dorothy nickt. »Und deshalb hast du ihr den Stein zurückgeschickt.«

Ich senke den Blick auf meine Hände. »Ja, gebe ich zu. Ich hatte Hintergedanken.«

»Und wird die Sendung zu deinem Exposé wirklich gedreht?«, fragt Dorothy.

»Nein, das glaube ich nicht. Damit wollen sie eher meine Kreativität testen. Aber ich will die Leute trotzdem beeindrucken. Und wenn ich den Job nicht bekomme, kann ich die Idee immer noch in meiner Sendung hier verwenden, falls Stuart es erlaubt ...« Zögernd halte ich inne. »So, nach Fionas Regeln soll ich den Kreis vollenden, indem ich einen zweiten Stein in den Beutel lege und ihn jemandem schicke, den ich verletzt habe.« Ich hole den elfenbeinfarbenen Stein von Fiona heraus und lasse den anderen drin. »Und genau das tue ich jetzt mit diesem Stein und meiner aufrichtigen Entschuldigung an dich.«

»An mich? Wofür?«

»Ja, an dich.« Ich drücke Dorothy den Stein in die Hand. »Ich weiß, wie gerne du im Evangeline gewohnt hast. Es tut mir leid, dass ich mich nicht besser um dich kümmern konnte, denn dann hättest du dort bleiben können. Vielleicht hätten wir eine Pflegerin für dich einstellen können ...«

»Sei nicht albern, Schätzchen! Die Wohnung war viel zu klein für zwei Personen. Hier gefällt es mir gut, hier bin ich glücklich. Das weißt du.«

»Trotzdem möchte ich, dass du diesen Versöhnungsstein bekommst.«

Dorothy hebt den Kopf, ihr blinder Blick fällt auf mich wie ein Scheinwerfer. »Das ist eine faule Ausrede. Du suchst nur nach einer schnellen Möglichkeit, um den Kreis zu vollenden, damit du dein Exposé für WCHI verfassen kannst. Was stellst du dir vor? Fiona Knowles und ich zusammen am Set, und gemeinsam bilden wir den perfekten Kreis der Versöhnung?«

Ertappt schaue ich sie an. »Wäre das so schlimm?«

»Ja, weil du die falsche Person gewählt hast.« Sie tastet nach meiner Hand und gibt mir den Stein zurück. »Ich kann diesen Stein nicht annehmen. Es gibt jemanden, der deine Vergebung viel mehr verdient hat.«

Ich muss an Jacksons Beichte denken, und mir wird übel. *Es tut mir leid, Hannah. Ich habe mit Amy geschlafen. Nur einmal. Es wird nie wieder geschehen, das schwöre ich dir.*

Ich schließe die Augen. »Bitte, Dorothy, ich weiß, dass du denkst, ich hätte das Leben deines Sohnes zerstört, als ich unsere Verlobung gelöst habe. Aber wir können die Vergangenheit nicht immer wieder aufwärmen.«

»Ich rede nicht von Jackson«, sagt sie, jedes Wort mit Bedacht wählend. »Ich spreche von deiner Mutter.«

4

Ich werfe den Stein in ihren Schoß, als würde schon die bloße Berührung brennen. »Nein! Dafür ist es zu spät. Manche Dinge lässt man besser ruhen.«

Wenn mein Vater noch lebte, würde er mir zustimmen. *Du kannst kein Feld mähen, wenn es schon gepflügt wurde*, hat er immer gesagt. *Es sei denn, du möchtest im Schlamm steckenbleiben.* Dorothy holt tief Luft. »Ich kenne dich, seitdem du nach New Orleans gezogen bist, Hannah, ein Mädchen mit großen Träumen und einem großen Herzen. Du hast immer viel von deinem Vater erzählt, der allein für dich gesorgt hat, seit du dreizehn warst. Aber von deiner Mutter hast du nur sehr wenig gesprochen. Erzählt hast du nur, dass sie ihren Freund dir vorgezogen hätte.«

»Ich will nichts mit ihr zu tun haben.« Mein Herz schlägt schneller. Es ärgert mich, dass die Frau, die ich seit über fünfzehn Jahren weder gesehen noch gesprochen habe, immer noch so große Macht über mich hat. *Die Last des Zorns*, würde Fiona wohl sagen. »Meine Mutter hat damals eine eindeutige Entscheidung getroffen.«

»Kann sein. Aber ich habe schon lange das Gefühl, dass mehr dahinterstecken muss.« Dorothy sieht zur Seite und schüttelt den Kopf. »Es tut mir leid, das hätte ich dir schon vor Jahren sagen sollen. Es hat mich immer beschäftigt. Vielleicht habe ich versucht, dich für mich allein zu haben.« Sie tastet nach meiner Hand und legt den Stein wieder hinein. »Du musst dich mit deiner Mutter versöhnen, Hannah. Es ist an der Zeit.«

»Du verwechselst das. Ich habe Fiona Knowles vergeben. Mit

dem zweiten Stein soll ich jemanden um Verzeihung bitten, nicht selbst verzeihen.«

Dorothy zuckt mit den Schultern. »Verzeihen oder um Vergebung bitten – ich glaube nicht, dass man es mit diesen Versöhnungssteinen so genau nehmen soll. Das Ziel ist doch wohl, inneren Frieden zu finden, oder?«

»Hör mal, Dorothy, es tut mir leid, aber du kennst nicht die ganze Geschichte.«

»Aber du ja vielleicht auch nicht«, gibt sie zurück.

Ich starre sie an. »Wie kommst du darauf?«

»Erinnerst du dich an das letzte Mal, als dein Vater hier war? Da habe ich noch im Evangeline gewohnt, und ihr beiden wart zum Essen da.«

Es war der letzte Besuch meines Vaters, auch wenn wir das damals nie gedacht hätten. Er war glücklich und gebräunt, stand wie immer im Mittelpunkt. Wir saßen auf Dorothys Balkon, tranken Wein und erzählten uns Geschichten.

»Ja, weiß ich noch.«

»Ich glaube, er wusste, dass er diese Welt verlassen würde.«

Bei ihrem Ton und dem fast mystischen Blick in ihren umwölkten Augen stellen sich die Härchen auf meinen Armen auf.

»Dein Vater und ich haben kurz allein miteinander gesprochen, als du mit Michael noch eine Flasche Wein holen warst. Wir hatten ein bisschen zu viel getrunken, das gebe ich zu. Aber ich glaube, dass er diese Geschichte loswerden wollte.«

Mein Herz klopft laut. »Was hat er denn gesagt?«

»Dass deine Mutter dir immer noch Briefe schreiben würde.«

Ich bekomme kaum Luft. Briefe? Von meiner Mutter? »Nein. Das lag dann wohl wirklich am Alkohol. Sie hat mir seit fast zwanzig Jahren keinen Brief mehr geschrieben.«

»Bist du dir sicher? Ich habe es so verstanden, als hätte deine Mutter jahrelang versucht, dich zu erreichen.«

»Das hätte er mir erzählt. Nein. Meine Mutter will nichts mit mir zu tun haben.«

»Aber du hast selbst gesagt, dass du diejenige warst, die den Kontakt abgebrochen hat.«

Eine Erinnerung an meinen sechzehnten Geburtstag steht mir plötzlich vor Augen: Mein Vater sitzt mir gegenüber im Restaurant. Ich sehe ihn grinsen, breit und arglos, sehe, wie er die Ellenbogen auf das weiße Tischtuch stützt, um sich vorzubeugen und zu beobachten, wie ich mein Geschenk auspacke: einen Kettenanhänger aus einem Diamanten und einem Saphir. Viel zu ausgefallen für einen Teenager. »Die Edelsteine stammen aus Suzannes Ring«, erklärt er. »Ich habe sie für dich neu fassen lassen.«

Ich starre auf die riesigen Juwelen und sehe plötzlich alles vor mir: der Tag seines Auszugs, wie er mit seinen großen Händen das Schmuckkästchen meiner Mutter durchwühlte und behauptete, der Ring gehöre rechtmäßig ihm – und damit auch mir.

»Danke, Daddy«, zwinge ich mich zu sagen.

»Ich habe noch ein Geschenk für dich.« Er nimmt meine Hand und zwinkert mir zu. »Du musst sie nie wieder sehen, Spätzchen.«

Es dauerte einen Moment, bis ich begreife, dass er von meiner Mutter spricht.

»Du bist jetzt alt genug, um selbst zu entscheiden. Der Richter hat das in der Sorgerechtsvereinbarung ausdrücklich erwähnt.« In seinem Gesicht steht pure Freude, als wäre sein zweites »Geschenk« das große Ding. Mit offenem Mund sehe ich ihn an.

»Also gar keinen Kontakt mehr? Nie wieder?«

»Hängt von dir ab. Deine Mutter ist einverstanden. Ach, wahrscheinlich ist sie genauso froh wie du, die lästige Pflicht los zu sein.«

Ich setzte ein zögerndes Lächeln auf. »Hm, gut. Dann ist es wohl so. Wenn du … wenn sie das so will.«

Ich schüttele meine Erinnerung ab und wende mich an Dorothy. »Ich war damals erst sechzehn. Sie hätte darauf bestehen sollen, Kontakt zu halten. Sie hätte um mich kämpfen müssen! Sie ist meine Mutter.« Meine Stimme bricht, ich muss kurz innehalten, bevor ich weitersprechen kann. »Mein Vater rief bei ihr an. Es kam mir vor, als hätte sie nur auf diese Entscheidung von mir gewartet. Als Dad aus seinem Arbeitszimmer kam, hat er nur gesagt: ›Es ist vorbei, Spätzchen. Du bist aus dem Schneider‹.« Ich habe einen Kloß im Hals, versuche zu schlucken, ausnahmsweise froh, dass Dorothy mich nicht sehen kann. »Zwei Jahre später kam sie zur Abschlussfeier der Highschool und behauptete, sie wäre so stolz auf mich. Da war ich achtzehn und so verletzt, dass ich kaum mit ihr sprechen konnte. Was erwartete sie auch nach zwei Jahren ohne Kontakt? Seitdem habe ich sie nicht mehr gesehen.«

»Hannah, ich weiß, dass dein Vater dir unheimlich viel bedeutet hat, aber ...« Sie hält inne, als suchte sie nach den passenden Worten. »Ist es möglich, dass er dich von deiner Mutter ferngehalten hat?«

»Natürlich! Er wollte mich schützen. Sie hat mir so oft weh getan.«

»Das ist deine Geschichte, *deine* Wahrheit. Du glaubst daran, das verstehe ich. Aber das heißt trotzdem nicht, dass es die *einzige* Wahrheit ist.«

Obwohl Dorothy Rousseau blind ist, könnte ich schwören, dass sie mir bis tief in die Seele blicken kann. Ich wische mir die Augen trocken. »Ich will nicht darüber reden.« Ich stehe auf, die Beine der Ottomane kratzen über den Betonboden.

»Setz dich«, befiehlt sie. Ihre Stimme ist streng, ich gehorche.

»Agatha Christie sagte einmal, dass es in jedem von uns eine Falltür gibt.« Sie tastet nach meinem Arm und drückt ihn. Ihre spröden Nägel graben sich in meine Haut. »Hinter dieser Tür sind unsere dunkelsten Geheimnisse verborgen. Wir lassen sie immer fest verschlossen, versuchen verzweifelt, uns vorzumachen, dass diese Geheimnisse nicht existieren. Die Glücklichen glauben es vielleicht tatsächlich irgendwann. Aber ich befürchte, dass du, meine Liebe, nicht zu den Glücklichen gehörst.«

Sie befühlt meine Hände und nimmt mir den Stein wieder ab,

legt ihn zurück in das Samtbeutelchen und zieht die Schnüre zu. Mit ausgestreckten Händen sucht sie umher, bis sie meine Tasche findet, in die sie das Beutelchen stopft. »Du wirst nie eine Zukunft haben, wenn du dich nicht mit der Vergangenheit versöhnst. Geh! Schließ Frieden mit deiner Mutter!«

Barfuß stehe ich vor meiner Kücheninsel aus Granit. Es ist kurz vor drei am Samstag, um sechs kommt Michael. Ich lege das Backen zeitlich gerne so, dass meine Wohnung vom Duft frisch gebackenen Brots erfüllt ist, wenn Michael eintrifft. Mein durchschaubarer Versuch, ihn mit Hausfrauentätigkeiten zu verführen. Aber heute Abend brauche ich alle Unterstützung, die ich bekommen kann. Ich habe beschlossen, auf Dorothys Rat zu hören und Michael ins Gesicht zu sagen, dass ich New Orleans beziehungsweise ihn nicht verlassen will. Schon bei dem Gedanken daran habe ich Herzklopfen.

Ich nehme die klebrige Teigkugel aus der Rührschüssel und lege sie auf das bemehlte Schneidebrett. Mit den Handballen knete ich den Teig, schiebe ihn von mir, drücke ihn wieder zusammen. Im Schrank unter der Kücheninsel, keine dreißig Zentimeter entfernt, steht eine glänzende Küchenmaschine von Bosch. Vor drei Jahren hat sie mir mein Vater zu Weihnachten geschenkt. Ich hatte nicht das Herz, ihm zu sagen, dass ich ein haptischer Mensch bin, dass ich den Teig lieber selbst knete, ein Ritual, das tausende Jahre alt ist, entstanden, als die alten Ägypter die Hefe entdeckten. Ich überlege, ob es eine langweilige Pflicht für die Ägypterinnen war oder ob sie es auch so entspannend fanden wie ich heute. Für mich ist das Kneten beruhigend, dieses monotone Quetschen und Drücken des Teigs, die kaum sichtbare chemische Reaktion, wenn Mehl, Wasser und Hefe sich zu einem seidigen, zähflüssigen Gemisch verbinden.

Meine Mutter hat mir mal erzählt, das Wort *Lady* sei aus dem mittelalterlichen Wort für Brotlaib entstanden. Wie bei mir, war

Backen auch ihre Leidenschaft. Doch woher wusste sie solche Dinge? Ich habe sie nie lesen sehen, und ihre Mutter war nicht mal auf eine höhere Schule gegangen.

Mit dem Handrücken schiebe ich mir eine Haarsträhne aus der Stirn. Seitdem Dorothy mir vor drei Tagen auftrug, Frieden mit meiner Mutter zu schließen, muss ich unablässig an sie denken. Kann es sein, das sie wirklich versucht hat, mich zu erreichen? Es gibt nur einen Menschen, der das wissen kann. Ohne weiter zu überlegen, wasche ich meine Hände und greife zum Handy.

Es ist ein Uhr in Kalifornien. Das Telefon klingelt, ich stelle mir Julia draußen auf der Veranda vor, wo sie einen Liebesroman liest oder sich vielleicht die Fingernägel lackiert.

»Hannah Banana! Wie geht es dir?«

Die Freude in ihrer Stimme weckt meine Schuldgefühle. Im ersten Monat nach dem Tod meines Vaters rief ich Julia täglich an. Doch schnell meldete ich mich nur noch einmal wöchentlich, dann einmal im Monat. Weihnachten habe ich zum letzten Mal mit ihr gesprochen.

Ich komme ihren Fragen nach Michael und meinem Job zuvor. »Alles super«, sage ich. »Und wie geht's dir?«

»Der Salon schickt mich zu einer Fortbildung nach Vegas, momentan dreht sich alles um Haarteile und Extensions. Musst du auch mal ausprobieren. Ist wirklich praktisch.«

»Ja, vielleicht«, sage ich und komme dann zur Sache. »Julia, ich möchte dich etwas fragen.«

»Ich weiß, die Wohnung. Ich muss sie zum Verkauf anbieten.«

»Nein. Ich habe dir doch schon gesagt, dass du sie behalten sollst. Ich rufe noch diese Woche bei Mrs Seibold an und erkundige mich, warum das mit der Eigentumsübertragung so lange dauert.«

Sie seufzt. »Du bist ein Schatz, Hannah.«

Julia und mein Vater kamen in dem Jahr zusammen, als ich aufs College wechselte. Er ging in den vorzeitigen Ruhestand und war der Meinung, wenn ich zur University of Southern California ginge, könnte er auch nach L. A. ziehen. Er lernte Julia im Fitnessstudio kennen. Sie war damals Mitte dreißig, zehn Jahre jünger als mein Vater. Ich mochte sie sofort, eine gutmütige Schönheit mit einer Schwäche für roten Lippenstift und Elvis. Einmal gestand sie mir, dass sie sich Kinder gewünscht hätte, aber sich stattdessen für meinen Vater entschieden hatte, der selbst Zeit seines Lebens ein großes Kind war. Es macht mich traurig, dass ihr Traum von Kindern siebzehn Jahre später dahin ist. Ihr die Eigentumswohnung meines Vaters zu schenken, ist ein armseliger Ersatz für all das, was Julia geopfert hat.

»Julia, eine Freundin hat mir etwas erzählt, das ich einfach nicht vergessen kann.«

»Was denn?«

»Sie …« Ich ziehe an einer Locke. »Sie glaubt, dass meine Mutter Kontakt zu mir aufnehmen wollte, dass sie mir einen Brief geschickt hat, vielleicht sogar mehrere. Aber ich weiß nicht, wann.« Ich halte inne, besorgt, dass das, was ich sage, vorwurfsvoll klingt. »Sie meint, Dad hätte davon gewusst.«

»Keine Ahnung. Ich habe schon ein Dutzend Müllsäcke weggebracht. Der Mann hat wirklich nichts weggeworfen.« Sie lacht liebevoll, es bricht mir das Herz. Ich hätte diejenige sein sollen, die seine Schränke ausräumt. Stattdessen überlasse ich Julia die unangenehmen Aufgaben, genau wie mein Vater es tat.

»Hast du nie einen Brief oder etwas anderes von meiner Mutter gefunden?«

»Ich weiß, dass sie unsere Adresse hier in L. A. hatte. Hin und wieder schickte sie ihm Steuerunterlagen oder so. Aber nichts für dich, Hannah, tut mir leid.«

Ich nicke, bringe kein Wort heraus. Bis jetzt war mir nicht klar, wie sehr ich auf eine andere Antwort gehofft habe.

»Dein Vater hat dich geliebt, Hannah. Trotz all seiner Fehler hat er dich sehr geliebt.«

Das weiß ich. Warum bloß reicht mir das nicht?

Am Abend mache ich mich besonders sorgfältig zurecht. Nachdem ich in meinem Lieblings-Badeöl von Jo Malone gebadet habe, stehe ich in einem apricotfarbenen Spitzen-BH und passendem Slip vor dem Spiegel und glätte mir die Haare. Von Natur aus habe ich schulterlange Locken, aber Michael mag meine Haare lieber glatt. Ich biege die Wimpern mit der Zange, trage Mascara auf, verstaue die Schminksachen in meiner Tasche. Vorsichtig, um es nicht zu zerknittern, schlüpfe ich ein kurzes kupferfarbenes Etuikleid, das ich nur für Michael gekauft habe. In letzter Minute hole ich mein Geburtstagsgeschenk zum Sechzehnten hervor, die Kette mit dem Diamanten und dem Saphir. Die Edelsteine, die aus dem Verlobungsring meiner Mutter gerissen wurden, funkeln mich fragend an, als könnten auch sie sich immer noch nicht an die neue Fassung gewöhnen. Die ganzen Jahre habe ich die Kette im Kästchen gelassen, hatte weder den Wunsch noch den Mut, sie zu tragen. Als ich die Kette in meinem Nacken schließe, überfällt mich Traurigkeit. Mein lieber Vater! Er hatte keine Ahnung. Ihm war nicht klar, dass sein Geschenk für mich ein Symbol der Zerstörung und des Verlustes war, nicht das von ihm beabsichtigte Präsent zum Übergang ins Erwachsenenalter.

Um 18:37 Uhr betritt Michael meine Wohnung. Seit einer Woche habe ich ihn nicht gesehen, er müsste dringend zum Friseur. Doch anders als meine Haare, wenn sie zu lang sind, fallen seine rötlichblonden Locken zu einem perfekt zerzausten Wuschelkopf und verleihen ihm einen jugendlichen Surfer-Look. Ich necke Michael gerne damit, dass er eher wie ein Model von Ralph Lauren aussieht als wie ein Bürgermeister. Seine kornblumenblauen Augen und der helle Teint machen ihn zum Inbegriff des Erfolgs, er könnte ohne weiteres am Ruder einer Yacht über den Atlantik vor Cape Cod segeln.

»Hey, meine Schöne!«, sagt er.

Ohne seine Jacke auszuziehen, nimmt er mich in seine Arme und trägt mich ins Schlafzimmer. Mein Kleid schiebt sich hoch. Pfeif auf die Falten.

Wir liegen nebeneinander und schauen an die Decke. »Mein Gott«, unterbricht er das Schweigen. »Das habe ich jetzt gebraucht.«

Ich drehe mich auf die Seite und fahre mit dem Finger an seinem kantigen Kinn entlang. »Du hast mir gefehlt.«

»Du mir auch.« Er schaut mich an und nimmt meine Fingerkuppe in den Mund. »Du bist unglaublich, weißt du das?«

Ruhig verharre ich in seiner Armbeuge und warte, bis er wieder zu Atem kommt, bereit für die zweite Runde. Ich liebe diese Zwischenspiele, wenn ich in Michaels Armen liege, der Rest der Welt weit weg ist und ich nichts anderes höre als unser beider Atem.

»Willst du was trinken?«, flüstere ich.

Als er nicht antwortet, hebe ich den Kopf. Er hat die Augen geschlossen, der Mund ist geöffnet. Leise beginnt er zu schnarchen.

Ich werfe einen Blick auf die Uhr. 18:55 – achtzehn Minuten vom Eintreten bis zum Einnicken.

Mit einem Schreck fährt er hoch, die Augen weit aufgerissen, das Haar zerzaust. »Wie spät ist es?«, fragt er und sucht blinzelnd seine Uhr.

»Zwanzig vor acht«, erwidere ich und streiche über seine glatte Brust. »Du warst müde.«

Er springt auf, sucht hektisch nach seinem Handy. »Herrje, ich habe Abby gesagt, wir würden sie um acht Uhr abholen. Wir müssen los.«

»Abby kommt mit?«, frage ich und hoffe, dass man meine Enttäuschung nicht hört.

»Yep.« Er hebt sein Hemd vom Boden auf. »Sie hat eine Verabredung abgesagt, um mit uns essen gehen zu können.«

Ich steige aus dem Bett. Ich weiß, dass ich egoistisch bin, aber ich möchte heute Abend mit ihm über Chicago sprechen. Und diesmal werde ich mich nicht zurückhalten.

Während ich in meine Unterwäsche schlüpfe, rufe ich mir in

Erinnerung, dass Michael ein alleinerziehender Vater ist – und zwar ein sehr guter. Er ist nur zu stark eingespannt mit seinem anspruchsvollen Bürgermeisteramt. Ich sollte ihn nicht zwingen, sich zu entscheiden, ob er lieber Zeit mit mir oder seiner Tochter verbringt. Er versucht, uns beide zufriedenzustellen.

»Ich habe eine Idee«, sage ich, während er eine SMS an Abby schreibt. »Geh du heute allein mit Abby aus, nur ihr zwei. Vielleicht können wir uns dann morgen sehen.«

Er wirkt getroffen. »Nein, bitte, ich möchte, dass du dabei bist.«

»Aber Abby«, wende ich ein, »möchte bestimmt mal mit dir allein sein. Außerdem brauche ich Zeit, um mit dir unter vier Augen zu sprechen. Wegen dieses Jobs in Chicago, von dem ich schon erzählt habe. Das könnten wir morgen machen.«

»Ich möchte diesen Abend gerne mit den beiden Frauen in meinem Leben verbringen.« Michael kommt zu mir und streift meinen Hals mit seinen Lippen. »Ich liebe dich, Hannah. Und je besser Abby dich kennenlernt, desto mehr wird sie dich mögen. Sie muss uns zu dritt erleben, als Familie. Findest du nicht?«

Ich knicke ein. Schließlich denkt er an unsere Zukunft, und genau das wünsche ich mir ja die ganze Zeit.

Wir fahren auf der Saint Charles nach Osten und erreichen sein Haus in Carrolton mit zehn Minuten Verspätung. Michael springt zur Tür, um Abby zu holen, ich bleibe in seinem SUV sitzen und betrachte das riesige cremeweiße Haus von außen, wo einst eine dreiköpfige Familie lebte.

Als ich Michael auf einer Auktion für *Into the Light* kennenlernte, erfuhr ich noch am selben Abend, dass er eine Tochter hat. Mich beeindruckte das; er zog sein Kind allein auf, so wie mein Vater. Als wir begannen, zusammen auszugehen, sah ich in Abby nie etwas Anderes als einen positiven Faktor. Ich mag Kinder. Sie war ein zusätzlicher Pluspunkt. So dachte ich – *bevor* ich sie kennenlernte.

Das Eisentor schwingt auf, Abby und Michael kommen aus dem Haus. Sie ist fast so groß wie ihr Vater. Heute hat sie ihre langen blonden Haare auf dem Hinterkopf zusammengebunden, so dass ihre wunderschönen grünen Augen zur Geltung kommen. Sie steigt hinten ein.

»Hey, Abby!«, begrüße ich sie. »Du siehst toll aus.«

»Hey«, erwidert sie und kramt in ihrer pinkfarbenen Kate-Spade-Tasche nach ihrem Handy.

Michael fährt zur Tchoupitoulas Street, ich versuche, mich mit Abby zu unterhalten. Doch wie immer antwortet sie nur einsilbig und weicht meinem Blick aus. Wenn sie etwas sagen will, richtet sie sich ausdrücklich an ihren Vater und beginnt jeden Satz mit »Dad«, als würden ihre nonverbalen Signale mir nicht schon erfolgreich vermitteln, dass ich nur Luft für sie bin. *Dad, ich hab die Ergebnisse im SAT-Test bekommen. Dad, ich hab einen tollen Film gesehen, er würde dir gefallen.*

Wir fahren zu Broussard's Restaurant im French Quarter – Abbys Wahl –, wo uns eine gertenschlanke Brünette zum Tisch führt. Vorbei an flackernden Gaslaternen durchqueren wir den Hof zum kerzenbeleuchteten Speisesaal. Ein gut gekleidetes älteres Ehepaar sieht mich an, als ich an seinem Tisch vorbeigehe. Ich lächele den beiden zu.

»Ich bin so ein großer Fan von Ihnen, Hannah«, sagt die Frau und greift nach meinem Arm. »Sie bringen mich jeden Morgen zum Lächeln.«

»Oh, danke«, erwidere ich und tätschele ihre Hand. »Sie glauben gar nicht, wie sehr mich das freut.«

Wir drei nehmen Platz, und Abby dreht sich zu Michael um: »Muss das nerven«, sagt sie, »du bist ständig unterwegs, um die Stadt zu retten, und sie bekommt die ganze Aufmerksamkeit. Die Leute sind so dämlich.«

Ich habe das Gefühl, wieder auf der Bloomfield Hills Academy zu sein und von Fiona Knowles fertiggemacht zu werden. Ich warte darauf, dass Michael mich verteidigt, doch er schmunzelt nur. »Das ist der Preis dafür, wenn man mit dem Liebling von ganz New Orleans zusammen ist.«

Unter dem Tisch drückt er mein Knie. Lass sie, rede ich mir ein. Sie ist noch ein Kind. Nicht anders, als du damals warst.

Eine Erinnerung drängt sich in mein Bewusstsein. Ich bin in Harbour Cove, Bob hält bei Tasty Freeze, meine Mutter sitzt neben ihm. Ich habe mich auf die Rückbank gefläzt, kaue an meinem Daumennagel herum. Über die Schulter sieht sich Bob zu mir um, sein dämliches Grinsen im Gesicht. »Lust auf ein Eis mit Karamellsoße, Schwester? Oder lieber ein Banana Split?« Ich verschränke die Arme vor dem Bauch, damit man meinen Magen nicht knurren hört. »Hab keinen Hunger.«

Ich schließe die Augen und versuche, die Szene zu verdrängen. Dorothy und ihre verfluchten Steine!

Stattdessen studiere ich die Speisekarte, suche bei den Vorspeisen nach einem Gericht, dass weniger als mein Kleid kostet. Als Gentleman aus den Südstaaten besteht Michael immer darauf, die Rechnung zu bezahlen. Als Nachfahrin armer Arbeiter aus Pennsylvania achte ich aufs Geld.

Kurz darauf kehrt der Kellner mit der von Michael bestellten Weinflasche zurück und schenkt Abby ein Glas Wasser ein.

»Wünschen die Herrschaften eine Vorspeise?«, fragt er.

»Ähm, mal sehen …«, sagt Michael und studiert die Karte.

Abby übernimmt die Regie. »Wir nehmen die Foie Gras aus dem Hudson Valley, das Carpaccio vom Angusrind und die Jakobsmuscheln von der Georges Bank. Und bringen Sie uns bitte eine Pastete mit Chanterelle-Pilzen, *aussi, s'il vous plaît.*« Sie sieht ihren Vater an. »Die Pastete ist wirklich super, Dad.«

Der Kellner entfernt sich, ich lege die Speisekarte beiseite.

»Und, Abby, da du jetzt den Hochschulzugangstest bestanden hast, hast du schon mal überlegt, wo du studieren willst?«

Sie greift zu ihrem Handy und schaut nach neuen Nachrichten. »Nicht so richtig.«

Michael lächelt. »Auburn, Tulane und USC sind in der engeren Auswahl.«

Endlich etwas Gemeinsames! »USC? Da bin ich auch gewesen! Kalifornien gefällt dir bestimmt sehr, Abby. Wenn du irgendwas wissen willst, frag mich einfach. Ich schreibe dir auch gerne eine Empfehlung.«

Michael hebt die Augenbrauen. »Das Angebot könntest du vielleicht ausnutzen, Abs. Hannah ist ein Star unter den Ehemaligen.«

»Ach, Michael, das ist doch Blödsinn.« Es ist Blödsinn, aber ich fühle mich trotzdem geschmeichelt.

Abby schüttelt den Kopf, den Blick weiterhin aufs Handy gerichtet. »USC ist nicht mehr dabei. Ich suche etwas Anspruchsvolleres.«

»Aha«, sage ich. »Natürlich.« Ich greife zur Speisekarte und verberge mein Gesicht dahinter, wäre jetzt überall lieber als hier, in diesem Restaurant.

Michael und ich waren schon acht Monate ein Paar, ehe er mir Abby vorstellte. Ich konnte es gar nicht erwarten. Sie war gerade sechzehn geworden, ich war überzeugt, dass wir uns schnell anfreunden würden. Wir joggten beide regelmäßig. Abby arbeitete mit an der Schülerzeitung, war journalistisch interessiert. Wir waren beide ohne Mutter aufgewachsen.

Unsere erste Begegnung sollte ganz locker sein – Kaffee und Beignets im Café du Monde. Michael und ich lachten über den Berg von Gebäck auf unseren Tellern und aßen eine Riesenportion. Abby hingegen war der Meinung, Amerikaner seien verfressen, lehnte sich zurück, trank lediglich schwarzen Kaffee und tippte die ganze Zeit auf ihrem iPhone herum.

»Lass ihr Zeit«, hatte Michael damals gesagt. »Sie ist es nicht gewöhnt, mich mit anderen zu teilen.«

Als ich merke, dass sich Schweigen im Restaurant ausbreitet, schaue ich auf. Michael und Abby sehen hinüber zur anderen Seite, ich drehe mich um. Neben einem Ecktisch, ungefähr zehn

Meter entfernt, fällt ein Mann auf die Knie. Eine brünette Frau sitzt vor ihm, schlägt die Hand vor den Mund. Mit zitternden Händen reicht er ihr ein kleines Kästchen. »Bitte heirate mich, Katherine Bennett!«

Er schaut voller Liebe zu ihr auf, seine Stimme ist ganz belegt. Meine Nase beginnt zu kribbeln. *Sei nicht so weinerlich!*, ermahne ich mich.

Die Frau stößt einen Jubelschrei aus und wirft sich in die Arme ihres Verlobten. Das ganze Restaurant spendet Applaus. Ich klatsche, lache, wische meine Tränen fort. Über den Tisch hinweg spüre ich Abbys Blick und drehe mich zu ihr um. Sie verzieht die Lippen, aber lächelt mich nicht an, sondern wirft mir einen verächtlichen, höhnischen Blick zu. Kein Zweifel, diese Siebzehnjährige verspottet mich. Ich schaue beiseite, erschüttert, dass sie über mich Bescheid weiß. Sie hält mich für dumm, an die Liebe zu glauben … und auch an ihren Vater.

»Wir müssen etwas besprechen, Michael.«

Er hat uns beiden einen Sazerac gemixt, wir sitzen auf meiner weißen Couch. Der flackernde Kamin verbreitet ein warmes Licht, und ich frage mich, ob Michael das behagliche Ambiente ebenso falsch erscheint wie mir.

Michael schwenkt sein Glas und schüttelt den Kopf. »Sie ist doch noch ein Kind, Hannah. Versetz dich mal in ihre Lage. Es ist schwer, den Vater mit einer anderen Frau zu teilen. Versuch doch bitte, das zu verstehen.«

Ich verziehe das Gesicht. Hatte ich ihm nicht vorgeschlagen, allein mit Abby essen zu gehen? Ich würde ihn gerne daran erinnern, aber will mich jetzt nicht ablenken lassen.

»Es geht nicht um Abby«, sage ich, »sondern um uns. Ich habe mein Exposé an WCHI geschickt und James Peters geschrieben, dass ich mich für die Stelle interessiere.«

Ich beobachte Michael, hoffe auf ein Aufflackern von Angst, eine gewisse Enttäuschung. Stattdessen wird er richtig munter.

»Hey, das ist ja super!« Sein Arm liegt auf der Couchlehne, er drückt meine Schulter. »Ich stehe hundertprozentig hinter dir.«
Mein Magen verkrampft, ich nestele an meiner Kette herum. »Weißt du, das ist es ja gerade. Ich will deine Unterstützung gar nicht. Ich würde neunhundert Meilen weit fortziehen, Michael. Ich möchte, dass du ...«

Ich rufe mir Dorothys Worte in Erinnerung: *Ich habe vor langer Zeit gelernt, dass ich aussprechen muss, was ich haben will.*

Ich sehe ihm ins Gesicht. »Ich möchte, dass du mich bittest zu bleiben.«

5

Michael stellt sein Glas auf den Couchtisch, rückt zu mir herüber und nimmt meine Hände in seine. »Bleib«, sagt er. Er greift nach meinen Unterarmen, sieht mich mit seinen blauen Augen an. »Bitte geh nicht.«
Er nimmt mich in die Arme und küsst mich, lang, innig und verheißungsvoll. Als er sich von mir löst, schiebt er mir eine Locke hinters Ohr. »Liebling, ich dachte nur, du wärst es dir selbst schuldig, so oder so. Es wäre ein Druckmittel für dich, wenn du den nächsten Vertrag mit WNO aushandelst.«
Ich nicke. Er hat natürlich recht. Besonders jetzt, da Claudia Campbell auf der Bildfläche erschienen ist.
Er nimmt mein Gesicht in die Hände. »Ich liebe dich so sehr, Hannah.«
Ich lächele. »Ich liebe dich auch.«
»Aber selbst wenn du New Orleans verlassen würdest, würde das ja nicht heißen, dass du auch mich verlässt.« Er lehnt sich zurück. »Abby ist inzwischen alt genug, um allein zu bleiben. Ich könnte dich einmal, vielleicht sogar zweimal im Monat besuchen.«
»Wirklich?« Es fällt mir schwer, mir ein ganzes Wochenende allein mit Michael vorzustellen, in seinen Armen einzuschlafen, am nächsten Morgen aufzuwachen, den ganzen Tag vor uns zu haben … und dann noch einen. Michael hat recht. Wenn ich nach Chicago ziehen würde, hätten wir sogar mehr Zeit zu zweit.
»Und an den anderen Wochenenden könnte ich zu dir kommen«, sage ich mit wachsender Begeisterung.

»Genau. Sagen wir, du machst den Job ein Jahr lang und wirst landesweit bekannt. Eine sehr gute Voraussetzung für einen Job in Washington.«

»In Washington?« Ich schüttele den Kopf. »Aber verstehst du mich nicht? Ich möchte irgendwann mit dir zusammenleben.«

Michael grinst. »Ich verrate dir ein kleines Geheimnis. Ich überlege, ob ich für den Senat kandidiere. Es ist noch ein bisschen früh, darüber zu sprechen, da Senatorin Hanses noch nicht verkündet hat, ob sie für eine Wiederwahl zur Verfügung steht, aber ...«

Ich lächele. Michael denkt doch an unsere Zukunft. In wenigen Jahren könnte er in Washington sein. Und er sorgt dafür, dass auch mein Weg dorthin führt.

Als ich am Sonntagabend im Bett liege, starre ich an die Decke und frage mich, warum ich mich trotzdem so leer fühle. Zum ersten Mal habe ich Michael gesagt, was ich will. Und er hat die richtige Antwort gegeben. Warum fühle ich mich dann einsamer als je zuvor?

Um 1.57 Uhr weiß ich die Antwort. Ich habe ihm die falsche Frage gestellt. Ich weiß, dass Michael mich bei sich haben will. Und das ist gut. Aber die entscheidende Frage ist: Möchte er mich jemals heiraten?

Am Montagnachmittag walken Jade und ich durch den Audubon Park. »Und dann meinte Marcus zu mir: ›Bitte, Baby, gib mir nur noch eine Chance. Es wird nie wieder vorkommen, das verspreche ich dir.‹«

Ich atme tief durch und versuche, mich unbeteiligt zu geben. »Ich dachte, er hätte eine Freundin.«

»Nicht mehr. Angeblich konnte sie mir nicht das Wasser reichen.«

»Was hast du dazu gesagt?«

»Nie im Leben! Ich bin mir ziemlich sicher, dass es erlaubt ist, nach einem gebrochenen Kiefer Schluss zu machen.«« Lachend klatsche ich sie ab. »Super! Bleib stark!«

Jade wird langsamer. »Warum habe ich dann solche Schuldgefühle? Marcus war, nein, er ist ein toller Vater. Devon himmelt ihn an.«

»Es spricht doch nichts dagegen, dass er sich mit seinem Sohn gut versteht. Er sollte dir dankbar sein, dass du Devon nie etwas gesagt und ihn nicht angezeigt hast. Sonst käme er in Devons Leben nicht mehr vor und wäre die längste Zeit bei der Polizei gewesen.«

»Ich weiß. Aber Devon versteht das nicht. Er findet, ich bin gemein zu seinem Daddy. Devons Gemotze und Marcus' Bettelei machen mich fertig. Er erinnert mich immer an die fünfzehn guten Jahre, die wir zusammen hatten. Jedes Mal fängt er damit an: Warum ich auch so ausgerastet wäre, als er die Bremsen vom Auto nicht hat reparieren lassen. Er war doch mitten in diesem schweren Fall gewesen, hat Tag und Nacht gearbeitet, war total übermüdet und ausgelaugt …«

Ich schalte ab. Marcus' Leidensgeschichte habe ich schon mindestens dreißig Mal gehört, ich ertrage sie nicht mehr. Unterstützt von ihren Eltern, hat Jade ihren Mann im Oktober vergangenen Jahres noch am selben Tag verlassen, als er ihr ins Gesicht schlug. Eine Woche darauf reichte sie die Scheidung ein. Zum Glück steht sie zu ihrem Entschluss. Bis jetzt.

»Ich mochte ihn ja auch, wirklich«, gebe ich zu. »Aber was er getan hat, ist nicht wiedergutzumachen. Du hast keine Schuld, Jade. Kein Mann darf eine Frau schlagen. Niemals. Schluss, aus.«

»Ich weiß. Ich weiß ja, dass du recht hast. Bloß … bitte mach mich deswegen nicht fertig, Hannabelle, aber manchmal fehlt er mir so dermaßen.«

»Wenn wir doch nur die guten Seiten der Männer nehmen könnten!« Ich hake mich bei ihr unter. »Ich muss gestehen, auch mir fehlen manchmal die guten Zeiten mit Jackson. Aber ich könnte ihm nie wieder vertrauen. Das würde dir mit Marcus genauso gehen.«

Sie sieht mich an. »Wie war denn dein Abend mit Michael? Hast du ihm gesagt, er soll endlich seinen Arsch in Bewegung setzen und dir einen Ring kaufen?«

Ich fasse unser Gespräch vom Samstagabend für sie zusammen. »Wenn ich also nach Chicago ziehen würde, würden wir mehr Zeit miteinander verbringen, nicht weniger.«

Sie ist skeptisch. »Wirklich? Er würde seine geliebte Stadt jeden Monat verlassen? Du würdest dich nicht mit Crabby herumschlagen müssen?«

Ich muss über Jades Spitznamen für Abby grinsen. »Sagt er jedenfalls. Jetzt will ich diesen Job natürlich unbedingt haben.«

»Nein! Du kannst hier nicht weg«, sagt sie inbrünstig. »Das erlaube ich nicht!«

Genau diese Reaktion hatte ich eigentlich von Michael erwartet.

»Keine Sorge. Die haben mit Sicherheit eine große Zahl von Bewerbern, die viel qualifizierter sind als ich. Aber ich habe ihnen ein hübsches kleines Exposé geschickt, wenn ich das so sagen darf.« Ich erzähle ihr von dem Hype um die Versöhnungssteine und von meinem Vorschlag, Fiona und meine von mir entfremdete Mutter im Studio zu empfangen.

»Moment mal! Deine Mutter? Du hast gesagt, du hättest sie verloren.«

Ich schließe die Augen und ziehe den Kopf ein. Habe ich das wirklich gesagt? »Nicht wörtlich. Im übertragenen Sinne. Wir haben uns vor vielen Jahren … nun ja … überworfen.«

»Das wusste ich gar nicht.«

»Tut mir leid. Ich rede nicht gerne darüber. Es ist kompliziert.«

»Also, ich bin beeindruckt, Hannabelle. Du hast dich mit ihr versöhnt, und jetzt kommt deine Mutter tatsächlich zu dir ins Studio.«

»O Gott, nein!«

»Hätte ich wissen müssen«, sagt sie und schüttelt den Kopf.
»Es gibt auch Grenzen.«

»Genau«, erwidere ich und überhöre den Sarkasmus in ihrer Stimme. »Es ist nur ein Exposé. Ich habe mir das ausgedacht. Meine Mutter und ich haben uns nicht vertragen.«

»O Mann! Was hat es denn mit diesen Versöhnungssteinen auf sich? Sind die so was wie eine Du-kommst-aus-dem-Gefängnis-frei-Karte?«, fragt Jade. »Man gesteht ein besonders peinliches Geheimnis, verschenkt einen Stein, und alles ist gut?«

»Ich weiß. Ganz schön abgedroschen, was?«

Sie zuckt mit den Schultern. »Weiß nicht. Eigentlich finde ich das ziemlich genial. Ich verstehe, warum das Konzept funktioniert. Wer hat schon nichts zu bereuen?«

»Klar, Jade, deine größte Sünde besteht wahrscheinlich darin, aus Versehen die Pröbchen am Clinique-Stand eingesteckt zu haben.«

Ich grinse sie an. Ihr Gesicht ist überschattet. »Hey, das war ein Witz. Ich wollte damit sagen, dass du so ungefähr der aufrichtigste, ehrlichste Mensch bist, den ich kenne.«

Sie beugt sich vornüber und stützt die Hände auf die Knie. »Hannabelle, du hast ja keine Ahnung.«

Ich trete auf den Rasen, lasse einen Jogger vorbei. »Was denn?«

»Seit über fünfundzwanzig Jahren trage ich eine Lüge mit mir herum. Seit mein Vater die Diagnose bekommen hat, muss ich wieder ziemlich oft daran denken.«

Sie richtet sich auf und schaut in die Ferne, als wollte sie vor ihrer Erinnerung fliehen. Was haben diese Steine nur an sich? Statt Frieden zu verbreiten, verursachen sie Kummer.

»Es war an meinem sechzehnten Geburtstag. Meine Eltern gaben eine Party für mich. Mein Vater war, glaube ich, aufgeregter als wir alle zusammen. Er wollte, dass alles perfekt war, und beschloss, das Spielzimmer im Keller zu renovieren. Neuer Anstrich, neue Möbel, der ganze Pipapo. Als ich weißen Teppichboden dafür wollte, zuckte er nicht mit der Wimper.« Sie lächelt mich an.»Kannst du dir das vorstellen? Weißer Teppich im Keller? Nun ja. Ungefähr fünfzehn Mädchen sollten bei uns übernachten. Und wir waren – natürlich – total verrückt nach Jungs. Als spätabends ein halbes Dutzend Jungs kamen und unten an die Terrassentür klopften, ließen wir sie natürlich herein. Sie hatten Wodka-Kirsch und billigen Rotwein dabei. Ich hatte riesigen Schiss. Wenn meine Eltern das rausbekommen würden, hätte ich den Rest meines Lebens Hausarrest. Und wenn sie wüssten, was wir trinken – nicht auszudenken! Aber sie waren schon ins Bett gegangen, sahen sich im Schlafzimmer noch einen Film an. Sie vertrauten mir.

Gegen zwölf Uhr war meine Freundin Erica vollkommen betrunken. Sie musste sich übergeben. So richtig. Das war's mit dem weißen Teppich.«

»O nein!«, rufe ich.»Was hast du gemacht?«

»Ich habe alles versucht, um den Fleck rauszubekommen, aber er ging natürlich nicht weg. Am nächsten Morgen kam mein Vater nach unten und entdeckte ihn. Ich sagte die Wahrheit, Erica sei schlecht geworden. ›Hat sie etwa Alkohol getrunken?‹, fragte er. Ich habe es tatsächlich geschafft, ihm in die Augen zu sehen und zu sagen: ›Nein, Daddy.‹«

Ihre Stimme bebt, ich lege ihr den Arm um die Schulter.»Jade, das ist doch nichts. Vergiss es! Du warst noch ein Kind.«

»Sie haben mir vertraut, Hannah. Und er kommt immer wieder auf diese Geschichte zurück. Noch an meinem dreißigsten Geburtstag hat er mich gefragt: ›Jade, hat Erica damals wirklich keinen Alkohol getrunken?‹ Und ich habe, wie immer, geantwortet: ›Nein, Daddy.‹«

»Dann ist es jetzt vielleicht an der Zeit, dass du es ihm erzählst. Gib ihm einen Versöhnungsstein. Ich bin mir nämlich sicher, dass dir diese Lüge viel mehr Kummer bereitet als ihm die Wahrheit.«

Sie schüttelt den Kopf.»Dafür ist es zu spät. Der Krebs ist jetzt auch in seinen Knochen. Die Wahrheit würde ihn umbringen.«

Jade und ich haben gerade die letzte Runde hinter uns gebracht, als Dorothy anruft. Sie klingt kraftvoller als in den letzten Monaten und auch ein bisschen aufgeregt. »Könntest du heute Nachmittag vorbeikommen, Schätzchen?«

Es ist ungewöhnlich, dass Dorothy so etwas verlangt. Meistens findet sie es übertrieben, dass ich sie so häufig besuche.

»Gerne«, sage ich. »Ist alles in Ordnung?«

»Ja, alles gut. Und kauf mir doch bitte ein paar dieser Samtbeutelchen, ja?«

Na, super! Wieder die Versöhnungssteine. »Dorothy, du hast meinen Stein nicht angenommen. Du bist aus dem Schneider, du musst bei diesem albernen Versöhnungskreis nicht mitmachen.«

»Ein halbes Dutzend«, erwidert sie nur. »Für den Anfang.«

Ich hätte es wissen müssen. Dorothy nimmt mit Begeisterung an Kettenbriefen und E-Mail-Aktionen teil. Ganz bestimmt wird sie es sich nicht nehmen lassen, einen angesagten neuen Trend wie die Versöhnungssteine auszuprobieren. Ich habe die Stafette an sie weitergereicht, und egal, ob sie es gerechtfertigt fand oder nicht, jetzt ist sie mit von der Partie und hört nicht mehr auf.

»Gut, aber es sollte doch wohl reichen, *eine* Entschuldigung zu schreiben, kein halbes Dutzend.«

»Glaubst du, ich habe in meinen sechsundsiebzig Lebensjahren nur einen Menschen verletzt? Weißt du nicht, dass wir tief in uns alle voller Reue und Schuld sind? Das ist wahrscheinlich das Tolle an diesen albernen Steinen. Sie erlauben uns, zwingen uns vielleicht sogar, unsere Verletzlichkeit zu zeigen.«

Als ich am späten Nachmittag bei Dorothy eintreffe, sieht sie anders aus als sonst. Die Stirnfalten sind geglättet, sie wirkt heiter und gelassen. Sie sitzt im Garten unter einem Schirm am Tisch, das Hörbuch von Fiona Knowles vor sich. Ich fasse es nicht. Das Mädchen, das mich so schikaniert hat, ist jetzt die Ikone der Vergebung und verdient mit Sicherheit auch noch eine Menge Geld damit.

»Es gibt zwei Gründe, warum die Menschen Geheimnisse haben««, erklärt mir Dorothy. »Um sich selbst oder um andere zu schützen.‹ Sagt Fiona Knowles.«

»Was für eine Erkenntnis! Die Frau ist genial.«

»Ist sie wirklich«, sagt Dorothy, der meine Ironie offenbar entgeht – oder die sie einfach ignoriert. »Hast du die Beutelchen mitgebracht, Schätzchen?«

»Tadaa ...« Ich lege sie ihr in die Hand. »Aus weißem Tüll und mit kleinen hellgrünen Pünktchen.«

Sie betastet den Stoff, zieht die Schnüre auf. »Wunderschön. Hör zu, in meinem Nachtschränkchen ist ein Becher mit Steinen. Kannst du den bitte holen?«

Ich kehre mit einem Plastikbecher voller Kieselsteine zurück. Dorothy schüttet sie auf den Tisch.

»Marilyn hat sie gestern im Hof gesammelt.« Sorgfältig legt sie die Kiesel zu Zweiergruppen zusammen. »Die beiden hier sind für Mari«, sagt sie, »auch wenn sie es noch nicht weiß.«

»Für Marilyn?« Es wundert mich, dass sie den Namen ihrer besten Freundin nennt, die sie schon seit Ewigkeiten kennt. Doch wenn ich es bedenke, ergibt es Sinn. »Tja, ich schätze, wenn man so lange mit jemandem befreundet ist, muss man ihm wohl das eine oder andere Mal weh getan haben, was?«

»Ja. Und es war eine wirklich schlimme Sache.« Sie schließt die Augen und schüttelt den Kopf, als würde die Erinnerung sie erschaudern lassen.

»Ich habe mir immer vorgestellt, dass das Leben eine Höhle voller Kerzen ist«, sagt sie. »Bei unserer Geburt brennt die Hälfte der Kerzen. Jede gute Tat entzündet eine weitere und spendet etwas mehr Licht.«

»Das klingt schön«, sage ich.

»Aber zwischendurch erlöschen auch Flammen durch Egoismus und Gemeinheiten. Verstehst du? Einige Kerzen zünden wir an, andere blasen wir aus. Am Ende können wir nur hoffen, dass wir in dieser Welt mehr Licht als Dunkel geschaffen haben.«

Ich halte inne, stelle mir meine eigene Höhle voller Kerzen vor. Gibt es bei mir mehr Licht als Dunkelheit? »Das ist ein wunderschönes Bild, Dorothy. Und du, meine Liebe, verbreitest sehr viel Licht.«

»Oh, aber ich habe unterwegs auch so einige Kerzen gelöscht.« Sie tastet umher, bis ihre Hand die nächsten Steine findet. »Diese bekommt Steven.«

»Wie großzügig«, sage ich. »Ich dachte, du kannst ihn nicht ausstehen.«

Während ich mit Jackson zusammen war, habe ich Stephen Rousseau zwei Mal getroffen. Er schien mir ganz anständig zu sein, aber Dorothy spricht nur selten von ihrem Exmann. Sie sagt immer, sie hätte keine Verwendung für diesen Unmenschen, der sich neun Monate nach einer Mastektomie von ihr scheiden ließ. Obwohl das dreißig Jahre zurückliegt, vermute ich, dass Dorothys Narben noch nicht vollständig verheilt sind.

»Ich spreche von Steven Willis, meinem ehemaligen Schüler. Er war ein kluger Junge, hatte aber eine grauenhafte Familie. Ich habe ihn im Stich gelassen, Hannah, das habe ich mir nie verziehen. Seine Brüder leben, glaube ich, noch immer in der Stadt. Ich werde ihn ausfindig machen.«

Wie tapfer! Oder nicht? Vielleicht wird die Entschuldigung Dorothys Schuldgefühle mindern, aber sie könnte Steven auch ungewollt an eine Kindheit erinnern, die er lieber vergessen würde.

Sie legt die Hand auf die nächsten zwei Steine. »Die sind für Jackson«, erklärt sie. »Ich habe mich nie dafür entschuldigt, dass ich mich in eure Beziehung eingemischt habe.«

Ich erstarre.

»Wäre ich nicht gewesen, wärt ihr jetzt verheiratet. Ich bin diejenige, die ihm geraten hat, dir alles zu beichten, Hannah. Er hat sich so sehr geschämt, es war eine zu große Last. Eine Mutter weiß so etwas. Sein Geheimnis hätte eure Beziehung und irgendwann eure Ehe zerstört. Ich war überzeugt, dass du ihm vergeben würdest. Ich habe mich geirrt.«

»Ich habe ihm verziehen«, sage ich und drücke ihre Hand.
»Aber du sprichst da etwas an: Vielleicht wäre es besser gewesen,
wenn Jackson mir niemals die Wahrheit gesagt hätte. Manche
Geheimnisse behält man besser für sich.«
Sie hebt den Kopf. »So wie das Geheimnis, das du mit deiner
Mutter teilst?«
Ich halte inne. »Ich habe nie etwas von einem Geheimnis ge-
sagt.«
»Brauchst du auch nicht. Eine Mutter verlässt ihr Kind nicht,
Hannah. Hast du ihr schon deinen Versöhnungsstein geschickt?«
Eine Mischung aus Traurigkeit und Niedergeschlagenheit legt
sich auf mich. »Es gab keine Briefe. Ich habe Julia gefragt.«
Sie räuspert sich missbilligend. »Und nur weil dein Vater es
seiner Freundin vielleicht verheimlicht hat, hast du nun einen
Freifahrtschein?«
»Ich muss in Ruhe darüber nachdenken, Dorothy.«
»›Solange du nicht das beleuchtest, was dich in Dunkelheit
hüllt, bist du verloren.‹ Sagt Fiona Knowles.«

6

Ich gehe kurz bei Guy's auf der Magazine Street vorbei und nehme mir einen Snack mit. In der Dämmerung stehe ich zu Hause an der Küchentheke und starre mit leerem Blick auf meinen leuchtenden Laptopbildschirm, esse dabei das Sandwich mit frittierten Austern und ein paar Chips.

Solange du nicht das beleuchtest, was dich in Dunkelheit hüllt, bist du für immer verloren. Dorothys, beziehungsweise Fionas Worte, verwirren mich. Wie es sich wohl anfühlen würde, ein unbelastetes Gewissen zu haben, mit sich im Reinen zu sein?

Verdammt nochmal! Ich kann das jetzt nicht gebrauchen. Als ob der Stress in meinem Beruf und meiner Beziehung nicht schon genug wären!

Ich gehe zum Gefrierschrank, öffne die Tür und spähe in den eisigen Abgrund, bis ich sie entdecke: eine ganz frische Packung Karamelleis mit Meersalz. Ich will sie gerade herausnehmen, doch im letzten Moment halte ich inne und schlage die Tür zu. Am besten sichere ich sie mit einem Schloss. In der Fernsehbranche sind Kalorien zuverlässige Karrierekiller. Auch wenn Stuart letztendlich doch keine Waage in meine Garderobe stellte, hat er mir eindringlich klargemacht, dass Querstreifen fortan für mich tabu sind.

Ich muss mich zusammenreißen!

Ich werfe das Einwickelpapier des Sandwiches in den Mülleimer und trotte ins Wohnzimmer. Draußen geht der Tag in den Abend über. Familien sitzen am Abendbrottisch, Mütter baden ihre Kinder.

Ungewollt schweifen meine Gedanken zu Jackson. Glaube ich wirklich, was ich heute zu Dorothy sagte? Hätte Jackson mir seine Affäre nicht gebeichtet, wüsste ich nichts davon und wir wären jetzt bereits drei Jahre verheiratet. Er würde die Restaurants in New Orleans statt in Chicago beraten. Kind Nummer eins wäre ein Jahr alt, wir würden auf das zweite hinarbeiten. Alles wäre gut.

Warum musste er es nur so verbocken? Amy war seine verdammte Praktikantin! Zwanzig Jahre alt, Herrgott nochmal!

Ich verdränge die sentimentalen Gedanken. Hätte ich gewollt, dass er mir diese Geschichte verheimlicht? Das kann man heute nicht mehr sagen. Letzten Endes war es wahrscheinlich am besten so. Das weiß ich natürlich. Sonst hätte ich Michael nicht kennengelernt. Und Michael passt weitaus besser zu mir als Jackson. Sicher, Jackson war wirklich süß. Er hat mich zum Lachen gebracht. Aber Michael ist mein Fels in der Brandung. Er ist warmherzig und weise, und was ihm an Zeit fehlt, macht er durch seine Loyalität wett.

Ich schaue quer durchs Zimmer zu dem Stuhl hinüber, wo ich meine Tasche abgelegt habe. Ich gehe hin und nehme das kleine Beutelchen heraus. Die Steine rollen auf meine Handfläche. Ich begebe mich zum Schreibtisch, drehe und wende sie in der Hand und hole mein Briefpapier heraus.

Schon beim ersten Wort bekomme ich Herzklopfen.

Mom,

Ich hole tief Luft und schreibe weiter.

Vielleicht ist es an der Zeit, dass wir Frieden schließen.

Meine Hand zittert so heftig, dass ich kaum schreiben kann. Ich lege den Stift beiseite und stehe auf. Das schaffe ich nicht.

Die offene Balkontür lockt mich. Ich betrete den Balkon, sechs Stockwerke über der Straße, lehne mich gegen das Eisengeländer und bewundere die strahlenden Rot- und Orangetöne im Westen. Unter mir rattert eine Straßenbahn heran, hält an dem Grasstreifen zwischen den Fahrbahnen.

Warum ist Dorothy nur so beharrlich? Schon an dem Tag, als wir uns in der Lobby unseres Apartmenthauses kennengelernt haben, erzählte ich ihr aus meinem Leben. Wir plauderten zehn Minuten miteinander, da schlug sie vor, wir könnten auch oben in ihrer Wohnung weiterreden. »Ich habe Apartment 617. Komm doch auf einen Cocktail vorbei! Ich mache uns eine Runde Ramos Fizz, ok?«

Ich mochte Dorothy von Anfang an. Ihre Persönlichkeit bestand aus zwei Teilen Honig und zu einem Teil Bourbon. Sie hatte so eine Art, mir in die Augen zu sehen, die mir das Gefühl vermittelte, wir würden uns schon unser ganzes Leben lang kennen.

Dort saßen wir dann in zwei unterschiedlichen Sesseln und schlürften diesen leckeren altmodischen Cocktail aus Gin, Sahne und Zitronensaft. Sie erzählte mir, sie sei seit vierunddreißig Jahren geschieden, zwanzig Jahre länger, als ihre Ehe gedauert habe. »Stephen war offensichtlich auf Brüste fixiert, und damals wurden Brustamputationen noch nicht so kunstvoll ausgeführt. Es war ein Tiefschlag, aber ich habe mich berappelt. Von einem Mädchen aus dem Süden wie mir, das allein mit einem dreijährigen Sohn dastand, erwartete man, dass ich mich so lange unter die Leute mischen würde, bis ich einen neuen Mann und Vater für Jackson gefunden hätte. Meine Mutter war entsetzt, als ich mich für ein Leben als Single entschied und Englisch an der Highschool unterrichtete. Und ehe ich mich versah, waren zwanzig wunderbare Jahre dahin wie ein paar Regentropfen auf heißem Asphalt.«

Wehmütig sprach sie von ihrer Kindheit und Jugend in New Orleans, als Tochter eines bekannten Geburtshelfers.

»Mein Vater war ein herzensguter Mann«, erzählte sie, »aber nur die Frau eines Geburtshelfers zu sein, war meiner Mutter nicht großartig genug. Ihr Elternhaus war eine dieser großen Villen am Audubon Drive. Ihre Erwartungen waren immer größer als Daddys Ehrgeiz.«

Der Ramos Fizz musste mir zu Kopf gestiegen sein, denn ehe

ich mich versah, hatte ich Dorothy von meiner eigenen Familie erzählt, etwas, das nur sehr selten vorkam.

Ich war elf Jahre alt, als mein Vater, ein Baseballspieler, von den Atlanta Braves an die Detroit Tigers verkauft wurde. Innerhalb von sechs Wochen erstanden meine Eltern ein Haus in dem wohlhabenden Vorort Bloomfield Hills und meldeten mich an einer schicken Privatschule für Mädchen an. Doch schon am ersten Tag habe ich geahnt, dass ich niemals zu dieser eingeschworenen Gemeinschaft gehören würde. Die Nachfahren von Automagnaten wie Henry Ford und Charles Fisher interessierten sich nicht für diese dürre neue Schülerin, deren Vater ein ungebildeter Baseballspieler aus Schuylkill County, Pennsylvania, war. Zumindest verkündete das die Anführerin der Mädchen, Fiona Knowles. Und die anderen fünfzehn folgten ihr.

Meine Mutter, damals erst einunddreißig, die hübsche Tochter eines Bergarbeiters, wurde meine einzige Freundin. In der wohlhabenden Gegend war sie ebenso eine Außenseiterin wie ich. Das merkte ich an der Art, wie sie ihre Zigaretten bis auf den Filter herunterrauchte und mit wehmütigem Blick aus dem Fenster starrte. Aber wir hatten ja keine Wahl, mein Vater liebte seinen Baseball. Und meine Mutter, die keine Ausbildung und keine besonderen Talente besaß, liebte meinen Vater – so dachte ich wenigstens.

An einem kalten Novemberabend, dreizehn Monate nach unserer Ankunft in Detroit, wurde meine Welt auf den Kopf gestellt. Ich deckte gerade den Tisch, sah draußen Schnee fallen und beschwerte mich bei meiner Mutter über die endlosen grauen Tage und den näherrückenden Winter. Wir beide vermissten unser Haus in Georgia und erinnerten uns gerne an den blauen Himmel und die laue Luft dort. Doch zum ersten Mal seit dem Umzug widersprach sie mir.

»So schlimm ist es gar nicht«, sagte sie kurz angebunden. »Sicher ist das Wetter im Süden schöner, aber das rettet auch nicht alles. Du musst langsam mal an deiner Einstellung arbeiten.«

Ich war verletzt, meine Verbündete verloren zu haben, doch ich bekam nicht die Möglichkeit, dagegen zu argumentieren, weil in dem Moment mein Vater durch die Hintertür hereinkam, breit grinsend. Mit seinen einundvierzig Jahren war er einer der ältesten Spieler in der Baseball-Liga. Seine erste Saison in Detroit war enttäuschend gewesen und hatte ihn verbittert. Doch an jenem Abend nahm er meine Mutter feierlich in die Arme.

»Es geht zurück nach Hause!«, verkündete er. »Vor euch steht der neue Cheftrainer der Panthers!«

Ich hatte keine Ahnung, wer die Panthers waren, aber ich wusste, was »nach Hause« bedeutete. Atlanta! Obwohl wir nur zwei Jahre in Georgia gewohnt hatten, hatten wir es zu unserer Heimat erklärt. Dort waren wir glücklich gewesen. Wir hatten viel gefeiert, mit den Nachbarn gegrillt und am Wochenende Ausflüge nach Tybee Island gemacht.

Doch meine Mutter wimmelte meinen Vater ab. »Du stinkst wie eine ganze Kneipe.« Es schien ihn nicht zu stören. Mich ebenso wenig. Ich stieß einen Jubelschrei aus, er drückte mich an sich. Ich atmete tief ein, inhalierte seinen vertrauten Geruch nach Jack Daniel's und Camels. Es war ein ungewohntes und beschämend herrliches Gefühl, von diesem großen, gut aussehenden Mann festgehalten zu werden. Ich schaute zu meiner Mutter hinüber, rechnete damit, dass sie vor Freude tanzen würde. Doch sie hatte den Kopf zum Fenster gewandt, starrte in die Dunkelheit, die Hände auf den Rand der Spüle gestützt.

»Mom«, sagte ich und befreite mich aus Dads Umarmung. »Wir ziehen zurück. Freust du dich denn gar nicht?«

Da drehte sie sich um. Ihr schönes Gesicht war fleckig. »Geh rauf in dein Zimmer, Hannah. Ich muss mit deinem Vater reden.«

Ihre Stimme war belegt, so wie meine immer klang, wenn ich kurz vorm Weinen war. Ich runzelte die Stirn. Was hatte sie denn? Endlich konnten wir Michigan den Rücken kehren. Wir würden zurückziehen nach Georgia, ins Warme, zum sonnigen Himmel und zu Mädchen, die mich mochten.

Ich schnaubte verächtlich und schlich mich aus der Küche. Doch anstatt in mein Zimmer hochzugehen, kauerte ich mich hinter das Sofa und belauschte meine Eltern von der Dunkelheit des Wohnzimmers aus.

»Ein Trainerjob am College?«, hörte ich meine Mutter fragen. »Was soll das, John?«

»Du bist hier nicht glücklich, Suzanne. Daraus hast du nie einen Hehl gemacht. Und ehrlich gesagt, bin ich zu alt für diesen Sport. Die Stelle am College ist ein taktischer Zug. In ein paar Jahren habe ich genug Erfahrung als Trainer, um einen Job in der Major League zu bekommen. Und jetzt mal ehrlich: Wir haben mehr Geld, als wir uns je erhofft haben, selbst wenn ich von heute an keinen Tag mehr arbeiten würde.«

»Trinkst du wieder?«

Mein Vater wurde laut. »Nein! Verdammt nochmal, ich dachte, du würdest dich freuen.«

»Warum habe ich bloß das Gefühl, hinter der Sache steckt noch mehr?«

»Glaub doch, was du willst. Mir wurde die Stelle angeboten, und ich werde sie nehmen. Ich habe schon zugesagt.«

»Ohne mich zu fragen? Wie kannst du so was tun?«

Ich wunderte mich. Warum regte sich meine Mutter darüber auf? Sie war unglücklich hier – oder etwa nicht? Mein Vater tat das schließlich für sie, für uns. Sie müsste eigentlich heilfroh sein.

»Warum kann ich es dir einfach nicht recht machen? Was willst du wirklich, Suzanne?«

Das Schluchzen meiner Mutter drang zu mir herüber. Ich wollte hinlaufen und sie trösten. Stattdessen hielt ich mir den Mund zu und lauschte weiter.

»Ich ... ich kann hier nicht weg.«

Ich musste mich anstrengen, um meinen Vater zu verstehen. Seine Stimme war sanft und leise. »Du lieber Gott! Ist es so ernst?«

Und dann hörte ich es, ein Geräusch so durchdringend wie

das Klagen eines Tieres: das jämmerliche Weinen meines Vaters. Immer wieder flehte er meine Mutter an, mit ihm zu kommen. Er bräuchte sie. Er liebte sie doch. Ich empfand Panik, Angst und Scham, alles gleichzeitig. Ich hatte meinen Vater noch nie weinen hören. Er war ein starker, zuverlässiger Mann. Das Fundament meines Lebens begann zu bröckeln. Von meinem Versteck aus sah ich, wie meine Mutter nach oben ging, dann hörte ich die Schlafzimmertür ins Schloss fallen. In der Küche kratzte ein Stuhl über den Boden. Ich nahm an, dass mein Vater darauf saß, die Hände vors Gesicht geschlagen. Dann begann es von Neuem, das erstickte Weinen eines Mannes, der die Liebe seines Lebens verloren hatte.

Eine Woche später war das Geheimnis gelüftet. Wieder einmal war mein Vater ausgewechselt worden, diesmal jedoch von seiner Frau. Sein Nachfolger war ein Mann namens Bob, von Beruf Lehrer für Werkunterricht, nebenbei Schreiner. Meine Vertrauenslehrerin hatte ihn meiner Mutter empfohlen. Im letzten Sommer hatte mein Vater ihn beauftragt, unsere Küche zu renovieren.

Am Ende bekam ich das, was ich erhofft hatte, auch wenn es noch einmal neun Monate dauern sollte, ehe ich Michigan verließ und zu meinem Vater nach Atlanta zog. Meine Mutter blieb mit dem Mann zurück, den sie mehr liebte als meinen Vater. Und als mich.

Und jetzt soll ich auf lieb Kind machen? Ich seufze. Dorothy weiß ja längst nicht alles. Nur vier Personen kennen den Rest der Geschichte, und eine davon ist tot.

Natürlich wollte ich Michael meine Lebensgeschichte beichten, doch er ersparte es mir. Es war unsere dritte Verabredung, wir waren essen bei Arnaud's. Anschließend gingen wir zu mir nach Hause und tranken Pimm's auf meiner Couch. Kurz zuvor hatte Michael mir berichtet, unter welch tragischen Umständen seine Frau verunglückt war, wir hatten beide Tränen in den Augen. Bis dahin hatte ich niemandem meine Vergangenheit anvertraut, doch an jenem Abend fühlte es sich richtig an, sicher und geschützt in seinen Armen. Ich begann zu erzählen, verschwieg aber wie immer die Stelle, an der ich die spätabendliche Begegnung mit Bob hätte schildern müssen – sprach einfach über das, was danach geschah.

»Und so bin ich mit meinem Vater nach Atlanta gezogen. In den ersten beiden Jahren habe ich meine Mutter meist einmal im Monat getroffen, immer an einem neutralen Ort, meistens in Chicago. Mein Vater ließ nicht zu, dass ich sie in ihrem Haus besuchte – nicht dass ich es gewollt hätte. Er spielte meinen Beschützer, und ich muss zugeben, dass es ein aufregendes Gefühl war. Solange wir zu dritt lebten, hatte ich keine enge Beziehung zu meinem Vater gehabt. Meine Mutter und ich waren ein Team, mein Vater stand immer irgendwie im Abseits, buchstäblich. Er war entweder unterwegs, hatte Training oder war in der Kneipe.«

Michael zog die Augenbrauen hoch.

»Yep. Er war ein Partylöwe. Trank gerne einen Whiskey.« Ich senkte den Blick, schämte mich, weil ich immer noch diesen Mann deckte, den man eigentlich einen Alkoholiker hätte nennen müssen.

Meine Stimme brach, ich musste kurz innehalten, ehe ich weitersprechen konnte.

»So sieht es aus. Seit der Abschlussfeier an der Highschool habe ich nichts mehr von meiner Mutter gesehen oder gehört. Das ist auch in Ordnung, wirklich, keine Ahnung, warum ich jetzt weine.«

»Das ist wirklich heftig.« Michael legte mir einen Arm um die Schulter und drückte mich an sich. »Lass es hinter dir, Süße! Deine Mutter hat wirklich Mist gebaut. Wenn sie nur wüsste, was für ein Goldstück sie verpasst hat.«

Er küsste mich auf den Scheitel, und irgendwie öffnete sich mein Herz ein wenig durch diese beschützende, väterliche Geste. Dennoch waren es Jacksons Abschiedsworte, fast ein Jahr zuvor ausgesprochen, die letztlich dafür sorgten, dass ich Michael in mein Herz ließ: *Kein Wunder, dass es dir so leichtfällt, mich gehen zu lassen, Hannah. Denn eigentlich hast du mich nie an dich herangelassen.* Zum allerersten Mal war jemand kurz davor, die emotionale Barriere zu durchbrechen, die ich mit so großer Mühe aufgebaut hatte. Bevor ich Zeit hatte, länger darüber nachzudenken, sprudelten die Worte aus mir heraus.

»Er … Moms Freund … Bob … er hat mich angefasst. Meine Mutter hat mir nicht geglaubt. Da bin ich aus Michigan weggezogen. Sie blieb mit ihm zurück …«

Das Entsetzen in Michaels Gesicht hielt mich von weiteren Erklärungen ab. »Ich gebe dir einen Rat, Hannah. Es gibt Geheimnisse, die man besser keinem erzählt. Als Personen von öffentlichem Interesse ist unser Image das A und O.«

Verwirrt sah ich ihn an. »Unser Image?«

»Ich meine damit nur: Du präsentierst dich als das nette Mädchen von nebenan. Als junge Frau mit einer ganz normalen Vergangenheit. Das ist dein Markenkern. Gib bloß niemandem Anlass zu glauben, du wärst nicht authentisch.«

Hannah,

wir freuen uns zu hören, dass Sie sich für die Aufgabe interessieren. Das gesamte Team war von Ihrem Exposé beeindruckt. Eine Sendung mit Fiona Knowles wäre genau die Art von Programminhalt, die uns vorschwebt, und durch Ihre persönliche Geschichte bekäme das Ganze eine besondere Perspektive.

Meine Assistentin Brenda Stark wird sich mit Ihnen in Verbindung setzen. Die Bewerbungsgespräche werden in der Woche ab dem 7. April stattfinden.

Ich freue mich darauf, Sie dann zu sehen.

James

»Scheiße«, sage ich zu meinem Laptop. »Mir wird schlecht.«
Jade tippt gegen einen Pinsel mit losem Puder, elfenbein-
farbene Partikel rieseln auf meinen Plastikumhang. »Was ist
denn?«

Ich öffne ein Word-Dokument. »Hör dir das an, Jade. Erinnerst du dich an das Exposé, das ich für WCHI schreiben sollte? Sieht so aus, als wären sie begeistert. Dabei habe ich mir das
meiste aus den Fingern gesogen. Ich habe nicht verraten, dass ich
zwei Jahre gebraucht habe, um Fiona den Stein zurückzuschicken. Und meine Mutter ... Ich habe geschrieben, meine Mutter
würde in der Sendung auftreten. Dabei habe ich mir alles nur
ausgedacht – und ihr natürlich keinen Stein geschickt.«

Jade legt mir die Hand auf die Schulter. »Hey, beruhige dich.
Das ist doch nur ein Exposé, nicht? Die werden das bestimmt
nicht drehen.«

Kapitulierend hebe ich die Hände. »Keine Ahnung. So oder
so habe ich ein schlechtes Gefühl dabei. Was ist, wenn ich danach gefragt werde? Ich kann nicht gut lügen.«

»Dann schick ihr doch den Stein.«

»Meiner Mutter? Nein. Nein, ich kann ihr nicht einfach so
einen Stein schicken. Ich habe sie seit Jahren nicht gesehen.«

Jade schaut mich im Spiegel böse an. »Klar kannst du das.
Wenn du es wirklich willst.« Sie greift zum Haarspray und schüttelt es. »Mich stört das natürlich nicht. Ich will dir nichts vormachen – ich hoffe, dass du den Job nicht bekommst.«

»Welchen Job?« Durch die offene Tür rauscht Claudia herein. Sie trägt ein pflaumenfarbenes Wickelkleid. Ihr Haar fällt
in weichen Locken auf die Schultern. Sie erinnert mich an eine
Barbie-Puppe, die ich mal hatte.

»Oh, hi!«, sage ich. »Dieser Job in ...«

»Gar nichts«, unterbricht mich Jade. »Was willst du, Claudia?«

Sie stellt sich neben den Schminkstuhl. »Ich mache so einen
hohlen Beitrag für die Morgennachrichten. Welches Mücken-

spray riecht besser?« Sie präsentiert uns zwei Flaschen. »Dürfte ich die Damen um ihre Meinung bitten?«

Sie hält erst eine offene Flasche vor Jades Nase, tauscht sie dann gegen eine zweite mit einem Sprühaufsatz.

»Das erste«, sagt Jade und wendet sich ab. Ich habe den leisen Verdacht, dass sie nicht mal dran gerochen hat. Sie will Claudia bloß schnell loswerden.

»Was meinst du, Hannah?«

Ich stelle den Laptop auf die Arbeitsfläche und rieche am ersten Spray. »Nicht schlecht.«

Sie hält die Sprühdose unter meine Nase. Ich schnuppere. »Hm, das kann ich nicht richtig riechen.«

»Moment, warte«, sagt Claudia.

Ich sehe nur noch, wie ihr Finger auf den Sprühknopf drückt. Dann habe ich tausend Stecknadeln in den Augen.

»Aua!«, brülle ich. »Oh, Scheiße!« Ich schlage die Hände vors Gesicht.

»O nein! Das tut mir leid, Hannah.«

»Verdammt! Autsch! Autsch! Autsch! Meine Augen brennen!«

»Komm mal her, schnell«, befiehlt Jade. »Wir müssen sie ausspülen.«

Ich höre die Dringlichkeit in ihrer Stimme, aber kann die Lider nicht öffnen. Sie zieht mich zum Becken und spritzt mir Wasser ins Gesicht. Dennoch bekomme ich die Augen nicht mal einen Spaltbreit auf. Sofort strömen mir Tränen über die Wangen.

»Es tut mir so leid«, wiederholt Claudia.

Ich beuge mich über das Waschbecken, keuche, als läge ich in den Wehen. »Schon gut. Alles in Ordnung.«

Von der anderen Seite des Raumes höre ich Schritte näherkommen. Nach dem flotten Gang zu urteilen, ist es Stuart.

»Was ist denn hier los? Ach, du liebe Güte! Was ist denn mit dir passiert, Farr?«

»Claudia hat ihr …«, setzt Jade an, doch ich unterbreche sie.

»Ich habe Insektenspray in die Augen bekommen.«

»Na, super! In zehn Minuten bist du auf Sendung.« Ich spüre ihn neben mir, bestimmt senkt er forschend den Kopf und mustert mich eingehend. »Mannomann! Seht euch das Gesicht an! Du bist ein Freak!«

»Danke, Stuart.« Ich kann mir vorstellen, wie reizend ich mit meinen geschwollenen roten Augen und den verschmierten, feuchten Wangen aussehen muss. Aber muss er mir das auch sagen?

»Gut, ich entscheide mich spontan um«, sagt Stuart. »Claudia, du musst kurzfristig einspringen. Kannst du die Sendung heute anmoderieren, zumindest so lange, bis diese Dame hier wieder ansatzweise vorzeigbar aussieht?«

Ich hebe den Kopf aus dem Waschbecken und wende blind das Gesicht. »Moment! Nein, ich ...«

»Natürlich«, höre ich Claudia sagen. »Ich helfe Hannah sehr gerne.«

»Bitte, ich brauche nur eine Minute«, flehe ich und versuche, mit den Fingern meine Lider aufzuziehen.

»Du bist ein echter Teamplayer, Claudia«, sagt Stuart. Ich höre, wie er zur Tür geht, dann gibt er mir den Rest: »Farr, du hast für heute frei. Und sei nächstes Mal etwas vorsichtiger.«

»Oh, keine Sorge«, sagt Jade voller Sarkasmus. »Und Stuart, wage es bloß nicht, ohne dieses Miststück von hier zu verschwinden.«

Claudia macht ein entsetztes Geräusch.

»Jade!«, rüge ich meine Maskenbildnerin, entsetzt, dass sie so gemein sein kann.

Die Spannung ist mit den Händen zu greifen, bis Jade das Schweigen schließlich unterbricht.

»Dein Insektenspray«, sagt sie, und ich höre, dass sie Stuart die Dose zuwirft.

Die Tür fällt ins Schloss, Jade und ich sind allein.

»Diese hinterhältige Schlange!«, faucht Jade.

»Ach, komm«, erwidere ich und drücke mir ein Kosmetiktuch auf die Augen. »Das hat sie doch nicht mit Absicht gemacht.«

»Sonnenschein, welche Silbe von Ma-ni-pu-la-tion hast du nicht verstanden?«

7

Zwei Wochen später lande ich auf dem O'Hare-Flughafen. Es ist Mittwochmorgen, ich trage ein dunkelblaues Etuikleid mit einem Blazer und Pumps, meine Reisetasche hängt über der Schulter. Ein stämmiger Typ von Mitte zwanzig holt mich ab, auf seinem Schild steht: HANNAH FARR/*WCHI*.

Als wir aus dem Terminal treten, verschlägt mir ein kräftiger Gegenwind fast den Atem.

»Ich dachte, es wäre Frühling«, sage ich und stelle den Mantelkragen auf.

»Willkommen in Chicago!« Der Mann legt meine Tasche in den Kofferraum eines Escalades. »Letzte Woche hatten wir fünfzehn Grad, letzte Nacht minus acht.«

Auf der I-90 geht es nach Osten, zur Zentrale der WCHI am Logan Square. Ich schiebe die Hände unter die Oberschenkel, um sie zu wärmen, und versuche, meine Aufregung wegen des bevorstehenden Vorstellungsgesprächs zu vergessen. Was ist nur in mich gefahren, dass ich mir diese Versöhnungsgeschichte aus den Fingern gesaugt habe?

Auf dem Rücksitz des Wagens schaue ich durch die vereiste Fensterscheibe nach draußen, aus den Wolken fällt Schneeregen auf die schimmernde Fahrbahn. Wir fahren durch Vororte mit flachen Backsteinhäusern. Plötzlich muss ich an Jackson denken.

Es ist lächerlich. Jackson wohnt im Zentrum, nicht in einem Vorort. Aber hier in Chicago stelle ich mir die Frage, wie unser Leben wohl aussehen würde, wenn er mich nicht betrogen hätte.

Würden wir in so einem schnuckeligen Haus wohnen, wenn ich auf seine Bitten eingegangen und mit ihm hierhergezogen wäre? Und wäre ich glücklicher, wenn ich nicht wissen würde, dass er seine Praktikantin gevögelt hat? Nein. Eine Beziehung, die auf Unehrlichkeit gründet, kann nicht funktionieren.

Um mich abzulenken, hole ich das Handy aus der Tasche und rufe den einzigen Menschen an, der mich eventuell schon vermissen könnte.

»Hallo, Dorothy, ich bin's.«

»Oh, Hannah, ich freue mich so, von dir zu hören! Es ist kaum zu glauben, aber heute Morgen habe ich noch ein Beutelchen mit Versöhnungssteinen bekommen! Von Patrick Sullivan – du kennst ihn doch, dieser ältere Herr mit der tiefen Stimme? Der immer riecht, als käme er gerade vom Friseur?«

Ich muss über ihre Beschreibung lächeln, weil sie nicht sein Aussehen beschreibt, sondern Stimme und Geruch. »Klar kenne ich Patrick. Er hat dir einen Stein geschenkt?«

»Ja. Er hat sich für Jahre der ›Vernachlässigung‹ entschuldigt, wie er das nannte. Weißt du, wir beide kennen uns schon sehr lange. Er ist ein ebenso alteingesessener Bürger von New Orleans wie ich. An der Tulane waren wir damals ein Paar, bis er ein Ferienstipendium am Trinity College in Dublin bekam. Wir haben uns in Freundschaft getrennt, aber ich habe nie begriffen, warum er unseren Kontakt so plötzlich abbrach. Ich habe gedacht, wir würden uns lieben.«

»Und jetzt hat er sich entschuldigt?«

»Ja. Der arme Mann trägt seit Jahren eine schreckliche Bürde mit sich herum. Weißt du, wir haben uns damals beide für dieses angesehene Stipendium am Trinity College beworben. Wir wollten zusammen nach Irland gehen, den Sommer über Gedichte lesen und Ausflüge in die romantische Landschaft unternehmen, bevor es wieder nach Hause gehen sollte. Stundenlang haben wir damit verbracht, unsere Aufsätze für die Bewerbung zu schreiben und zu verbessern. Meine Güte, der Papiereimer im

Gemeinschaftsraum war voll mit Blättern, die wir beschrieben und wieder zerrissen hatten.

Am Abend vor dem Einsendeschluss saßen Paddy und ich im Gemeinschaftsraum und lasen uns gegenseitig die jeweils endgültige Fassung vor. Bei Paddys Aufsatz kamen mir fast die Tränen.«

»War er so anrührend?«

»Nein, er war so abgrundtief schlecht. Ich wusste, dass Paddy niemals genommen werden würde.

In der Nacht machte ich kein Auge zu. Ich war mir ziemlich sicher, dass ich ein Stipendium bekommen würde; ich hatte die entsprechenden Noten und einen guten Essay, wenn ich das sagen darf. Aber ohne Paddy wollte ich nicht nach Irland. Und es würde ihm das Herz brechen, wenn ich ein Stipendium bekäme und er nicht.

Am nächsten Morgen habe ich einen Entschluss gefasst: Ich würde mich nicht bewerben.«

»Fand er das in Ordnung?«

»Ich erzählte es ihm gar nicht. Wir gingen gemeinsam zum Briefkasten, aber der Umschlag, den ich hineinwarf, war leer.

Drei Wochen später bekam Paddy Antwort: Er war angenommen worden.«

»Angenommen? O nein! Ihr hättet doch zusammen fahren können.«

»Seine Eltern freuten sich so sehr. Er würde in ihrer alten Heimat studieren. Ich bemühte mich, meine Überraschung zu verbergen ... und mein Bedauern. Paddy war ganz aus dem Häuschen und überzeugt, dass auch ich bald die gute Nachricht bekäme. Ich konnte ihm ja nicht sagen, dass ich so wenig Vertrauen in seine Leistung gehabt hatte, dass ich mich selbst aus dem Rennen genommen hatte.

Ich wartete zwei Tage, dann sagte ich ihm, ich sei abgelehnt worden. Das traf ihn schwer. Er schwor, nicht ohne mich zu fahren.«

»Also seid ihr beide hier geblieben.«

»Nein. Ich sagte ihm, es wäre absolut dumm, zu bleiben, ich würde mich darauf freuen, im September alles über Irland zu hören – von ihm. Ich habe darauf bestanden, dass er ging.«

»Und das tat er dann?«

»Im Juni reiste er ab. Ich habe nie wieder von ihm gehört. Letztendlich blieb er fünfundzwanzig Jahre in Dublin. Wurde Architekt. Heiratete ein irisches Mädchen und bekam drei Söhne.«

»Und heute hat er sich dafür entschuldigt, dich im Stich gelassen zu haben?«

»Paddy wusste ebenso wie ich, dass er nicht gut genug für das begehrte Stipendium war. Auch er wollte nicht, dass wir getrennt würden. Er musste etwas tun, um seine Chancen zu vergrößern. An jenem Abend im Gemeinschaftsraum holte er einen meiner verworfenen Essays aus dem Müll und tippte ihn ab. Offenbar war es ein schöner Aufsatz über die Bedeutung der Familie und die Rückkehr zu den eigenen Wurzeln.« Sie seufzt. »Ich kann mich nicht im Geringsten daran erinnern.

Paddy behauptet, nur deshalb sei er angenommen worden. Wegen meines Essays. Stell dir das vor: All die Jahre läuft er nun mit diesen Schuldgefühlen umher.«

»Was hast du dazu gesagt?«

»Na, ich habe ihm natürlich verziehen. Das hätte ich schon vor Jahren getan, wenn er mich darum gebeten hätte.«

»Sicher«, sage ich und überlege, wie es gelaufen wäre, wenn Patrick Sullivan Dorothys Liebe vertraut hätte. »Was für eine Geschichte!«

»Diese Steine, sie sind beliebter im Heim als ein neuer männlicher Bewohner, Hannah!« Dorothy lacht. »In unserem Alter geben sie uns die Möglichkeit, reinen Tisch zu machen, Dinge klarzustellen, bevor sozusagen der letzte Vorhang fällt. Sie sind ein ganz wunderbares Geschenk von Fiona Knowles. Mehrere Bewohner wollen am vierundzwanzigsten zu Octavia Books gehen, wenn sie dort ihr Buch vorstellt. Marilyn kommt auch. Hast du vielleicht Lust, mitzugehen?«

»Vielleicht«, sage ich. »Aber ich bin noch nicht richtig überzeugt. Ich finde, einen Stein zu verschenken reicht nicht aus, wenn man einen Aufsatz gestohlen hat. Oder wenn man jemanden drangsaliert hat, wie in meinem Fall. Für meinen Geschmack sind die Leute damit zu schnell aus dem Schneider.«

»Weißt du, das habe ich zuerst auch gedacht. Mancher Kummer ist einfach zu groß für ein Steinchen, selbst für einen Felsbrocken. Manchmal ist eine schlichte Entschuldigung nicht genug. Manchmal muss man auch die Quittung für das bekommen, was man getan hat.«

Ich denke an meine Mutter und spüre, dass mein Herz schneller klopft. »Sehe ich auch so.«

»Deshalb habe ich Mari meinen Stein auch noch nicht geschickt. Ich suche etwas, um meine Reue besser auszudrücken.« Dorothys Stimme wird leise, als wären wir Verschworene. »Und du? Hast du dich schon mit deiner Mutter in Verbindung gesetzt?«

»Bitte, Dorothy, du kennst doch nicht die ganze Geschichte.«

»Aber du?« Es klingt herausfordernd, als wäre sie die Lehrerin und ich die Schülerin. »›Zweifel ist keine angenehme Voraussetzung, aber Gewissheit ist eine absurde.‹ Hat Voltaire mal gesagt. Sei dir bitte nicht zu sicher, liebe Hannah. Hör dir auch die Seite deiner Mutter an.«

Vierzig Minuten später hält der Escalade vor einem weitläufigen zweistöckigen Backsteingebäude. Mein kleiner Sender in New Orleans würde in einen Seitenflügel dieses Monstrums passen. Auf einem Schild neben dem Eingang, eingerahmt von mehreren Nadelbäumen, steht: WCHI. Ich trete auf den rutschigen Asphalt und hole tief Luft. *Showtime!*

Ich treffe James Peters, der mich in einen Konferenzraum führt, wo fünf hochrangige Vertreter des Senders an einem ovalen Tisch sitzen. Drei Männer, zwei Frauen. Ich mache mich darauf gefasst, auf Herz und Nieren geprüft zu werden, doch stattdessen entwickelt sich ein ungezwungenes, kollegiales Gespräch. Ich soll von New Orleans erzählen, von meinen Interessen, von meinen Vorstellungen für *Good Morning, Chicago*, von meinen Traumgästen.

»Ihr Exposé hat uns besonders gut gefallen«, sagt Helen Camps am hinteren Ende des Tisches. »Fiona Knowles und ihre Versöhnungssteine haben hier im Mittleren Westen einen richtigen Boom ausgelöst. Dass Sie sie persönlich kennen, dass Sie eine der ersten Empfänger waren, ist wirklich eine packende Story, die wir sehr gerne produzieren würden, wenn wir uns für Sie entscheiden würden.«

Mein Magen verkrampft sich. »Toll.«

»Erzählen Sie mal, was geschah, als Sie die Steine erhielten«, sagt ein grauhaariger Mann, dessen Name ich vergessen habe.

Ich spüre, dass ich erröte. Verdammt! Genau das hatte ich befürchtet. »Hm, also, ich bekam die Steine mit der Post und erinnerte mich an Fiona, jenes Mädchen, das mir in der sechsten Klasse das Leben so schwergemacht hatte.«

Jan Harding, stellvertretende Marketingchefin, klinkt sich ein: »Aus reiner Neugierde: Haben Sie die Steine sofort zurückgeschickt oder ein paar Tage gewartet?«

»Oder Wochen?«, fragt Mr Peters, als wäre das die erlaubte Höchstzeit.

Ich lache nervös. »Oh, ich habe wochenlang gewartet.« Genau genommen hundertzwölf Wochen.

»Und den zweiten Stein haben Sie Ihrer Mutter geschickt«, sagt Helen Camp. »Wie schwer war das?«

O Gott, können wir bitte über etwas anderes sprechen? Ich berühre den Diamantanhänger an meiner Kette, als wäre er ein Glücksbringer. »In dem Buch von Fiona Knowles steht ein Satz, der etwas in mir berührt hat.« Ich denke an Dorothys Lieblingszitat und wiederhole es wie die letzte Heuchlerin. »Solange du nicht das beleuchtest, was dich in Dunkelheit hüllt, bist du verloren.«

Meine Nase kribbelt, Tränen schießen mir in die Augen. Zum ersten Mal erkenne ich die Wahrheit in diesen Worten. Ich bin verloren. Völlig verloren. Hier sitze ich, erfinde eine Geschichte über Versöhnung und lüge all diesen Menschen um mich herum ins Gesicht.

»Tja, wir freuen uns, dass Sie gefunden wurden«, sagt Jan und beugt sich vor. »Und zu unserem Glück haben wir Sie gefunden!«

James Peters und ich sitzen hinten in einem Taxi, das uns rasend schnell die Fullerton Avenue hinunterbringt zum Kinzie Chophouse, wo wir uns zum Mittagessen mit zwei der wichtigen Nachrichtensprecher von WCHI treffen. »Das lief gut heute Morgen, Hannah«, sagt er. »Sie haben bestimmt schon gemerkt, dass wir hier bei WCHI ein tolles Team haben. Ich finde, Sie würden super dazu passen.«

Klar, ich passe super dazu, weil ich nichts als gelogen habe. Warum, um alles in der Welt, habe ich bloß die Versöhnungssteine für mein Exposé gewählt? Nie im Leben nähme ich meine Mutter mit auf Sendung. Ich lächle James an. »Danke, Ihre Mannschaft ist wirklich eindrucksvoll.«

»Ich will ganz offen sprechen. Ihr Exposé ist phantastisch, die Demotapes gehören zu den besten, die wir gesehen haben. Ich verfolge Ihren Weg schon seit zehn Jahren. Meine Schwester wohnt in New Orleans und sagt immer, Sie wären unheimlich gut. Aber Ihre Quoten sind seit drei Monaten auf dem absteigenden Ast.«

Ich stöhne. Am liebsten würde ich erklären, wie frustriert ich von Stuart und den unpassenden Themen bin, die er mir aufdrückt, aber das wäre zu defensiv. Schließlich ist es die *Hannah Farr Show*. »Stimmt. Die Quoten waren schon mal besser. Ich übernehme die volle Verantwortung dafür.«

»Ich kenne ja Stuart Booker. Habe mit ihm in Miami gearbeitet, bevor ich nach Chicago kam. Ihr Talent wird bei WNO verschwendet. Bei uns werden Sie zu Wort kommen, wir legen Wert auf Ihre Ideen.« Er gestikuliert in meine Richtung. »Kommen Sie an Bord, dann setzen wir den Fiona-Knowles-Vorschlag um, am ersten Tag. Das verspreche ich Ihnen.«

Mein Herz setzt kurz aus. »Das ist gut zu wissen«, sage ich angsterfüllt und empfinde gleichzeitig Stolz und Verachtung für mich selbst.

Als ich um neun Uhr abends das kleine Boutique-Hotel auf der Oak Street betrete, bin ich immer noch durcheinander. Ich husche zur Rezeption, als wollte ich so schnell wie möglich abreisen. Ich möchte diese Stadt und die Erinnerung an das verlogene Vorstellungsgespräch hinter mir lassen. Sobald ich in meinem Zimmer bin, werde ich Michael anrufen und ihm sagen, dass ich früher nach Hause komme, rechtzeitig um ihn Samstagabend zu sehen.

Der Gedanke bessert meine Laune. Ich hatte den Rückflug absichtlich auf Sonntag gelegt, als ich noch glaubte, Michael und Abby würden das Wochenende mit mir in Chicago verbringen. Doch als ich meine Sachen packte, rief Michael an und sagte, Abby sei »ein wenig angeschlagen«. Sie müssten absagen.

Eine Sekunde lang wollte ich ihm sagen, er solle trotzdem kommen, allein, so wie er für den Fall versprochen hatte, dass ich hierher zöge. Aber Abby war krank – behauptete er zumindest. Wie unsensibel muss eine Freundin sein, wenn sie vom Vater erwartet, seine kranke Tochter im Stich zu lassen? Ich schüttele den Kopf. Und welch kaltherziges Scheusal bezweifelt die Motive eines kranken Kindes?

Ich habe das marmorne Foyer schon halb durchquert, als ich ihn entdecke. Abrupt bleibe ich stehen. Er sitzt in einem gepolsterten Ohrensessel und tippt auf seinem Handy herum. Als er mich sieht, steht er auf.

»Hey!« Jackson stopft das Handy in seine Tasche und schlendert so lässig wie eh und je auf mich zu. Die Zeit bleibt stehen. Er grinst schief, so wie ich es in Erinnerung habe, seine Haare sind so struppig wie immer. Und sein Südstaatencharme, in den ich mich sofort verliebt habe, als ich ihn das erste Mal auf Dorothys Mardi-Gras-Party traf, ist fast mit Händen greifbar.

»Jackson«, sage ich, und mir wird leicht schwindelig. »Was machst du hier?«

»Meine Mutter hat mir verraten, dass du in der Stadt bist.«

»Na, klar.« Es bricht mir das Herz, dass Dorothy immer noch an der Hoffnung festhält, Jackson und ich könnten irgendwann und irgendwie wieder zusammenkommen.

»Können wir uns irgendwo hinsetzen und sprechen?« Er weist mit dem Daumen auf den Aufzug. »Da ist eine Bar, direkt nebenan.« Es klingt, als würde der kurze Weg die Tatsache aufwiegen, dass ich mit meinem Ex allein in einer fremden Stadt etwas trinken gehe …

Wir wählen eine u-förmige Sitzecke, Jack bestellt zwei Martinis. »Einer pur, einer auf Eis.«

Ich bin gerührt, dass er sich erinnert. Doch seit damals habe ich mich verändert. Martinis sind nicht mehr meine erste Wahl. Heutzutage bevorzuge ich etwas Leichteres, zum Beispiel einen Wodka Tonic. Aber woher soll er das wissen? Wir haben seit über zwei Jahren nichts mehr zusammen getrunken.

Jackson erzählt von seinem Job und von seinem Leben in Chicago. »Es ist wahnsinnig kalt hier«, sagt er und lacht tief gluck-send, so vertraut. Seit unserer Trennung liegt in seinem Blick eine Spur von Traurigkeit, an die ich mich immer noch nicht gewöhnt habe. Während wir zusammen waren – besonders am Anfang, als alles neu und verheißungsvoll war – sprühte das pure Glück aus seinen Augen. Ich frage mich, ob ich allein für die Veränderung verantwortlich bin.

Die Kellnerin bringt uns die Getränke und verschwindet wieder. Jackson lächelt mich an und hält mir sein Glas entgegen. »Auf alte Freunde!«, sagt er.

Ich mustere den Mann vor mir, den Mann, den ich beinahe geheiratet hätte. Ich registriere seine rosigen Wangen, sein schiefes Grinsen, die Sommersprossen auf seinen Armen und die immer noch abgebissenen Fingernägel. Er ist so real. Und trotz seiner Untreue mag ich diesen Kerl. Ich mag ihn aufrichtig. Manche Freunde sind wie ein Lieblingspulli. An den meisten Tagen entscheiden wir uns für T-Shirts oder Blusen. Aber der Pulli ist immer da, hinten im Kleiderschrank, bequem und vertraut und bereit, uns an stürmischen Tagen zu wärmen. Jackson Rousseau ist mein Pulli.

»Auf alte Freunde«, sage ich nun auch und verspüre einen Hauch von Wehmut. Ich verdränge ihn so schnell, wie er gekommen ist. Ich habe ja jetzt Michael.

»Es ist schön, dich zu sehen«, sagt Jackson. »Du siehst umwerfend aus, Hannah. Ein bisschen dünn vielleicht, aber glücklich. Du bist doch glücklich, oder? Isst du auch genug?«

»Ja und ja«, sage ich lachend.

»Gut. Super. Dein konservativer Traumprinz macht dich offenbar glücklich.«

Ich schüttele den Kopf über seinen Seitenhieb. »Du würdest ihn mögen, Jackson. Ihm sind die Menschen wirklich wichtig.« Und ich ebenfalls, denke ich. Aber es wäre gemein, das zu sagen. »Ich schaue nach vorne, das solltest du auch tun.«

Er dreht den Zahnstocher mit der Olive, und ich merke, dass ihn etwas beschäftigt. *Bitte wärme nicht wieder die Vergangenheit auf!*

»Deiner Mutter geht es gut«, sage ich schnell, um das Gespräch in eine andere Richtung zu steuern. »Sie hat ein neues Hobby, die Versöhnungssteine.«

Jackson lacht. »Hab schon davon gehört. Gestern habe ich ein Beutelchen von ihr bekommen, dazu eine dreiseitige Entschuldigung. Die liebste Frau auf Erden, und sie entschuldigt sich bei mir.«

Ich lächele. »Allmählich bereue ich, ihr die Sache mit den

Steinen erzählt zu haben. Sie verteilt sie so freigiebig wie diese Pralinen, die immer neben ihrem Fernseher gestanden haben.«

Jackson nickt. »Sind ja auch eine coole Sache. Ich habe den zweiten Stein meinem Vater geschickt. Wusstest du, dass ich mich damals geweigert habe, zu seiner zweiten Hochzeit zu kommen, als er 1990 noch einmal geheiratet hat?«

»Du wolltest deine Mutter schützen. Das hat er bestimmt verstanden.«

»Schon, aber es hat ihn verletzt. Er ist wirklich glücklich mit Sharon. Das verstehe ich jetzt. Es war ein echt gutes Gefühl, ihm diesen Brief zu schreiben. Ich würde mich freuen, wenn meine Mutter auch die Kraft fände, ihm zu verzeihen.«

»Vielleicht hat er sie nie darum gebeten.«

Jackson zuckt mit den Achseln. »Kann sein. Und es hört sich an, als hätte sie einen neuen Verehrer.«

»Einen Verehrer? Deine Mutter?«

»Ein Bewohner, Mr Sullivan.«

»Du meinst, sie hätte wieder Interesse an Patrick Sullivan?«

»Ja, klingt so. Seit der Trennung von meinem Vater hat sie sich mit keinem Mann mehr getroffen. Vielleicht hat sie die ganze Zeit auf den guten alten Sullivan gewartet. Vielleicht ist er derjenige, der ihr Herz berührt.«

»Der ihr Herz berührt?« Lachend schlage ich ihm mit dem Handrücken auf den Arm. »Du bist so ein Romantiker!«

»Wieso?«, sagt Jackson, und Lachfältchen ziehen sich über seine Wangen. »Ich habe auch dein Herz berührt.«

»Ach, reiß dich mal zusammen, Rousseau!« Ich verdrehe die Augen, aber es ist nett, mit ihm zu schäkern.

»Ich meine ja nur, dass meine Mutter eine kleine Liebesgeschichte verdient hat, und vielleicht ist dieser Sullivan der Richtige dafür.« Er sieht mir in die Augen. »Du weißt, was ich meine. Die Menschen, die man liebt, gibt man niemals auf.«

Der Vorwurf trifft mich tief. Ich wende den Blick ab, spüre, wie sich seine Augen in mich brennen.

»Ich denke, ich muss langsam los«, sage ich und schiebe das Martiniglas beiseite.

Jackson greift nach meiner Hand. »Nein, ich wollte … ich muss noch mit dir reden.«

Ich fühle die Wärme seiner Hand auf meiner und merke, dass sein Blick weich wird. Mein Herz beginnt zu rasen. O Gott, ich muss ihn ablenken.

»Deine Mutter hat erzählt, deine Restaurantberatung läuft gut. Hast du schon dein Tony's gefunden?« Jacksons Traum war es immer, auf der Suche nach dem perfekten Restaurant durch die Welt zu reisen. Er schwärmte von einem düsteren Laden im Tony-Soprano-Stil: rote Ledersitze, Killer-Martinis. Er scherzte immer, wenn er ihn fände, würde er ihn Tony's nennen.

Er hält meine Hand fest und macht ein ernstes Gesicht.

»Ich werde heiraten, Hannah.«

Ich starre ihn an.

»Was?«

Ein Muskel in seinem Kiefer zuckt. Er nickt andeutungsweise. Ich entziehe ihm meine Hand und reibe mir über die Arme, plötzlich ist mir kalt. Mein Lieblingspulli ribbelt sich auf.

»Glückwunsch«, bringe ich hervor, aber meine Zunge fühlt sich schwer an. Ich halte ihm den Martini entgegen. Meine Hand zittert, die Flüssigkeit läuft über den Rand. Mit beiden Händen stelle ich das Glas ab, nehme eine Serviette und beschäftige mich mit dem Säubern, während ich versuche, meine Stimme und meine Orientierung wiederzufinden.

»Ich wollte, dass du es von mir erfährst. Ist ja nicht so, dass ich dir nicht tausend Möglichkeiten gegeben hätte, deine Meinung zu ändern.« Er seufzt. »O Gott, das klingt furchtbar. Holly ist super. Du würdest sie mögen.« Er lächelt. »Und wirklich wichtig ist, dass ich sie liebe.«

Ich bekomme keine Luft. *Holly. Er liebt sie.*

»Deine Mutter«, sage ich mit bebender Stimme. »Weiß sie Bescheid?«

»Sie weiß, dass ich mit Holly zusammen bin, aber nicht, dass es so ernst ist. Wir haben uns geeinigt, dass ich es dir sage. Sie ist schwanger. Holly, meine ich, nicht meine Mutter.«

Wieder grinst er so schief, und ohne jede Vorwarnung breche ich in Tränen aus.

»O Gott«, sage ich, wende mich ab und wische mir über die Augen. »Tut mir schrecklich leid. Das ist eine tolle Nachricht. Keine Ahnung, was mit mir los ist.«

Jackson reicht mir eine Serviette, ich tupfe mir die Augen trocken. »Ein Kind. Das ist ja wundervoll.«

Nein, es ist nicht wundervoll. Ich glaube, ich habe einen Riesenfehler gemacht.

»Es tut mir leid, dass es mit uns nicht anders gelaufen ist, Hannah. Du warst dir einfach so … so sicher. Es gab nur schwarz und weiß für dich. Du warst so voreingenommen.«

Ich werfe ihm einen Blick zu. »Voreingenommen? Du hast mit deiner Praktikantin geschlafen.«

Er hebt den Zeigefinger. »Ein Mal, was ich auf ewig bereuen werde. Aber die Wahrheit ist, dass ich nicht der Richtige für dich war, Hannah.«

Er ist höflich, damit ich nicht das Gesicht verliere. Ich liebe ihn mehr als je zuvor.

»Natürlich nicht«, sage ich. Mein Lächeln kämpft gegen die Mundwinkel an, die sich nach unten ziehen. »Ich weine nur, damit du dich gut fühlst.« Mein Lachen geht in einem Schluchzen unter. Ich schlage die Hände vors Gesicht. »Woher weißt du, dass du nicht der Richtige warst? Wie kannst du dir da so verdammt sicher sein?«

Er reibt meinen Arm. »Weil du mich sonst niemals hättest gehen lassen. Wie gesagt: Die Menschen, die man liebt, gibt man niemals auf.«

Ich erwidere seinen Blick, frage mich, ob er recht hat und ich einen Charakterfehler habe, eine angeborene Unfähigkeit zu vergeben oder vielleicht sogar eine Unfähigkeit zu lieben. Ich denke an meine Mutter und an meine unversöhnliche Haltung ihr gegenüber.

»Du bist wie ein Stahlrohr, Hanni. Du wolltest dich nicht bewegen, keinen Zentimeter. Meistens kommst du damit wahrscheinlich gut durch.«

Ich nestele an meinem Portemonnaie. »Ich muss los.«

»Warte.« Jackson zieht einige Geldscheine aus seiner Brieftasche und legt sie auf den Tisch. Ich höre ihn hinter mir herhasten, um mit mir Schritt zu halten. Ich laufe am Aufzug vorbei, zu erschüttert, um den engen Raum mit diesem bald verheirateten Mann zu teilen. Stattdessen öffne ich die Tür zum Treppenhaus und eile die Stufen hinauf.

Ich höre Jacksons Schritte hinter mir. Auf halber Höhe bekommt er meinen Ellenbogen zu fassen.

»Hannah, hör auf!« Er dreht mich zu sich um. Sein Blick wird zärtlich. »Es gibt ihn, Hannah, den Mann mit dem Feuer, der deinen Stahl zum Schmelzen bringt. Aber ich bin es nicht. Ich war es nie.«

8

Ich warte zwanzig Minuten, bevor ich Michael anrufe. Ich bin einfach zu aufgewühlt, meine Stimme ist immer noch belegt. Ich will nicht, dass er meine Reaktion falsch versteht. Meine Tränen um Jackson haben nichts mit meinen Gefühlen für Michael zu tun.

Zum Glück ist er erschöpft, als er sich meldet. Er spricht mich nicht auf meine Stimmung an.

»Wie geht es Abby?«, erkundige ich mich.

»Super.« Er sagt das so selbstverständlich, dass ich mich frage, ob sie überhaupt krank war. Halt. Jackson hat recht. Ich bin wirklich voreingenommen.

Ich berichte Michael kurz von meinem Tag bei WCHI.

»Ich gehöre zu den letzten drei Kandidaten. Sie schienen mich zu mögen, aber die Entscheidung fällt erst in ein paar Wochen. Du weißt ja, wie viel Zeit solche Prozesse brauchen.«

»Glückwunsch! Hört sich an, als hättest du sie vollkommen überzeugt.« Michael gähnt, wahrscheinlich schaut er auf den Wecker neben dem Bett. »Gibt's sonst noch was?«

Ich komme mir vor wie ein Beamter auf einer Stadtratssitzung, der das Protokoll verliest. »Nein, das war's im Großen und Ganzen.«

Von Jackson erzähle ich ihm doch nicht. Es gibt nichts zu erzählen. Aus dem Bauch heraus stelle ich ihm eine Frage.

»Bin ich zu hart, Michael? Voreingenommen?«

»Hm?«

»Ich kann mich nämlich ändern. Ich kann nachgiebiger werden, weicher. Ich kann mich weiter öffnen, mehr von mir preisgeben. Das kann ich wirklich.«

»Nein, alles gut. Du bist perfekt.«

Das Kingsize-Bett des Hotels erscheint mir zu klein. Gedanken an Jackson und seine zukünftige Frau, an Michael und Abby rauben mir den Schlaf. Ich drehe mich auf die Seite, versuche, das Gespräch heute im Sender und meine Behauptung zu vergessen, ich hätte mit meiner Mutter Frieden geschlossen. Beim ersten Sonnenstrahl schlüpfe ich aus dem Pyjama in meine Laufhose. Mit den Händen in den Taschen walke ich am Lakeshore Trail entlang und denke über meine Zukunft nach. Was ist, wenn ich diesen Job wirklich bekomme? Könnte ich hier leben, allein in dieser Stadt? Ich hätte keinen einzigen Freund, jetzt nicht mal mehr Jackson.

Ein Paar kommt auf mich zu, eine hübsche Frau mit kastanienrotem Haar, der Mann in einem Burberrymantel. Er trägt ein süßes kleines Mädchen auf den Schultern. Was würde ich darum geben, mit ihnen tauschen zu können!

Meine Gedanken wandern zu meiner Mutter. Ich habe das Gefühl, das Universum hätte sich gegen mich verschworen. Zuerst drängt mich Dorothy, Frieden mit ihr zu schließen. Dann vermittelt mir dieses verfluchte Exposé das Gefühl, ich hätte einen Auftrag. Und zu guter Letzt Jacksons Kommentar am Vorabend, dass man die Menschen, die man liebt, niemals aufgibt. Kann es sein, dass ich zu hart über meine Mutter geurteilt habe? Bevor ich die Vermutung verdrängen kann, ist sie in meinem Kopf.

Meine Gedanken überschlagen sich, immer schneller und fieberhafter. Ich sehe das Lächeln meiner Mutter vor mir, offen und aufrichtig, wenn sie Bob anschaute. Ich sehe sie vor mir stehen, am Panoramafenster unseres Wohnzimmers, jeden Morgen während des Umbaus wartete sie auf die Ankunft seines Wagens. Dann stürzte sie nach draußen in die Auffahrt, um Bob mit einer

Tasse Kaffee zu begrüßen. Ich höre ihr Lachen auf der Terrasse, wo sie sich nach Bobs langem Arbeitstag mit ihm hinsetzte und Eistee trank. Sie beugte sich zu ihm vor, jedes Wort, das er sprach, war Musik für sie.

Sie liebte diesen Mann. Welche Fehler auch immer sie hatte, welche Defizite als Mutter oder Freundin, sie liebte Bob aus tiefstem Herzen und mit ganzer Seele. Damals war es so. Ich weiß nicht, wie es heute ist zwischen den beiden. Ob sie überhaupt noch zusammen sind.

Allmählich erkenne ich, dass mein Mantel der Wut eher ein Flickenteppich ist, und eines der eingewobenen Gefühle ist sicherlich Angst. Wie schrecklich es war, die Liebe meiner Mutter zu einem Fremden zu erleben! In meiner jugendlichen Logik bedeutete ihre Liebe zu Bob, dass sie weniger Liebe für mich übrig hatte.

Ich bleibe an einem betonierten Anleger stehen und blicke hinaus auf die weite Fläche kalten grauen Wassers, die mich von meiner Mutter trennt. Der Wind schlägt mir ins Gesicht, die Nase läuft. Irgendwo hinter der gewaltigen Ausdehnung des Lake Michigan lebt und atmet meine Mutter.

Ich kauere mich hin, schlage die Hände vors Gesicht. Was ist, wenn sie wirklich versucht hat, mich zu erreichen? Könnte ich ihr vielleicht doch verzeihen?

Jacksons Vorwurf fällt mir wieder ein. *Wie ein Stahlrohr ... nur Schwarz und Weiß ... voreingenommen ...* Ich richte mich auf, ergriffen von einem so schmerzlichen Sehnen, dass sich mir der Kopf dreht.

Ich kehre zurück in die Richtung, aus der ich gekommen bin, und verfalle endlich in einen Laufschritt.

Als ich das Hotelzimmer erreiche, bin ich fast wahnsinnig vor Sehnsucht. Ich klappe den Laptop auf, und innerhalb von fünf Minuten habe ich ihre Adresse und Telefonnummer gefunden. Sie ist unter dem Namen Suzanne Davidson gemeldet. Hat sie ihren Mädchennamen die ganzen Jahre in der Hoffnung behalten, dass ich eines Tages versuchen könnte, sie zu finden? Sie lebt nicht mehr in Bloomfield Hills, sondern in Harbour Cove. Ein Schauder läuft mir über den Rücken. Dorchester Lane? Ich gebe den Straßennamen bei Google Maps ein, und die Zeit bleibt stehen. Sie wohnen in Bobs alter Holzhütte, dem Haus, wo ich mit dreizehn meinen Sommer verbrachte. Also sind sie noch zusammen. Die Härchen an meinen Armen stellen sich auf. Das Haus, in das ich niemals wieder einen Fuß setzen müsste, wie mein Vater geschworen hat.

Mit zitternden Fingern tippe ich die Nummern in das cremefarbene Hoteltelefon, nicht in mein Handy. So wird sie nicht wissen, dass ich es bin. Ich lasse mich auf den Stuhl am Tisch sinken. Mit klopfendem Herzen höre ich, wie der Apparat klingelt, einmal, zweimal …

Ich denke an all die Telefongespräche, die wir nach unserer Trennung in den drei Jahren bis zu meinem sechzehnten Geburtstag führten. Ich erinnere mich an ihr endloses Bombardement von Fragen und an meine kurz angebundenen, einsilbigen Antworten. Ich warf ihr vor, neugierig zu sein, weil sie alles über mein Leben in Atlanta wissen wollte. Nur über meine Leiche wollte ich sie daran teilhaben lassen. Wenn sie zu meinem Leben gehören wollte, dann sollte sie ihren Hintern schleunigst nach Hause bewegen, wo sie hingehörte.

Beim dritten Klingeln meldet sie sich. »Hallo?«

Ich hole Luft und halte mir die Hand vor den Mund.

»Hallo?«, wiederholt sie. »Ist da jemand?«

Ihre Stimme ist sanft, verrät nur noch ansatzweise die Herkunft aus Pennsylvania. Wie sehr ich mich danach sehne, mehr von dieser Stimme zu hören, auf die ich sechzehn Jahre gewartet habe!

»Hallo«, sage ich schwach.

Sie wartet, dass ich weiterspreche, und fragt schließlich nach: »Entschuldigung, aber wer ist da?«

Mein Herz zerspringt. Sie erkennt ihre eigene Tochter nicht. Aber wie sollte sie auch? Das habe ich gar nicht von ihr erwartet ... oder etwa doch?

Aus völlig irrationalen Gründen tut es weh. *Ich bin deine Tochter*, möchte ich rufen, *die du zurückgelassen hast.* Ich lege die Finger auf die Lippen und schlucke.

»Verwählt«, bringe ich hervor und lege auf.

Ich lasse den Kopf auf den Tisch sinken. Langsam wächst meine Traurigkeit. Das war meine Mutter. Der einzige Mensch, den ich jemals wirklich geliebt habe.

Ich springe auf und suche in meiner Handtasche nach dem Mobiltelefon. Diesmal wähle ich Dorothys Nummer.

»Bist du gerade beschäftigt?«, frage ich mit Herzklopfen.

»Für meine Hannah habe ich immer Zeit. Was ist denn los?«

»Glaubst du, dass er – also mein Vater –, dass er dir die Wahrheit gesagt hat über die Briefe oder einen Brief von meiner Mutter? Hast du ihm geglaubt, Dorothy?«

Ich halte das Handy umklammert, kann ihre Antwort nicht erwarten, denn ich weiß, wie viel von diesem einen Satz abhängt.

»Hannah«, sagt sie sanft, »es war eines der wenigen Male, dass ich ihm geglaubt habe.«

9

Um zehn Uhr erreiche ich den Flughafen von Chicago. Statt einen früheren Flug zurück nach Hause zu nehmen, habe ich mein Ticket umgebucht, und zwar nach Grand Rapids, Michigan. »Der nächste Flug geht um 11:04 Uhr«, sagt die Frau am Schalter von Delta Airlines. »Den Zeitunterschied eingerechnet, landen Sie um 12:57 Uhr. Morgen Abend würden Sie zurück nach New Orleans fliegen, Ankunft 22:51 Uhr.« Ich reiche ihr meine Kreditkarte.

Zehn Minuten vor Boarding Time bin ich am Gate. Ich mache es mir in einem Kunstledersessel gemütlich und grabe in der Tasche nach dem Handy, doch stattdessen fällt mir das Samtbeutelchen in die Hand.

Ich hole den verbliebenen Stein heraus, lege ihn auf meine Handfläche und mustere die beigefarbenen Sprenkel in der elfenbeinweißen Oberfläche, in Gedanken bei Fiona Knowles. Vor zwei Jahren suchte sie diesen Stein für mich aus. Sie gab den Anstoß zu diesem Prozess. Ohne die Versöhnungssteine wäre ich nicht auf die Idee gekommen, diese Reise zu unternehmen. Alle Erinnerungen an meine Mutter wären noch sicher verstaut.

Im mache eine Faust um den Stein und hoffe, dass ich das Richtige tue. *Bitte lass aus diesem Stein eine Brücke entstehen, keine Mauer.*

Mir gegenüber flicht eine junge Mutter die Haare ihrer Tochter. Lächelnd hört sie dem Geplapper der Kleinen zu. Ich versage mir alle lächerlichen Erwartungen an diese Reise. Es wird wahrscheinlich keine fröhliche Wiedervereinigung geben.

Ich stecke den Stein zurück in die Tasche und hole das Handy heraus. Mein Herz schlägt schneller. Wie wird Michael reagieren, wenn ich ihm beichte, dass ich nach Michigan fliege? Weiß er noch, was ich ihm über meine Mutter und ihren Freund erzählt habe?

Ich tippe auf die Anruftaste, ausnahmsweise froh darüber, dass er ein vielbeschäftigter Mann ist. Es ist deutlich einfacher, nur eine Nachricht zu hinterlassen.

»Hannah«, sagt er. »Guten Morgen, Schatz!«

Mist! Ausgerechnet heute.

»Guten Morgen«, erwidere ich mit bemüht heiterer Stimme. »Kann gar nicht glauben, dass ich dich persönlich erreiche.«

»Hab gleich eine Besprechung. Was gibt's?«

»Hey, rate mal, was ich heute vorhabe! Ich fliege für einen Tag nach Michigan. Ich dachte, da ich schon mal hier oben bin, kann ich genauso gut meine Mutter besuchen«, stoße ich schnell aus, damit er mich nicht unterbrechen kann. Dann warte ich ...

Schließlich spricht er. »Hältst du das für notwendig?«

»Ja. Ich will versuchen, ihr zu verzeihen. Ich denke, dass ich mit meiner Vergangenheit Frieden schließen muss, um mich der Zukunft zuwenden zu können.«

Bei diesen Worten – Dorothys Worten – fühle ich mich weise.

»Wenn du meinst«, sagt Michael. »Nur ein kleiner Ratschlag: Behalt es für dich! Davon braucht niemand etwas zu wissen.«

»Natürlich«, beeile ich mich zu sagen. Und plötzlich wird mir wieder etwas klar: Michael will nicht, dass sein Ruf durch meinen beschädigt wird.

Als das Flugzeug landet, ist es doch schon halb zwei. Ich unterschreibe einen Vertrag für einen Mietwagen.

»Nur bis morgen?«, fragt der junge Mann von der Mietwagenfirma.

»Ja, bis sechs Uhr bin ich zurück.«

»Lassen Sie sich Zeit. Heute Nachmittag soll es einen Sturm geben.«

Bei dem Wort »Sturm« denke ich an einen Hurrikan, doch als er mir einen Plastikkratzer reicht, wird mir klar, dass er von einem Schneesturm spricht. »Danke«, sage ich und steige, immer noch in Kleid und Pumps, in den Ford Taurus. Den Eiskratzer werfe ich auf den Rücksitz.

Ich nehme die I-31 nach Norden und singe zu Adele, in Gedanken bei meiner Mutter. Eine Stunde vergeht, und ich merke, dass sich die Landschaft verändert. Sie ist jetzt hügeliger, entlang der Straße wachsen riesige Fichten und Birken. Alle paar Meilen stehen Schilder, die vor Wildwechsel warnen.

Irgendwann weist ein Schild darauf hin, dass ich gerade den 45. Breitengrad erreicht habe, und ich höre Bobs Stimme, als säße ich auf dem Rücksitz seines Oldsmobile Cutlass.

Siehst du, Schwester? Jetzt bist du genau in der Mitte zwischen Nordpol und Äquator.

Ich fragte mich nur: *Und, soll ich mich etwa darüber freuen?* Mit einem breiten Grinsen versuchte er, meinen Blick im Rückspiegel aufzufangen. Aber ich sah nicht hin.

Ich verdränge die Szene und versuche, mich auf die Landschaft zu konzentrieren, die so anders ist als im Süden. Sie ist schöner, als ich sie in Erinnerung habe. Ich bekam hier immer Platzangst, bei dieser Einsamkeit im Norden, aber heute wirken der weiße Schnee und die grünen Fichten eher heiter und gelassen auf mich als öde. Ich öffne das Fenster einen Spalt breit, um die abgestandene Luft vom frischen Wind herauspusten zu lassen.

Das Navi sagt mir, dass ich noch dreißig Meilen von Harbour Cove entfernt bin. Der Magen rutscht mir in die Hose. Bin ich bereit dafür? Ich weiß es nicht. Wird es jemals so weit sein?

Zum xten Mal gehe ich meinen Plan durch. Ich werde mir ein

Hotel zum Übernachten suchen und früh aufstehen. Noch vor neun Uhr will ich zum Haus fahren. Bob müsste arbeiten sein, meine Mutter sollte schon auf den Beinen sein und geduscht haben. Ich vertraue darauf, dass sie trotz all ihrer Fehler und Marotten freundlich ist. Ich möchte gerne glauben, dass sie mich willkommen heißt, sobald sie mich sieht. Ich werde ihr sagen, dass ich ihr verzeihe, dann können wir die Vergangenheit hinter uns lassen. Insofern man sich davon befreien kann. Als wir das letzte Mal ein Wochenende gemeinsam verbrachten, war ich fünfzehn. Zufälligerweise trafen wir uns damals in Chicago, der Stadt, aus der ich gerade komme. Ich war von Atlanta aus hingeflogen, sie hatte den Zug von Michigan genommen. Wir übernachteten nicht im Zentrum, sondern in einem schäbigen Flughafenhotel, aßen in einem nahegelegenen Schnellrestaurant und verbrachten nur einen Nachmittag in der Stadt. Bei Abercrombie sah ich ein Shirt, das mir gefiel, und meine Mutter wollte es mir unbedingt kaufen. Als sie ihr Portemonnaie öffnete, sah ich, dass das Futter zerschlissen war. Sie suchte in der abgegriffenen Börse herum und zählte das Geld ab, zweimal. Schließlich zog sie einen gefalteten Zwanzig-Dollar-Schein aus einem Fach, in das man ein Foto stecken konnte.

»Mein Not-Zwanni«, erklärte sie. »Man sollte immer einen im Portemonnaie haben, falls es mal hart auf hart kommt.«

Es war nicht ihr Ratschlag, der mich so getroffen hat. Es war die Erkenntnis, dass meine Mutter arm war. Darüber hatte ich nie nachgedacht. Wenn ich damals mit meinem Vater shoppen ging, reichte er an der Kasse seine Kreditkarte hinüber, und das war's. Hatte meine Mutter überhaupt eine Kreditkarte? Sie musste bei der Scheidung doch die Hälfte des Vermögens meines Vaters bekommen haben. Was machte sie mit dem ganzen Geld? Wahrscheinlich ging es für Bob drauf.

Ich hätte dankbar sein sollen, dass sie Geld für das schlichte Motelzimmer ausgegeben hatte, dass sie ihren Not-Zwanziger für mich geopfert hatte. Ich hätte wütend auf meinen Vater sein sollen, weil er ihr nicht mehr Geld überlassen hatte. Stattdessen empfand ich eine wachsende Distanz, die an Abscheu grenzte. Als ich wieder zu Hause war, fragte ich meinen Vater, warum Mom kein Geld hätte. »Falsche Entscheidungen«, sagte er und schüttelte den Kopf. »Sollte dich doch nicht wundern.« Die Anspielung war eine weitere Dosis Gift für die bereits kränkelnde Beziehung zu meiner Mutter. *Noch eine falsche Entscheidung, genau wie damals, als sie ihren Freund dir vorzog.* All die Gefühle von Reue, Scham, Dankbarkeit und Mitleid, die ich damals hätte empfinden sollen, stürzen jetzt auf mich ein. Mit jeder Meile, die ich fahre, werde ich überzeugter, dass ich die richtige Entscheidung getroffen habe. Ich muss meine Mutter sehen. Sie soll wissen, dass ich ihr verziehen habe. So nervös ich auch bin, ich kann den nächsten Morgen kaum erwarten.

Wer, um alles in der Welt, trinkt Wein aus Nord-Michigan? Doch alle paar Meilen sehe ich Schilder von Weingütern. Irgendwo habe ich mal gelesen, dass das Klima auf der Old-Mission-Halbinsel perfekte Bedingungen für den Anbau von Weintrauben bietet. Aber ich hatte ja keine Ahnung, dass diese Idee sich so verbreitet hat. Andererseits: Was haben diese Menschen hier im Nirgendwo auch sonst zu tun?

Ich erreiche eine Hügelkuppe, und da liegt er vor mir: der Lake Michigan. Er ist so groß, dass man meint, es wäre das Meer. Ich fahre langsamer, genieße den Blick auf das schillernde blaue Wasser. Doch die Sandstrände, die ich von jenem Sommer kenne, sind heute mit Schnee bedeckt, große Eisplatten versperren die Ufer. Erinnerungen stürzen auf mich ein: meine Mutter und Bob vorne in seinem Cutlass brechen in Jubel aus, als sie den See erblicken. Ich hinten auf dem Rücksitz weigere mich, hochzuschauen. »Da ist er, Schwester«, sagte Bob gerne und wies nach vorn. Er sprach mich immer mit diesem Spitznamen an, den ich mit der Zeit hasste. »Ist er nicht großartig?«

Obwohl ich gerne hinuntergeschielt hätte, weigerte mich.

Die Genugtuung wollte ich ihm nicht gönnen. Ich musste diese Gegend hassen. Wenn sie mir gefiel, könnte ich in meiner Entschlossenheit wanken. Dann würde ich vielleicht sogar Bob mögen, und das würde mein Vater mir niemals verzeihen. »Willst du morgen mal mit mir angeln gehen, Schwester? Du fängst bestimmt den einen oder anderen Barsch. Kann auch sein, dass die Weißfische anbeißen. Und morgen Abend haust du sie uns dann in die Pfanne, Suzanne, nicht wahr? Es gibt nichts Besseres als Weißfisch aus dem Lake Michigan.« Ich ignorierte ihn, wie ich es immer tat. Glaubte er ernsthaft, dass ich um fünf Uhr morgens aufstehen würde, um mit ihm angeln zu gehen? *Bei dir hakt's wohl, du Spinner.*

Jetzt frage ich mich, was dort draußen auf dem See geschehen wäre, wenn ich mit ihm allein gewesen wäre. Die Vorstellung lässt mich schaudern.

Wann genau es war oder wie es dazu kam, weiß ich nicht mehr. Ich weiß nur, dass Bob kurz vor meinem dreizehnten Geburtstag irgendwie komisch wurde. In dem ersten Sommer, als ich ihn kennenlernte, mochte ich ihn sogar. Ich sah zu, wie er die Schränke in unserer Küche mit einem Brecheisen von den Wänden holte. Er hatte muskulöse, gebräunte Arme. Eines Morgens warf er mir eine Schutzbrille und einen Helm zu und ernannte mich zu seiner Assistentin. Ich räumte auf der Baustelle auf und brachte ihm Eistee, und am Ende des Tages gab er mir einen Fünfdollarschein. Damals nannte er mich noch Hannah. Erst als er begann, mit meiner Mutter auszugehen, gewöhnte er sich an, mich »Schwester« zu rufen. Aber da hätte kein Spitzname, keine Schmeichelei meinen Entschluss mehr ändern können. Ich hatte mich entschieden. Er war der Feind. Jede freundliche Geste, jedes Kompliment von ihm war verdächtig.

Als ich ins Einkaufsviertel von Harbour Cove fahre, bin ich überrascht. Das ehemals verschlafene Fischerdorf ist zu einer geschäftigen Kleinstadt geworden. Gut gekleidete Frauen in Röcken und mit hohen Absätzen bummeln an den Schaufenstern vorbei, in den Händen Designertaschen und Einkaufstüten. Ich sehe hübsche, antik wirkende Läden mit Markisen, Kunstgalerien und Restaurants mit Tafeln auf der Straße, die das Tagesangebot verkünden.

Die Stadt sieht aus wie aus dem Bilderbuch. Ein weißer Bentley biegt links vor mir ab. Seit wann ist Harbour Cove so schick geworden? Kann sich meine Mutter überhaupt leisten, hier zu wohnen?

Meine Hände umklammern das Lenkrad, Übelkeit steigt in mir auf. Was ist, wenn sie nicht mehr hier lebt? Wenn die Adresse aus dem Internet veraltet ist? Was ist, wenn ich sie nach so langer Zeit nicht mehr finde?

Dann wird mir klar, dass ich vor drei Wochen noch keinen Gedanken an meine Mutter verschwendet habe. Zuerst habe ich mich davor gefürchtet, Kontakt zu ihr aufzunehmen, jetzt hoffe ich sehnsüchtig, dass ich sie finde und ihr vergeben kann. Aber wie dem auch sei, ich muss bis zum nächsten Tag warten. Ich kann nicht riskieren, Bob zu treffen.

10

Mit einem nervösen Kribbeln im Bauch fahre ich durch Harbour Cove und anschließend Richtung Norden auf den Peninsula Drive, um mir die Gegend etwas anzuschauen. Viele Winzerschilder stehen am Wegesrand, und ich muss lächeln, als ich eines mit der Aufschrift *Merlot de la Mitaine* sehe. Süß. Merlot vom Handschuh – passend zum Spitznamen »Handschuh-Staat« für Michigan. Was soll's? Es ist zwanzig nach drei; ein Glas Wein und eine saubere Toilette klingen sehr verlockend. Ich folge den Wegweisern eine steile Schotterpiste hinauf und gelange nach mehreren Kurven zu einer riesigen alten Scheune mit einem Parkplatz davor.

Ich steige aus dem Auto und strecke mich. Staunend genieße ich die Aussicht. Über die Hänge der schmalen Halbinsel zieht sich ein Geflecht aus krummen Spalieren schneebedeckter Weinstöcke, Holzzäunen und Rankgerüsten. Kahle Kirschbäume – noch Monate entfernt von einer reichen Ernte – bilden schnurgerade Reihen. In der Ferne glitzert das Wasser des Lake Michigan.

Mein knurrender Magen zwingt mich, mich von dem faszinierenden Ausblick abzuwenden. Ich überquere den leeren Parkplatz und frage mich, ob das Weingut überhaupt geöffnet hat. Das Einzige, was ich heute gegessen habe, war eine kleine Tüte Brezeln im Flugzeug. Ich gehe schneller, sehne mich nach einem Sandwich.

Mit einem Quietschen öffnet sich die Holztür. Es dauert eine Weile, bis sich meine Augen an den schwach beleuchteten Raum gewöhnt haben. Gewaltige Eichenbalken unter der hohen Decke verraten, dass dieses früher wirklich eine Scheune war. Die Wände sind von Weinregalen gesäumt, Grissini, edle Korkenzieher und Dekantiergefäße schmücken die Tische. Auf einem Tresen entdecke ich eine altmodische Registrierkasse, aber einen Menschen kann ich nirgends sehen. Der Besitzer dieses Ladens hat offenbar keine Angst, ausgeraubt zu werden.

»Hallo?«, rufe ich und trete durch einen Bogen in den angrenzenden Raum, der von lodernden Holzscheiten auf einer mächtigen Feuerstelle aus groben Steinen erwärmt wird. Auf dem Holzboden stehen runde Tische. Eine u-förmige Theke aus alten Weinfässern fesselt meine Aufmerksamkeit. Hier bin ich offenbar im Verkostungsraum. Super. Wenn ich jetzt noch ein bisschen Vino und etwas Nahrhaftes bekommen könnte, wäre alles gut.

»Hey!« Hinter einer Wand kommt ein Mann hervor, der sich die Hände an einer rot beklecksten Schürze abwischt.

»Hi«, sage ich. »Bekomme ich bei Ihnen etwas zu essen?«

»Aber sicher!«

Er ist groß, um die vierzig und hat einen Schopf widerspenstiger dunkler Haare. Sein Lächeln vermittelt mir das Gefühl, dass er sich wirklich freut, mich zu sehen. Ich nehme an, er ist der Winzer.

»Setzen Sie sich!« Er weist auf den leeren Raum. »Irgendwo findet sich bestimmt noch ein Plätzchen für Sie.« Er lächelt, und ich muss ebenfalls lachen. Der arme Kerl hat nichts zu tun, aber immerhin nimmt er es mit Humor.

»Gott sei Dank komme ich vor dem großen Ansturm«, sage ich, gehe an den runden Tischen und Stühlen vorbei und setze mich auf einen lederbezogenen Barhocker.

Er reicht mir eine Speisekarte. »Wir haben noch die Öffnungszeiten der Nebensaison. Von Neujahr bis Mai haben wir nur am Wochenende und nach Vereinbarung geöffnet.«

»Oh, das tut mir leid. Das wusste ich nicht …« Ich schiebe

den Hocker zurück, doch er legt mir die Hand auf die Schulter.

»Schon gut. Ich war hinten und habe mit ein paar Suppen experimentiert. Ein Versuchskaninchen kommt mir gerade recht. Wollen Sie es wagen?«

»Ähm, wenn es Ihnen recht ist, dann sehr gerne«, erwidere ich. »Darf ich mich vorher kurz frischmachen?«

Er weist hinüber zum hinteren Teil des Raums. »Erste Tür.«

In der makellos sauberen Kundentoilette riecht es nach Desinfektionsmittel mit Zitronenduft. Auf einem Tisch neben dem Waschbecken entdecke ich Mundspülung, Pappbecher, Haarspray und eine Schale mit Minztäfelchen. Ich packe eins aus und schiebe es mir in den Mund. Hm, lecker! Ich stopfe mir eine ganze Handvoll in die Handtasche, damit ich am nächsten Tag während des Flugs etwas zu mümmeln habe.

Ich spritze mir Wasser ins Gesicht und schaue in den Spiegel. Was ich sehe, entsetzt mich. Ich bin nicht geschminkt, habe mir am Morgen nicht mal die Mühe gemacht, das Haar zu glätten. Ich hole einen Clip aus der Handtasche und nehme meine Locken am Hinterkopf zusammen. Dann fische ich eine Tube Lipgloss hervor. Doch als ich es auftragen will, halte ich inne. Ich bin hier oben mitten im Nichts, wo niemand weiß und es niemanden kümmert, wer ich bin. Habe ich den Mut, mich ungeschminkt zu zeigen? Ich stecke die Tube wieder in die Handtasche und greife noch einmal in die Schale mit den Minztäfelchen.

Zurück an der Theke, entdecke ich einen Korb mit Knabberstangen und ein Glas Rotwein.

»Merlot«, sagt der Winzer. »2010. Mein persönlicher Favorit.«

Ich führe das Glas am Stiel zur Nase und schnuppere. Der Wein duftet kräftig und schwer. Ich schwenke ihn und versuche mich zu erinnern, warum man das so macht. Der Winzer beobachtet mich mit einem angedeuteten Lächeln. Macht er sich über mich lustig?

Ich kneife die Augen zusammen. »Lachen Sie über mich?«

Er reißt sich zusammen. »Nein, Entschuldigung. Nur weil ...«
Ich grinse ihn an. »Na klar, ich tue genau das, was jeder
Amateur tut, wenn er ein Glas Wein in die Hände bekommt. Er
schwenkt es.«
»Nein, das meine ich nicht, obwohl das stimmt. Alle schwen-
ken den Wein. Nein, ich lache, weil Sie ...« Er zeigt auf meine
weit aufklaffende Handtasche. Sie sieht aus, als wäre ich Hallo-
ween Süßigkeiten sammeln gewesen, die Minztäfelchen quellen
schon fast heraus.
Ich spüre, dass ich rot anlaufe. »O Gott! Das tut mir leid.
Ich ...«
Er lacht herzlich. »Keine Sorge. Nehmen Sie, so viel Sie wol-
len. Ich kann auch einfach nicht die Finger davon lassen.«
Ich falle in sein Lachen ein. Ich mag die lockere Art dieses
Mannes, und dass er mich wie eine alte Freundin behandelt.
Irgendwie bewundere ich diesen Typen, der sich im Norden mit
einem Laden durchzuschlagen versucht, obwohl er nur drei Mo-
nate im Jahr so richtig zu tun hat. Kann nicht leicht sein.
Ich verkneife mir das gesamte Ritual und trinke einen Schluck
Wein.
»Oh, wow, der ist gut! Wirklich gut.« Ich probiere noch mal.
»Muss ich jetzt nicht Ausdrücke wie ›altes Sattelleder‹ oder ›aro-
matische Kirschen‹ von mir geben?«
»Oder: schmeckt nach Rauch oder Moschus ... Mein per-
sönlicher Lieblingsspruch ist: ›Die Plörre schmeckt wie feuchter
Asphalt.‹«
»Nein! Hat das wirklich jemand gesagt?« Mein Gelächter
klingt fremd in meinen Ohren. Wie lange ist es her, dass ich aus
vollem Hals gelacht habe?
»Leider ja. In dieser Branche braucht man ein dickes Fell.«
»Also, wenn das nach feuchtem Asphalt schmeckt, dann dür-
fen Sie mir gerne den Hof machen!« *Den Hof machen?* Habe ich
das gerade wirklich gesagt? Ich muss dringend den Mund halten.
Ich verstecke mein Gesicht hinter dem Glas.

»Freut mich, dass er dir gefällt.« Er streckt einen Arm über die Theke und hält mir seine große Hand hin. »Ich bin RJ.«

Ich schlage ein. »Angenehm. Ich bin Hannah.«

Der Winzer verschwindet nach hinten und kehrt mit einem dampfenden Teller Suppe zurück.

»Tomaten-Basilikum-Suppe«, sagt er und stellt den Teller auf das Platzset vor mir. »Achtung, ist heiß.«

»Danke.«

Er hievt sich auf die Arbeitsfläche hinter sich und sieht mich an, als würde er sich auf ein längeres Gespräch einrichten. Die Aufmerksamkeit dieses Mannes vermittelt mir das Gefühl, etwas Besonderes zu sein. Ich rufe mir in Erinnerung, dass ich ja sein einziger Gast bin.

Während ich am Wein nippe und warte, dass die Suppe abkühlt, tauschen wir die wesentlichen Informationen aus: woher ich komme, was mich in diese Ecke verschlagen hat.

»Ich bin Journalistin, im Süden aufgewachsen«, erkläre ich. »Ich bin hier, um meine Mutter zu besuchen.« Genau genommen ist das die halbe Wahrheit, aber ich werde diesem Fremden nicht die gesamte Geschichte meiner Kindheit und Jugend auftischen.

»Wohnt sie hier?«

»Ein bisschen weiter westlich, in Harbour Cove.«

Er hebt die Augenbrauen, und ich kann mir denken, was er vermutet: dass ich als Kind die Sommerferien in einem der großen Herrenhäuser am See verbracht habe. Normalerweise rücke ich nichts zurecht, wenn andere Menschen Mutmaßungen über meine Vergangenheit anstellen. Wie Michael sagt: Mein Image ist wichtig. Vielleicht liegt es daran, dass ich tausend Meilen von meiner Fangemeinde entfernt bin oder an dem Gefühl, dass dieser Mann aufrichtig ist – was auch immer der Grund ist, ich kläre ihn auf.

»Der Besuch ist seit langem fällig. Ich habe nicht die besten Erinnerungen an diese Gegend.«

»Und dein Vater?«, fragt er.

Ich rühre in meiner Suppe. »Ist letztes Jahr gestorben.«

»Das tut mir leid.«

»Dieses Weingut hätte ihm gefallen. Sein Motto lautete: *Warum Obst essen, wenn man es trinken kann?* Und damit meinte er keinen Apfelsaft.« Ich sage das, ohne zu lachen. Es ist mir sehr ernst.

RJ nickt, scheint meine Andeutung zu verstehen. »Mein Vater hätte ihm zugestimmt. Nur hätte er noch sämtliche Getreidesorten mit einbezogen.«

Wir haben also etwas gemeinsam – zwei vaterlose Kinder von Alkoholikern. Ich probiere einen Löffel von der Suppe. Sie ist cremig und würzig, mit einem Hauch Basilikum.

»Superlecker«, sage ich.

»Zu viel Basilikum?«

»Nein, perfekt.«

Wir sehen uns eine Sekunde zu lang in die Augen. Ich wende den Blick ab, spüre, dass mir die Röte in die Wangen steigt, ob wegen der heißen Suppe oder wegen des heißen Typen, weiß ich nicht so genau.

Er schenkt mir einen Schluck aus einer anderen Weinflasche ein und holt ein zweites Glas aus dem Regal. »Was soll's?«, sagt er und gießt sich ebenfalls ein wenig ein. »Kommt nicht oft vor, dass ich mich mit meinen Gästen verbrüdern kann. Noch sechs Wochen, und ich stehe knietief im Chaos.«

Ich lächele, aber frage mich insgeheim, ob er ein Traumtänzer ist. »Wohnst du schon lange hier oben?«

»Hab das Weingut vor vier Jahren gekauft. Als Kind habe ich immer den Sommer hier verbracht. Es war mein absoluter Lieblingsort. Später ging ich zur Uni und hab Weinbau studiert. Nach dem Abschluss bekam ich eine Stelle bei E & J, Ernest und Julio Gallo. Dafür bin ich nach Modesto gezogen, zu deren Weingut, und ehe ich mich versah, waren zwölf Jahre ins Land gegangen.«

Er starrt auf die rote Flüssigkeit in seinem Glas. »Aber so toll

Kalifornien auch ist, es war einfach nicht mein Ding. Eines Tages war ich auf einer Immobilienwebsite unterwegs und habe dieses Anwesen entdeckt. Habe es für kleines Geld bei einer Auktion ersteigert.«

»Klingt wie ein Märchen«, sage ich. Ich überlege, ob er Familie hat, aber frage nicht nach.

»Ist es für mich auch.« Er wischt ein leeres Glas mit einem Geschirrtuch aus. »Ich hatte gerade eine unangenehme Scheidung hinter mir, brauchte Abstand und einen Neuanfang.«

»Zweitausend Meilen sind da bestimmt hilfreich.«

Lächelnd schaut er zu mir herüber, aber sein Blick ist schwermütig. Eifrig putzt er unsichtbare Flecke vom Glas. »Und du? Verheiratet? Kinder? Ein Hund und ein SUV?«

Ich schmunzele. »Nichts von all dem.« Jetzt ist der richtige Moment, um ihm von Michael zu erzählen. Ich müsste es tun. Das weiß ich. Aber ich sage nichts. Es kommt mir übertrieben vor, als würde ich ihm eine anmaßende Botschaft senden: *Achtung! Finger weg!* Ich habe nicht das Gefühl, dass RJ mich anbaggert. Ich genieße einfach den angenehmen, lockeren Umgang mit ihm. Es ist lange her, dass ich mich einfach so mit einem Menschen unterhalten habe, der nicht Geschäftsmann oder Politiker war. Außerdem ist es angenehm, mit jemandem zu reden, der mich nicht als Hannah Farr, Talkshowmoderatorin, kennt.

Ich ziehe eine Grissini-Stange aus dem Korb. »Hast du die selbst gemacht?«

»Die Frage ist berechtigt. Nein, das ist das einzige Gericht auf der Speisekarte, das nicht vor Ort hergestellt wird. Die bekomme ich von der *boulangerie du supermarché.*«

Er übertreibt den französischen Akzent, ich muss lachen. »Aus dem Supermarkt? Wirklich? Die sind echt nicht schlecht«, sage ich und sehe mir die Stange näher an. »Nicht so gut wie meine, aber auch nicht schlecht.«

Er grinst. »Ach, ja? Du meinst, das kannst du besser?«

»Allerdings. Diese sind ein wenig trocken.«

»Das ist der Sinn der Sache, Hannah. Dann trinken die Leute mehr.«

»Ah! Unbewusste Manipulation. Ist das nicht gesetzlich verboten?«

»Nein! Ich sage immer zu Joyce an der Backtheke, dass ich die Stangen staubtrocken und mit Salz bestreut haben möchte. Diese Teile sind das Einzige, was mich im Geschäft hält!« Ich lache wieder. »Ich schicke dir welche. Meine Lieblingssorte ist Rosmarin mit Asiago-Käse. Wirst schon sehen. Deine Kunden werden stundenlang hier sitzen, Brot essen und Wein trinken.«

»Wow, das ist ein super Unternehmenskonzept. Das Gratisbrot immer schön nachlegen, dann will keiner eine Vorspeise zu dreißig Dollar. Ich verstehe, warum du Journalistin und keine Unternehmerin geworden bist.«

»Und zum Nachtisch Minztäfelchen«, erwidere ich und klopfe auf meine Tasche.

RJ wirft den Kopf in den Nacken und lacht. Ich bin stolz, fühle mich wie Ellen DeGeneres.

Locker geht das Geplänkel weiter. RJ erzählt mir von den Faktoren, die das Aroma und den Geschmack des Weins beeinflussen.

»All diese Dinge fasst man gemeinhin unter dem Wort ›Terroir‹ zusammen. Das Terroir stellt man sich vor als das Ergebnis dessen, wo und wie der Wein produziert wird. Welche Art von Boden, wie viel Sonne, welche Fässer.«

Ich denke an mein eigenes Terroir. Ist nicht auch jeder Mensch das Ergebnis dessen, wo und wie er aufwächst? Ich frage mich, ob man bei mir Voreingenommenheit und Unnachgiebigkeit riechen kann. Oder Unsicherheit und Einsamkeit.

Ich bin entspannt wie ein in der Sonne schlafender Hund, da springt RJ plötzlich auf. Ich höre es auch: Eine Autotür wird zugeschlagen, Schritte. Verdammt, noch ein Gast.

Ich sehe auf die Uhr: Es ist 16:30. Ich habe gerade den Großteil des Nachmittags mit einem Fremden verquatscht. Ich sollte mich beeilen. Ich muss mir noch ein Motel suchen; das würde ich gerne tun, solange es noch hell ist.

Die Schritte kommen näher. Ich drehe mich um und entdecke zwei Kinder in schneebedeckten Jacken. Der große, dünne Junge scheint ungefähr zwölf Jahre alt zu sein, er trägt eine Jeans, die ihm kaum bis zu den Knöcheln reicht. Das Mädchen, eine kleine Rothaarige mit Sommersprossen und fehlendem Schneidezahn, sieht mich mit großen Augen an. »Wer bist du?«, fragt sie.

Der Junge wirft seinen Rucksack auf den Tisch. »Das ist unhöflich, Izzy«, sagt er mit tieferer Stimme, als ich erwartet habe.

»Izzy ist nur neugierig, Zach«, sagt RJ. Er geht zu den beiden, umarmt das Mädchen und schlägt sich mit Zach ab. Er nimmt ihre Jacken entgegen, schüttelt den Schnee herunter. Auf dem Boden bildet sich eine Pfütze, doch das scheint ihn nicht zu stören. Als könnte er meine Gedanken lesen, schaut er zu mir herüber. »Dann habe ich morgen etwas zu tun.«

Ich grinse.

»Kinder, das ist Mrs …«

»Hannah«, sage ich. »Freut mich, euch kennenzulernen.«

Sie geben mir die Hand. Die beiden sind total niedlich, aber ich kann nicht umhin, die Flecken auf dem Kleid des Mädchens und dessen losen Saum zu registrieren. Sie sehen nicht aus, als gehörten sie zu dem gut gekleideten Winzer in Levi's und Oxfordhemd.

»Erzählt mal, was ihr heute gemacht habt«, sagt RJ, wuschelt Izzy in den Haaren und dreht sich zu Zach um.

Sie überschlagen sich beinahe, berichten von einem Lesetest, Mitschülern, die sich geprügelt haben, und dem für den nächsten Tag geplanten Ausflug ins Museum.

»Jetzt setzt euch an die Hausaufgaben. Ich mache euch was zu essen.«

»Wann holt Mommy uns ab?«, fragt Izzy.

»Um fünf hat sie die letzte Kundin.«

RJ verschwindet in der Küche, während ich versuche herauszufinden, zu wem genau diese Kinder gehören. Sie suchen sich einen Platz am Tisch und holen ihre Hausaufgaben hervor. Vielleicht sind es die Sprösslinge von RJs Freundin.

Fünf Minuten später taucht er mit einem Teller voller Käse, Weintrauben und Birnenstreifen auf. Er macht eine kleine Show aus der Bedienung, legt sich eine schwarze Serviette über den Arm und verbeugt sich. Es scheint ein bekanntes Ritual zu sein, ich habe nicht den Eindruck, dass RJ das tut, um mich zu beeindrucken.

»Was wünscht die Dame zu trinken?«

Izzy kichert. »Einen Kakao bitte, Euer Hoheit.«

RJ lacht. »Oh, ich bin befördert worden. Heute gehöre ich zum Königshaus?«

»Du bist der König«, sagt sie, und ihr strahlendes Gesicht verrät mir, dass zumindest sie ihn für einen Edelmann hält.

RJ serviert den Kakao in zwei Weingläsern, dann wird er wieder ernst.

»Ihr müsst mit den Hausaufgaben fertig sein, wenn eure Mutter zurückkommt.«

»Was gibt es heute zur Belohnung?«, fragt Izzy.

»Genau«, sagt Zach und schlägt sein Mathebuch auf. »Wieder einen Zehner? Das war su-per!«

»Man weiß es nie«, sagt RJ. »Vielleicht einen Zehner, vielleicht eine Rübe. Verrate ich nicht.«

Schnell machen sich die Kinder an die Arbeit, RJ wendet sich der Theke zu und zieht einen Barhocker neben meinen. Ich schaue auf die Uhr.

»Ich muss los. Du hast alle Hände voll zu tun.«

Er hebt die leeren Hände. »Du störst mich nicht. Bleib doch! Es sei denn, ich halte dich auf.«

»Nein, nein.«

Er schenkt mir ein Sodawasser ein und gibt eine Zitronen- und eine Limettenscheibe hinzu.

»Danke, genau so mag ich es am liebsten.«

RJ lächelt, und ob es nun am Wein oder am langen, gemütlichen Nachmittag liegt, kann ich nicht sagen, aber ich habe das Gefühl, neben einem Freund zu sitzen und nicht neben einem Fremden, den ich eben erst kennengelernt habe. Er will wissen, wie das Leben in New Orleans so ist, und erzählt, dass er im Süden von Michigan groß geworden ist. Seine Mutter wohne immer noch dort.

»Sie hat wieder geheiratet und hat jetzt eine ganze Horde von Stiefenkelkindern. Das ist gut für sie, aber ich glaube, meine Schwester ist manchmal ein bisschen eifersüchtig. Meine Mutter sieht ihre Stiefenkel öfter als ihre echte Enkelin.«

»Kommt deine Mutter denn oft hier hoch?«

»Nee. Das ist wie bei dir. Sie hat keine schönen Erinnerungen an die Gegend.« Er schielt zu den Kindern hinüber. Zach tippt Zahlen in seinen Taschenrechner, Izzy malt etwas an.

»Warst du schon mal auf einem Weingut?«, fragt er.

»Ja, aber immer nur im Verkostungsraum.«

»Dann komm mit, ich führe dich herum.«

Als RJ die Tür öffnet, staune ich. Vor mir ist eine weiße Wand, große Flocken Zuckerwatte fallen vom Himmel. Ich springe nach draußen, vergesse leider, dass ich Pumps trage.

»Wunderschön«, sage ich und ignoriere, dass meine Schuhe nass werden. Ich recke das Gesicht gen Himmel, strecke die Arme aus und drehe mich. Schneeflocken landen auf meiner Nase, ich öffne den Mund, um sie zu fangen.

RJ lacht. »Das kann nur jemand aus dem Süden sagen. Zu dieser Jahreszeit sind wir den Kram ganz schön leid.« Er bückt sich und nimmt eine Handvoll Schnee. »Aber ob's mir gefällt oder nicht, der Schnee ist da, genau wie vorhergesagt.« Er wirft einen Schneeball nach einem Weinstock und verfehlt ihn, aber er hat einen guten Wurfarm. *Guter Arm, guter Mann*, würde mein Vater sagen.

»Komm wieder herein«, sagt er. »Bevor du erfrierst.«

Er hat recht. Der kurze Trenchcoat, den ich mitgenommen habe, war offensichtlich die falsche Wahl. Am liebsten würde ich draußen bleiben. Ich fühle mich wie in einer Schneekugel auf diesem schönen Flecken Erde.

RJ legt mir eine Hand auf den Rücken und führt mich zurück zur Tür. »Den Rundgang sparen wir uns für deinen nächsten Besuch auf.«

Mein nächster Besuch. Hört sich gut an.

Kurz vor der Tür rutsche ich auf dem vereisten Boden aus. Mein rechtes Bein gleitet nach vorn, so dass ich fast einen Spagat hinlege. »Mist!«, schreie ich auf und höre die Naht meines Kleides reißen. RJ hält mich am Arm fest, bevor ich fallen kann.

»Oh, hey, immer mit der Ruhe.«

Mit seiner Hilfe komme ich wieder auf die Füße. »Na, das war je eine elegante Einlage«, sage ich gedemütigt und streife mir den Schnee von den Beinen.

Er hält meinen Arm fest umklammert. »Alles in Ordnung? Ich hätte hier streuen sollen. Hast du dich verletzt?«

Ich schüttele den Kopf, dann nicke ich. »Doch, mein Ego hat einen Knacks.«

»Die Punkte der Jury kommen gerade rein. Neun Komma fünf. Es gab einen Extrapunkt für den Schlitz im Kleid.«

Sein Humor nimmt der Situation die Peinlichkeit. Ich untersuche den neuen, bestimmt zehn Zentimeter langen Schlitz.

»Wunderschön.«

»Sieht aus, als wäre das Kleid im Eimer.«

»Yep. Dabei habe ich es erst letzte Woche gekauft.«

»Weißt du«, sagt RJ und beobachtet mich, »manchmal muss man sich einfach fallen lassen. Erst wenn man sich sträubt, wenn man versucht, den Sturz abzufangen, verletzt man sich.«

Ich nehme seine Worte hin, bin mir seiner schützenden Hand auf meinem Arm nur allzu bewusst. Ich sehe ihn an. Sein Gesicht ist ernst. Ich entdecke einen kleinen Höcker auf seinem Nasenrücken, den Schatten eines Barts auf seiner gebräunten Haut und goldene Blitze in seinen braunen Augen und verspüre plötzlich das fast überwältigende Bedürfnis, die Narbe links an seinem Kiefer zu berühren. Das Geräusch eines Motors durchbricht den Zauber. Wir schauen beide zur Auffahrt hinüber. Ein mit Streusalz und Schneematsch bespritzter schwarzer SUV schiebt sich den verschneiten Weg hinauf. Ich streiche mir das Haar hinters Ohr und schlinge den Trenchcoat enger um mich. O Gott, ich war kurz davor, mich ein zweites Mal zu blamieren. Der Wein ist mir offensichtlich zu Kopf gestiegen.

Das Fahrzeug kommt zum Stehen, und eine untersetzte Frau mit grellrosa Lippen und einer roten Jacke springt heraus.

RJ drückt leicht meinen Arm, bevor er zu der Frau geht. »Tag, Maddie«, sagt er und umarmt sie schnell, dann weist er auf mich. »Das ist meine Freundin Hannah.«

Ich gebe ihr die Hand. Sie ist hübsch, hat makellose Haut und strahlend grüne Augen. Doch jetzt ist sie nicht die Einzige, deren Augen grün funkeln. Jede Gehirnzelle, die ich besitze, versucht mir mitzuteilen, dass es irrational ist. Ich habe keinen Grund, eifersüchtig zu sein. Ich kenne diesen Mann ja gar nicht. Und außerdem bin ich in Michael verliebt.

»Komm mit rein«, sagt RJ zu Maddie. »Die Kinder sitzen noch an den Hausaufgaben.«

Als Antwort hält sie ihm eine Packung Zigaretten entgegen.

»Na gut«, sagt er. »Kann noch ein bisschen dauern. Ich muss auch noch die Belohnung verteilen.«

»Du verwöhnst sie, RJ. Wenn du so weitermachst, halten sie sich für die Kardashians.«

Ich weiß nicht, ob ich RJ ins Haus folgen soll, und bleibe deshalb draußen bei Maddie stehen, drücke mich neben der Tür an die Mauer, während sie sich gegen ihren SUV lehnt und sich eine Zigarette anzündet, offenbar immun gegen den Schnee. Sie ist jung – ich schätze sie auf ungefähr dreißig. Schwer zu glauben, dass sie einen Sohn im Alter von Zach hat.

»Sind Sie eine Freundin von RJ?«, fragt sie und unterstreicht die Frage mit einer Rauchwolke.

»Wir haben uns heute kennengelernt.«

Sie nickt, als wäre es normal, hier eine fremde Frau vorzufinden.

»Er ist ein guter Kerl«, sagt sie.

Ich möchte ihr sagen, dass ihr Ratschlag überflüssig ist. Ich wusste auch schon vorher, dass er ein guter Kerl ist. Man hat es an der Art gemerkt, wie er mit ihren Kindern umgeht.

11

Es ist fast sieben Uhr, als Izzy und Zach sich verabschieden und mit ihren Rucksäcken in den SUV steigen. Im Wegfahren winken die Kinder uns zu. RJ und ich gehen zurück ins Haus, er schließt die Tür. Es dämmert bereits, doch nach der frostigen Luft wirkt der rustikale Raum eher gemütlich als düster.

»Ich muss jetzt wirklich los«, sage ich und bleibe an der Tür stehen.

»Bist du schon mal bei Schnee gefahren?«

»Das schaffe ich schon.«

»Das ist keine wirklich gute Idee. Ich bringe dich zu deiner Mutter. Morgen hole ich dich dann wieder ab und fahre dich zurück zu deinem Auto.«

»Auf gar keinen Fall!«, sage ich. »Außerdem will ich jetzt nicht zu meiner Mutter. Ich muss mir noch ein Motel suchen.«

Verständnislos sieht RJ mich an.

»Das ist kompliziert«, sage ich.

»Verstehe.« Irgendwie verrät mir sein vorurteilsfreier Ton, dass er es wirklich versteht.

»Hör mal«, sagt RJ, »es wäre das Beste, wenn du über Nacht hierbleibst. Das sage ich ohne jeden Hintergedanken, versprochen. Ich wohne oben. Ich schlafe auf der Couch …«

»Das geht nicht.«

Er nickt. »Okay. Du hast recht. Kluge Frau. Aber bleib wenigstens noch ein paar Stunden, dann sind die Straßen immerhin geräumt. Ich habe zwei Steaks da und kann einen Salat dazu machen.«

Ich bin versucht anzunehmen, aber schüttele den Kopf. »Das Wetter wird bestimmt noch schlimmer. Ich muss wirklich los. Und ich verspreche dir, dass ich bei Schnee fahren kann.«

Er sieht mich an und hebt kapitulierend die Hände. »Ich merke schon, dass ich es mit einem Sturkopf zu tun habe. Du hast gewonnen. Ich werde dich nicht gegen deinen Willen hier behalten.«

»Ich weiß deine Besorgnis zu schätzen.« Das tue ich tatsächlich. Ich kann mich nicht daran erinnern, wann sich das letzte Mal jemand so um mich gekümmert hat.

Er schiebt die Hände in die Hosentaschen. »Also, es war wirklich schön, dich kennenzulernen. Hat mir echt Spaß gemacht, hier zu sitzen und mit dir zu reden.«

»Mir auch.« Ich sehe mich um, als wäre es das letzte Mal. »Und dein Weingut ist wunderschön. Du kannst echt stolz darauf sein.«

»Danke. Beim nächsten Mal führe ich dich herum. Die Weinberge sehen umwerfend aus, wenn sie in Blüte stehen.«

Ich puste mir in die Hände, um ihn zu necken. »Und wann ist das so weit? Im Oktober?«

Grinsend schüttelt er den Kopf. »Typisch Südstaatler – nur weil euer Sommer schon im Winter beginnt ...«

Sein liebevoller Blick versenkt sich in meinem. Wieder erfasst mich ein so starkes Bedürfnis nach Nähe, dass ich die Arme verschränken muss, um ihn nicht zu berühren. Ich müsste nur einen Schritt nach vorn machen, dann läge ich in seinen Armen. Ich könnte die Wange an seine Brust schmiegen. Wie würde es sich wohl anfühlen, von diesen Armen gehalten, von diesen Händen gestreichelt zu werden ...

Herrgott, das ist doch kein Liebesroman! Wir sind nur zwei einsame Erwachsene. Ist wahrscheinlich Monate her, dass RJ hier in dieser tiefsten Provinz eine Frau gesehen hat.

Er holt eine Visitenkarte aus der Brieftasche. »Hier ist meine Nummer.« Er dreht sie um und kritzelt eine Telefonnummer auf die Rückseite. »Und die von meinem Handy. Ruf mich bitte an, wenn du eingecheckt hast. Ich möchte gerne wissen, ob du sicher angekommen bist.«

Ich nehme seine Karte entgegen, aber es fühlt sich sonderbar an, als würde ich eine Grenze überschreiten. Warum scheint nie der richtige Zeitpunkt zu sein, um ihm zu sagen, dass ich einen Freund habe? Das ist doch albern. Warum sollte ich es überhaupt sagen? Er ist einfach nur höflich, mehr nicht. Er will sichergehen, dass ich heil ankomme. Es klänge sehr sonderbar, wenn ich jetzt sagte, dass ich gebunden bin.

»Gut«, sage ich. »Ich mache mich besser auf den Weg.«

»Eins noch. Warte!« RJ eilt durch den Raum und öffnet die Tür zu einem Zimmer, das wie eine Abstellkammer aussieht. Kurz darauf kehrt er zurück, ein Paar leuchtend gelber Gummistiefel in den Händen.

»Wenn du schon unbedingt fahren willst, bestehe ich darauf, dass du die hier mitnimmst.«

»Ich kann doch nicht deine Stiefel anziehen.«

»Die waren schon hier auf dem Weingut. Sie haben auf jemanden wie dich gewartet, der vorbeikommt und sie braucht.«

Ich zucke mit den Schultern. »Nenn mich Aschenputtel.« Sofort bedaure ich meinen schlechten Witz. Aschenputtel bekam den Pantoffel vom Prinz ... den sie später heiratete. Glaubt RJ etwa, dass ich meine, er wäre ... O Gott, ich bin so bescheuert!

Ich schlüpfe aus meinen Pumps und schiebe die Füße in die Gummistiefel. Sie sind mindestens eine Nummer zu klein, aber er hat recht, sie sind besser als meine Schuhe. »Danke«, sage ich und drehe mich, um ihm die neuen Treter zu präsentieren. Ich kann mir nur ansatzweise vorstellen, was ich für einen Anblick biete, mit meinem vom Schnee schlaffen Haar, ohne Make-up im Gesicht, in Gummistiefeln zu einem eingerissenen Kleid. Nicht im Traum würde ich zulassen, dass Michael mich so sieht. »Wo ist die Modepolizei, wenn man sie braucht?«

Aber RJ lacht nicht. Er mustert mich nur. »Du siehst umwerfend aus«, sagt er schließlich.

Ich blicke auf meine Füße. »Du hast offenbar kaum noch Sehkraft.«

»Hundert Prozent«, sagt er und schaut mir tief in die Augen. »Ich muss los.«

Er holt tief Luft und klatscht in die Hände. »Gut. Warte kurz. Gib mir deine Schlüssel!«

Durch das Fenster beobachte ich, wie er meinen Wagen startet, Schnee und Eis von den Fenstern kratzt. Diese schlichte Geste rührt mich, vielleicht noch mehr als das Essen und der Wein.

»Okay«, sagt er und stampft vor der Tür mit den Füßen. »Dein Streitwagen erwartet dich. Ruf mich an, sobald du es dir gemütlich gemacht hast.«

Ich strecke ihm die Hand hin. »Danke. Du hast mir Essen, Obdach, Stiefel und Gesellschaft gegeben, alles an einem Tag. Wirklich: ganz, ganz lieben Dank dafür.«

»War mir ein Vergnügen.« Er nimmt meine Hand. »Wir sehen uns wieder.«

Er sagt das mit einer solchen Überzeugung, dass ich ihm fast glaube.

Ich hätte auf RJ hören sollen. Ich hatte keine Ahnung, wie anstrengend es ist, bei so einem Schneetreiben zu fahren. Die Flocken sammeln sich schneller auf meiner Windschutzscheibe, als die Wischer sie beiseiteschieben können. Außen herum bildet sich eine Eisschicht; ich muss den Hals recken, um noch etwas zu sehen. Nach einer halben Stunde Fahrt bin ich versucht, umzudrehen. Doch ich kämpfe mich weiter voran. Der weiße Schnee reflektiert das Mondlicht, erschafft eine geheimnisvolle Landschaft aus Blau- und Grautönen. Im Tempo einer Schildkröte krieche ich die sich windende Straße hinunter und biege auf dem Peninsula Drive nach Süden ab. Den Blick fest auf die beiden Reifenspuren vor meinen Scheinwerfern gerichtet, folge ich dem kurvigen Straßenverlauf. An manchen Stellen hat der Wind Schneewehen aufgetürmt, die sich wie eine weiße Wand vor mir erheben. Ich fahre blind, die Hälfte der Zeit weiß ich nicht einmal genau, ob ich überhaupt auf der Fahrbahn bin. Meine Fingerknöchel sind verkrampft. Mein Nacken ist steif. Meine Augen brennen. Aber ich kann nicht aufhören zu lächeln.

Ich brauche fast zwei Stunden für den Weg zurück in die Stadt. Ich halte beim ersten Motel, das ich finde, und stelle den Motor mit einem erleichterten Seufzen aus.

Das Motelzimmer ist schlicht, aber sauber und so billig, dass ich glaube, mich verhört zu haben. »In ungefähr einem Monat vervierfachen sich die Preise. Momentan sind wir einfach froh, etwas zu tun zu haben«, erklärt der Angestellte mit einem Schulterzucken.

Ich weiß nicht, warum ich mich entschließe, zuerst Michael anzurufen. Oder warum ich mir vorher das Gesicht wasche und den Pyjama anziehe. Ich weiß nur, dass ich eingekuschelt im Bett liege und alle Zeit der Welt zum Reden habe, als ich mich endlich bei RJ melden will.

Ich öffne mein Portemonnaie, um seine Visitenkarte hervorzuholen. Ich suche sie vorn, dann hinten.

»Wo, zum Teufel ...« Ich schütte den Inhalt des Portemonnaies aufs Bett, werde immer hektischer. Die Karte ist nicht dabei.

Ich springe aus dem Bett und durchwühle meine Jackentaschen. »Verdammt nochmal!« Ich schlüpfe in die zu kleinen Gummistiefel und ziehe den Mantel über den Pyjama.

Eine Viertelstunde lang durchsuche ich wie eine Wahnsinnige den Mietwagen, bis ich zu dem Schluss komme, dass ich RJs Visitenkarte verloren haben muss. Irgendwo zwischen seiner Tür und dem Mietwagen muss ich sie fallen lassen haben.

Ich eile zurück in mein Zimmer und klappe den Laptop auf. Ich finde die Homepage des Weinguts und bin beeindruckt von RJs Qualifikationen: einen Doktor in Biologie, verschiedene Auszeichnungen und angemeldete Patente. Ich entdecke die offizielle Telefonnummer – natürlich hat er seine Handynummer nicht ins Internet gestellt.

Mit zitternden Händen gebe ich die Festnetznummer ein. *Geh bitte dran, geh bitte dran!*

»Guten Tag, Sie sind bei Merlot de la Mitaine.«

Verdammt! Der Anrufbeantworter des Weinguts.

»Für die Öffnungszeiten drücken sie die Eins, für die Anfahrtsbeschreibung die Zwei …«

Ich lausche RJs tiefer Stimme, bis der aufgesprochene Text endet. »Wenn Sie eine Nachricht hinterlassen wollen, drücken Sie die Fünf.«

»Ähm, hi … hier ist Hannah. Ich habe deine Karte leider verloren. Führe hiermit deinen Auftrag aus und teile dir mit, dass ich es in die Stadt geschafft habe. Du wolltest doch, dass ich mich melde, ja? Also gut, ähm … danke. Danke noch mal.«

Arghh! Ich stammele herum wie der letzte Trottel. Ohne meine Telefonnummer zu hinterlassen, lege ich auf. Das wäre nicht richtig. Schließlich habe ich einen Freund.

Ich lege mich ins Bett, lösche das Licht und fühle mich wie ein Kind, das gerade gemerkt hat, dass heute doch nicht Weihnachten ist.

12

Als ich am nächsten Morgen erwache, bin ich hin und her gerissen zwischen dem Wunsch, wieder hoch auf die Halbinsel zu fahren, um RJ zu sagen, dass ich ihn nicht mit Absicht nicht angerufen habe, und der Idee, direkt meine Mutter zu besuchen. Ich entscheide mich für meine Mutter; eventuell bleibt mir ja danach noch Zeit, um schnell noch mal hoch zum Weingut zu flitzen.

Der Schneesturm hat sich gelegt, auf ihn folgt ein makelloser Tag in Weiß. Die Wettervorhersage kündigt jedoch schon den nächsten Schnee an, ab dem frühen Nachmittag. Es muss hart sein, hier zu leben, und ich empfinde einen gewissen Stolz auf meine Mutter.

Unterwegs versuche ich, nicht an RJ und meine Enttäuschung zu denken, als ich am Vorabend nicht mehr mit ihm sprechen konnte. Ich muss diesen freundlichen Winzer vergessen. Der harmlose Flirt war nett, aber damit muss jetzt Schluss ein.

Birch Lake liegt zehn Meilen westlich der Stadt, und nach einer kurvenreichen Straße leitet mich das Navi zur Dorchester Lane, einer Straße mit irreführendem Namen, denn er klingt nach einer kopfsteingepflasterten Gasse in London. Tatsächlich handelt es sich jedoch um einen unbefestigten Weg, der um einen kleinen Fischteich herumführt.

Kahle Eichen säumen den Weg zu beiden Seiten. Er ist nicht geräumt, ich folge den Reifenspuren, die andere Fahrzeuge hinterlassen haben. Langsam rolle ich voran, betrachte die Häuser, erhasche hin und wieder einen Blick auf den gefrorenen

See zu meiner Linken. Die Bebauung ist eine Mischung aus alt und neu. Neben den mächtigen Neubauten wirken die billigen Ferienhäuser, an die ich mich von früher erinnere, klein und armselig.

Ich komme an einem Haus vorbei und bin verwirrt. Früher beherbergte es in meiner Phantasie immer die sieben Zwerge – so klein war es. Jetzt ist es ein eindrucksvolles modernes Gebäude. Ich schaue weiter die Straße hinunter und entdecke in der Ferne einen Trailer mit Doppelbreite, den ich noch in Erinnerung habe. Langsam rolle ich an einem leeren Grundstück vorbei, dann an einem Wäldchen. Schweiß sammelt sich in meinem Nacken. Ich bin nah. Das spüre ich.

Als ich bremse, rutscht der Wagen über den eisigen Untergrund und kommt ruckelnd zum Stehen. Da ist es: Bobs Holzhaus. Laut schlägt mein Herz gegen die Rippen. Ich schaffe das nicht. Es ist ein Fehler, die Vergangenheit aufzuwühlen.

Aber ich muss. Wenn Dorothy recht hat, ist es die einzige Möglichkeit, Frieden zu finden.

Ich wische die klammen Hände an meiner Jeans ab, schaue in den Rückspiegel. An diesem Morgen ist niemand draußen unterwegs. Ich lege die Arme aufs Lenkrad und schaue nach links. Die Holzhütte wirkt winzig klein, sie steht in einem hübschen Garten, eingerahmt von grünen Fichten und Blautannen. Sie bräuchte dringend einen neuen Anstrich, die Fenster sind mit Plastikfolie abgedeckt, zum Schutz vor dem Wind, schätze ich. Mein Magen dreht sich vor Erwartung und Furcht.

Zehn Minuten sitze ich im Auto und überlege, was ich sagen soll. *Hallo, Mom, ich bin gekommen, um dir zu verzeihen.* Oder vielleicht: *Hi, Mom, ich bin bereit, die Vergangenheit zu vergessen.* Oder: *Mom, ich bin gekommen, um Frieden zu schließen. Ich vergebe dir.* Das alles klingt irgendwie falsch. Ich hoffe, dass ich die richtigen Worte finde, wenn ich ihr gegenüberstehe.

Ich starre auf das Haus und versuche, den Mut für das Wiedersehen zu sammeln, als plötzlich die Haustür geöffnet wird.

Ich recke den Hals, um etwas zu sehen, mein Herz klopft schneller. Eine Frau kommt aus dem Haus. Und zum ersten Mal seit sechzehn Jahren sehe ich meine Mutter.

»Mom.« Meine Brust zieht sich zusammen. Ich rutsche auf dem Sitz nach unten, obwohl ich sicher bin, dass ich aus der Entfernung nicht zu sehen bin. Sie wirkt so verändert. Irgendwie hatte ich erwartet, die achtunddreißigjährige Frau zu erblicken, die ich das letzte Mal bei meinem Highschool-Abschluss traf, jene Frau, die gerade erst in die Jahre kam, aber immer noch als hübsch, wenn nicht gar als Schönheit durchging. Doch jetzt ist sie vierundfünfzig. Sie ist keine auffällige Erscheinung mit himbeerrot geschminkten Lippen mehr. Sie trägt kein Make-up, ihre Haare sind dunkel, zusammengebunden zu einem lustlosen Knoten. Selbst von meiner Warte aus kann ich erkennen, dass sie, wie früher, gertenschlank ist. Bitte lass sie nicht immer noch rauchen! Sie trägt einen grünen Wollmantel, der nicht zugeknöpft ist, darunter lugen eine schwarze Hose und eine blassblaue Bluse hervor. Berufskleidung, nehme ich an.

Ich beiße mir in den Handknöchel. *Da bist du, Mom. Du bist direkt vor mir. Und ich bin hier.*

Ich lege einen Gang ein und rolle langsam weiter. Tränen verschleiern mir den Blick. Meine Mutter geht zu einem braunen Chevrolet in der Einfahrt. Mit der nackten Hand wischt sie den Schnee von der Windschutzscheibe. Als ich vorbeifahre, hebt sie den Kopf und winkt. Ich bin eine Fremde für sie. Ihr Lächeln bohrt sich in mein Herz. Ich grüße zurück und fahre weiter.

Ich fahre noch ein gutes Stück, ehe ich anhalte. Dann lehne ich den Kopf nach hinten und lasse meinen Tränen freien Lauf. Sie ist kein Ungeheuer. Das weiß ich. Das weiß ich mit jeder Faser meines Körpers.

Ich lasse die Fensterscheibe hinunter und atme die beißend kalte Luft ein, spüre den Impuls, zu ihr zurückzukehren, die

Wagentür aufzuwerfen und die Arme um ihren dürren Körper zu schlingen. Mein Gott, meine Mutter ist direkt hier, fast in Reichweite. Der Drang, mit ihr zu sprechen, ist heftig und überwältigend. Was ist, wenn sie jetzt stirbt, heute, ohne jemals zu erfahren, dass ich hier war? Bei dem Gedanken wird mir schwindelig, ich lege eine Hand auf die Stirn. Bevor ich Zeit zum Nachdenken habe, wende ich in der nächsten Auffahrt und rase zurück zu dem Haus. Ich muss ihr sagen, dass ich ihr verziehen habe. Ich werde die richtigen Worte finden, dessen bin ich mir jetzt sicher.

Als das Grundstück näher kommt, fahre ich langsamer. Mein Herz rast, ich hole tief Luft. Ich schaffe das. Die Einfahrt ist direkt vor mir. Doch der braune Chevrolet ist fort, das Haus dunkel.»Nein!«, rufe ich. Ein überwältigendes Gefühl der Verzweiflung übermannt mich.»Ich bin hier, Mom. Wo bist du?« Wieder habe ich sie im Stich gelassen. Aber das ist ja verrückt. Ich habe sie nie im Stich gelassen. Es war anders herum.

Ich schaue die Straße hinunter, hoffe, noch einen Blick auf ihre Rücklichter oder Auspuffgase zu erhaschen, denen ich nachfahren könnte. Aber die trostlose Straße wirkt so einsam und verlassen, wie ich mich fühle.

Ich parke auf der gegenüberliegenden Seite und steige aus.

Auf wackeligen Beinen überquere ich die Straße und betrete das Waldstück. Jetzt bin ich RJ dankbar, weil er darauf bestand, dass ich die Gummistiefel mitnehme. Ich kämpfe mich durchs Dickicht, Gestrüpp und Zweige bleiben an mir hängen. Kurz darauf stehe ich im verschneiten Garten jener Holzhütte, die ich so hasste.

Die Wolkendecke ist dichter geworden, kleine Schneeflöckchen tanzen in der Luft. Ich schaue hoch zu dem alten Haus auf der kleinen Anhöhe. Die dunklen Fenster verraten keine Spur von Leben. Bob ist nicht da. Aus irgendeinem Grund weiß ich das genau.

Ich schlendere hinunter zum See und finde mich an einem Anleger wieder, auf dem ich ein paar Schritte mache. Zwei Gänse landen an einer Stelle im See, wo das Eis getaut ist. Wasser spritzt auf. Kurz darauf ist die Oberfläche wieder so still wie zuvor. Ich atme mehrmals tief durch. Die ruhige Umgebung wirkt wie ein Gegenmittel für meine innere Unruhe; ich spüre, wie Kummer und Verbitterung ein wenig nachlassen. Ich betrachte die kalte Ödnis, die weite weiße Eisfläche. Rechts von mir landet ein Vogel auf einem kahlen, schneebedeckten Ast. Zum ersten Mal verstehe ich ansatzweise, warum es meiner Mutter hier so gut gefiel.

»Kann ich Ihnen helfen?«

Ich wirbele herum, mein Herz rast. Eine junge Frau steht am Ufer. Sie hat ein schlichtes, aber freundliches Gesicht, ihre hellen Augen mustern mich neugierig. Sie trägt eine Wollmütze und eine schwarze Daunenjacke. Ein kleines Kind im Schneeanzug schläft in einer Trage vor ihrer Brust. Sie legt eine Hand auf das Kind, eine schützende Geste, die mich gleichzeitig rührt und bestürzt. Hält sie mich für gefährlich?

»Es tut mir wirklich leid«, sage ich und komme über den Anleger zurück. »Ich darf hier wahrscheinlich gar nicht sein. Bin schon wieder weg.«

Ich trete an Land und wende befangen den Blick ab, als ich an der Frau vorbeigehe. Ich habe hier nichts verloren, habe nicht herumzuschnüffeln, wenn meine Mutter weg ist. Ich eile auf das Waldstück zu, um auf demselben Weg zu verschwinden, über den ich gekommen bin. Fast habe ich die Öffnung in der Hecke erreicht, als ich hinter mir die Stimme der jungen Frau höre.

»Hannah, bist du das?«

13

Ich drehe mich um. Wir sehen uns in die Augen. Ahnungslos schaue ich sie an. Muss ich diese Frau kennen? »Ich bin's, Tracy. Von nebenan. Tracy Reynolds.« »Tracy! Ja, natürlich! Hallo.« Ich strecke ihr die Hand entgegen, sie ergreift sie.

Im Sommer 1993 war Tracy zehn Jahre alt, zwischen uns spannte sich ein dreijähriger Abgrund, der unüberwindlich schien. Sie kam oft vorbei, fragte, ob ich mit ihr schwimmen oder Rad fahren wolle. Dass ich mit ihr gespielt habe, zeigt nur, wie gelangweilt ich war. Meine Mutter sprach von Tracy immer als meiner Freundin, aber ich berichtigte sie jedes Mal. »Sie ist nicht meine Freundin. Sie ist ein kleines Kind.« Denn es hätte in Michigan ja erträglich sein können, wenn ich eine Freundin gehabt hätte. Und so weit wollte ich es nie kommen lassen.

»Natürlich kann ich mich an dich erinnern, Tracy. Wohnst du hier noch?«

»Ja. Todd – das ist mein Mann – und ich haben vor sieben Jahren das Haus meiner Eltern gekauft.« Sie schaut auf das Kind. »Das ist Keagan, mein Jüngster. Jake ist in der ersten Klasse, und Tay Anne geht in den Kindergarten.«

»Wow! Wie schön! Keagan ist wirklich süß.«

»Was machst du hier, Hannah? Weiß deine Mutter, dass du da bist?« Ich muss an RJ und unser fröhliches Geplänkel gestern denken. Wäre Tracy ein Glas Wein, würde ich sagen, sie hat Aromen von Neugier und Beschützerinstinkt mit einem Hauch Feindseligkeit.

»Nein, i… ich war in der Nähe und … also … ich wollte mir nur mal wieder die alte Gegend ansehen.« Ich schaue hinüber zum Haus. Ein Eichhörnchen balanciert über die Telefonleitung. »Wie geht es ihr, meiner Mutter?«

»Gut. Sie arbeitet für Merry Maids, putzt Häuser. Sie ist sehr gründlich, weißt du ja.« Tracy lacht.

Ich lächele, doch innerlich zieht sich meine Brust zusammen. Meine Mutter ist eine Putzfrau. »Ist …« Es fällt mir schwer, das auszusprechen. »Ist sie noch mit Bob zusammen?«

»Ja, klar.« Sie sagt das, als wäre es selbstverständlich. »Nachdem du weggegangen bist, sind sie hier ganz hergezogen. Aber das wusstest du, oder?«

Wusste ich das? Meine Mutter wird es mir sicherlich erzählt haben. Aber habe ich auch zugehört? Oder habe ich sie ausgeblendet, weil ich nichts von ihrem Leben mit Bob wissen wollte?

»Stimmt«, sage ich, irrationalerweise angesäuert, weil diese Frau mehr über meine eigene Mutter weiß als ich. »Sie haben das Haus in Bloomfield Hills verkauft. Er ist noch Lehrer«, stelle ich fest, aber eigentlich ist es eine Frage. Ich hoffe, dass ich richtig liege.

»Du meine Güte, nein! Bob ist letzten Monat vierundsiebzig geworden. Hier oben hat er nie unterrichtet. Ehrlich gesagt, habe ich selbst erst vor wenigen Jahren erfahren, dass er Lehrer war. Er hat immer als Handwerker gearbeitet.«

Eine Windböe bläst von Norden, ich wende das Gesicht ab. »Ist schon länger her, dass ich mit meiner Mutter gesprochen habe. Sie weiß nicht, dass ich hier bin.«

»Das mit eurem Zerwürfnis ist so schade.« Tracy schaut auf ihr Baby und küsst es auf den Kopf. »Nachdem du gegangen warst, war sie nicht mehr dieselbe, weißt du.«

Mir schnürt sich der Hals zu. »Ich auch nicht.«

Tracy weist mit dem Kopf auf eine Bank. »Komm, setzen wir uns!«

Die Frau muss denken, dass ich nicht ganz bei Trost bin, hier einfach so aufzutauchen, den Tränen nahe wie eine Zweijährige. Aber es scheint sie nicht zu stören. Wir wischen den Schnee von der Bank und setzen uns mit Blick auf den See. Die Wolken ziehen dahin, ich schaue aufs Wasser.

»Siehst du sie oft?«, frage ich.

»Jeden Tag. Sie ist wie eine Mutter für mich.« Tracy senkt den Blick, und ich merke, dass ihr das Geständnis peinlich ist. Schließlich spricht sie von meiner Mutter, nicht von ihrer. »Bob auch«, fährt sie fort. »Die Kinder lieben ihn.«

Unwillkürlich fahre ich zusammen. Lässt sie auch die kleine Tay Anne in seine Nähe? Ich frage mich, ob Tracy Bescheid weiß.

»Er ist immer noch ein Scherzkeks. Weißt du noch, wie er uns früher neckte, uns ›Jungs‹ nannte?« Sie senkt die Stimme um eine Oktave, um Bob nachzuahmen. »›Was führt ihr im Schilde, Jungs?‹ Als Kind war ich total verknallt in ihn. Er sah so toll aus.«

Entsetzt schaue ich sie an. In meinen Augen ist er ein Monster. Aber stimmt, ich glaube schon, dass er gut aussah, bevor ich bei seinem Anblick Gänsehaut bekam.

»Sie hat sich nie verziehen, dass sie dich hat gehen lassen.«

Ich stütze die Hände links und rechts von mir ab. »Tja, also, das ist eigentlich der Grund, warum ich hier bin. Ich versuche, ihr zu verzeihen.«

Tracy wirft mir einen kurzen Blick zu. »Bob wollte dich niemals anfassen, Hannah. Er hatte dich so lieb.«

Ich reibe meine Stirn. Mein Gott, hat meine Mutter ihr das erzählt? Natürlich hat sie es aus ihrer Warte geschildert. Ich ersticke fast vor Wut, wilde Wut wie an jenem Sommerabend damals. »Du hast gut reden, Tracy. Du warst nicht dabei.«

»Aber deine Mutter.«

Was glaubt sie eigentlich, wer sie ist? Auf einmal bin ich wieder dreizehn, und ich will verflucht sein, wenn ich zulasse, dass diese kleine Besserwisserin mir ein schlechtes Gewissen einredet.

Ich stehe auf. »War schön, dich zu sehen«, sage ich und halte ihr die Hand hin.

»Ich habe damals deinen Vater gehört«, sagt Tracy und ignoriert meine ihr dargebotene Hand. »Am nächsten Abend, als er dich abholte.«

Ich halte die Luft an. Wie in Zeitlupe setze ich mich wieder auf die Bank. »Was hast du gehört?«

Sie streicht ihrem schlafenden Baby über den Rücken. »Ich stand in der Auffahrt, er packte dein Gepäck in den Kofferraum. Du hast schon im Wagen gesessen. Du sahst so traurig aus. Ich wusste, dass du nicht weg wolltest.«

Ich versuche, mich an jenen Tag zu erinnern. Tracy hat recht. Ich war so unendlich traurig, weil ich meine Mutter verließ. Meine Trauer war noch nicht in Verbitterung und Wut umgeschlagen.

»Ich werde das niemals vergessen. Dein Vater sagte: ›Wenn man jemanden an den Eiern hat, drückt man zu.‹ Genau das sagte er, Hannah.« Sie lacht nervös. »Das weiß ich noch so gut, weil ich einen Erwachsenen noch nie so hatte reden hören. Ich war geschockt. Damals wusste ich nicht mal, was es bedeutet.«

Doch jetzt weiß sie es, und ich weiß es auch. Mein Vater hat die Situation zu seinem Vorteil ausgenutzt, versuchte sie regelrecht auszuschlachten. Letztendlich war ich diejenige, die ausgenutzt und benutzt wurde.

Tracy schaut hinaus auf den See und spricht leise weiter: »Ich kann mich an einen Tag erinnern, als wir beide hier draußen waren, am Anleger, genau wie heute. Nur konnten wir mit den nackten Füßen im Wasser herumplantschen. Jedenfalls kam Bob mit seinem alten Angelboot herangerudert.

Er freute sich so, er hatte gerade eine riesige Forelle gefangen. ›Guck dir das an, Schwester‹, hat er gerufen. Er nannte dich immer Schwester, weißt du noch?«

Ich nicke leicht und wünsche mir, Tracy würde den Mund halten.

»Er zog den Fisch aus einem Wassereimer in seinem Boot und präsentierte ihn uns. Die Forelle lebte noch, es war das größte Tier, das ich je gesehen hatte. Bob war so stolz, wie ein Schuljunge, der mit dem Sternchen unter seiner Hausarbeit angibt. ›Die machen wir uns zum Abendessen.‹ Weißt du noch?«

Der feuchte Geruch des Sees steigt mir in die Nase, und fast kann ich das kühle Wasser fühlen, das vom alten Angelboot aufspritzte, als Bob zum Anleger kam. Ich fühle die heiße Sonne auf meinen schon geröteten Schultern, die warme Brise von Osten. Und, was am schlimmsten ist, ich sehe die Freude in Bobs Gesicht, den Stolz in seiner aufrechten Haltung, als er den Fisch in die Höhe hält und sich die Sonne in den silbrigen Schuppen fängt.

Ich zucke mit den Schultern. »Kann sein.«

»Er lief hoch zum Haus, um deine Mutter und seinen Fotoapparat zu holen.«

Ich betrachte das schlafende Kind, damit die alten Bilder verschwinden. Ich ertrage es nicht, den Rest der Geschichte zu hören. Ich will Tracy sagen, dass sie den Mund halten soll, doch meine Kehle ist wie zugeschnürt.

»Als er oben im Haus war, bist du in sein Boot gesprungen.«

Ich wende mich ab und schließe die Augen. »Bitte«, sage ich mit belegter Stimme. »Hör auf. Ich kenne den Rest.«

Nur wenige Minuten später kam Bob über den Abhang zurückgelaufen, in einer Hand die Kamera, in der anderen den Arm meiner Mutter. Aufgeregt gestikulierend kam er näher, prahlte vor meiner Mutter mit seinem großen Fang. Aber es war zu spät. Der Fisch war fort. Ich hatte den Inhalt des Eimers in den See gekippt.

Ich lege die Finger auf meine zitternden Lippen und spüre, dass meine Entschlossenheit ein wenig schwindet. »Ich war so eine blöde Kuh«, sage ich eher zu mir als zu Tracy. Es ist das erste Mal, dass ich das zugebe, und es ist fast eine Erleichterung. Weil es stimmt.

»Bob hat nicht mal mit der Wimper gezuckt«, fährt Tracy fort. »Er sagte deiner Mutter, er hätte nicht aufgepasst, hätte den Deckel nicht auf den Eimer gemacht, der blöde Fisch sei zurück ins Wasser gesprungen.« Sie lächelt mich an, und es ist kein urteilendes Schmunzeln mehr. Es ist voller Humor und Sanftmut, als versuchte sie, etwas in mir zu heilen. »Er hat dich geschützt, Hannah.«

Ich schlage die Hand vors Gesicht.

»Je mehr er dich mochte, desto mehr hast du dich gesträubt.« Ich kenne das Gefühl. Es ist dasselbe Schema, das mich mit Abby verbindet.

Tracys Baby beginnt sich zu rühren, sie springt auf. »Schh, mein Kleiner. Wir müssen los.« Sie legt mir eine Hand auf die Schulter. »Essenszeit. Du kannst gerne mit rüberkommen und bei uns auf deine Mutter warten. Gegen drei kommt sie meistens zurück.«

Ich wische mir mit dem Handrücken über die Nase und lächle unsicher. »Nein, danke. Alles gut so.«

Tracy tritt von einem Bein aufs andere, als ließe sie mich nur ungern allein zurück. »Na gut. Es war schön, dich wiederzusehen, Hannah.«

»Fand ich auch.«

Ich sehe ihr nach, wie sie über die verschneite Wiese zurück zu dem kleinen Haus geht, das früher ihren Eltern gehörte. »Tracy?«, rufe ich ihr nach.

Sie dreht sich um.

»Bitte sag meiner Mutter nicht, dass ich hier war, ja?«

Sie schützt ihre Augen vor einem Lichtstrahl, der durch die dichten Wolken fällt. »Kommst du noch mal wieder?«

»Glaub schon. Nur nicht heute.«

Eine Weile starrt sie herüber, als wäre sie nicht sicher, ob sie sagen solle, was sie denkt. Schließlich entscheidet sie sich dafür.

»Weißt du, Hannah, es ist so schwer, sich zu entschuldigen. Bis man es tut. Dann ist es das Leichteste auf der Welt.«

Es gelingt mir, zu warten, bis Tracy außer Reichweite ist, dann breche ich in Tränen aus. Sie meint, ich wäre diejenige, die sich entschuldigen muss. Und ich bin mir gar nicht mehr so sicher, ob sie damit falsch liegt.

Noch eine halbe Stunde treibe ich mich im Garten herum, lasse mir Tracys Worte, ihre Geschichten und meine lange zurückliegenden Taten durch den Kopf gehen. Was habe ich getan? *Du grübelst zu viel.* Ich kann den Ratschlag meines Vaters hören, einige Tage nachdem wir Michigan verlassen hatten. Es ging mir nicht gut, ich vermisste meine Mutter so sehr. *Es gibt einen Grund dafür, dass der Rückspiegel so klein ist. Man schaut nicht zurück.*

Näher am Haus fällt mir etwas ins Auge, das aus einer Schneewehe ragt. Ich stiefele durch den Schnee, den Blick auf den leicht erhöhten Gegenstand gerichtet. Das kann doch nicht sein! Mit jedem Schritt holen mich meine Erinnerungen ein Stück mehr ein.

Bei dem erhöhten Brett angekommen, wische ich mit dem Unterarm darüber. Eine Ladung Schnee fällt zu Boden. Mein Gott, ich fasse es nicht, dass er noch hier ist, mein alter Schwebebalken.

Das blaue Wildleder, das Bob darauf gespannt hatte, hat sich aufgelöst, darunter kommt das gräuliche Kiefernholz zum Vorschein, in der Mitte gespalten. In der allerersten Woche hat Bob ihn für mich gebaut, als ich einen Gymnastikwettkampf im Fernsehen schaute. Tagelang klebte, schliffe und strich er die Bretter. Mit verzinktem Stahl und zwei dicken Pfählen verankerte er den Balken im Boden. »Probier ihn mal aus, Schwester«, sagte er, als er mir sein Geschenk präsentierte. »Aber sei vorsichtig! Nicht dass du dir den Hals brichst.«

Um nichts in der Welt wäre ich auf dieses dämliche Holzbrett gestiegen. »Der muss eins zwanzig hoch sein«, maulte ich. »Nicht einen halben Meter.«

Der Wind frischt von Norden auf, Schneeflocken brennen auf

meinen Wangen. Ich streife mit dem Gummistiefel über das vereiste Kiefernholz. Hätte es mich umgebracht, einmal drüber zu laufen? Ein einziges Mal? Wie um es wiedergutzumachen, hieve ich mich auf die verwitterten Bretter. Und fast postwendend rutscht mein rechter Fuß ab. Auf den Knien lande ich im Schnee. Ich lasse mich nach hinten fallen und schaue hinauf in den Himmel. Die ziehenden Wolken türmen sich auf. Ich schaue ihnen zu und wünsche mir, ich könnte mein Leben zurückspulen, die Zeit zurückdrehen. Denn alle Überzeugungen, an denen ich mich in den letzten einundzwanzig Jahren festgehalten habe, stelle ich jetzt in Frage. Und mein Vorhaben für den heutigen Tag – meiner Mutter zu verzeihen – erscheint mir plötzlich völlig unangebracht.

14

Am Samstagmorgen gehe ich direkt zum Garden Home. Ich muss Dorothy sehen. Ich muss ihr sagen, dass ich durcheinander bin und nicht mehr weiß, ob ich meiner Mutter verzeihen muss. Als ich auf den Eingang zugehe, kommen mir Jade und ihre Schwester Natalie entgegen.

»Hey!«, grüße ich erstaunt, »was macht ihr denn hier?« Die Worte sind heraus, bevor ich ihren Gesichtsausdruck ergründen kann. Ihr Vater.

»Wir suchen ein Heim für Dad«, erklärt Natalie und bestätigt damit meinen Verdacht.

Jade zuckt mit den Schultern. »Wir haben gestern das Ergebnis seines PET-Scans bekommen. Die Chemo scheint nicht anzuschlagen.«

»Das tut mir so leid.« Ich lege eine Hand auf ihren Arm. »Kann ich euch irgendwie helfen? Kann ich irgendwas für eure Mutter tun?«

»Nur beten.« Jade schüttelt den Kopf. »Und weißt du, was er mich gefragt hat, als wir vom Arzt nach Hause gefahren sind? ›Jade, an deinem sechzehnten Geburtstag – hat Erica Williams da getrunken?‹ Unfassbar!«

»Er redet immer noch von dieser Party? Hast du es ihm endlich gesagt?«

»Ich wollte. Wirklich. Aber ich konnte nicht.« Ihre Stimme ist belegt. »Ich habe ihm wieder in die Augen gesehen und gesagt: ›Nein, Daddy.‹« Sie sieht erst mich, dann Natalie an. »Er ist so stolz auf seine Mädchen. Ich kann ihn nicht enttäuschen.«

Natalie legt einen Arm um ihre Schwester, und ich vermute, dass sie beide innerlich den Satz vervollständigen: *Jetzt, wo er stirbt.*

Mit einem schwachen Lächeln sieht Jade mich an. »Wie war es in Chicago?«

Ich muss tatsächlich kurz überlegen, was sie meint. Stimmt ja, das Vorstellungsgespräch. Die Gedanken an Michigan, an meine Mutter und Bob haben mich so in Anspruch genommen, dass Chicago ganz nebensächlich geworden ist. »Ich glaube, es lief ganz gut. Erzähle ich dir Montag.«

»Hast du Claudia gesagt, dass du zu einem Vorstellungsgespräch willst?«

»Nein, nur dir. Alle anderen dachten, ich würde ein paar Tage Urlaub machen. Warum?«

»Als sie bei mir in der Maske war, liefen gerade die Nachrichten. Es ging um einen Schneesturm in Chicago, und Claudia meinte: ›Hoffentlich geht es Hannah gut.‹«

»Das ist seltsam«, erwidere ich. »Ich bin mir sicher, dass ich ihr nichts erzählt habe.«

»Sei vorsichtig! Dieser Frau entgeht nichts!«

Ich finde Dorothy im Aufenthaltsraum. Sie sitzt am Klavier und spielt *Danny Boy*. Schweigend bleibe ich stehen und höre ihr zu. Schon oft habe ich sie das Lied singen hören, aber heute treibt mir der Text die Tränen in die Augen. Es handelt von einer Mutter, die sich von ihrem Sohn verabschiedet und ihm wünscht, dass er bald zurückkehrt.

»*It's I'll be there in sunshine or in shadow. Oh Danny boy, oh Danny boy, I love you so.*«

Ich klatsche. »Bravo!«

Dorothy dreht sich auf dem Klavierhocker um, ihr Gesicht leuchtet auf. »Hannah, meine Liebe!«

»Hallo, Dorothy!« Meine Stimme bricht, ich frage mich, was mit mir los ist. Seit Michigan bin ich nah am Wasser gebaut.

»Türkischer Mohn«, sage ich, bücke mich, gebe ihr einen Kuss auf die Wange und drücke ihr den Strauß in die Hände. Dabei muss ich an den Blumengarten meiner Mutter denken. Sie verglich die Farbe der Blüten immer mit Obstsorten: »So rosa wie Pfirsiche aus Georgia«, füge ich hinzu.

Dorothy streicht über die samtigen Blütenblätter. »Wunderschön. Danke! Jetzt setz dich und erzähl mir deine Geschichte.«

Wir gehen zusammen zum Sofa, setzen uns nebeneinander, ich zupfe eine verirrte Locke auf ihrem Kopf zurecht. »Erzähl du mir zuerst, was mit Patrick Sullivan läuft!«

Sie errötet. »Er ist ein Gentleman. War er schon immer.«

Aber er hat deinen Essay geklaut und damit deine Chance, im Ausland zu studieren, möchte ich sie erinnern, aber halte den Mund. Sie ist glücklich, das merke ich. »Habt ihr beiden die alte Liebe noch mal aufleben lassen?«, necke ich sie. »Ist es beim zweiten Mal besser?«

Sie zieht sich die Strickjacke enger um die Brust. »Sei nicht albern. Er wäre wohl bitter enttäuscht.«

Sie denkt an ihre Brustoperation. Selbst mit sechsundsiebzig mag man sich nicht entblößen aus Angst, den anderen zu enttäuschen. Ich drücke ihre Hand. »Nie im Leben.«

»So«, lenkt sie ab, »und jetzt erzähl du mir von dem Besuch bei deiner Mutter. Hast du ihr den Stein gegeben?«

»Ich konnte nicht«, sage ich. »Es fühlte sich falsch an.« Ich berichte von der Begegnung mit Tracy, die Geschichten über Bob, die Erinnerung an jenen Sommer. »Jetzt kann ich ihr den Stein nicht mehr schenken.«

»Und warum nicht?«

»Weil ich nicht mehr sicher bin, dass ich ihr vergeben muss.«

Dorothy sieht mir in die Augen, als könnte sie durch mich hindurch blicken. »Ich habe dir nie aufgetragen, ihr zu verzeihen. Ich wollte, dass du Frieden mit deiner Mutter schließt. Du warst diejenige, die eine halbherzige Entschuldigung unter die Geschichte setzen und es dabei belassen wollte.«

Sie hat recht. Ich war gar nicht auf die Idee gekommen, dass der Stein auch für Reue gedacht sein könnte. Ich beiße mir in die Wange. *Überzeugt. Voreingenommen. Schwarz oder weiß.* »Hinter der Geschichte steckt noch mehr, Dorothy. Etwas, das ich niemals jemandem erzählt habe – nicht mal Michael. Aber allmählich beginne ich an mir selbst zu zweifeln. Ich bin mir inzwischen nicht mehr sicher, was damals in jenem Sommer geschah.«

»Lerne mit der Ungewissheit zu leben! Nur törichte Menschen lassen sich von falscher Sicherheit trösten, meine Liebe!«

Ich schließe die Augen. »Ich weiß nicht, ob ich das kann. Was ist, wenn die Geschichte, an die ich mich seit über zwanzig Jahren klammere, in Wirklichkeit eine Lüge ist?«

Dorothy hebt das Kinn. »Wir Menschen haben wunderbarerweise die Möglichkeit, unsere Meinung zu ändern. Welch unglaubliche Macht uns das verleiht!«

Meine Meinung ändern? Nach allem, was ich meiner Mutter zugemutet habe? Ich lege die Hand an die Kehle und spreche mit erstickter Stimme. »Aber ihr würdet mich alle hassen, wenn ihr wüsstet, was ich getan habe – beziehungsweise was ich getan haben könnte.«

»Blödsinn! Fiona nennt es ›das Bekenntnis zu unserem wahren Selbst‹, wie hässlich das auch sein mag. Im menschlichen Miteinander geht es allein darum, verletzlich zu sein, authentisch zu sein.«

»Ich kann nicht wahrhaftig sein! Ich will mein ›wahres Selbst‹ nicht finden! Denn auch wenn meine Mutter mir verzeihen würde, wäre ich niemals in der Lage, mir zu vergeben.«

»Melde dich bei deiner Mutter, Hannah. Öffne dich ihr! Lerne, mit dem Hässlichen zu leben.«

Am Samstagabend ist das Ritz-Carlton zum Bersten gefüllt mit gut gekleideten, spendenwilligen Damen und Herren, die das alljährliche Frühlingsfest der *National Children's Alliance* unterstützen. Michael sieht umwerfend aus in seinem Smoking, und er ist begeistert von meinem roten Kleid. Dennoch bin ich an diesem Abend nicht ich selbst. Statt stolz zu sein, wie ich es sonst immer in der Nähe von Michael bin, kommt mir mein Lächeln gezwungen und künstlich vor. Es ist, als würde ich meinen Auftritt hier abspulen, ohne mit dem Herzen bei der Sache zu sein.

Ich rede mir ein, es liege daran, dass ich zum ersten Mal seit vier Jahren nicht im Planungskomitee dieser Gala saß. Nach der Organisation des Weihnachtsballs von *Into the Light* brauchte ich eine Pause. Aber ich spüre, dass das nicht der wahre Grund ist.

Durch den Ballsaal hinweg beobachte ich Michael bei dem, was er am besten kann – unverbindlich plaudern. Selbst mit Menschen, die er nicht leiden kann. Heute Abend jedoch wirkt jeder Händedruck, jede Begrüßung, jedes Schulterklopfen bemüht. Ich versuche, das Gefühl abzuschütteln, doch mich umgibt eine unentrinnbare Wolke der Melancholie. Ich muss an die nackte Hand meiner Mutter denken, die den Schnee von der Windschutzscheibe wischt. An ihr liebes Lächeln, als ich vorbeifahre. Vor meinem inneren Auge sehe ich den verwitterten Schwebebalken und höre Tracys Worte. Nichts davon kann ich Michael erzählen. Er will die lächelnde Dame in Abendkleid und High Heels, nicht die Frau, die in einem Paar geliehener Gummistiefel eine heruntergekommene Holzhütte besucht. Und ehrlich gesagt, will ich auch nichts mit ihr zu tun haben. Wie kann ich nur wieder den Deckel auf diese Büchse der Pandora drücken, die ich dummerweise geöffnet habe?

Ohne Vorwarnung wandern meine Gedanken zu RJ und unserem Geplänkel. Warum schleicht sich dieser Fremde immer wieder in mein Bewusstsein? Vielleicht weil es einfach nett war, in dem Verkostungsraum auf dem Barhocker zu sitzen, Wein zu probieren und mit RJ zu plaudern? Ich kann mich nicht daran erinnern, wann ich zum letzten Mal mit Michael Spaß hatte.

Ich betaste den Diamant-Anhänger meiner Kette und beobachte, wie Michael mit der neuen Schulinspektorin spricht, einer alleinerziehenden Mutter, die die Stadt im letzten Herbst aus Shreveport geholt hat. Sie ist groß und schlank und hält sich so aufrecht, dass man meinen könnte, sie würde eine Bibel auf dem Kopf balancieren. Die Frau strahlt eine solche Selbstsicherheit aus – in ihrem Keller liegt wohl keine Leiche.

Ich gehe quer durch den Raum zu den beiden und schelte mich insgeheim, an RJ gedacht zu haben. Ich sollte dankbar sein. Der Mann, mit dem ich zusammen bin, ist ein super Fang.

»Hannah«, sagt Michael und legt den Arm auf meinen Rücken. »Das ist Jennifer Lawson. Jennifer, das ist Hannah, eine Freundin von mir.«

Ich ergreife ihre dargebotene Hand und wünsche mir, Michael hätte erklärt, dass ich mehr als das bin. Aber so was macht er nicht. Er findet das Wort »Freundin« pubertär. Finde ich auch, aus eben diesem Grund bevorzuge ich das Wort »Ehefrau«.

»Willkommen in New Orleans, Jennifer. Ich habe so viel Gutes über Sie gehört!«

»Oh, danke. Ich habe Ihre Sendung gesehen.« Dabei belässt sie es, kein weiterer wertender Kommentar. Ich gehe davon aus, dass Jennifer Lawson kein Fan von mir ist.

Lächelnd nicke ich und höre dann nur noch zu, wie die beiden sich über die neuen Schwerpunktschulen und das Vorhaben der Stadt ereifern, in Bildung zu investieren. Die ganze Zeit kann ich mich des Gedankens nicht erwehren, dass diese Frau viel besser zu Michael passt als ich.

»Darf ich den Damen etwas zu trinken holen?«, fragt er.

In dem Moment fällt es mir ein: Nach der ganzen Weinverkostung, der Suppe und den Grissini habe ich völlig vergessen, RJ zu bezahlen! Ich verließ *Merlot de la Mitaine*, ohne auch nur ein Trinkgeld zu geben. Ich bin entsetzt. Nie in meinem ganzen Leben bin ich verschwunden, ohne meine Rechnung zu begleichen. RJ muss denken, dass ich entweder ein Riesenschnorrer oder ein absoluter Trottel bin, keine Ahnung, was schlimmer ist. Doch als mir aufgeht, was das bedeutet, erhellt sich meine Stimmung: Ich habe einen Grund, mich bei ihm zu melden. Jawohl! Ich habe einen triftigen Grund, in bester Absicht die Adresse seines Weinguts herauszusuchen und ihm eine Entschuldigung und einen Scheck zu schicken. Es ist das Mindeste, was ich tun kann! In Gedanken beginne ich, einen Brief zu entwerfen. Michael unterbricht mich dabei.

»Hannah, war das ein Ja?«, fragt er mit erhobenen Brauen.

»Ja«, sage ich und lege die Hand auf den Mund, um mein Lächeln zu verbergen. »Einen 2010er Merlot aus Michigan, falls es den hier gibt.«

Fragend sieht er mich an, dann schlendert er hinüber zur Theke auf der Suche nach einem Wein, der hier mit Sicherheit nicht ausgeschenkt wird.

Am Sonntagnachmittag duftet meine Wohnung nach Brot. Ich habe einen Laib mit Mandeln und getrockneten Kirschen gebacken, den ich am Montag mit zur Arbeit nehmen will, außerdem zwei Dutzend Rosmarin-Asiago-Grissini für RJ.

Nachdem sie abgekühlt sind, wickele ich die Brotstangen ein und schiebe sie in eine Papiertüte. Lächelnd verstaue ich sie in einem Versandpaket und lege den Brief, den ich geschrieben habe, obenauf. Als ich das Päckchen verschließe, wird mir fast schwindelig. Mit meinem Glücksfüller beschrifte ich sorgfältig den Adressaufkleber, gebe als Absender die Apartmentnummer und meinen Vornamen an. Das Päckchen geht an:

Merlot de la Mitaine
Bluff View Drive
Harbour Cove, Michigan

Der Wecker auf dem Nachtisch zeigt 04:00 Uhr, und ich bin tatsächlich erleichtert, am Montagmorgen aufstehen zu können. Es ist mein erster Arbeitstag nach meinem »Urlaub«, und die Abteilungsleiterin Priscille hat ein außerplanmäßiges Meeting angesetzt, um etwas zu besprechen. Man muss kein Genie sein, um zu wissen, was das Thema sein wird. Stuart und Priscille haben offensichtlich Wind von meinem Vorstellungsgespräch bei WCHI bekommen und zitieren mich zu sich, um mich damit zu konfrontieren.

Auf der Suche nach einem passenden Outfit durchwühle ich den Kleiderschrank. Es gibt keine Möglichkeit, das Gespräch in Chicago zu leugnen, also muss ich dazu stehen. Ich werde berichten, dass Mr Peters auf mich zugekommen ist, nicht andersherum.

Ich entscheide mich für einen schwarzen Anzug von Marc Jacobs, eine weiße Seidenbluse und Pumps mit acht Zentimeter hohen Absätzen, in denen ich Stuart Booker überragen werde. Heute muss ich selbstsicher wirken. Ich ziehe die Haare glatt nach hinten, befestige sie mit einer Spange und sprühe alles fest. Die sexy Lockenfrisur bewahre ich mir für einen anderen Tag beziehungsweise Job auf. Ich wähle Perlenohrringe und lege einen Hauch Must de Cartier auf, mein am wenigsten blumiger Duft. In letzter Minute beschließe ich, meine Brille aufzusetzen. Sofort verändert sich mein mädchenhaftes Gesicht zu dem einer ernstzunehmenden Frau.

Ich bin die Erste, die im Sender ist, und gehe direkt in den Konferenzraum, wo ich die Neonröhren unter der Decke einschalte. Ein langer Tisch und zwölf Polsterstühle auf Rollen nehmen den Großteil des Raumes ein. An einer Seite erstreckt sich eine Whiteboard, an der anderen hängt ein Flatscreen. Auf einem Ecktisch steht ein schwarzes Telefon, daneben ein Spender mit Desinfektionstüchern, ein Stapel Styroporbecher und eine Kaffeemaschine. Der Zweck dieses Saals ist, Entscheidungen zu fällen, nicht Mahlzeiten einzunehmen. Doch das hält mich nicht auf – schon gar nicht, wenn der Erhalt des Arbeitsplatzes davon abhängt.

Ich wische den Tisch ab, dann stelle ich einen Korb mit meinem Kirsch-Mandel-Brot in die Mitte. Daneben platziere ich eine Schüssel mit eingemachten Wildkirschen und einen Stapel Blümchenservietten. Den Kristallkrug, den ich von zu Hause mitgebracht habe, fülle ich mit frisch gepresstem Grapefruitsaft und trete zurück, um mein Werk zu begutachten. Hübsch, wenn ich das selbst sagen darf. Aber wird es Priscille vermitteln, wie kompetent und dankbar ich bin, oder habe ich gerade das Bühnenbild für das letzte gemeinsame Frühstück bereitet?

Es wundert mich nicht, dass Stuart als nächster kommt, elf Minuten zu früh. Der Mann lässt keine Gelegenheit verstreichen, um Priscille zu beeindrucken. Aber ich habe gut reden.

Mein Magen zieht sich zusammen, als Claudia Campbell Stuart in den Raum folgt. Was will die denn hier? Und dann dämmert es mir: Dieses Meeting hat nichts mit meinem Vorstellungsgespräch in Chicago zu tun, sondern mit meiner wackligen Position bei WNO.

Seit Claudia vor zwei Monaten hier auftauchte, ist Stuart darauf erpicht, dass sie Mitmoderatorin meiner Sendung wird. Er erinnerte mich an *Live with Kelly and Michael*, an Hoda und Kathie Lee – sämtlich preisgekrönte Duos, die tolle Quoten bringen. Priscille ist noch nicht auf den Vorschlag eingegangen. Bisher.

Wollen sie heute darüber reden? Soll Claudia meine neue Co-Moderatorin werden? Mit zitternden Händen stelle ich eine Vase Gänseblümchen auf den Tisch. Ich kann das auf gar keinen Fall zulassen. Eine zweite Moderatorin an die Seite zu bekommen, ist eine nur schwach getarnte Demontage. Gegenüber der WCHI wäre es eine rote Flagge.

Warum mache ich mir Gedanken um den Sender in Chicago? Wer weiß, ob ich diesen Job überhaupt bekomme? Ich habe weitaus dringlichere Probleme. Ich kann und werde mir die *Hannah Farr Show* nicht entreißen lassen!

Süffisant grinsend beobachtet Stuart mich und Claudia. »Morgen, Farr.«

»Guten Morgen!«, grüße ich und zwinge ein Lächeln in meine Stimme.

»Hey, Hannah, was für ein hübsches Arrangement!« Claudia sieht Stuart an. »Du hast mir gar nicht gesagt, dass ich etwas zu essen bekomme.«

»Bin immer für eine Überraschung gut«, erwidert er.

Und ich dem Schicksal ausgeliefert. Hatte Claudia letzte Woche höhere Quoten, als sie mich vertrat? War sie beliebter bei den Zuschauern? Vor Anspannung versteift sich mein Nacken. Ich beschäftige mich damit, Kaffee zu machen, als Priscille hereinkommt. Selbst in flachen Schuhen ist sie ein Meter achtzig groß. Sie trägt einen schwarzen Hosenanzug, ähnlich wie meiner. Ihr dunkles Haar ist zu einem Knoten im Nacken zusammengefasst, so wie bei mir. Warum aber sieht sie aus wie der Inbegriff von Selbstvertrauen, während ich mich wie ein verkleidetes Kind fühle?

Stuart schaltet auf übereifrig. »Guten Morgen, Priscille. Kann ich dir einen Kaffee bringen?«

Sie hält ihm ihren WNO-Becher entgegen. »Bin versorgt.« Sie nimmt ihren Platz am Kopfende des Tisches ein. Claudia und Stuart huschen dazu, setzen sich rechts und links von ihr. Ich rutsche auf den Stuhl neben Stuart.

»Ich habe Claudia heute Morgen dazugeholt, damit sie uns beim Brainstormen hilft«, erklärt er. »Sie hat viele tolle Ideen, und seien wir ehrlich: Wir brauchen jede Unterstützung, die wir bekommen können.«

Mir fällt die Kinnlade hinunter. »Stuart, seit Monaten mache ich dir Themenvorschläge. Du würgst immer alle ab.«

»Deine Vorschläge sind nicht kommerziell, Farr.«

Ich beuge mich vor, um Priscille anzusehen, doch sie beschäftigt sich mit einem Stapel Papier.

»Hannah, deine Quoten waren letzten Monat ein wenig besser«, sagt Priscille. »Nach deinem Interview mit Brittany Brees hatte ich zwar auf einen größeren Sprung gehofft, aber ein bisschen gestiegen sind sie immerhin. Um das zu halten, brauchen wir ein paar Hammersendungen.« Sie legt die gefalteten Hände auf den Tisch und wendet sich Claudia zu. »Bitte, Claudia, erzähl uns von deiner umwerfenden Idee!«

Stuart mischt sich ein. »Claudia hat ein Interview mit Fiona Knowles arrangiert.«

Moment mal, Fiona als Gast ist meine Idee! Klar, für einen anderen Sender, aber trotzdem!

Priscilles Gesicht erstrahlt wie ein Weihnachtsbaum. »Das ist super. Wirklich eine gute Idee.«

Ich muss etwas sagen, aber was? Ich kann Priscille und Stuart natürlich nicht verraten, dass ich diesen Vorschlag für einen Job in Chicago eingereicht habe, den ich zu ergattern hoffe. Aber wenn wir Fiona hier auftreten lassen und die WCHI das herausfindet, ist es nicht mehr meine exklusive Idee. Man wird erfahren, dass der Vorschlag von Claudia kam und annehmen, ich hätte ihn *ihr* geklaut!

Claudia richtet sich auf. »Am 24. April ist Fiona Knowles im Octavia Bookstore zu Gast. Habe ich in der *Times-Picayune* gelesen.«

Ich beiße die Zähne aufeinander. *Klar, hast du das – den Artikel, den ich ausgeschnitten habe! Du Schnüfflerin!*

»Ich wusste, dass wir schnell handeln müssen, deshalb habe ich Fiona über Twitter kontaktiert. Wir haben uns ein bisschen angefreundet.«

Angefreundet? Ich bin zufällig eine ehemalige Klassenkameradin von Fiona und außerdem eine der ursprünglichen fünfunddreißig Adressaten – nimm das! Aber das kann ich genauso wenig sagen. Der verfluchte Job in Chicago hat mich im Schwitzkasten.

»Wisst ihr, dass inzwischen Tausende von Menschen virtuelle Versöhnungssteine über Facebook und Instagram verschicken?«, fragt Claudia. »Das ist der Wahn-sinn!«, sagt sie mit Nachdruck.

Ich ziehe den Kopf ein.

Priscille klopft mit dem Stift gegen ihren Kaffeebecher. »Ein dreiminütiges Interview in den Morgennachrichten ist reine Verschwendung. Ich verstehe, auf was du hinaus willst, Claudia.«

Sie nickt, den anderen in Gedanken schon wieder zehn Schritte voraus. »Du hast völlig recht. Das Interview passt deutlich besser in Hannahs Stundenformat.« Sie weist mit dem Stift auf meine Konkurrentin. »Gut überlegt.«

»Oh, danke.« Claudias Lächeln zuckt, sie schaut Stuart an.

»Eigentlich«, sagt er, »wollte ich vorschlagen, dass Claudia die Sendung als Gast moderiert.«

Als Gast? Also allein? Ist das eine feindliche Übernahme? Und ich habe befürchtet, dass wir zwei gemeinsam moderieren sollen! Ich sehe Claudia an, aber sie blickt Priscille ins Gesicht, weicht mir aus.

»Natürlich nur dieses eine Mal«, sagt sie.

»Ich … ich weiß nicht genau, was ich von der Idee halte«, sage ich. Hä? Natürlich nichts! Welcher psychisch gesunde Mensch würde wollen, dass die strahlende, selbstsichere Claudia Campbell ihre manikürten Finger nach seinem Job ausstreckt? Sie hat meine Idee gestohlen! Um Unterstützung flehend, schaue ich Priscille an, doch sie glüht fast vor Aufregung. O Gott, ich muss dieses Unglück aufhalten!

»Mir ist schon klar, dass ich mich weit aus dem Fenster gelehnt habe, als ich Fiona anschrieb«, sagt Claudia. »Es tut mir leid, wenn ich meine Zuständigkeiten überschritten haben sollte. Es war eine ganz spontane Idee. Wir beide freuen uns wirklich schon sehr auf das Interview.«

Blitzschnell wäge ich meine Möglichkeiten ab. Um jeden Preis muss ich meinen Job hier in New Orleans behalten. Ich kann nicht zulassen, dass sich Claudia in meine Sendung mogelt.

Ich habe einen Geistesblitz. Ich werde Mr Peters schreiben und ihm erzählen, was hier passiert ist. Hoffentlich glaubt er mir. Ich werde ihm versichern, dass ich die Geschichte mit meiner Mutter nicht veröffentlichen werde. Die Story gehört Chicago, wie ich versprochen habe. Ich habe eine andere, eine persönliche Perspektive in der Hinterhand, die ich benutzen kann. Jawohl! Ich halte den Trumpf in meinen heißen Händen.

»Meine Freundin Dorothy«, platzt es aus mir heraus, »hat vor ein paar Tagen Steine zugeschickt bekommen.« Ich rede weiter, bevor ich Zeit habe, mir zu überlegen, was ich sagen will. Ich erzähle von Patrick Sullivan, der Dorothys Aufsatz abschrieb. »Wir könnten jemanden befragen, der selbst dazu aufgefordert wurde, den Kreis zu schließen. Patrick und Dorothy könnten als Gäste in der Sendung auftreten.«

»Gefällt mir«, sagt Priscille. »Die beiden könnten eine eigene Sendung bekommen, einen Tag vor Fiona. Zum Aufwärmen, sozusagen. Patrick kann berichten, wie es sich anfühlte, all die Jahre mit einer Lüge zu leben, und Dorothy kann von der Gabe der Versöhnung sprechen. Die Leute lieben Versöhnungsgeschichten.«

Stuart reibt sich das Kinn. »Eine Doppelsendung, zuerst jemand, der bei der Kette mitgemacht hat und die Zuschauer auf den zweiten Teil vorbereitet, und dann die große Show, in der Fiona auftritt.«

»Genau.« Priscille spricht schnell, wie immer, wenn sie aufgeregt ist. »Wir setzen das Marketing dran, Kelsey soll in den Social Media richtig Wirbel machen. Wir haben nicht viel Zeit. Mittwoch nächster Woche gehen Dorothy und Patrick auf Sendung.«

»Das könnte laufen«, sagt Stuart und dreht sich zu mir um. »Bist du dir sicher, dass die beiden mitmachen?«

»Auf jeden Fall«, sage ich bestimmt – könnte aber nicht unsicherer sein. »Solange ich moderiere.«

15

»Auf gar keinen Fall«, sagt Dorothy am Telefon.

Mein Mut sinkt. Ich habe es doch versprochen. Und es hätte alles gerettet. Ich stehe hinter meinem Schreibtisch, die Bürotür ist weit geöffnet, damit der ganze Sender mithören kann. Ich war so zuversichtlich, dass Dorothy zusagen würde, dass ich nicht mal die verdammte Tür geschlossen habe. Ich spreche leise in der Hoffnung, dass Stuart – alias Mr Langohr – nicht im Flur lauert. »Überleg es dir bitte noch mal. Erzähl es Patrick, frag ihn, was er davon hält, in der Sendung aufzutreten.«

»Was er davon hält, öffentlich zuzugeben, dass er sich das Stipendium unter einem Vorwand erschlichen hat? Live im Fernsehen?«, entgegnet Dorothy.

Sie hat recht. Welcher normale Mensch würde so etwas tun? Das Problem ist: Wenn ich nicht liefere, wird Claudia meine Sendung ohne mich moderieren. Und sie wird Riesenerfolg haben. Und ich werde … Ich reibe mir die Stirn, um das Bild zu vertreiben.

»Hör zu, wir würden ihn mit Samthandschuhen anfassen. Schließlich hat er ja nur abgeschrieben, damit ihr beide zusammen sein konntet.«

»Kommt nicht in Frage. Es geht mir am Allerwertesten vorbei, was Paddy vor sechzig Jahren getan hat. Und ich werde nicht zulassen, dass seine Leistungen geschmälert werden. Denn genau das würde passieren. Paddy würde zum Übeltäter gemacht, und ich wäre die heilige Dorothy. Das ist ein abgekartetes Spiel.«

»Na, gut.« Ich atme aus. »Ich kann dich nicht überreden. Du

bist eine ehrliche Frau. Ich werde Priscille und Stuart sagen, dass es nicht läuft.«

»Es tut mir leid, Hannah Marie.«

Ich lege auf. Welch ein Fiasko! Und zu allem Überfluss muss ich noch Mr Peters schreiben. Meine Stelle scheint mir gefährdeter als je zuvor, deshalb darf ich es mir mit WCHI nicht verscherzen. Ich starre auf meinen Laptop, beiße mir auf die Lippe. Wie wird er reagieren, wenn er erfährt, dass wir Fiona Knowles in der Sendung haben? Ich lege die Finger auf die Tastatur.

Lieber Mr Peters,
wie Ihnen wahrscheinlich bekannt ist, dreht Fiona Knowles gerade ihre Runde durch die Talkshows. Sie tritt überall auf, von Good Morning, America *über* Today *bis zu* Ellen.
Am Donnerstag, den 24. April, wird sie in der Hannah Farr Show *zu Gast sein.*

Das tangiert jedoch nicht meine Zusage gegenüber der WCHI, sollte es so weit kommen, dass mein Themenvorschlag auf Sendung geht. Bei unserer Folge in New Orleans wird es nicht um meine persönliche Geschichte rund um die Versöhnungssteine gehen. Die Story ist exklusiv WCHI vorbehalten.

Mein Finger schwebt über der »Senden«-Taste. Was mache ich hier bloß? Ich verdopple das Risiko, wenn ich verspreche, dass ich eine Sendung mit Fiona *und* meiner Mutter machen werde, sollte ich die Stelle bekommen. Was geschieht, wenn WCHI das tatsächlich von mir verlangt?

»Hannah?«

Ich schaue hoch, Priscille steht in meiner Bürotür. Verdammt! Schnell drücke ich auf »Senden« und schließe das E-Mail-Programm.

»Hallo, Priscille!«

»Ich wollte nur kurz nachfragen, ob das mit Patrick und Dorothy klappt. Hast du mit ihr gesprochen?«

Mein Herz beginnt zu rasen. »Ähm, ich ...« Ich schüttele den Kopf. »Es tut mir leid, aber Dorothy steht nicht zur Verfügung.«

Priscille macht ein langes Gesicht. »Du hast uns versprochen, dass du es schaffst, Hannah.«

»Ich weiß. Ich hab's auch versucht, aber ... pass auf, ich finde bestimmt einen Ersatz. Nein, ich finde auf jeden Fall einen Ersatz.«

Mein Handy klingelt, ich spähe aufs Display.

»Das ist noch mal Dorothy«, erkläre ich.

»Stell sie auf laut!«

Irgendetwas sagt mir, dass ich es besser lassen sollte, aber ich gehorche trotzdem.

»Hallo, Dorothy!« Ich drücke auf das Lautsprecher-Symbol und schiele zu Priscille hinüber. »Du bist auf Lautsprecher.«

»Marilyn und ich würden gerne in deiner Show auftreten.«

»Marilyn?« Ich weiß, dass Dorothy Versöhnungssteine für ihre Freundin beiseitegelegt hat. Eine schlimme Sache, so nannte sie das Geheimnis, das sie beichten wollte. Doch als ich am nächsten Tag bei ihr war, gab mir Dorothy nur drei Briefe zum Verschicken mit, und keiner war an Marilyn adressiert.

»Hast du Marilyn die Steine geschickt?«

»Nein, das konnte ich nicht. Diese Entschuldigung muss persönlich ausgesprochen werden. Ich warte auf den richtigen Zeitpunkt.«

Ich spüre Priscilles Blick auf mir und halte die Luft an. Halb hoffe ich, dass Dorothy ankündigt, sich live im Fernsehen zu entschuldigen, halb befürchte ich es.

»Ich denke, dass eine öffentliche Entschuldigung live im Fernsehen das Richtige wäre. In deiner Sendung. Was meinst du?«

Ich meine, das rettet mir den Arsch. Ich denke, es wäre eine super Story. Ich denke ... der Schuss könnte gewaltig nach hinten losgehen.

»Hör mal, das ist sehr großzügig von dir, aber eine Entschuldigung live ist einfach zu risk…«

Priscille durchquert den Raum. »Eine tolle Idee!«, ruft sie ins Telefon. »Dorothy? Hier ist Priscille Norton. Können Sie Ihre Freundin überreden, mit Ihnen in die Sendung zu kommen?«

»Ich denke schon.«

»Super! Sie soll aber denken, sie wäre da, um über Freundschaft zu sprechen. Wie hört sich das an? Wenn Sie beide dann auf Sendung sind, können Sie sich entschuldigen.«

Gütiger Gott! Sie will eine Realityshow daraus machen und meiner lieben Freundin eine Falle stellen.

»Ich denke, das passt. Mari hat eine öffentliche Entschuldigung verdient.«

»Super! Ich muss jetzt los, Dorothy. Wir sehen uns am dreiundzwanzigsten. Ich gebe Sie wieder an Hannah zurück.« Priscille hält mir die emporgereckten Daumen entgegen, bevor sie verschwindet. Ich drücke das Handy ans Ohr, stelle den Lautsprecher aus.

»Oh, Dorothy, das ist eine ganz furchtbare Idee. Die lassen dich ins Messer laufen – und Marilyn auch. Das kann ich nicht erlauben.«

»Hannah, Schätzchen, ich habe fast sechzig Jahre auf die richtige Gelegenheit gewartet. Du kannst sie mir nicht verwehren.«

Ich lasse mich auf den Stuhl sinken. »Wofür willst du dich überhaupt entschuldigen?«

»Das erfährst du in der Sendung, zusammen mit Mari. Apropos Entschuldigungen: Was macht dein Auftrag?«

»Mein Auftrag?«

»Hast du Kontakt zu deiner Mutter aufgenommen?«

Offensichtlich hat Dorothy jedes Zeitgefühl verloren. Erst am Samstag habe ich mit ihr darüber gesprochen. Mir wird flau im Magen. Als ich mich in der letzten Nacht schlaflos im Bett herumwälzte, redete ich mir immer wieder ein, dass ich die ganze Zeit recht gehabt hatte. Ich muss mich nicht entschuldigen.

Ich habe nichts Schlechtes getan. Ich war das Opfer, eine Rolle, in der ich mich wohlfühle, in der ich alle Sätze und jede Geste genau kenne. Doch hier, im grellen Neonlicht, mit Dorothy am anderen Ende der Leitung, stelle ich mich wieder in Frage. Was genau geschah an jenem Abend? Und habe ich den Mut, es herauszufinden?

»Ähm, ja, ich … ich sitze dran.«

»Wie ist denn dein Plan? Wann willst du deine Mutter besuchen?«

Ich reibe mir die Schläfen. Es ist kompliziert … viel komplizierter, als Dorothy ahnt.

»Bald«, sage ich in der Hoffnung, dass sie sich mit der vagen Auskunft zufriedengibt.

»Ich hatte eigentlich nicht vor, das zur Bedingung zu machen, Hannah, aber dein Zögern gefällt mir nicht. Ich habe deiner Chefin zugesagt, dass ich mit Mari in deiner Sendung auftrete. Jetzt musst du mir versprechen, dass du Kontakt zu deiner Mutter aufnimmst.«

Was? Sie stellt mir ein Ultimatum. Warum ist ihr das nur so wichtig?

Schweigend wartet sie am anderen Ende. Wie ein Boxer im Ring hat sie mich in die Ecke getrieben. Die Uhr tickt. In zehn Tagen soll die Sendung laufen, und selbst wenn ich mich sträube, verlässt sich Priscille auf Dorothy. Außerdem hängt meine Karriere davon ab. Ich muss den Sack zumachen. Jetzt.

»Michael«, sage ich eher zu mir als zu meiner Freundin. »Es wird Zeit, dass ich ihm erzähle, was genau an jenem Abend geschehen ist.«

»Super, mein Schätzchen. Es Michael zu sagen, ist ein wunderbarer erster Schritt. Und danach sprichst du mit deiner Mutter?«

Ich hole tief Luft. »Ja.«

Wenn ich ein Versprechen gebe, tue ich alles in meiner Macht Stehende, um es zu halten. Vielleicht liegt es daran, dass ich meinen Vater vor all den Jahren enttäuschte, als ich ohne meine Mutter nach Georgia zurückkehrte. »Zieh alle Register!«, hatte er mir aufgetragen. Und das tat ich. Wirklich. Dennoch gelang es mir nicht, meine Mutter nach Hause zu holen. Jetzt, als Erwachsene, ist für mich jedes Versprechen eine Verpflichtung, eine Chance, den großen Schwur einzuhalten, den ich in meiner Jugend nicht halten konnte. Deshalb würde ich mir am liebsten in den Hintern treten, Dorothy zugesagt zu haben, dass ich Frieden mit meiner Mutter schließe.

Es ist Mittwochabend, Michael und ich sitzen an einem kleinen Tisch im Salon des Hotels The Columns und lauschen einem ortsansässigen Singersongwriter. Der Musiker spielt den letzten Akkord auf seiner Gitarre.

»Danke«, sagt er. »Es gibt eine kurze Pause.«

Kellner kommen herein, der Salon erwacht zum Leben, an den Tischen wird geplaudert. Ich trinke mein Bier und nehme allen Mut zusammen, um Michael von den Versöhnungssteinen, Dorothys Auftrag und der Wahrheit über jenen Abend in Michigan zu erzählen – beziehungsweise dass ich meine Wahrheit anzweifele.

Ich beuge mich vor und streichele Michaels Hand. »Dorothy meint, ich soll mich mit meiner Vergangenheit versöhnen.« Ich erzähle ihm von den Steinen und ihrem Beharren darauf, dass ich den Kreis der Versöhnung nicht unterbreche.

»Ich würde sagen, das musst du bestimmen, nicht sie.« Michael bestellt noch ein Bier beim Barkeeper. »Lass mich raten: Sie meint, du müsstest Jackson verzeihen.«

»Nein«, sage ich und spüre einen Stich, als ich den Namen höre. »Das habe ich längst getan.«

»Wem dann?«

Ich streife mit dem Finger am Bierglas entlang, das Kondenswasser bildet ein kleines Bächlein. »Meiner Mutter.« Ich warte auf die Erkenntnis in seinem Blick. Ja, er erinnert sich an die Geschichte, das merke ich. Michael holt tief Luft und lehnt sich auf dem Stuhl zurück.

»Und was hast du Dorothy gesagt?«

»Ich habe es ihr versprochen, widerwillig. Ich hatte keine andere Wahl. Sie tut mir einen großen Gefallen und kommt in meine Sendung. Ich bin ihr etwas schuldig.«

»Überleg es dir noch mal, Schatz«, sagt Michael. »So etwas kann Dorothy nicht entscheiden.«

Michael will mich nur schützen, genau wie mein Vater es mein halbes Leben lang versuchte. Für diese beiden Männer kommt es nicht in Frage, dass ich der Frau verzeihe, die ohne einen einzigen Blick zurück aus meinem Leben verschwand.

»Seit ich in Harbour Cove war, muss ich immerzu an meine Mutter denken. Dabei fühle ich mich wie ein Verräter nach allem, was mein Vater für mich getan hat. Er wäre so verletzt, wenn er wüsste, dass ich die Vergangenheit in Frage stelle.« Ich rücke den Stuhl näher an Michael heran. »Aber Dorothy hat mich darauf gebracht, und jetzt werde ich den Gedanken einfach nicht mehr los. Was ist, wenn mein Vater mich damals unbeabsichtigt unter Druck setzte, indem er mich zwang, zwischen meiner Mutter und ihm zu entscheiden?«

»Das klingt kindisch.«

War er ja auch, hätte ich fast gesagt, doch dann schäme ich mich. Wie kann ich so undankbar sein? »Er brauchte mich, Michael. Obwohl ich fast noch ein Kind war, musste ich auf ihn aufpassen. Ich habe dafür gesorgt, dass er morgens aufstand und zur Arbeit ging. Ich hatte immer den Überblick über seine Trainingszeiten und Spiele, genau genommen organisierte ich sein Leben.«

»Die Ersatzfrau«, sagt Michael.

»Ja, und deshalb wollte er mich nicht verlieren. Als ich zum College ging und er Julia kennenlernte, wurde es einfacher. Aber was ist, wenn er falsch lag oder wenn er …« Ich verstumme. Ich kann mich nicht überwinden, das Wort *Manipulation* auszusprechen. »Was ist, wenn meine Mutter recht hatte und wenn sie mich wirklich liebt? Was ist, wenn ich an jenem Abend die falschen Schlüsse zog, und sie es sogar wusste?«

»Die falschen Schlüsse?«

Ich zwinge mich, nicht den Blick abzuwenden. Ich muss seine Reaktion sehen. Michael hebt den Kopf, nickt langsam. Gut. Er kann sich erinnern. Ich muss nicht noch mal erzählen, was damals geschah. »Deine Mutter entschied sich für ihren Freund. Scheint mir doch eindeutig zu sein.« »Ich bin mir nicht mehr so sicher. Allmählich fange ich an, an meiner Geschichte zu zweifeln.« Michaels Blick huscht durch den Raum. »Gehen wir nach draußen.« Er nimmt meine Hand und führt mich aus dem Salon, wie ein Vater ein ungezogenes Kind.

Die breite Holzbohlenveranda des Hotels ist nur etwas weniger dicht besetzt als der Salon, dennoch fühle ich mich im schwachen Licht der Gaslaternen irgendwie sicherer, weniger exponiert. Wir stellen uns an die Holzbrüstung, ich schaue auf den gepflegten Rasen und die Saint Charles Avenue dahinter.

Dann schlucke ich und drehe mich zu Michael um. »Weißt du noch, der Vorwurf, den ich dem Freund meiner Mutter machte, als ich dreizehn war? Ich glaube, ich könnte einen voreiligen Schluss gezogen haben. Einen falschen Schluss.«

»Halt!« Michael hebt die Hand. »Stopp!« Sein Blick schießt über die Veranda, als wollte er sichergehen, dass niemand etwas gehört hat. »Bitte, ich muss das nicht wissen.«

»Doch.«

»Nein, muss ich nicht.« Er tritt näher an mich heran, seine Stimme kaum mehr als ein Flüstern. »Und sonst auch niemand. Du kannst doch nicht ernsthaft in Erwägung ziehen, diese Geschichte öffentlich zu machen, Hannah.«

Ich wende mich ab, als hätte ich eine Ohrfeige bekommen, dankbar für die schützende Dunkelheit der Nacht. Michael hält mich für ein Monster; er glaubt, alle würde das denken, wenn sie wüssten, was ich getan habe. Mein Blick fällt auf ein junges

Paar, das über den Bürgersteig schlendert. Die Frau kichert dem untersetzten Mann ins Ohr, sie strahlt etwas aus, das ich nur als Sorglosigkeit beschreiben kann. Ich verspüre einen Stich der Eifersucht. Wie muss es sein, wenn man völlig offen und ehrlich mit dem anderen sein kann, vielleicht sogar zu sich selbst? Wie muss es sein, ohne den nagenden Zweifel zu leben, einen schweren Fehler begangen zu haben?

»Ich weiß nicht, ob es falsch war, was ich getan habe«, sage ich. »Ich bin mir bei gar nichts mehr sicher. Ich möchte gerne deine Meinung dazu hören. Dorothy ist offenbar der Ansicht, dass ich Frieden schließen muss.«

Ich mache die Augen zu und fühle Michaels Hand auf meinem Rücken. »Du bist naiv, Schätzchen«, sagt er leise und schlingt die Arme um mich, zieht mich an sich, legt das Kinn auf meinen Kopf. »Möglicherweise kannst du die Beziehung zu deiner Mutter wieder aufleben lassen, aber wenn das bekannt wird, verlierst du dein gesamtes Publikum. Nichts sehen und verachten die Leute lieber als einen Prominenten, der strauchelt und fällt.«

Ich drehe mich zu ihm um. Seine sanfte Stimme steht in Gegensatz zu seinem verhärteten Gesicht. Ist ihm nicht klar, dass mir eine Beziehung zu meiner Mutter weitaus wichtiger ist als mein Publikum?

»Es geht jetzt nicht mehr nur um dich, Hannah. Vergiss das nicht!«

Ich reiße den Kopf hoch. Könnte ich das vergessen? Ich weiß, was er damit meint. Wir beide wären am Ende, wenn ein Skandal um mich ans Licht käme. Ich reibe mir über die Arme, fröstele plötzlich.

»Du musst aufhören, deine Entscheidungen zu hinterfragen. Das ist alles Vergangenheit. Dieses hässliche Familiengeheimnis muss verborgen bleiben, meinst du nicht?«

»Ja. Nein. Ich … ich weiß es nicht!« Am liebsten würde ich schreien, mich verteidigen, ihn zum Zuhören zwingen. Doch der Blick in Michaels Augen ist eine Warnung, keine Frage. Und wenn ich ganz ehrlich sein müsste, gäbe ich zu, dass es einen winzig kleinen Feigling in mir gibt, der erleichtert ist. Ich muss die Vergangenheit nicht ausgraben.

»Doch«, sage ich, aber schüttele gleichzeitig den Kopf. »Ich stimme dir zu.«

16

Manche Menschen verstecken ihre Schuldgefühle wie eine hässliche Narbe – aus Angst, ihre Mitmenschen könnten entsetzt sein, wenn sie davon erführen. Andere, wie Marilyn Armstrong, tragen diese Male wie eine Sturmfahne vor sich her, warnen ihr Gegenüber, was sie zu erwarten haben, wenn sie sich entscheiden, mit ihnen befreundet zu sein. Wie die meisten Südstaatler ist Marilyn eine gute Geschichtenerzählerin; ihr Bericht ist ein abschreckendes Beispiel, eine mahnende Enthüllung. Es ist ein Teil ihres Lebens, den sie »ein Schlagloch in der Straße« nennt. Aber ich bin mir ziemlich sicher, dass sie nie über dieses Schlagloch hinweggekommen ist. Ich habe sie oft davon erzählen hören; sie behauptet, es sei reinigend. Ich habe da eine andere Theorie.

Ich habe Marilyn Armstrong eine Woche nach Dorothy kennengelernt. Wir saßen im kleinen Saal des Commander's Palace, aßen Schildkrötensuppe und tranken die dortige Spezialität, Martinis für fünfundzwanzig Cent.

»Unglaublich, dass die nur fünfundzwanzig Cent kosten«, sagte ich und fischte meine Olive aus dem Glas. »Ich wohne jetzt seit sechs Monaten in New Orleans. Wieso hat mir das bisher niemand erzählt?«

»Früher konnte man sogar so viele bestellen, wie man wollte. Jetzt haben sie es auf zwei pro Person beschränkt. Wahrscheinlich wegen uns, Dorothy!«

Die Frauen lachten einträchtig. Beide stammten aus New Orleans, sie verband mehr als ihre Vergangenheit. Sie hatten jahrzehntelang eine gemeinsame Gegenwart und Zukunft. Dorothy war dabei, als Marilyns Mann starb. Marilyn ist die Patentante von Dorothys einzigem Sohn Jackson.

1957 ging Marilyn im letzten Jahr zur Highschool, als sie Gus Ryder kennenlernte, einen zwanzigjährigen Tankwart aus Slidell. Sie verliebte sich in den älteren Mann, der so anders war als die Jungen, mit denen sie aufgewachsen war. Ihr Vater, Detective bei der Polizei von New Orleans, spürte, dass es Probleme geben würde. Er verbat seiner Tochter, sich mit Gus zu treffen. Doch Marilyn hatte einen starken Willen. »Was mein Vater nicht weiß, macht ihn nicht heiß.« Wenn sie diesen Teil der Geschichte erzählt, schüttelt sie immer sarkastisch den Kopf.

Ihr Vater war selten zu Hause, meistens nur in den frühen Morgenstunden. Wie sollte er etwas mitbekommen? Marilyns Mutter, eine zarte Frau, die mit ihren fünf Kindern überfordert war, achtete kaum auf das, was Marilyn tat.

Und so erfuhren die Eltern nichts von Marilyns täglichen Treffen mit ihrem Freund Gus. Jeden Tag verdrückte sie sich in der Mittagspause von der Schule, und die beiden verbrachten die nächsten vierzig Minuten auf einem Parkplatz, wo sie auf dem Rücksitz von Gus' Chevy herumknutschten.

Doch Lügen ziehen immer Unheil nach sich. Als Marilyn sich drei Monate später eine Cola mit ihrer besten Freundin Dorothy teilte, gestand sie ihr eine fürchterliche Ahnung. Gus und sie waren zu weit gegangen. Ihre Periode war sechs Wochen überfällig. »Ich bin so dumm, ich weiß. Er hatte kein Kondom, und ich habe ihn nicht aufgehalten.«

Entsetzt hörte Dorothy zu. Wenn Marilyn jetzt ein Kind bekäme, würde sich ihr Leben für immer ändern. Auch wenn Frauen in den fünfziger Jahren nicht die größten Erwartungen hegten, so hatten Mari und Dorothy doch Träume. Sie wollten reisen, aufs College gehen und berühmte Schriftstellerinnen oder Wissenschaftlerinnen werden.

»Gus ist fuchsteufelswild. Er will, dass ich …« Sie schlug die

Hände vors Gesicht. »Er kennt einen Arzt, der uns helfen könnte …« Marilyn brach schluchzend zusammen, Dorothy nahm sie in die Arme.

»Immer mit der Ruhe. Du weißt ja noch nicht mal, ob du schwanger bist. Eins nach dem anderen.«

Doch wenige Tage später wurde die Ahnung bestätigt. Marilyn war schwanger, genau wie vermutet.

Es ihren Eltern zu beichten, würde die schwerste Aufgabe sein. Sie hatte Angst, dass es für ihre Mutter einfach zu viel wäre. In letzter Zeit hatte sich die Mutter oft am Nachmittag hingelegt und geschlafen, manchmal war sie den ganzen Tag nicht aus ihrem Zimmer gekommen.

Am Nachmittag holte Marilyns Vater sie vom Cheerleader-Training ab. Sie saß auf dem Beifahrersitz seines alten grünen Pick-ups und drehte an ihrem Klassensiegelring. Sie musste es ihrem Vater sagen. Er war in ihrer Welt der Fels in der Brandung. Er würde wissen, was zu tun war.

»Daddy, ich brauche deine Hilfe.«

»Was ist denn?«

»Ich bin schwanger.«

Ihr Vater sah sie an, eine tiefe Falte auf der Stirn. »Wie bitte?«

»Ich bin … Gus und ich bekommen ein Kind.«

Was dann geschah, traf sie völlig unvorbereitet. Ihr Vater, ein strenger Mann, der Befehle erteilte und Lösungen erdachte, brach weinend zusammen. Seine Lippen zitterten so sehr, dass er nicht mehr sprechen konnte.

»Hör auf, Daddy«, sagte Marilyn und tastete vorsichtig nach dem Arm ihres Vaters. »Nicht weinen.«

Er hielt am Straßenrand und stellte den Motor aus, starrte aus dem Fahrerfenster, die Hand vor dem Mund. Hin und wieder tupfte er sich mit dem Taschentuch die Augen trocken. Sie hätte alles getan, alles gesagt, um ihm die Last wieder zu nehmen.

»Gus und ich haben einen Plan. Er hat Beziehungen. Wir kümmern uns darum. Es muss niemand erfahren.«

In jener Nacht erlitt Marilyns Vater einen schweren Herzinfarkt. Der Rettungswagen wurde gerufen, doch Marilyn wusste, dass es umsonst war. Ihr Vater war bereits tot. Und es war ihre Schuld. Es ist eine hässliche, eine herzzerreißende Geschichte, doch Marilyn zögert nie, sie zu erzählen. Sie behauptet, dadurch vielleicht verhindern zu können, dass andere junge Mädchen denselben Fehler begehen. »Heute habe ich drei Töchter«, sagt sie dann. »Wenn meine Geschichte kein Aufruf zur Verhütung ist, dann weiß ich es auch nicht.«

Ich habe mich oft gefragt, ob Marilyns offenes Geheimnis möglicherweise auch eine Lektion für sie selbst ist, eine selbstauferlegte Strafe. Vielleicht hofft sie, dass ihr eine Last genommen wird, wenn sie ihre schlimme Geschichte nur oft genug erzählt. Die Frage ist: Wird sie jemals in der Lage sein, sich selbst zu verzeihen?

Ich sitze an meinem Tisch im Sender, esse einen Apfel und blättere durch Fiona Knowles' Buch *Die Versöhnungssteine*. Heute in einer Woche wird sie in unsere Sendung kommen – dementsprechend sind es noch sechs Tage bis zu Dorothys und Marilyns Auftritt. Dumpf pocht es in meinen Schläfen.

Ich hüte mich davor, meinen Instinkt zu ignorieren; mein Bauchgefühl schreit mir zu: *Lass nicht zu, dass Dorothy sich live im Fernsehen entschuldigt!* Ich sollte absagen. Der Plan ist zu riskant. Aber das kleine Teufelchen auf meiner Schulter flüstert, dass die beiden alten Damen quotenträchtige Gäste sein werden. Beide sind Naturtalente im Geschichtenerzählen, und ihre lebenslange Freundschaft, zusammen mit Marilyns Reuestory und Dorothys Geheimnis, ergeben eine Quoten-Garantie.

Warum ist mir dann bloß so verdammt unwohl bei der Idee? Habe ich Dorothy etwa dazu verdonnert, bei mir aufzutreten? Oder bin ich so angespannt, weil ihr Auftritt an eine Bedingung geknüpft ist, weil es eine Voraussetzung gibt, gegen die Michael so schnell Einspruch erhoben hat, als wäre sie ein Gesetzentwurf des Stadtrats?

Wieder frage ich mich, ob ich Michaels striktes Abraten nicht als Entschuldigung nutze. Trotzdem: Ich kann nicht zulassen, dass Dorothy im Fernsehen gedemütigt wird. Mein Magen verkrampft sich, ich werfe den Apfel in den Mülleimer.

Ich habe Dorothy angefleht, mir ihr Geheimnis zu verraten, bevor sie damit auf Sendung geht. Aber sie weigert sich schlichtweg. »Mari wird es als Erste hören.«

Kann es sein, dass auch Dorothy einmal geglaubt hat, sie sei schwanger, aber ihrer Freundin nie etwas davon erzählt hat? Dass sie ihr Kind verlor, oder schlimmer noch, es abtreiben ließ? Was für ein Geheimnis kann so schrecklich sein, dass sie es Marilyn nie gebeichtet hat?

In den Abgründen meines Kopfes male ich mir aus, dass Dorothy Marilyn gesteht, vor vielen Jahren eine Affäre mit ihrem verstorbenen Mann Thomas gehabt zu haben. Die Vorstellung ist fast undenkbar, aber was wäre, wenn es so war? Dorothy hat immer viel von Thomas gehalten. Sie stand sogar an seinem Bett, als er starb. Und was ist mit Jackson? Könnte er das Kind einer heimlichen Liebe sein?

Ein Schauder erfasst mich. Zum zigsten Mal komme ich zu dem Schluss, dass Dorothy sich nicht live im Fernsehen entschuldigen sollte.

Denn wir betrügen Marilyn. Stuart hat mit Priscille abgesprochen, sie im Dunkeln zu lassen. Marilyn glaubt, sie käme her, um über die Bedeutung langer Freundschaften zu sprechen. Das werden wir auch tun. Aber nach einer kurzen Diskussion wird sich Dorothy ihre Last von der Seele reden. Sie wird Marilyn den Versöhnungsstein anbieten.

Stuart und Priscille erwarten einen netten Wohlfühlbeitrag. Doch was ist, wenn Marilyn Dorothys Entschuldigung nicht annimmt oder wenn die Geschichte nicht besonders fesselnd ist? Ich rede mir ein, dass ich mir zu viele Gedanken mache. Es wird schon gutgehen. Doch tief in mir weiß ich, dass ich mir etwas vormache. Ich muss diese Sendung aufhalten.

»Das ist einfach keine gute Idee«, sage ich zu Stuart, als er mit einer Abrechnung zu mir kommt, die ich unterschreiben soll. »Ich habe keine Ahnung, auf welche Weise Dorothy Marilyn verletzt hat. Das Fernsehen ist nicht der richtige Ort, um Geheimnisse zu enthüllen.«

Stuart hockt sich auf die Kante meines Schreibtischs. »Bist du verrückt? Das Fernsehen ist perfekt dafür! Die Leute lieben so was.«

Ich hole meinen Glücksfüller aus der Schublade und nehme Stuart das Formular ab. »Es ist mir egal, wie es bei den Zuschauern ankommt. Es muss bei Marilyn gut ankommen. Ich habe nur noch ein paar Tage, um Dorothy diesen Blödsinn auszureden.«

Stuart droht mir mit dem Finger. »Denk nicht im Traum daran, Farr! Deine Quoten sind vielleicht ein bisschen besser geworden, aber deine Sendung hängt immer noch an der Herz-Lungen-Maschine. Die Folge ist so ungefähr deine letzte Hoffnung, die Show wiederzubeleben.«

Kaum ist Stuart gegangen, lasse ich mich auf meinen Stuhl fallen. Ich bin geliefert! Entweder verliere ich meinen Job, oder Dorothy riskiert, ihre beste Freundin zu verlieren. Als es an der offenen Tür klopft, setze ich mich auf.

»Hannah«, sagt Claudia sanft. »Darf ich hereinkommen?«

Verflucht. Seit dem Meeting am Montag bin ich ihr aus dem Weg gegangen. »Klar«, sage ich. »Ich wollte gerade los.« Ich lege den Füller zurück in die Schublade. Dabei fällt mir das Samtbeutelchen mit den Steinen ins Auge. Es kommt mir vor, als würde der Beutel dort im Fegefeuer schweben und mich anflehen, weitergeschickt zu werden. Ich schiebe ihn in die hinterste Ecke und schließe die Schublade mit Bestimmtheit. Dann dränge ich mich an Claudia vorbei und hole meine Tasche.

»Ich möchte, dass du das Interview mit Fiona Knowles alleine machst, Hannah.«

Schlagartig drehe ich mich um. »Was?«

»Mach du das Interview. Allein. Ich habe das untrügliche Gefühl, dir auf die Füße getreten zu haben. Es tut mir leid. In New York wurde einfach viel enger zusammengearbeitet.«

»Ach ja? In New York, dem brutalsten Fernsehmarkt der Welt, gab es mehr Teamwork? Das klingt ja mehr wie ein Vorwurf als wie eine Entschuldigung.«

»Nein, ich wollte nur sagen, dass ich mich noch nicht daran gewöhnt habe, wie es hier läuft. Ich war wohl zu voreilig.«

»Hast du meine Idee gestohlen, Claudia? Hast du meine Unterlagen gelesen?«

»Was?« Sie legt sich eine Hand an die Wange. »Nein, Hannah! Gott, nein! So etwas würde ich niemals tun!«

»Ich hatte nämlich schon ein Exposé verfasst, Fiona einzuladen.«

Entsetzt sieht sie mich an. »O Mann! Das tut mir furchtbar leid, Hannah. Nein, ehrlich. Ich hatte ja keine Ahnung. Vor ein paar Wochen stand in der *Times-Picayune* ein Artikel über Fiona, kannst du nachschlagen.«

Ich sacke zusammen. »Schon gut«, sage ich und fahre mir mit der Hand durchs Haar. »Ich glaube dir.«

»Dadurch habe ich von Fiona erfahren. Ich wollte wirklich nur einen netten kleinen Beitrag für die Morgennachrichten daraus machen. Es war Stuarts Idee, das in deiner Show zu bringen.«

»Mit dir als Gastmoderatorin.«

Claudia senkt den Blick. »Das war auch Stuarts Idee. Ich verstehe natürlich, dass du sauer bist. Du musst denken, ich wäre scharf auf deinen Job.«

Ich zucke mit den Schultern. »Ist mir schon durch den Kopf gegangen ...«

»Ich schwöre dir, das will ich nicht.« Sie beugt sich vor und senkt die Stimme. »Ich darf es niemandem erzählen, aber Brian hat gerade erfahren, dass er nächste Saison verkauft wird. Nach

Miami. Noch drei Monate, maximal sechs, dann sind wir hier weg.«

Sie wirkt erschöpft, und ich muss an meine Mutter und an den Verzicht auf Heimat und Selbstbestimmung denken, der mit der Liebe zu einem Profisportler einhergeht.

»Das tut mir leid zu hören«, sage ich. Und meine es auch so. Anstatt Claudia freundlich aufzunehmen, wie ich es sonst mit neuen Kollegen tue, habe ich sie vom ersten Tag an wie eine Bedrohung behandelt. »Ich möchte, dass wir die Sendung mit Fiona gemeinsam machen.«

»Nein, wirklich, übernimm du das. Du bist viel besser in Interviews als ich.«

»Davon will ich nichts hören. Wir moderieren gemeinsam, so wie es geplant ist.«

Sie beißt sich auf die Lippe. »Bist du dir sicher?«

»Auf jeden Fall.« Ich lege die Hände auf ihre Arme. »Und weißt du was? Ich möchte, dass du mit dabei bist, wenn wir das mit Dorothy und Marilyn drehen.«

»Wirklich?«

»Wirklich.«

»Oh, danke, Hannah.« Sie schlingt die Arme um mich. »Vielleicht können wir zwei ja noch mal von vorne anfangen! Auch wenn ich schon bald wieder gehe ...«

Es regnet, als ich am Freitagnachmittag nach Hause komme. Vorsichtig tappe ich auf nassen Absätzen durch das Marmorfoyer, um nicht auszurutschen, gehe kurz an den Postfächern vorbei, so wie jeden Tag nach der Arbeit. Auf dem Weg zum Aufzug sehe ich die Briefumschläge durch. Rechnungen, Werbung, Kontoauszüge ... Als ich den weißen Umschlag entdecke, bleibe ich stehen. Ein doppeltes M oben links in der Ecke: *Merlot de la Mitaine*. Ich entscheide mich für die Treppe und haste die sechs Stockwerke in Rekordgeschwindigkeit nach oben. Die nassen Schuhe sind plötzlich vergessen.

Ohne mir die Mühe zu machen, meinen Mantel abzulegen, schiebe ich den Finger unter den Falz. Nur schwach ist mir bewusst, wie breit ich übers ganze Gesicht grinse.

Liebe Hannah,
wow, du kannst wirklich backen! Deine Rosmarin-Asiago-Grissini waren ein Riesenerfolg. Die Gäste haben sie regelrecht verschlungen und wollten immer mehr. Wie vermutet, habe ich nicht annähernd so viel Wein verkauft wie mit den vertrockneten Weizenbrotstangen, von denen ich früher dachte, sie wären Grissini, aber was soll's? Im Leben schließt man immer wieder Kompromisse, nicht wahr?
Leider musste ich den Gästen, die Nachschub verlangten, erzählen, dass die Bäckerin ihr Geheimnis nicht verrät. Verschwiegen habe ich ihnen auch, dass sie sich weigert, mir ihre Telefonnummer, ihre E-Mail-Adresse, ja sogar ihren vollen Namen zu verraten. Das sind die Leiden im Leben eines alleinstehenden Winzers in Nord-Michigan …
Doch ich sehe mich lieber als einen Mann, für den das Glas halb voll ist. Deswegen wollte ich Dir sagen, wie sehr ich mich über deinen Brief gefreut habe. »Gefreut« ist eigentlich nicht das richtige Wort. Ich war eher begeistert, entzückt, hingerissen, berauscht, außer mir, euphorisch – all das zusammen. (Und nein, ich habe die Adjektive nicht im Synonymwörterbuch nachgeschlagen.)

Ich muss laut lachen und gehe zu meinem Lieblingssessel, ohne den Blick vom Brief abzuwenden.

Am Morgen nachdem Du abgefahren warst, fand ich meine Visitenkarte neben der Bank, auf die Du Dich gesetzt hattest, um die Gummistiefel anzuziehen. Hätte ich das eher bemerkt, hätte ich die ganze Nacht neben dem Bürotelefon gewartet – in der Hoffnung, Du würdest das tun, was Du ja wirklich

*getan hast – eine Nachricht auf dem Anrufbeantworter
hinterlassen. Stattdessen hockte ich oben in meiner Wohnung,
schaute alle drei Minuten aufs Handy, um sicherzugehen,
dass es auch funktionierte, und machte mir Vorwürfe, mich
Dir gegenüber so trottelig angestellt zu haben. Ich hätte Dich
nicht bitten sollen, zu bleiben. Bitte glaube mir, wenn ich
Dir noch einmal versichere, dass ich nur die besten Absichten
hatte – hauptsächlich jedenfalls. In erster Linie wollte ich,
dass Dir nichts passiert. Ich wollte nicht, dass Du bei dem
Schneesturm draußen unterwegs bist.*

*Und nur damit Du Bescheid weißt: Ich habe Dich nicht eine
Sekunde lang für einen Schnorrer gehalten. Ich hätte Dich
eh nicht bezahlen lassen, selbst wenn Du gewollt hättest.*

*Der Zwanzig-Dollar-Schein, den du mir geschickt hast, wird
Dir als Anzahlung auf Dein nächstes Essen auf Merlot de la
Mitaine gutgeschrieben. Besser noch, ich lade Dich zum Essen
ein. Damit es sich richtig lohnt und du gar nicht mehr absagen
kannst, bin ich sogar bereit, großzügig noch einen Zwanziger
draufzulegen.*

*Am Memorial-Day-Wochenende geht offiziell die Sommer-
saison los. Eingeläutet wird sie von einem Jazz-Trio am Freitag
und einer tollen Bluesband am Samstagabend. Ich denke, es
wird nett, also komm doch vorbei, wenn Du zufällig in der
Gegend sein solltest. Nein, komm jederzeit vorbei, egal ob
Tag oder Nacht, Regen, Sonne, Graupel oder Schnee. Falls
Du es noch nicht gemerkt haben solltest: Ich hätte nichts dagegen, Dich wiederzusehen.*

*Ich lege noch eine Visitenkarte mit meiner Handynummer
und E-Mail-Adresse bei. Bitte verlier sie nicht!*

Bis zum nächsten Mal,

RJ

*PS: Habe ich Dir erzählt, dass ich einen Bäcker einstellen will?
Überleg's Dir! Die Arbeitsbedingungen sind umwerfend!*

Ich lese den Brief drei Mal, bevor ich ihn zurück in den Umschlag schiebe und in der Kommodenschublade verstaue. Dann gehe ich zum Kalender und rechne nach, wie lange ich warten muss, bis ich ihm antworten kann.

17

Der Kaffee, den ich getrunken habe, schwappt in meinem Magen. Ich bleibe vor dem Bühneneingang stehen und spreche ein kurzes Gebet, wie immer. Aber heute bitte ich um etwas Besonderes: *Bitte lass diese Sendung glattgehen. Bitte gib Dorothy die richtigen Worte der Reue und schenke Marilyn das Herz, sie auch anzunehmen. Bitte hilf uns, die Bühne für Fionas großen Auftritt morgen zu bereiten.*

Ich bekreuzige mich und überlege, wem wir wohl sonst noch die Bühne bieten. Dem Ende einer Freundschaft? Wird Dorothy eine furchtbare Wahrheit enthüllen und es auf ewig bereuen, weil Marilyn ihr nicht vergibt? *Lieber Gott, verzeih mir,* füge ich vorsorglich hinzu.

Ich muss mich konzentrieren. Wahrscheinlich hat Michael recht. Dorothys »schlimme Sache« ist bestimmt nicht mehr als eine dumme Beleidigung, vor vielen Jahren ausgesprochen. Wie sollen Claudia und ich dann bloß eine ganze Stunde herumbringen? Laut Priscille brauche ich dringend »Hammer-Sendungen«. Ich massiere eine Verspannung in meiner Schulter und frage mich wieder, warum ich mich überhaupt auf die Sache eingelassen habe.

Ich spähe durch den Vorhang. Das Studio ist voll. Über hundert Personen haben sich zur *Hannah Farr Show* eingefunden – dazu noch die Fernsehzuschauer. Sie sind viele Meilen gereist, um hier unterhalten zu werden. Ich richte mich auf und glätte meinen Rock. Ich werde liefern. Schluss mit den Zweifeln. Schluss mit den Instinkten.

Ich gehe durch den Vorhang auf die Bühne, ein breites Lächeln im Gesicht. »Danke«, sage ich und mache dem Publikum Zeichen, sich hinzusetzen. »Vielen, vielen Dank.« Es beruhigt sich, ich beginne mit dem Aufwärmen, meiner Lieblingsaufgabe. »Ich freue mich riesig, dass Sie alle gekommen sind! Wir werden großen Spaß zusammen haben.« Ich nehme die drei Stufen hinunter zum Zuschauerraum, schüttele Hände und umarme die, die am nächsten sitzen. Plaudernd schlendere ich durch die Gänge, meine erste Chance, Kontakt zum Publikum aufzubauen.

»Sie sehen wirklich umwerfend aus heute! Wow, das Publikum besteht ja fast nur aus Frauen, das ist aber eine Überraschung.« Ich tue entsetzt, obwohl Frauen tatsächlich sechsundneunzig Prozent meines demographischen Marktes ausmachen. Heute allerdings kassiert mein kleiner Scherz nicht den üblichen Lacher. Meine Anspannung ist zu spüren. Ich versuche, sie abzuschütteln, und beginne von Neuem.

»Ich sehe hier eins …«, ich schaue mich um, »… zwei, drei Männer unter den Zuschauern. Willkommen!« Es gibt einen kleinen Applaus. Ich lege den Arm um einen kahlköpfigen Mann in einem karierten Hemd und halte ihm das Mikrophon vor die Nase. »Sie wurden doch bestimmt von Ihrer Frau hergeschleppt, oder?« Er nickt mit rotem Gesicht, die anderen lachen. Gut. Das Publikum wird allmählich warm. Wenn ich mich nur entspannen könnte!

Stuart gibt mir ein Zeichen, zum Ende zu kommen. »Ach, Mensch! Jetzt muss ich wohl arbeiten …« Die Leute buhen gutmütig, ich kehre auf die Bühne zurück. Ben, der Kameramann, zählt mit den Fingern den Countdown.

»Habt Ihr Lust auf die Show?«, frage ich die Zuschauer.

Sie klatschen.

Ich lege die Hand ans Ohr. »Ich höre nichts!«

Der Applaus wird lauter.

Bens Finger zeigen zwei, eins … Dann weist er auf mich: *Showtime!*

»Willkommen zur *Hannah Farr Show!*« Ich lache und freue mich über den donnernden Applaus. »Ich bin begeistert, dass heute drei besondere Menschen zu Gast sind. Der erste ist unser Neuzugang aus New York. Wahrscheinlich haben Sie sie schon als Sprecherin der Morgennachrichten gesehen oder den Artikel über sie in der *Times-Picayune* gelesen. Sie ist das umwerfende neue Mitglied unserer WNO-Familie und war freundlicherweise bereit, heute meine Co-Moderatorin zu sein. Bitte begrüßen Sie mit mir Claudia Campbell!«

In einem kurzen rosafarbenen Kleid und Riemchensandalen, die ihre Beine perfekt zur Geltung bringen, betritt Claudia die Bühne. Die Leute jubeln, und ich sehe beinahe vor mir, wie die Quoten nach oben schnellen. Ich glätte meine dunkelblaue Jacke. Warum, um alles in der Welt, habe ich mir bloß dieses altbackene Kostüm ausgesucht? Ich entdecke einen Kaffeefleck auf meiner silbernen Bluse. Ach, wie hübsch! Ich habe gekleckert.

Claudia bedankt sich bei mir und erklärt dann das Phänomen der Versöhnungssteine. »Morgen werden Sie die Erfinderin der Steine kennenlernen, Mrs Fiona Knowles. Aber heute möchten Hannah und ich Ihnen gerne zwei gute Freundinnen vorstellen.«

Hannah und ich? Ach ja? Mir war nicht klar, dass Dorothy und Marilyn auch mit Claudia befreundet sind. Jade wird begeistert sein. Doch ich bringe das Teufelchen auf meiner Schulter zum Schweigen. Claudia ist neu, sie versucht nur, dazuzugehören. Ich verstehe das. Sie nickt mir zu, ich übernehme.

»Alles, was ich über Versöhnung weiß«, beginne ich, »habe ich von meiner Freundin Dorothy Rousseau gelernt. Ihr Mitgefühl erstaunt mich immer wieder.« Ich erzähle, wie die Versöhnungssteine im Pflegeheim zum großen Hit wurden. »Das alles geht auf Dorothy zurück. Sie hätte den Kreis auch unterbrechen können. Stattdessen hat sie die Steine in alle Himmelsrichtungen versendet und so wunderbare Kreise der Liebe und der Versöhnung geschaffen.« Ich mache eine Kunstpause. »Dorothy Rousseau ist eine liebreizende Frau, und das ist auch ihre beste Freundin Marilyn Armstrong.

Die beiden sind heute hier, um über die Macht der Freundschaft zu sprechen. Bitte begrüßen Sie mit mir die gebürtigen New-Orleanser Damen Dorothy Rousseau und Marilyn Armstrong!«

Das Publikum klatscht, als die beiden Arm in Arm herauskommen. Marilyn lächelt und winkt dem Publikum zu, sie weiß nicht, was sie erwartet. Ich betrachte Dorothy, sie wirkt selbstsicher und würdevoll in ihrem lachsfarbenen Kostüm. Doch ihr Gesicht ist angespannt, sie schürzt die Lippen. Verschwunden ist die Gelassenheit, die sie in den letzten zwei Wochen ausgestrahlt hat. Wieder zieht sich mein Magen zusammen. Warum habe ich diesen Auftritt nicht verhindert?

Die Frauen nehmen ihre Plätze auf dem Sofa ein, gegenüber von Claudia und mir. Wir unterhalten uns über ihre Vergangenheit und darüber, was die Freundschaft ihnen bedeutet. Am liebsten würde ich mich noch länger über die guten alten Zeiten und glückliche Erinnerungen austauschen, aber ich sehe, dass Stuart im Kontrollraum mit dem Zeigefinger kreist – ich soll weitermachen.

Ich schaue durch Marilyns Brille in ihre blassblauen Augen. Sah sie schon immer so vertrauensvoll und unschuldig aus, oder ist das nur heute so? Meine Brust zieht sich zusammen. Ich will das nicht tun. Ich sollte es aufhalten, genau jetzt! Stattdessen hole ich tief Luft.

»Marilyn, Dorothy würde dir gerne etwas mitteilen. Ich habe ihr das nur ungern zugestanden, aber sie besteht darauf, es hier und heute im Fernsehen zu tun.«

»Ich möchte mich entschuldigen«, sagt Dorothy sofort. Das Zittern in ihrer Stimme passt zu meinem pochenden Herzen – ein Duett. *Tu es nicht! Tu es nicht!*, wiederhole ich innerlich. Es ist mir so egal, dass die gesamte Sendung – wahrscheinlich sogar mein Job – an ihrer Geschichte hängt.

Dorothy neigt den Kopf und beginnt. »Ich habe etwas getan, das mir schon lange unendlich leid tut und das mir immer leid tun wird.« Sie tastet nach Marilyns Hand und drückt sie. »Seit über sechzig Jahren bereue ich meine Tat, aber ich hatte nie den Mut, dir die Wahrheit zu sagen.«

Marilyn winkt ab. »Hör auf. Das ist ja albern. Du bist eine wunderbare Freundin, eher eine Schwester für mich.«

»Ich hoffe, das stimmt wirklich, Marilyn.«

Dorothy spricht ihre Freundin mit vollem Namen an, und ich weiß, dass das, was sie nun sagen wird, sehr ernst ist.

Marilyn spürt es ebenfalls, das merke ich. Sie lacht, aber ihr Fuß wippt nervös. »Was soll das denn sein, Dottie? Wir haben Wirbelstürme und Fehlgeburten, Hochzeiten und Todesfälle überstanden. Nichts, was du sagst, kann etwas daran ändern.«

»Vielleicht doch.« Dorothy wendet ihr Gesicht dahin, wo sie Marilyn vermutet. Doch durch die Makuladegeneration ist ihr Blick auf einen Punkt knapp neben Marilyn gerichtet. In ihm liegt etwas, das von Einsamkeit, Herzschmerz und Reue kündet, und ich bekomme einen Kloß im Hals.

»Weißt du«, fährt sie fort, »ich habe einen Fehler begangen, einen katastrophalen Fehler. Wir waren damals siebzehn und du hattest Angst, schwanger zu sein. Ich habe angeboten, dir zu helfen.« Sie schaut ins Publikum. »Ich dachte, sie würde sich vielleicht irren und sich umsonst Sorgen machen. ›Immer mit der Ruhe‹, sagte ich zu ihr. ›Du weißt ja nicht mal, ob du wirklich schwanger bist. Eins nach dem anderen. Bring mir morgen eine Urinprobe mit. Ich gebe sie Daddy, dann macht er einen Schwangerschaftstest. Vielleicht ist es ja falscher Alarm.‹«

Die Härchen auf meinen Armen stellen sich auf. Diesen Teil der Geschichte kenne ich nicht. »Dorothy«, hake ich nach, »willst du den Rest nicht lieber hinter der Bühne erzählen?«

»Nein, danke, Hannah.«

»Dorothys Vater war Geburtshelfer«, erklärt Marilyn den Zuschauern. »Der beste in der Stadt.«

Dorothy drückt ihre Hand und spricht weiter: »Am nächsten Tag hast du mir die Urinprobe gebracht, und wie versprochen, habe ich sie meinem Vater gegeben. Zwei Tage später überbrachte ich dir die schlechte Nachricht an deinem Spind in der Schule. ›Du bekommst ein Baby.‹« Marilyn nickt. »Und ich bin euch beiden immer dankbar gewesen.« Sie schaut mich an. »Ich war noch minderjährig. Ich konnte nicht ohne mindestens ein Elternteil zu unserem Hausarzt gehen. Damals waren Schwangerschaftstests für Zuhause nicht zuverlässig. Es war nicht die Nachricht, auf die ich gehofft hatte, aber es ist immer gut, die Wahrheit zu wissen.«

Dorothy erstarrt. »Aber leider hatte ich vorher beschlossen, dir nicht die Wahrheit zu sagen. Du warst nie schwanger, Mari.«

Ich schlage die Hand vor den Mund, Marilyn erschrickt. Das Publikum murmelt.

»Doch, war ich«, beharrt Marilyn. »Natürlich. Drei Tage nach der Beerdigung hatte ich eine Fehlgeburt.«

»Das waren deine Tage. Sie kamen nach der Essigspülung, die mein Vater dir empfohlen hatte.«

Die Zuschauer beginnen zu reden, einige schütteln den Kopf, sehen ihren Nachbarn ungläubig an, legen geschockt die Hand vor den Mund.

Marilyns Kinn zittert, sie berührt es mit den Fingern. »Nein. Das kann nicht sein. Ich habe meinem Vater gesagt, ich wäre schwanger. Das hat ihn umgebracht. Das weißt du doch.«

Das Publikum hält kollektiv die Luft an.

Dorothy setzt sich auf, der Inbegriff der Selbstbeherrschung, doch Tränen laufen ihr über die faltigen Wangen. Ich springe auf und gebe Ben Zeichen, die Kamera auszustellen und eine Werbepause einzulegen. Er nickt leicht in Richtung Kontrollraum, und ich sehe, dass Stuart wieder mit dem Finger kreist – wir sollen weitermachen. Ich schaue ihn wütend an, doch er ignoriert mich.

»Als mein Vater mir gesagt hat, du wärst nicht schwanger, habe ich den Entschluss gefasst, dich ein paar Tage zappeln zu lassen. Ich war überzeugt, es sei zu deinem Besten. Meiner Meinung nach war der Junge, mit dem du zusammen warst, nicht gut für dich. Ich wollte dir damit eine Lektion erteilen. Ich dachte, vor dem Wochenende würdest du deinen Eltern nichts sagen.«

»Mein Vater starb! Er starb! Und du«, Marilyn sticht ihren Finger so heftig in Richtung ihrer Freundin, dass Dorothy bestimmt den Lufthauch fühlen kann, »und du hast mich zweiundsechzig Jahre mit dieser Schuld leben lassen? Ich … ich fasse es einfach nicht …« Sie unterbricht sich, schüttelt den Kopf. Als sie weiterspricht, ist ihre Stimme so leise, dass ich sie kaum hören kann. »Wie konntest ausgerechnet du so gemein sein?«

Inzwischen buhen die Zuschauer und rufen dazwischen, wie in einer schlechten Krawall-Talkshow.

Dorothy schlägt die Hände vors Gesicht. »Es war falsch. Es tut mir so leid! Ich hatte keine Ahnung, dass es so schlimm enden würde.«

»Und Sie haben all diese Jahre an der Lüge festgehalten?«, fragt Claudia sanft.

Dorothy nickt, und die Zwischenrufe des Publikums übertönen beinahe ihre Antwort. »Ich wollte es dir sagen, Mari. Wollte ich wirklich. Ich dachte, es sei das Beste, die Beerdigung deines Vaters abzuwarten.«

Marilyn weint, Claudia reicht ihr eine Packung Taschentücher.

»Und dann … dann war es auf einmal zu spät. Die Zeit lief weiter. Ich hatte zu viel Angst. Ich wollte deine Freundschaft nicht verlieren.«

»Aber es war eine Freundschaft, die seitdem auf einer Lüge gründet«, sagt Marilyn leise. Sie steht auf und schaut sich wie benommen um. »Ich will hier weg!«

Jemand klatscht, und kurz darauf applaudiert das gesamte Studio Marilyn. Anders ausgedrückt: Alle wenden sich gegen Dorothy.

»Bitte, Mari!«, fleht diese. Ihr leerer Blick schweift hin und her. »Geh nicht! Lass uns darüber reden.«

»Ich habe dir nichts mehr zu sagen.« Mit klappernden Absätzen verlässt Marilyn die Bühne.

Dorothy schlägt die Hand vor den Mund und schluchzt aus tiefer Kehle, ein urtümliches, erschütterndes Geräusch. Orientierungslos steht sie auf, sucht nach dem Ausgang. Sie bewegt sich auf die Stimme ihrer Freundin zu, zweifellos in der Hoffnung, bei ihr Vergebung zu finden.

Doch Marilyn ist fort. Und fort ist auch ihre lebenslange Freundschaft. Alles dank einer einzigen, aufrichtigen Entschuldigung.

Michael hat recht. Manche Geheimnisse bleiben besser unausgesprochen.

18

Ich warte nicht, bis die Sendung vorbei ist. Ich warte nicht auf die Werbepause. Ich eile zu Dorothy, nehme ihre Hand und führe sie von der Bühne. Hinter mir höre ich Claudias Stimme, sie versucht, das Chaos zu begrenzen. Sie wird die letzten zehn Minuten improvisieren müssen. Im Moment ist mir meine Sendung völlig egal.

»Alles gut, das wird schon wieder«, versuche ich Dorothy zu beruhigen und leite sie zum Sofa in meiner Garderobe. »Bleib hier!«, sage ich. »Ich bin sofort wieder da. Ich suche Marilyn.«

Ich haste durch den Gang und erreiche das Foyer gerade in dem Moment, als Marilyn durch die Glastüren nach draußen gehen will.

»Marilyn! Warte!«

Sie ignoriert mich, eilt zum Taxi. Ich stürze ihr nach.

»Es tut mir so leid, was passiert ist«, rufe ich ihr nach. »Alles. Ich wusste das nicht.«

Am Taxi dreht sich Marilyn zu mir um. An ihren dünnen Wimpern hängen Tränen, aber sie kneift die Augen zusammen und versprüht eine Grimmigkeit, die ich noch nie gesehen habe.

»Wie konntest du nur?«

Ich weiche einen Schritt zurück. Ihre Worte, ihre Anschuldigung, werfen mich aus dem Gleichgewicht.

Der Taxifahrer öffnet die Hintertür, Marilyn steigt ein. Ich sehe dem Wagen nach, schlinge die Arme um meinen Körper. Ich schäme mich. Auf alle möglichen Weisen und in vielerlei Hinsicht frage ich mich genau das: Wie konnte ich nur?

Als ich in meine Garderobe zurückkehre, bin ich in Tränen aufgelöst. Ich schließe die Tür. Dorothy sitzt immer noch auf der Couch und starrt an die Wand, so wie ich sie zurückgelassen habe. Erstaunlicherweise weint sie nicht. Ich setze mich neben sie und greife nach ihrer Hand.

»Ist alles in Ordnung?«, frage ich und streichele die weiche Haut. »Ich hätte nicht zulassen dürfen, dass du das live im Fernsehen machst. Ich wusste, dass es riskant ist. Ich habe erlaubt …«

»Unfug!«, sagt sie. Ihre Stimme ist flach und ruhig. »Das nennt man Gerechtigkeit. Ich habe Maris Zorn verdient. Die Buhrufe vom Publikum und die Verachtung all unserer Freunde, sobald es sich herumspricht. Das ist genau das, was ich verdiene. Alles andere wäre ungerecht.«

»Wie kannst du so etwas sagen? Du bist ein guter Mensch, Dorothy. Der beste. Was du damals als Jugendliche getan hast, war nicht grausam. Es war sicher ein Fehler, ein großer Fehler, aber du hast es ja gut gemeint. Marilyn wird das auch irgendwann einsehen.«

Dorothy tätschelt meine Hand, als wäre ich ein naives Kind. »Ach, Schätzchen, verstehst du das nicht? Es ist nicht die Lüge. Es ist nie die Lüge. Es ist das Vertuschen, das Verheimlichen, das uns fertigmacht.«

Ich spüre, wie mir das Blut in den Kopf steigt. Sie hat recht. Sie hat vollkommen recht. Wenn irgendjemand über die Folgen von vertuschter Wahrheit Bescheid wissen sollte, dann ich.

Als wir im Pflegeheim ankommen, wirkt Dorothy seltsam gelassen. Ich bringe sie mit einem Hörbuch ins Sonnenzimmer.

»Soll ich dein Handy holen? Wahrscheinlich willst du Marilyn anrufen.«

Sie schüttelt den Kopf »Ist zu früh.«

Welch eine Lektion in Weisheit und Geduld! Wenn ich sie wäre, könnte ich mich nicht zusammenreißen und würde Marilyn mit Anrufen bombardieren, sie um Vergebung anflehen. Aber Dorothy scheint zu wissen, dass ihre Freundin Zeit braucht. Vielleicht ist es auch sie selbst, die zuerst einmal Zeit braucht, um ihre sich selbst zugefügten Wunden zu pflegen. Hätte ich sie doch nur aufgehalten!

Als ich gehen will, taucht Patrick Sullivan an Dorothys Seite auf.

»Ich habe die Sendung gesehen«, erklärt er.

Dorothy schaut beiseite. »Ach, Paddy. Jetzt weißt du, warum ich nie nach dir gesucht habe, als du mich verlassen hast. Ich fühlte mich deiner nicht würdig.«

Er hockt sich auf ihre Stuhllehne und nimmt ihre Hände in seine. »Niemand wird als mutiger Mensch geboren. Man wird erst dazu.«

Ich stehe hinter der Tür zum Sonnenzimmer und beobachte, wie Mr Sullivan sich vorbeugt und Dorothy einen Kuss auf die Stirn gibt. »Du bist ein mutiges Mädchen, Dorothy. Dafür liebe ich dich!«

Sie schnaubt verächtlich. »Wie kannst du so etwas sagen, wo du jetzt weißt, was ich getan habe? Ich wollte nicht, dass du diese Seite von mir siehst.«

»Eine Entschuldigung macht unsere großen Fehler nicht ungeschehen. Sie ist eher so, als würde man Worte schwärzen. Wir wissen immer, dass der Fehler darunter steht, unter der Schwärze. Wenn wir genau hinsehen, können wir ihn noch erkennen. Doch mit der Zeit beginnen wir, über den Fehler hinwegzusehen und lesen nur noch die neue Botschaft, deutlicher und mit mehr Bedacht geschrieben.«

Eine Stunde später haste ich über den Bürgersteig wieder zum Eingang des Senders und entdecke, dass Stuart mich aus seinem Fenster im ersten Stock beobachtet. Mit Sicherheit fragt er sich, wo ich war. Was hat er erwartet? Dass ich Dorothy allein nach draußen finden lasse, dass ich sie in eine Richtung schiebe und darauf vertraue, dass sie nach allem, was wir ihr zugemutet haben, den Weg alleine findet? Ich schäume innerlich.

Doch meine Wut ist unangebracht. Es war nicht Stuarts Schuld, dass ich es heute verbockt habe. Ich bin verantwortlich dafür, dass Dorothys und Marilyns lebenslange Freundschaft kaputt ist. Ich hätte darauf bestehen sollen, dass die Sendung abgesagt wird. Warum habe ich nicht auf meinen Bauch gehört? Wenn ich meinen Instinkt ignoriere, gerate ich immer in die schlimmsten Situationen.

Oder etwa nicht? Lag ich im Sommer 1993 richtig, als ich auf mein Gefühl hörte?

Ich verdränge die Gedanken an meine Mutter und eile durch den Korridor zur Garderobe. Ich kann mir heute nicht den Luxus leisten, in Was-wäre-wenn-Gedanken zu schwelgen. Morgen haben wir Fiona Knowles zu Gast.

Ich setze mich auf den Schminkstuhl. Jade schält lange schwarze Wimpern von meinem linken Auge. Als sie vor einem Monat feststellte, dass meine Wimpern dünner werden, begann sie, die künstlichen einzusetzen. Eine weitere Erinnerung, dass ich nicht (mehr) die bin, die ich vorgebe zu sein. Ich bin Furnier, kein Hartholz.

Mir gegenüber sitzt Claudia mit Notizblock und Stift und macht sich Notizen, während ich ihr den Ablauf der morgigen Sendung erkläre.

»Ich mache einen Teaser für die Versöhnungssteine«, sage ich, »dann gehen wir direkt in die Pause. Anschließend stelle ich Fiona vor. Wir beide werden ihr gegenüber sitzen. Dann übernimmst du das Interview. Sozusagen andersherum als heute.«

Im Spiegel wirft mir Jade einen warnenden Blick zu.

»Wirklich?«, fragt Claudia. »Ich kann auch einfach danebensitzen und hier und da etwas einwerfen.«

»Das hört sich doch gut an«, bemerkt Jade und taucht den Finger in einen Cremetiegel. Sie ist immer noch überzeugt, dass

Claudia es auf meinen Job abgesehen hat. Ich glaube das nicht mehr. Seitdem wir uns letzte Woche ausgesprochen haben, ist Claudia ungemein nett und höflich zu mir. Sie überlässt mir gerne die Hauptrolle in der Sendung mit Fiona, aber ehrlich gesagt, bin ich erleichtert, dass ich nicht über die Steine sprechen muss. Schon gar nicht, da ich selbst welche bekommen, den Kreis aber noch nicht vollendet habe.

»Nein.« Ich schaue Jade im Spiegel in die Augen. »Du bist diejenige, die Fiona kennt. Das ist dein Interview.«

»Klopf, klopf«, sagt Stuart und kommt mit einem Klemmbrett herein. »Super Sendung, Farr. Die beiden Damen haben den Vogel abgeschossen.«

Ich sehe ihn an, überzeugt, dass er einen Witz macht. Doch nein, er meint es völlig ernst. »Stuart, diese Sendung war eine Katastrophe. Eine lebenslange Freundschaft wurde zerstört.«

Er zuckt mit den Achseln. »Nicht nach unseren Maßstäben. Kelsey sagt, wir haben einen Aufwärtstrend in den Social Media. Hauptsächlich Tweets, dazu mehrere hundert Likes bei Facebook.« Er reicht mir das Klemmbrett. »Ich brauche ein paar Unterschriften.«

Ich reiße ihm das Teil aus den Händen. Dieser Mann hat kein Gewissen. Dorothy und Marilyn interessieren ihn nicht die Bohne, nicht mal ich.

Er klopft auf seine Brusttasche. »Mist. Hast du einen Stift?«

»Oberste Schublade«, sage ich und weise auf meinen Schreibtisch. »Der Caran D'Ache, bitte.«

»Du und dein verfluchter Füller.« Er wühlt in der Schublade herum. »Kannst du nicht einfach einen Kuli nehmen?« Er wirft eine Tube Lipgloss auf den Tisch. »Wo ist er, Farr?«

Netterweise steht Claudia auf, um ihm zu helfen. Ich schließe die Augen, damit Jade die zweite Reihe künstlicher Wimpern abziehen kann. »Glaub mir, ich würde niemals so viel Geld für einen Füller ausgeben«, erkläre ich Stuart, »aber Michael hat ihn mir geschenkt, als wir den zweiten Platz bei …«

»O mein Gott!«

Ich öffne die Augen. Im Spiegel sehe ich, wie Claudia und Stuart sich über meine offene Schublade beugen. In ihrer Hand liegt das Samtbeutelchen. Die Versöhnungssteine.

»Scheiße«, sage ich und schlage die Hand vor den Mund.

»Verdammt, Farr, du hast Steine bekommen!«

Ich springe auf, aber Stuart hat Claudia das Beutelchen bereits entrissen.

»Gerade rechtzeitig für die Sendung morgen.« Triumphierend hält er es hoch.

»Gib sie mir, Stuart!«

»Was hast du angestellt, Farr? Welches peinliche Geheimnis willst du nicht verraten? Denn alles außer Mord wird noch eine spektakuläre Sendung garantieren.«

»Ich habe gar nichts getan. Deshalb habe ich den Kreis auch nicht weitergeführt. Ich habe nichts wiedergutzumachen.« Noch während ich das ausspreche, laufe ich rot an. Nicht im Traum würde ich ihm mein Geheimnis verraten. Selbst wenn ich wollte, Michael hat es mir verboten.

»Jetzt überwinde dich schon, Farr! Raus mit der Sprache!«

»Vergiss es einfach! Das sind nicht mein Steine.«

»Hast du Michael betrogen?«

»Nein! Natürlich nicht!«

»Du bist diejenige, die Priscilles BMW zerkratzt hat.«

Ich werfe ihm einen Blick zu. »Klar.«

»Es ist ein Familiengeheimnis, oder?«

Ich will protestieren, aber bringe kein Wort heraus.

Sein Blick ist triumphierend. »Bingo!«

Ich reiße ihm den Beutel aus den Händen. »Hör zu, ich habe mich vor vielen Jahren mit meiner Mutter überworfen. Es ist unschön und chaotisch, ich möchte nicht darüber sprechen.«

»Weiß Michael davon?«

»Natürlich«, erwidere ich, erbost über seine Unverschämtheit.

»Ich mache das nicht, Stuart. Ich werde mein Privatleben nicht für die Quote opfern. Meine Vergangenheit steht der Öffentlichkeit nicht zur Verfügung. Schluss, Ende, aus.«

Er schnappt sich wieder den Beutel. »Werden wir ja sehen.«

19

Ich muss fast rennen, um Stuart einzuholen. Ich flehe ihn an, mir mein Beutelchen zurückzugeben. Er ignoriert mich und stürmt in Priscilles Büro. Sie sitzt hinter ihrem Schreibtisch aus Walnussholz, telefoniert und tippt gleichzeitig eine E-Mail. Mir wird schwindelig. Mist Ich kippe gleich um, direkt im Büro meiner Chefin.

»Du wirst es nicht glauben!«, Stuart wedelt aufgeregt mit dem Beutelchen vor Priscille herum.

»Entschuldigung, Thomas, kann ich dich zurückrufen?« Sie legt auf und fährt Stuart an: »Was ist?«

»Hannah hat auch Steine bekommen. Sie hat irgendein Familiendrama oder so mit ihrer Mutter. Das Timing könnte nicht perfekter sein, was?«

Priscilles Gesicht wird weicher, sie lächelt. »Was du nicht sagst!«

»Das ist es! Das ist die persönliche Geschichte, auf die wir gewartet haben!«

»Sei ruhig«, sage ich. »Du hörst mir nicht zu. Ich will darüber nicht öffentlich sprechen. Das ist Privatsache. Hast du nicht gesehen, was gerade mit meiner Freundin geschehen ist?«

Stuart ignoriert mich. »Das wird die Quoten nach oben treiben. Du hast es selbst gesagt, Priscille: Eines der größten Mankos von Hannah ist, dass sie niemanden an sich heranlässt.«

Mir fällt die Kinnlade hinunter. Hat sie das wirklich gesagt? Sicher bin ich ein wenig reserviert, aber niemand kann behaupten, dass ich distanziert bin.

»Du bist distanziert, Hannah«, sagt Priscille. »Mal ehrlich! Du bist ein Buch mit sieben Siegeln, eine Blüte, die sich nicht öffnen will.« Na toll.

»Verschlossener als die Knie einer Nonne«, ergänzt Stuart. Ich werfe ihm einen bösen Blick zu, doch Priscille scheint das nicht zu bemerken. Sie kommt um ihren Tisch herum und läuft im Zimmer auf und ab, klopft mit einem Stift auf ihre Handfläche. »Wisst ihr noch, wie Oprah mit einer riesigen Ladung voller Fett auf die Bühne kam? Oder als Katie Couric live die Darmspiegelung machen ließ? Offene, ehrliche Prominente faszinieren die Zuschauer. Warum? Weil sie mutig sind, verletzlich.« Sie bleibt stehen und dreht sich zu mir um. »Und Verletzlichkeit, meine Liebe, ist die magische Zutat, die uns dazu bringt, Menschen nicht nur zu mögen, sondern zu lieben.«

Stuart nickt. »Genau! Erzähl von deiner Mutter und eurem Zerwürfnis, egal was es war. Erzähl den Zuschauern, wie verletzt du warst! Verdrück ein paar Tränen. Berichte, wie befreiend es war, ihr schließlich zu verzeihen.«

Aber ich habe ihr nicht verziehen. Ich bin mir sogar nicht mehr sicher, ob ich diejenige bin, die vergeben muss. Und ich werde weder für mein Publikum in New Orleans noch für die WCHI noch für irgendeinen anderen Sender meine Vergangenheit hervorzerren, um das herauszufinden. Michael hat recht. Mein Familiengeheimnis wird verborgen bleiben. Dorothys Geständnis hat mir das deutlicher gemacht als je zuvor.

Priscille greift zu einem Block. »Die Leute werden wissen wollen, was du mit dem anderen Stein gemacht hast. Gibt es da eine gute Story?«

Ich fühle mich wie eine Tüte voller Süßigkeiten, in der herumgebohrt wird und die jeden Moment platzt. Alles wird aus mir herausfallen. Doch anstelle von Bonbons wird die Welt die hässlichen Gemeinheiten erblicken, die ich verborgen habe.

Ich lege die Hände auf die Wangen. »Bitte! Ich kann das nicht!« Ich schaue von Stuart zu Priscille. »Ich mache das nicht.

Ja, ich bin ein zurückhaltender Mensch. Da habt ihr recht. Nie im Leben werde ich vor Tausenden von Zuschauern schmutzige Wäsche waschen. Das ist nicht mein Stil. Und selbst wenn es das wäre, Leute: Ich bin die Freundin des Bürgermeisters. Es geht einfach nicht!«

Stuart hält mir einen Vortrag über all die Gründe, warum ich mich zusammenreißen und für das Team opfern solle, doch plötzlich legt Priscille ihm die Hand auf den Arm. »Lass es gut sein, Stuart. Wir können Hannah nicht zwingen, jemand zu sein, der sie nicht ist.« Ihre Stimme klingt sanft und verstörend ruhig. Sie geht zurück zu ihrem Stuhl hinter dem Tisch und tippt etwas in den Computer, ihr Signal an uns, dass das Gespräch vorbei ist.

Ich will mich erklären, will ihr versichern, dass ich bereit bin, alles zu tun, wirklich *alles*, nur eben nicht über meine Vergangenheit reden. Aber das würde sie natürlich nur verstehen, wenn ich ihr den Grund erklärte.

Als ich mich zum Gehen wende, versetzt mir Priscille den entscheidenden Schlag: »Claudia moderiert morgen mit dir, richtig?«

Ich schlage meine Garderobentür zu. »Das war eine Drohung!«, sage ich und gehe zum Waschbecken, wo Jade gerade ihre Make-up-Pinsel reinigt. »Priscille und Stuart ist meine Privatsphäre absolut scheißegal! Es geht nur um die Quote.«

Jade weist mit dem Kopf zum hinteren Teil des Raumes, erinnert mich, dass wir nicht allein sind. Ich drehe mich um und sehe Claudia, die immer noch auf dem Sofa in der hinteren Ecke hockt und darauf wartet, dass wir unsere morgige Sendung besprechen. Mir ist egal, wenn sie mich schimpfen hört, so sauer bin ich.

»Die behaupten, ich wäre distanziert! Kannst du das glauben?«

Jade dreht den Wasserhahn zu und nimmt sich ein Handtuch. »Hannabelle, wann hast du zum letzten Mal eine persönliche

Frage von einem Zuschauer beantwortet? Wann hat dich das letzte Mal jemand außer mir ungeschminkt gesehen?«

Meine Hand schießt hoch an meine Wange.»Ja, und? Ich sehe halt gerne vorzeigbar aus. Was ist daran falsch?«

»Das Make-up ist dein Schutzschild. Für eine Person, die in der Öffentlichkeit steht, lebst du verdammt zurückgezogen. Meine ich nur.« Sie klopft mir auf die Schulter und greift zu ihrer Tasche.»Ich gehe Mittagessen. Soll ich dir was mitbringen?«

Ja, ein Sandwich mit frittierten Austern und einen Pralinen-Pekan-Pie.»Nein, danke.«

»Immer locker bleiben«, sagt sie und schließt die Tür hinter sich.

Ich raufe mir die Haare und stöhne.»Was soll ich nur tun? Ich brauche diesen Job.« Als mir jemand über den Arm streicht, zucke ich zusammen. Claudia.

»Oh, hi.« Ich richte mich auf und schiebe mir die Haare hinter die Ohren.

»Es tut mir so leid, Hannah«, sagt sie.»Ich weiß nicht, was ich sagen soll. Ich habe das Gefühl, dass das alles meine Schuld ist, weil ich vorgeschlagen habe, Fiona in die Sendung zu holen. Ich bin so dumm! Als ich den Samtbeutel aus deiner Schreibtisch-schublade gezogen habe, war mir das gar nicht richtig bewusst. Ich hatte keine Ahnung, dass Versöhnungssteine drin sind.«

Ich mustere sie, ihre rosa Wangen und blauen Augen, groß und unschuldig. Unter ihrer dicken Make-up-Schicht erkenne ich eine winzige Narbe am Kinn. Hatte sie als Kind einen Unfall? Ist sie vielleicht vom Rad oder von einem Baum gefallen? Sie streicht mit ihrem lackierten Fingernagel darüber, ich wende den Blick ab, beschämt, darauf gestarrt zu haben.

»Die ist abartig, ich weiß. Kommt von einer Außenzahn-spange. Unser Kieferorthopäde ließ mir so eine Drahtvorrich-tung anpassen. Nach einem Monat stellte er fest, dass sie zu eng war. Da war der Schaden schon angerichtet. Dauerhaft. Meine Mutter ging unter die Decke. Von da an hat sie mich nie mehr bei Schönheitswettbewerben angemeldet.« Sie lacht angestrengt. »Eigentlich war das eine Erleichterung.«

Aha, Claudia musste also als Kind an Schönheitswettbewerben teilnehmen – der Traum ihrer Mutter, nicht ihr eigener. »Man sieht es doch kaum«, sage ich. »Du bist wunderschön.« Doch ihre Finger schweben noch immer über der winzigen Narbe. Mein Herz öffnet sich. Trotz ihrer perfekt gelegten Haare und der makellosen künstlichen Bräune wirkt Claudia nun menschlich. Ein Mensch mit Makeln und Unsicherheiten. Jemand, mit dem ich mich identifizieren kann. Meinte Priscille das, als sie von Verletzlichkeit sprach?

Ich hake mich bei Claudia unter und führe sie zum Sofa. »Das ist doch nicht deine Schuld, Claudia. Es liegt an diesen dämlichen Steinen. Vielleicht hat Jade recht.« Ich atme tief aus. »Ich habe Angst. Ich kann nicht über die Steine sprechen. Weil die Zuschauer entsetzt wären, wenn sie mein wahres Ich kennen würden.« Ich schleudere den Samtbeutel, den ich mir in Priscilles Büro wieder geangelt habe, in den Metallmülleimer, wo er mit einem dumpfen Geräusch landet. »Fionas verfluchte Steine sollen helfen, auch unsere hässlichen Seiten anzunehmen und zu akzeptieren. Ich hingegen bin verschlossener als je zuvor.«

Claudia berührt wieder ihre Narbe, und ich frage mich, ob sie merkt, dass ich das im übertragenen Sinne meine. »Wenn Verzeihen so einfach wäre«, sagt sie, »hätten wir alle einen ruhigen Schlaf.«

»Tja, selbst wenn ich um Verzeihung bitten wollte – es wurde mir untersagt. Meine Geschichte ist so abartig, dass mein Freund Angst hat, sie könnte mich ruinieren – und ihn mit.«

»Das ist kaltherzig«, sagt Claudia. »Glaub mir, ich verstehe das. Wirklich. Ich habe meiner besten Freundin einmal sehr übel mitgespielt. Bis heute habe ich es niemandem erzählt, auch ihr nicht. Du brauchst also kein schlechtes Gewissen zu haben. Ich könnte meine Geheimnisse auch nicht live ausplaudern.«

Ich sehe sie an. »Danke. Wirklich, manchmal habe ich das

Gefühl, der böseste Mensch der Welt zu sein. Dann denke ich, dass niemand außer mir jemals so einen furchtbaren Fehler begangen hat.«

»Nein«, versichert mir Claudia. »Damit bist du nicht allein, meine Liebe.« Sie holt tief Luft und schließt die Augen, als wäre die Erinnerung zu schmerzhaft. »Es ist drei Jahre her. Lacey, meine beste Freundin, wollte heiraten. Mit vier Mädels sind wir noch einmal zusammen nach Mexiko geflogen. Am ersten Tag dort hat Lacey am Swimmingpool einen Typen kennengelernt, Henry aus Delaware. So nannten wir ihn auch – ›Henry aus Delaware‹. Er war total nett, wirklich. Um es kurz zu machen: Sie hat sich in ihn verliebt.«

»Aber sie war verlobt.«

»Genau.« Claudia setzt sich so, dass sie mich ansieht. »Ich dachte, es wäre so ein Urlaubsflirt, weißt du, in so einer Umgebung ist ja jeder, den man trifft, auf einmal total aufregend. Vier Tage lang waren wir in Cancún, und zwei davon verbrachte Lacey mit Henry. Ich war stinksauer. Sie wollte heiraten, wie sie es sich immer gewünscht hatte. Ihr Verlobter Mark war ein anständiger Kerl, er himmelte sie an. Und sie saß in Cancún und war kurz davor, für diesen Henry aus Delaware alles aufs Spiel zu setzen. Für einen Typen, den sie kaum kannte.

Ich bilde mir gerne ein, dass ich Lacey helfen wollte, aber wer weiß? Vielleicht war ich einfach nur eifersüchtig. Am Abend vor unserer Abreise erzählte Lacey mir, sie würde beginnen, an ihrer Liebe zu Mark zu zweifeln.«

Claudia beugt sich vor. »Hannah, ich schwöre dir, Lacey war das Paradebeispiel für falsche Entscheidungen. Ich musste ihr helfen.«

Sie legt eine Pause ein, als müsste sie Mut sammeln, um die Geschichte zu Ende zu erzählen. Ich halte die Luft an und hoffe, dass sie fortfährt.

»Es war ein heißer Abend, wir waren alle in einer coolen Bar namens *Yesterdays*. Lacey war mit den anderen beiden Freundinnen auf der Tanzfläche, ich stand mit Henry aus Delaware allein an der Theke.

Er war charmant. Ich verstand, was Lacey anzog. Er stellte mir alle möglichen Fragen über Lacey. Er war wirklich verliebt in sie, das merkte ich. Und ich wusste natürlich auch, dass sie ihn mochte, so sehr, dass sie kurz davor war, für ihn ihr altes Leben über Bord zu werfen. Das wäre eine Katastrophe. Ich konnte nicht zulassen, dass sie es mit Mark verbockte. Ich musste etwas tun, um die Sache aufzuhalten, oder?«

»Und das hast du getan«, sage ich und frage mich, ob sie hört, dass es eher eine Frage als eine Feststellung ist.

»Ich habe ihm die Wahrheit gesagt. Ich erzählte ihm von ihrer Verlobung, obwohl wir Lacey hatten schwören müssen, es nicht zu verraten. Ich hab erzählt, was für ein toller Kerl Mark ist, wie sehr Lacey ihn liebt, dass sie über vierhundert Gäste zur Hochzeit eingeladen haben. Ich holte sogar mein Handy hervor und zeigte ihm ein Bild von Lacey, auf dem sie ein Brautkleid anprobiert.

Er war erschüttert, das konnte ich sehen. Wahrscheinlich hatte ich schon genug gesagt, aber um ganz sicher zu sein, ging ich noch einen Schritt weiter. Ich habe ihm erzählt, Lacey hätte vor dem Urlaub eine Wette abgeschlossen. Sie hätte behauptet, sie könne dafür sorgen, dass sich noch einmal jemand in sie verliebt. Henry sei nur eine Trophäe für sie, eine Eroberung, mehr nicht.«

Ich lege die Hand vor den Mund.

»Ich weiß. Henrys Gesicht … Ich werde es nie vergessen. Noch nie habe ich so einen Herzschmerz gesehen.«

»Und wie ging es weiter?«

»Er wollte Lacey darauf ansprechen, aber ich habe es ihm ausgeredet. Sie würde es leugnen, behauptete ich. Die beste Rache sei, einfach zu gehen, ohne ihr einen Grund zu nennen.«

»Und das tat er?«

»Yep. Er legte einen Zwanziger auf die Theke und verschwand.«

»Sie haben sich nicht mal verabschiedet?«

»Nein. Wir waren im Ausland, deshalb haben wir keine Handys benutzt. Als Lacey schließlich von der Tanzfläche kam, erzählte ich ihr, Henry hätte an der Theke ein Mädchen angemacht. Sie war am Boden zerstört.

Ich war davon überzeugt, richtig gehandelt zu haben. Klar, war Lacey fertig, aber in ein oder zwei Tagen würde sie darüber hinwegkommen. Sie hatte ja Mark, oder? Ich versicherte ihr – und mir –, dass es so am besten sei. Ich habe geglaubt, sie zu retten. Aber die ganze Heimreise über hat sie sich die Augen ausgeweint. Seitdem glaube ich, dass sie sich wirklich in diesen Mann verliebt hat.«

»Was hast du dann gemacht?«

»Es war zu spät. Selbst wenn ich gewollt hätte, hätte ich keinen Kontakt zu Henry aufnehmen können. Es blieb mein Geheimnis. Bis jetzt habe ich niemandem davon erzählt, nur dir.«

Ihr Blick ist schwer, doch sie lächelt mich an. Ich drücke ihren Arm, sie tut mir leid.

»Haben Lacey und Mark geheiratet?«

»Ja. Die Ehe hielt sechzehn Monate. Bis heute weint sie Henry nach, davon bin ich überzeugt.«

Die arme Claudia! Was für eine Last. Ich nehme sie in die Arme. »Hey, du hattest die beste Absicht. Wir machen alle mal Fehler.«

Sie schlägt die Hände vors Gesicht und schüttelt den Kopf. »Nicht so wie ich. Keine Fehler, die das Leben anderer Menschen zerstören.«

Es ist nicht die Lüge. Es ist nie die Lüge. Es ist das Vertuschen, das uns fertigmacht. Ich setze mich auf. »Dann such ihn doch, diesen Henry! Ich helfe dir!« Ich springe von der Couch hoch und gehe zum Schreibtisch. »Schließlich sind wir Journalistinnen. Wir suchen alle Henrys aus Delaware, die zwischen zwanzig und dreißig Jahre alt sind.« Ich greife zu Block und Stift. »Wir posten die Suche auf Facebook und Instagram. Du hast doch

Bilder von damals, oder? Wir werden ihn finden, dann leben Lacey und Henry glücklich bis an ihr Lebensende ...«

Claudia schaut auf ihre Fingernägel, ich weiß nicht, ob sie gelangweilt, nervös oder bange ist. Dennoch rede ich weiter:»Keine Sorge, Claudia, es ist nicht zu spät. Und stell dir vor, wie gut du dich fühlen wirst, wenn du dein Geheimnis nicht mehr hüten musst.« Noch während ich das sage, frage ich mich, ob ich mit ihr oder mit mir selbst spreche.

Schließlich nickt sie.»Ja. Aber lass mich einfach noch ein bisschen drüber nachdenken, okay?«

Jetzt verstehe ich es. Claudia Campbell ist genau wie ich. Auch sie hat ihre Dämonen hinter einer Falltür versteckt. Und genau wie ich hat sie Angst davor, was geschehen mag, wenn diese Tür geöffnet wird.

Ich weiß nicht, ob es an Claudias Tränen liegt, an ihrer Narbe oder an Priscilles Vorwurf, ich sei distanziert. Vielleicht habe ich auch nur einen unheimlich schwachen Moment. Ich weiß bloß, dass ich, aus welchen Gründen auch immer, diesen Moment und diesen Menschen wähle, um meine Falltür zu öffnen.

»Warte, bis du hörst, was ich getan habe.«

20

Es geschah im Juli 1993. Ich tat es impulsiv, ohne Vorsatz, einfach so. Zumindest das kann ich mit Sicherheit sagen.

Wir waren in den Norden gefahren, so nennt man das in Michigan, wenn man in die Fingerspitzen des Handschuhstaats fährt. Bob hatte ein kleines Holzhaus in Harbour Cove, einem verschlafenen alten Fischernest am Ufer des Lake Michigan. Das Häuschen war Meilen von der Stadt entfernt, es lag an einem trüben See, in dem man nur angeln konnte, nicht schwimmen. Bob konnte nicht ganz bei Trost sein, wenn er glaubte, dass jemand den Sommer im abgelegensten Winkel der Welt verbringen wollte – schon gar kein dreizehnjähriges Mädchen. Nur Tracy, das zehnjährige Mädchen von nebenan, war halbwegs in meinem Alter.

Seit drei Tagen war es unglaublich schwül, eine Rekordhitze, gegen die selbst die Klimaanlagen machtlos waren. Bob und meine Mutter waren ins Kino gegangen, wollten sich *Schlaflos in Seattle* ansehen. Bob hatte mich eingeladen, mitzukommen, mich beinahe angefleht. »Komm, Schwester, ich gebe dir auch eine Tüte Popcorn aus. Was soll's, ich leg noch 'ne Packung Minztäfelchen drauf!«

»Ich hasse Minztäfelchen«, sagte ich, ohne von meiner Mädchenzeitschrift hochzuschauen.

Er tat so, als wäre er enttäuscht, doch ich wusste, dass er erleichtert war. Er war so dermaßen falsch und verlogen. Wahrscheinlich wünschte er sich insgeheim, ich würde sterben … oder mich wenigstens nach Atlanta verdrücken.

An dem Abend rief ich meinen Vater an. Bei ihm war es noch eine Stunde früher, er war gerade Golfen gewesen.

»Hey, wie geht's meinem Mädchen?«

Ich kniff mir in den Nasenrücken. »Du fehlst mir, Dad. Wann können wir nach Atlanta kommen?«

»Wann immer du willst, Süße. Deine Mutter ist am Zug. Das weißt du doch, oder? Ich möchte dich hier bei mir haben und deine Mutter auch. Ich liebe euch beide. Du redest mit ihr, ja?«

Ich wollte ihm von meinem schrecklichen Sommer berichten, doch er unterbrach mich. »Warte mal«, sagte er, legte die Hand aufs Mikrophon und sprach mit jemandem im Hintergrund. Er lachte, dann war er wieder bei mir. »Ruf mich morgen noch mal an, Süße, ja? Dann haben wir Zeit zum Reden.«

Ich legte auf, einsamer als je zuvor. Ich verlor meinen Vater, das spürte ich. Er wirkte distanzierter, nicht mehr so erpicht darauf, dass meine Mum und ich schnell nach Hause kamen. Ich musste etwas tun, damit er uns nicht völlig vergaß.

Ich warf mich aufs Sofa und stellte den Fernseher an. Ich starrte an die Decke, hörte dabei *Eine schrecklich nette Familie*, Tränen liefen mir über die Schläfen und in die Ohren.

Irgendwann schlief ich ein und schreckte auf, als ich das Auto vorfahren hörte. Ich richtete mich auf und streckte mich. Meine Haut war feucht und klebrig vom Schlaf und der erbarmungslosen Hitze. Im Fernseher lief jetzt *Saturday Night Live*. Ich entdeckte meinen BH auf der Sofalehne, den ich zuvor ausgezogen hatte, weil er immer so piekte, und stopfte ihn unter ein Sofakissen.

Als meine Mutter und Bob zur Tür hereinkamen, hörte ich sie lachen. Ich hatte keine Zeit mehr, mich in mein Zimmer zu flüchten. Deshalb legte ich mich schnell hin und schloss die Augen. Ich wollte nichts von ihrem dämlichen Film hören.

»Ich wette, dass sich hier jemand über Popcorn freut«, sagte Bob, der Blödmann. Schritte näherten sich der Couch, doch ich stellte mich schlafend. Ich spürte, wie sich die beiden über mich beugten, roch das Popcorn und sein Rasierwasser und noch etwas Drittes, das ich sonst nur von meinem Vater kannte. Whiskey? Aber das konnte nicht sein. Bob trank keinen Alkohol.

Reglos lag ich da, plötzlich befangen, weil ich halb nackt war. Mir war bewusst, dass sich meine knospenden Brüste unter dem klebrigen Spaghettihemdchen abzeichneten und meine langen nackten Beine auf dem Sofa lagen.

»Sollen wir sie hier liegen lassen?«, fragte Bob leise. Ich stellte mir vor, wie seine dunklen Augen mich ansahen. Ein Schauder lief mir über den Rücken. Ich wollte mich zudecken oder ihn vertreiben.

»Nein«, flüsterte meine Mutter. »Bringen wir sie ins Bett.«

Ohne Vorwarnung schob sich eine heiße, schwielige Hand unter meine nackten Beine. Die andere wanderte unter meine Schultern. Das waren nicht die Hände meiner Mutter! Ich riss die Augen auf, Bobs schemenhaftes Gesicht war direkt vor mir. Ich schrie so durchdringend, wie ich es noch nie getan hatte. Es fühlte sich unglaublich an! All meine aufgestaute Wut, all meinen Frust brüllte ich heraus. Jeder Funken Feindseligkeit, Eifersucht und Zorn, der seit acht Monaten in mir glomm, brannte in meiner Kehle.

Bobs Gesicht war der Inbegriff von Verwirrung. Er schien die Situation nicht zu begreifen, ratlos, warum ich schrie. Wenn er mich doch bloß losgelassen hätte, direkt dort über dem Sofa, wäre alles anders ausgegangen. Doch stattdessen drückte er mich fester an sich, schlang die Arme um mich wie um ein kleines Kind, das aus einem Albtraum erwacht.

»Lass mich runter!«, kreischte ich und wand mich in seinem Griff wie ein wildes Tier. Doch er hielt mich fest. Meine knappe Shorts verrutschte. Mein nun teilweise entblößter Po klemmte in Bobs Armbeuge. Meine nackte Haut berührte seine nackte Haut. Es ekelte mich an.

»Lass mich in Ruhe!«, brüllte ich.

Er erschrak. Bis heute sehe ich seine weit aufgerissenen Augen, als hätte er Angst vor mir. Er legte mich zurück auf die Couch.

Und da geschah es: Als er die Hand unter mir hervorzog, streifte sie meinen Schritt.

Was, zum Teufel …? Zur Hölle mit ihm! Endlich war meine Gelegenheit gekommen.

Ohne groß nachzudenken, fasste ich einen Entschluss. Jetzt konnte ich endlich das Versprechen gegenüber meinem Vater einlösen.

»Nimm die Hände von mir, du verdammter Lustmolch!« Ich wandte den Blick ab, wollte Bob nicht in die Augen sehen. Ich wollte nicht beurteilen müssen, ob seine Berührung absichtlich oder unabsichtlich gewesen war. Ich sprang auf, stolperte über meine Flip-Flops, fiel auf den Holzboden und schlug mir das Knie auf.

Als ich hochschaute, sah ich das Entsetzen in seinem Gesicht, den Schmerz … und etwas, das ich für Schuld hielt. Ich merkte, dass ich einen Nerv getroffen hatte. Jetzt ließ ich nicht mehr locker. »Du Arschloch! Du kranker Wichser!«

Ich hörte meine Mutter keuchen. Bevor ich nachdenken konnte, wirbelte ich zu ihr herum: »Bring ihn hier raus!« Tränen stiegen mir in die Augen. Ich schnellte hoch, riss eine Decke von der Sofalehne, um mich zu verhüllen.

Der Blick meiner Mutter, ahnungslos und konfus, wanderte von Tochter zu Freund. Ihr Mund stand offen, und ich musste an ein Tier in der Falle denken, verschreckt und unsicher, was es als Nächstes tun sollte. Jetzt stellte sie sich in Frage, davon war ich überzeugt. Sie zweifelte an ihrem Freund, an allem, an das sie geglaubt hatte. Sie zweifelte auch an mir. Das spürte ich. Gut. Der Augenblick der Wahrheit. Sollte sie sich zwischen uns beiden entscheiden!

Sie wirkte erstarrt, unfähig, sich zu bewegen oder die Situation zu verstehen. Ich merkte, dass meine Entschlossenheit wankte, aber schüttelte das Gefühl ab. Ich durfte jetzt nicht den Mut verlieren. Ich musste die Sache aufbauschen. Acht Monate hatte ich auf diese Gelegenheit gewartet, jetzt würde ich sie nicht verstreichen lassen. »Mom!«, rief ich.

Immer noch stand sie reglos da, als überlegte sie sich den nächsten Schritt.

Ich wurde seltsam ruhig und atmete tief ein. »Ich rufe die Polizei.« Meine Stimme war ausdruckslos, aber kraftvoll, die Hysterie war verschwunden.

Ich ging zum Telefon, staunte über die fast außerkörperliche Erfahrung, als stände ich auf einer Bühne und der Regisseur wäre verschwunden. Ich improvisierte, hatte keine Ahnung, was ich als Nächstes tun oder sagen würde oder wie das Ganze ausginge.

Meine Mutter erwachte wieder zum Leben und griff nach meinem Arm. »Nein!« Sie sah Bob an. »Was ist passiert? Was hast du getan?«

Aha! Ich hatte also doch noch gewonnen. Dankbarkeit erfüllte mich. Wir würden diesen gottvergessenen Ort verlassen. Wir würden zurück nach Georgia ziehen, zu meinem Vater. Wir wären wieder eine Familie. Doch so schnell diese Hoffnung aufkeimte, so schnell zerplatzte sie wieder. Als ich den flehenden Blick von Bob sah, kamen Zweifel in mir auf.

»Nichts! Du hast es doch gesehen, Suzanne. Um Himmels willen, ich habe gar nichts getan!« Seine Stimme klang verzweifelt. Er wandte sich an mich. »Hör mal, Schwester, es tut mir leid. Du glaubst doch nicht …«

Ich durfte ihn nicht ausreden lassen. Er durfte meine Entschlossenheit nicht zum Wanken bringen! »Sei leise, du Kinderschänder!« Ich riss mich von meiner Mutter los und stürzte zum Telefon.

Bei der Polizei rief ich nie an, sondern bei meinem Vater. Er kam am nächsten Tag. Nachdem ich monatelang hilflos hatte zusehen müssen, wie mein Leben demontiert wurde, hatte nun endlich ich das Sagen. Meine Eltern waren am selben Ort, im selben Raum! Das Gefühl von Macht war berauschend.

Mein Vater trat stark auf. Er benutzte Wörter wie *ungeeignet* und *pädophil*. Aber meine Mutter war auch stark. Schließlich war sie dabei gewesen. Sie wusste, was geschehen war, mein Vater nicht. Sie konterte mit Wörtern wie *hinterhältig* und *Falle*. Sechs Stunden später war ich auf dem Weg nach Atlanta, um ein neues Leben mit meinem Vater zu beginnen. Meine Eltern hatten eine Vereinbarung getroffen. Meine Mutter ließ mich mit ihm gehen, dafür würde er keine Anzeige erstatten. Sie hatte mich verschachert.

Ich weiß noch genau, wie ich aus dem Flugzeugfenster schaute und zusah, wie Michigan unter den Wolken verschwand – zusammen mit meiner Mutter und meiner Unschuld.

Und das war's«, beende ich meinen Bericht. »Mit 13 habe ich diese Geschichte ins Rollen gebracht, starrte aus dem Fenster einer 757 und wusste nicht, wie ich sie aufhalten sollte. Die Geschichte war teils wahr, teils erfunden, aber was davon stimmte, dessen war ich mir nicht sicher. Ich wusste nur, dass ich mich mit Grübeleien verrückt machen würde. Deshalb habe ich meine Geschichte zur Wahrheit gemacht und mich daran geklammert wie an einen Baum im Wirbelsturm.«

21

Claudia und ich betreten die Bühne von rechts, das Publikum explodiert. Wir lächeln und winken, wie zwei Anwärterinnen auf den Miss-America-Titel, die beschlossen haben, sich den ersten Platz zu teilen. Ich habe nicht mehr das Gefühl, ich müsste um meinen Job kämpfen und Claudia säße mit gebleckten Zähnen auf der Couch, bereit, jeden Moment zuzuschlagen. Heute finde ich ihre Gegenwart als Co-Moderatorin tröstlich, nicht bedrohlich. Und das alles, weil wir uns unsere Geheimnisse verraten haben.

Wir beginnen mit der üblichen Einleitung, dann begrüßen wir Fiona. Ich trete zurück und lasse die ältere Version jenes Mädchens auf mich wirken, das mich zwei Jahre lang drangsaliert hat. Sie ist zierlich, hat dunkle Haare und stechend grüne Augen, die damals immer durch mich hindurchschauten. Jetzt ist ihr Blick weich. Als sie mich entdeckt, lächelt sie.

Fiona überquert die Bühne und nimmt meine Hand. Sie trägt ein dunkelblaues Wickelkleid und Sandalen mit Keilabsatz. »Es tut mir so leid, Hannah«, flüstert sie mir ins Ohr. Ohne zu wollen, ziehe ich sie an mich, überrascht, dass ich plötzlich einen Kloß im Hals habe.

Als ich am Vorabend bei Fiona im Hotel anrief, war sie mit mir einer Meinung. Ich habe gespürt, dass sie ebenso erleichtert war wie ich, heute in der Sendung nicht über unsere gemeinsame Vergangenheit reden zu müssen. Unser Gespräch war kurz. Wir schwelgten nicht in Erinnerungen an die Bloomfield Hills Academy. Angesichts ihres Gesinnungswandels nehme ich an, dass diese Bilder für sie genauso schmerzhaft sind wie für mich, vielleicht sogar noch schlimmer.

Claudia und ich nehmen gegenüber von Fiona Platz. Zwanzig Minuten lang stellt Claudia brillante Fragen, und Fiona gibt geistreiche Antworten voller Einfühlungsvermögen. Ich sehe zu, fühle mich seltsam losgelöst von meiner Sendung, genauso, wie ich es haben wollte.

»Die Steine sind so ein großer Segen für mich«, erklärt Fiona. »Ich habe das Gefühl, als hätte ich dem Universum einen kleinen Teil von mir zurückgegeben.«

Wie bist du auf die Idee mit den Versöhnungssteinen gekommen?

»Ich hatte die Idee, nachdem ich auf der Hochzeit einer Freundin gewesen war. Ich hatte die Tischrede gefilmt und anschließend vergessen, die Kamera auszustellen. Ich verließ den Tisch, ohne zu ahnen, dass das Handy weiter aufnahm. Am nächsten Tag wollte ich mir den Film ansehen. Als ich dachte, er wäre vorbei, hörte ich plötzlich meine Freundinnen über mich reden – und was sie sagten, war nicht nett.«

»Tja, wer hätte bloß gedacht, dass andere Frauen über einen reden, sobald man nicht mehr dabei ist?«

Das Publikum schmunzelt. Ich lächle. Claudia ist ein Profi, zweifellos.

»Die ersten beiden Tage war ich verletzt und wütend. Dann war ich nur noch traurig. Abgrundtief traurig. Die Wahrheit tat weh. Ich war eine Zicke, manche würden jemanden wie mich sogar niederträchtig nennen. Aber mehr als alles andere war ich eine Schwindlerin. Mein ganzes Leben lang schon hatte ich geschwindelt. Auf dieser Hochzeit zum Beispiel ließ ich alle glauben, ich sei eine erfolgreiche Anwältin. Ich hatte mir sogar einen Mercedes geliehen, nur um meine alten Bekannten zu beeindrucken. Tatsächlich fuhr ich einen zwölf Jahre alten Kia und hasste meine Arbeit. Ich suchte die Unfallanzeigen nach Mandanten ab und hatte ein Gehalt, das kaum mein Darlehen fürs Jurastudium deckte. Ich hauste in einer schäbigen Einzimmerwohnung und verbrachte die meisten Abende damit, Fernsehserien zu gucken und Sachen aus der Mikrowelle zu essen.«

Gelächter im Publikum.

»Doch ich hatte zu große Angst, anderen zu zeigen, wer ich bin. Ich war nicht gut genug. Das ist komisch, nicht wahr? Wir bemühen uns so sehr, unsere Schwächen zu verbergen. Wir wagen es nicht, unsere verletzliche Seite zu zeigen. Dabei ist es gerade diese Seite, unsere weichen Stellen, die die Zuneigung wachsen lassen.«

Unsere Blicke treffen sich kurz, und ich habe das starke Bedürfnis, zum Sofa zu gehen und den Arm um Fiona zu legen. Stattdessen wende ich mich ab.

»Ich wollte eine Möglichkeit der Wiedergutmachung finden«, schließt sie. Ich denke an Dorothy, an ihren Mut und ihren Anstand. Wenn ich doch auch so sein könnte!

»Natürlich wusste ich nicht, ob die Menschen mir vergeben würden. In meinem Bücherregal stand – steht bis heute – eine Blumenvase voller Kieselsteine. Irgendwie sprachen diese Steine mich an. Sie waren so etwas wie ein Anker. Und sie symbolisierten Schwere – Gewicht, das man mit sich herumträgt, wie Ballast. Der Rest ging wie von selbst.

Nachdem ich mehreren Freundinnen von der Hochzeit die Steine geschickt hatte, wurde mir klar, dass ich mich noch bei anderen Menschen entschuldigen musste. Ich habe also weitere Steine versendet. Ungefähr eine Woche später tauchten sie wieder in meinem Briefkasten auf, zusammen mit Briefen, in denen mir vergeben wurde. Die unerträgliche Bürde des Selbsthasses, die ich seit Jahren trug, wurde leichter. Etwas öffentlich zu bereuen, ist eine starke Geste. Und die Menschen, die mir verziehen haben, fühlen sich seitdem auch besser. Ich wusste, dass ich dieses Geschenk mit anderen teilen musste.«

»Und in diesem Sommer willst du ein Wiedersehen mit allen feiern«, sagt Claudia.

»Genau.« Fiona seufzt, als wäre es eine gewaltige Aufgabe. »Wir haben den Millenium Park in Chicago als Schauplatz unseres ersten Versöhnungsstein-Treffens gewählt. Alle, die auf irgendeine Weise einen Stein bekommen haben, werden sich am neunten August einfinden, um ihren Gewichtsverlust zu feiern, sozusagen.« Fiona zwinkert, die Zuschauer lachen. »Die Vorbereitung ist eine gewaltige Aufgabe. Wir sind immer auf der Suche nach Helfern. Auf meiner Website kann man sich anmelden.« Sie schaut ins Publikum. »Freiwillige vor!«

Die Leute nicken und klatschen. Fiona weist auf eine ältere Dame. »Super! Sie sind engagiert!«

Claudia legt die Hand aufs Herz. »Welch ein Segen du für die Welt bist! Nach dem großen Treffen laden wir dich wieder ein, damit du uns davon erzählen kannst. Aber jetzt kommt mein Lieblingsteil der Sendung. Es dürfen Fragen gestellt werden!«

Meine Nackenhaare stellen sich auf. Dies ist nicht ihre Sendung. Aber ich habe es so gewollt. Und bis jetzt funktioniert es. Ich musste mich weder zu den Steinen noch zu Fiona Knowles äußern, und wir haben nur noch eine Viertelstunde Zeit. Nichts, was gesprochen wurde, berührt das Exposé, das ich bei WCHI eingereicht habe. James Peters sollte kein Problem mit dieser Sendung haben.

Wie geplant, gehe ich mit dem Mikro ins Publikum, während Claudia und Fiona auf der Bühne bleiben.

Die Zuschauer sind heute überhaupt nicht schüchtern. Hände schießen hoch, die Leute bombardieren Fiona mit Fragen.

»Bleiben manche Entschuldigungen nicht besser ungesagt?«

»Möglich«, sagt sie. »Entschuldigungen beispielsweise, die auf jeden Fall jemanden verletzen und die keinen anderen Zweck haben, als sich des eigenen Schuldgefühls zu entledigen.«

Ich denke an Dorothys Entschuldigung, an ihren fehlgeleiteten Versuch, sich von ihrer Schuld zu befreien. Doch das war nicht ihre Absicht. Sie hoffte, Marilyn zu helfen.

Ich reiche das Mikrophon einer großen brünetten Frau.

»Was ist die beste Versöhnungsgeschichte, die Sie bisher gehört haben?«

Fiona wirft Claudia einen kurzen Blick zu. »Darf ich?«

Meine Co-Moderatorin schließt die Augen und nickt. »Bitte.«

Fiona gibt dieselbe Geschichte wieder, die Claudia mir erzählt hat, berichtet von deren Reise nach Cancún und was sie mit der Beziehung von Lacey und Henry anstellte. Mit offenem Mund sehe ich zu. Ich kann nicht fassen, dass Fiona Claudia hier bloßstellt – live! Ich schiele zu meiner Kollegin hinüber, erwarte, sie zusammengesunken in ihrem Sessel zu sehen, rot im Gesicht vor Demütigung. Aber nein, sie sitzt aufrecht da, den Kopf erhoben. Diese Frau ist definitiv aus härterem Holz geschnitzt als ich.

»Laceys Ehe mit Mark war nach sechzehn Monaten vorbei«, erzählt Fiona den Gästen. »Claudia aber konnte sich nicht verzeihen, was sie Lacey und Henry angetan hatte. Deshalb tat sie das, was jede gute Journalistin – und Freundin – tun würde. Sie machte Henry ausfindig.«

Moment mal ... wie bitte???

Ein kollektiver Seufzer der Anerkennung entfährt dem Publikum. Fiona nickt Claudia zu. »Bitte, erzähl du den Rest.«

Lächelnd erhebt sie sich. »Ich machte es mir zur Aufgabe, Henry zu finden.« Sie hebt die Finger zu Anführungsstrichen, als sie *Henry* sagt. »Ich habe natürlich die Namen geändert, um die Privatsphäre meiner Freunde zu schützen.« Claudia schließt die Augen und hebt eine Hand, hält inne wie eine Schauspielerin am Broadway. Das Publikum ist mucksmäuschenstill, wartet auf den Höhepunkt der Geschichte. »Vor sieben Monaten war es endlich so weit, ich hatte ihn gefunden ... und Henry und Lacey heiraten im September!« Ihre Stimme quietscht genauso vor Aufregung wie bei Oprah, wenn sie verkündet, dass ein Zuschauer ein glänzendes Cabrio gewonnen hat.

Die Leute jubeln, als hätte man ihnen gerade die Autoschlüssel in die Finger gedrückt. Ich stehe da, das Mikro in der Hand, und versuche, klar zu sehen. Habe ich irgendwas verpasst? Ich bin mir nämlich sicher, dass ich Claudia gestern noch vorgeschlagen habe, Henry zu suchen. Und sie hat ihn ganz bestimmt nicht am Vorabend aufgestöbert.

Eine Frau mittleren Alters drei Sitze vom Gang entfernt hebt die Hand. Ich beuge mich vor und reiche ihr das Mikrophon.

»Ich habe eine Frage an Sie, Hannah«, sagt sie. »Was für eine Versöhnungsgeschichte haben Sie?«

»Ich … was für eine Geschichte ich habe?«

»Ja. Haben Sie auch Versöhnungssteine erhalten?«

Es verschlägt mir die Sprache. Quer durch das Studio trifft mich Claudias Blick. Ihr Mund ist leicht geöffnet, sie legt die Hand auf die Brust. Meine Kollegin ist ebenso sprachlos wie ich.

Ich drehe mich zu Fiona um. Nein, wir waren uns einig, nicht über unsere Vergangenheit zu sprechen.

Ich schaue hoch zu Stuart im Kontrollraum. Er hat ein triumphierendes Grinsen im Gesicht. Wie kann er es wagen!

»Ähm, also, ja. Habe ich. Es war durchaus eine Überraschung.« Ich versuche zu lachen, doch es klingt hohl.

Ich husche den Gang weiter zu einer jungen Frau in einem langen schwarzen Rock. »Ihre Frage?«

»Haben Sie Ihren Stein an jemanden weitergeschickt?«

Scheiße. Noch eine Frage an mich! Irgendwie kommt mir diese Frau bekannt vor. Genau … das ist die neue IT-Spezialistin des Senders, Danielle. Dieser verfluchte Stuart! Er hat Leute ins Studio gesetzt, um mich in die Enge zu treiben. Oder war das Claudia?

Wieder lache ich wie irre. »Ha, ähm, ja … äh, nein. Noch nicht. Aber ich mache es noch.«

Ohne zu fragen, nimmt die Frau neben Danielle das Mikro in die Hand. »Bei wem wollen Sie sich denn entschuldigen?«

Wütend blicke ich hoch zum Kontrollraum, sende meinen Zorn an Stuart Booker. Er zuckt mit den Achseln, als hätte er mit alldem nichts zu tun.

»Ähm, also, meine Mutter und ich ... wir haben uns vor einiger Zeit gestritten.«

Was läuft hier ab? Ich werde in einen Abgrund gerissen. Michael wird durch die Decke gehen, wenn ich meine Vergangenheit enthülle – diese so furchtbare Geschichte, die ich nicht einmal *ihm* erzählen durfte. Darüber hinaus darf ich die Story hier gar nicht verraten, sie gehört WCHI Chicago. Mir wird schwindelig. Ich drehe mich um, Claudia steht neben mir. Sie legt einen Arm um mich und nimmt mir das Mikro aus der Hand.

»Hannah ist eine der mutigsten Frauen, die ich kenne.« Sie schaut in die Gesichter des Publikums. »Gerade gestern haben wir darüber gesprochen.«

»Bitte, Claudia, nicht!«, sage ich, doch sie hebt die Hand, damit ich schweige.

»Hannah und ihre Mutter haben eine sehr wackelige Beziehung – wie so viele Mütter und Töchter.« Sie lächelt. Viele Köpfe im Zuschauerraum nicken.

»Hannah sehnt sich nach einer besseren Beziehung zu ihrer Mutter, aber das ist kompliziert. Als Kind wurde sie von ihrer Mutter verlassen.«

Die Zuschauer stöhnen hörbar auf vor Mitleid. Ich ziehe den Kopf ein, dankbar, dass meine Mutter diese Sendung niemals schauen wird.

»Es war unheimlich schmerzhaft für sie, wie man sich vorstellen kann. Hannah erlitt schwere emotionale Verletzungen, die vielleicht niemals richtig verheilen werden.«

Ich kann es nicht glauben. Sie dreht die ganze Geschichte um, so dass ich sympathisch wirke. Oder nicht? Ich weiß überhaupt nicht mehr, was hier passiert, fühle mich in die Enge getrieben; was soll ich tun? Versucht meine Kollegin gerade, mich zu retten oder zu versenken?

»Für ihre Mutter war ein Mann – ein ziemlich abscheuliches Exemplar – wichtiger als ihre eigene Tochter.«

»Claudia, nein!«, versuche ich, sie zu bremsen, doch sie ist nicht mehr aufzuhalten. Bens Kamera ist nur noch auf sie gerichtet.

»Aus diesem Grund engagiert sich Hannah mit so viel Herzblut für die Organisation *Into the Light*. Die meisten von Ihnen wissen sicherlich, wie stark und unermüdlich sie sich für dieses Projekt einsetzt, das es sich zur Aufgabe gemacht hat, Opfer von Kindesmissbrauch zu unterstützen. Sie ist die Veranstalterin der jährlichen Spendengala und des Weihnachtsballs, sie sitzt im Vorstand.

Ich für meinen Teil bewundere Hannah für ihre Großzügigkeit, ihrer Mutter vergeben zu wollen, nach allem, was sie durchgemacht hat. Denn genau das möchte die Gute jetzt tun.«

Sprachlos starre ich Claudia an. Wie kann sie nur? Doch das Publikum brummt und schnurrt wie ein Wurf zufriedener Kätzchen. Meine Co-Moderatorin erzählt den Leuten genau das, was sie hören wollen: Hannah Farr ist ein guter Mensch, sie hat ein großes Herz, sie ist so edelmütig, dass sie bereit ist, auch die andere Wange hinzuhalten und ihrer bösen Mutter zu verzeihen.

Claudia gibt das Mikro an eine junge Latina weiter. »Hannah, wann werden Sie Ihrer Mutter den Stein schicken?«, fragt die Frau.

Ich reiße mich zusammen, bin wie benebelt. »Bald, sehr bald.« Ich reibe mir den Nacken, merke, dass sich dort Schweiß gesammelt hat. »Aber es … es ist kompliziert. Ich möchte ihr nicht einfach aus dem Nichts einen Stein schicken. Bisher hatte ich nicht genug Zeit. Sie wohnt in Michigan …«

»Also eine Reise nach Michigan?«, fragt Claudia mit seitlich geneigtem Kopf und erhobenen Augenbrauen.

Hinter ihr entdecke ich Stuart links von der Bühne, er hebt die Arme, fordert das Publikum auf zu klatschen. Gehorsam bricht das gesamte Studio in Applaus und Pfiffe aus. Stecken die hier alle unter einer Decke?

»Na gut«, lenke ich mit einem ganz schlechten Gefühl im Magen ein. »Ich tue es. Ich werde meiner Mutter den Stein bringen.«

22

»Du hast mir eine Falle gestellt!« Ich laufe in Stuarts Büro auf und ab. Ich weiß, dass ich mich nicht mehr im Griff habe, aber ich kann nicht anders. »Ich habe dir gesagt, dass du dich aus meinen Angelegenheiten raushalten sollst! Wie kannst du es wagen, mein Privatleben so an die Öffentlichkeit zu zerren!«

»Beruhige dich, Farr! Was Besseres konnte deiner Karriere gar nicht passieren, glaub mir. Wir haben schon über tausend Kommentare auf unserer Homepage. Während wir uns hier unterhalten, twittern die Leute von Hannah Farrs großmütiger Vergebung.«

Doch ist es wirklich Großmut? Oder eher eine miese Lüge? Was wird Michael dazu sagen? Und wie reagiert James Peters, wenn er Wind davon bekommt? Ich ziehe die Schultern hoch. Das wird keinem der beiden Männer gefallen. Ganz und gar nicht.

»Wir geben dir eine Woche frei. Mach deine Mutter ausfindig, sag ihr, du verzeihst ihr, Küsschen links, Küsschen rechts, und gut ist es. Der Sender übernimmt die Spesen. Ben wird dich begleiten.«

»Auf gar keinen Fall! *Falls* ich meine Mutter besuche, was ich nicht zugesagt habe, dann mache ich das allein. Ohne Kameras. Es gibt nicht mal ein Foto. Das ist mein Leben, Stuart, keine Reality-Show, verstehst du das?«

Er zieht die Augenbrauen hoch. »Das heißt, du fährst nach Michigan?«

Meine Gedanken schweifen zu meiner Mutter. Es ist Zeit.

Ich schulde es Bob und ihr. Auch wenn ich sauer bin, weil Stuart mich hereingelegt hat, habe ich jetzt einen Grund, nach Harbour Cove zurückzukehren. Das kann nicht einmal Michael bestreiten. Die Geschichte ist nun draußen. Hannah Farr ist bereit zu verzeihen. Und um Michaels Privatsphäre, die Würde meiner Mutter und meinen eigenen Ruf zu schützen, wird niemand Genaueres erfahren. Ich werde als Einzige wissen, dass es keine Reise ist, um Vergebung zu schenken, sondern um sie zu erbitten.

Ich atme aus. »Ja, ich fahre.«

Stuart grinst. »Super. Und wenn du zurückkommst, holen wir deine Mutter in die Sendung. Ihr beide könnt eure Geschichte live ...«

»Auf gar keinen Fall. Hast du denn nichts aus Dorothys Auftritt gelernt? Ich mache gerne eine Sendung über Mutter-Tochter-Beziehungen. Ich kann von dem Wiedersehen mit meiner Mutter berichten, ein paar nette Dinge verraten. Aber ich setze meine Mutter nicht auf die Bühne, damit ganz New Orleans sie zerreißen kann. Schluss, aus.«

»Ist ja gut.«

Ich gehe und frage mich insgeheim, wen ich zu schützen versuche: meine Mutter oder mich selbst.

Auf dem Weg zurück in meine Garderobe treffe ich Jade im Korridor. Sie geht zum Mittagessen. »Glaubst du mir jetzt endlich?«, fragt sie kopfschüttelnd. »Ich habe dich gewarnt, dass Claudia eine verschlagene Hexe ist. Vom ersten Tag an war sie auf deinen Job aus.«

»Es war Stuarts Idee, nicht Claudias.« Ich überlege kurz, ehe ich mein Geheimnis verrate. »Du musst mir versprechen, dass du es niemandem erzählst, Jade.« Ich winke sie näher heran und senke die Stimme. »Claudias Verlobter wird nach Miami verkauft. Sie will meine Sendung nicht, wollte sie nie.«

Ungläubig sieht Jade mich an. »Brian Jordan geht zu den Dolphins?« Sie kräuselt die Stirn. »Aha … Na, dann ist sie eben nur eine Hexe, keine verschlagene.«

»Sie ist eher unsicher. Gehört zu den Berufskrankheiten im Fernsehjournalismus … Ich muss es ja wissen.«

Ich werfe meine Tür auf und pralle beinahe mit Claudia zusammen.

»Oh, entschuldige«, sagt sie. »Ich wollte dir gerade eine Nachricht hinterlassen.« Sie nimmt meine Arme. »Ist alles in Ordnung, Süße?«

»Nein. Du warst ja dabei. Stuart hat mich in eine Falle gelockt.«

Sie reibt meine Arme. »Das wird schon wieder. Du musst wirklich deine Mutter besuchen, Hannah. Das weißt du doch, oder?«

Meine Nackenhaare stellen sich auf. Was bildet sie sich ein, mir zu sagen, was ich tun muss? Ich starre in ihr ovales Gesicht, in ihre strahlend blauen Augen unter den perfekt geschwungenen Brauen. Und wieder zieht mich ihre kleine Narbe unter dem Camouflage-Make-up magisch an. Allein der Anblick besänftigt mich. »Ja, gut, aber ich hatte gehofft, es zu meinen eigenen Bedingungen zu machen, nicht zu denen von WNO.«

»Wann willst du aufbrechen?«, fragt sie.

»Weiß ich noch nicht. In ein, zwei Wochen. Zuerst muss ich mir einen Plan zurechtlegen.« Ich sehe sie an. »Hey, wie geht es dir mit der Sendung? Ich fand es unglaublich, dass Fiona dich so geoutet hat. Gut, dass du noch in der Lage warst zu reagieren. Aber wenn Lacey zufällig die Sendung gesehen haben sollte, weiß sie jetzt alles.«

Sie sieht mich mit einem Grinsen an, als machte sie sich über mich lustig. »Hannah, du glaubst doch nicht wirklich, dass es eine Lacey gibt, oder?«

Mit einem Augenzwinkern verlässt sie meine Garderobe.

Mit offenem Mund schaue ich ihr nach. *Wie bitte?*
Ich wanke hinüber zu meinem Schreibtisch und lasse mich auf

den Stuhl fallen. Mein Gott, hat sie sich die ganze Geschichte ausgedacht, weil sie hoffte, dass ich ihr im Gegenzug das Herz ausschütten würde? Doch woher wusste sie, dass ich ein Geheimnis habe?

Mit leerem Blick starre ich auf den Laptop. Der Laptop! Ja, natürlich ... Er war an dem Morgen geöffnet, als sie hereinkam, um das Insektenspray zu testen! Ich hatte Jade gerade mein Exposé gezeigt. Claudia muss es gesehen habe, nachdem sie mir den Kram in die Augen sprühte. Ich lasse den Kopf in die Hände sinken. Wie konnte ich nur so unvorsichtig sein?

Auf dem Schreibtisch liegt ein Zettel. Ich nehme ihn in die Hand.

Hannah,
ich wollte Dir nur sagen, dass ich Dich gerne vertrete,
solange Du in Michigan bist. Keine Sorge, Süße, die Sendung
ist bei mir in guten Händen!
Sei gedrückt von
Claudia

Manche hässlichen Dinge lassen sich nicht überschminken, so sehr man sich auch bemüht. Ich werfe den Zettel in den Schredder und sehe zu, wie er zu Konfetti wird.

Noch immer durcheinander von der Sendung komme ich nach Hause und schlage die Tür hinter mir zu. Ich werfe die Post auf die Kücheninsel. Ein Brief rutscht über die Granitfläche und landet auf den Fliesen. Ich bücke mich, um ihn aufzuheben, und entdecke das Logo des Weinguts. Mit geschlossenen Augen drücke ich den Umschlag an mein Herz, koste so lange wie möglich das einzige Glücksgefühl des heutigen Tages aus, bevor ich den Umschlag aufreiße.

Liebe Hannah,
auch wenn ich mich jetzt vielleicht wie ein Schuljunge anhöre,
gebe ich beschämt zu, dass ich jeden Tag zum Briefkasten laufe
in der Hoffnung, einen Brief – oder vielleicht ein Brot – von
Dir vorzufinden. Beim Anblick Deiner Handschrift bekomme
ich Herzklopfen.
Hast du noch etwas von dem Job in Chicago gehört? Klingt
nach einer tollen Gelegenheit, auch wenn ich sagen muss, dass
meine Begeisterung dafür ganz schön egoistisch ist. Dir ist
schon klar, dass wir beide dann nur noch fünf Stunden von-
einander entfernt wohnen würden, oder?
Ich freue mich auf Deinen nächsten Besuch, wann immer der
sein mag. Es wird jetzt jeden Tag wärmer, und Du freust Dich
bestimmt zu hören, dass die weißen Schneemassen fast ge-
schmolzen sind. Die Wahrscheinlichkeit, dass Du auf Glatt-
eis ausrutschst und Dein nächstes Kleid dabei aufreißt, ist
beträchtlich gesunken.

Lachend hieve ich mich auf einen Barhocker.

*Wenn es morgens dämmert, die Sonne aufgeht und ein Ne-
beldunst über den Reben schwebt, dann laufe ich gerne durch
den Weinberg. In diesen Stunden, wenn ich mit meinem Land
allein bin, denke ich sehr oft an Dich. Ich stelle mir vor, wie
Du mit mir schimpfst, zum Beispiel weil ich manchmal eine
Disney-Baseballkappe von Zach und Izzy trage, oder weil ich
an kalten Tagen gerne eine alte Flanelljacke anziehe, die früher
meinem Vater gehört hat. Vielleicht würdest Du auch verständnislos den Kopf schütteln, weil ich so hart für ein Geschäft
arbeite, das selbst in guten Jahren kaum Gewinn abwirft. Du
kannst mich für einen Narren halten, aber ich liebe es. Ich
kann allein nach meinen Vorstellungen leben. Kein Chef. Kein
Pendeln. Keine Termine. Na ja, Termine habe ich schon, aber
im Großen und Ganzen lebe ich meinen Traum. Wie viele
können das schon von sich behaupten?*

*Das Einzige, was mir wirklich fehlt, ist eine Frau an meiner
Seite. Sicher, gelegentlich verabrede ich mich. Aber mit
Ausnahme von Dir habe ich noch keine Frau getroffen, die
mich nachts wach hält, weil ich versuche, mir ihr Lächeln
vorzustellen, oder weil ich mir ausmale, was sie gerade tut.
Abgesehen von Dir gibt es niemanden, dessen Lachen ich
immer wieder hören möchte, in dessen Augen ich mich
verlieren möchte.*

*Falls Du denken solltest, dass ich zu viel arbeite, dann sei Dir
versichert, dass ich vier Monate im Jahr absolut flexibel bin.
Im letzten Jahr war ich einen Monat in Italien, nächsten
Winter fliege ich nach Spanien – obwohl Chicago auch eine
Möglichkeit wäre. Ich mein' ja nur.*

*Sag mir doch bitte Bescheid, wenn Du wieder hier in der
Gegend bist. Es gibt einen Winzer, den Du sehr glücklich
machen würdest.*

Dein RJ

PS: Solltest Du den Journalismus an den Nagel hängen wollen – die Bäckerstelle ist immer noch frei.

In der Dämmerung schlendern Jade und ich über die Jefferson Street, wir haben uns mit Dorothy und einigen Mitbewohnern bei Octavia Books verabredet, um Fiona Knowles zu sehen. Ich komme mir verlogen vor, weil ich so tue, als unterstützte ich Fiona und ihre Steine, aber was habe ich auch für eine Wahl? Ich wurde überführt.

»Heute hab ich einen Brief von RJ bekommen«, berichte ich Jade.

Sie sieht mich an. »Ja? Dieser Typ von dem Weingut? Was hat er geschrieben?«

»Nichts ... alles Mögliche. Er ist wirklich süß. Ich würde ihn gerne besser kennenlernen, wenn ich Single wäre und in Michigan leben würde.«

»Michigan ist doch nur einen Katzensprung über den See von Chicago, oder? Halte dir einfach alle Möglichkeiten offen für den Fall, dass der Bürgermeister kneift.«

»Nein. Das ist nur eine nette Brieffreundschaft. Ich habe ihm nicht mal meine E-Mail-Adresse gegeben. Kommt mir irgendwie vor, als ginge das einen Schritt zu weit.«

»Vielleicht ist der Schritt es wert, ihn zu gehen.«

»Hör auf!«, sage ich. »Du weißt, was ich für Michael empfinde.«

Wir biegen in die Laurel Street ein. »Kommt Marilyn heute Abend auch?«, fragt Jade.

»Nein. Ich habe sie heute Nachmittag angerufen, um sie zu erinnern, aber sie hatte kein Interesse. Kann ich ihr nicht verübeln. Ich habe mich noch einmal für das Fiasko gestern entschuldigt, aber sie hat mich abgewürgt. Sie hat Dorothys Namen nicht in den Mund genommen.«

»Arme Dorothy! Wenigstens schließt du nun endlich Frieden mit deiner Mom. Darüber freut sich Dorothy, oder?«

»Ja.« Ich lächele. »Dann geht sie mir endlich nicht mehr auf den Geist damit.«

»Sie will doch nur sicher sein, dass du dir die Version deiner Mutter anhörst«, meint Jade, »bevor es zu spät ist.«

»Ähm, Jade, sprichst du jetzt gerade von mir oder von dir selbst?«

Sie stopft die Hände in die Taschen. »Du hast recht. Ich muss meinem Vater die Wahrheit über die Geburtstagsfeier damals sagen. Ich weiß.«

Aber tut sie es auch? Obwohl ich sie dazu ermutigt habe, habe ich ein ungutes Gefühl im Magen. Ein reines Gewissen wird vielleicht doch überschätzt, besonders bei so etwas Trivialem wie einer Notlüge.

»Vielleicht lässt du es besser auf sich beruhen, Jade. Was ist so schlimm daran, wenn er denkt, seine Tochter sei perfekt?«

In der Buchhandlung sind fast nur Frauen. Bilde ich mir das ein, oder deuten die Leute in meine Richtung und lächeln? Auf der anderen Seite des Raumes hält mir eine Frau einen emporgereckten Daumen entgegen. Dann dämmert es mir. Sie haben die Sendung gesehen. Sie halten mich für eine selbstlose, großherzige Frau, die ihrer schrecklichen Mutter vergeben will.

Ich setze mich mit Jade hinter Dorothy und Patrick Sullivan. Stumm hockt Dorothy da, die Hände auf dem Schoß, während Patrick angeregt plaudert. Ich lege ihr die Hand auf die Schulter und beuge mich vor.

»Lieb von dir, dass du gekommen bist«, sage ich. »Ich würde dir keinen Vorwurf machen, wenn du nach der Sendung gestern nichts mehr mit Fiona und ihren Versöhnungssteinen zu tun haben willst.«

Dorothy dreht den Kopf zu mir, so dass ich ihr Profil sehe. Sie hat dunkle Ringe unter den Augen. »Vergebung ist ein schöner Trend. Davon bin ich immer noch überzeugt. Und es freut mich zu hören, dass du endlich aktiv wirst und deine Mutter besuchst.« Sie senkt die Stimme. »Kommt das deinem Entwurf für WCHI in die Quere?«

Das beschäftigt mich tatsächlich, und ein ungutes Gefühl erfüllt mich schon die ganze Zeit. »Ich habe heute Nachmittag eine Antwort von Mr Peters bekommen.«

»War er verärgert, weil du die Versöhnungssteine für die Sendung genommen hast?«

»Er war nicht gerade erfreut, aber er hat es verstanden. Der Typ ist ein Schatz. Er hat mich gebeten, ein neues Exposé zu verfassen. Ich sitze schon dran, es geht um die Mengen von Frischwasser, die beim Fracking verbraucht werden. Das könnte Auswirkungen auf die großen Seen im Norden haben.«

»Ach, du liebe Güte! Das klingt ja furchtbar.«

»Stimmt«, sage ich, unsicher, ob Dorothy das Fracking oder das Exposé meint. Tatsächlich klingt beides furchtbar. Ich mache mir Sorgen, meine Chancen auf den Job in Chicago vertan zu haben. Zum Glück scheint es bei WNO aufwärts zu gehen.

»Hast du etwas von Marilyn gehört?«, frage ich.

»Noch nicht.«

»Lass uns sie bitte dieses Wochenende oder nächste Woche besuchen, bevor ich nach Michigan aufbreche. Wir erklären ihr, dass du …« Doch Dorothy kneift die Lippen zusammen und schüttelt den Kopf. Zigmal haben wir schon darüber gesprochen. Sie will Marilyn Zeit geben. Aber mich nervt es, dass sie sich nicht stärker bemüht. Schließlich gibt man die Menschen nicht auf, die man liebt.

Ich lasse den Kopf hängen. Ich habe gut reden! Wenn ich nicht gezwungen worden wäre, hätte ich meine Mutter möglicherweise völlig aufgegeben.

»Vielleicht habe ich von Mari gehört, wenn du aus Michigan zurückbist.«

»Hoffentlich.«

»Hoffentlich?« Sie dreht sich auf dem Stuhl zu mir um und blickt düster drein. »Hoffen hilft mir nichts. Hoffnung ist der

Wunsch, dass Mari zurückkommt. Vertrauen ist das Wissen, dass sie es tut.«

Als Fiona die Bühne betritt, richtet sich alle Aufmerksamkeit sofort auf sie. Sie geht am Podium vorbei und stellt sich frei vors Publikum. In den folgenden vierzig Minuten unterhält sie uns mit ihren klugen Geschichten und scharfsinnigen Erkenntnissen.

»Wenn wir uns für etwas schämen, können wir uns entweder in Selbstverachtung suhlen, oder wir können es wieder gutmachen. Eigentlich ist das eine ziemlich einfache Entscheidung – wollen wir ein verstelltes oder ein aufrichtiges Leben führen?«

Ich drücke Dorothys Schulter. Sie greift nach hinten und tätschelt meine Hand.

Während Jade und ich anstehen, um unsere Bücher signieren zu lassen, spricht mich mindestens ein Dutzend Frauen an, gratuliert mir und wünscht mir Glück für meine Reise nach Michigan.

»Sie sind so eine Inspiration!«, sagt eine eindrucksvolle Brünette und nimmt meine Hand. »Ich bin so stolz auf Sie, Hannah, dass sie Ihrer Mutter nach so vielen Jahren vergeben.«

»Danke«, bringe ich hervor und spüre, wie meine Wangen brennen.

Fiona sagt, wir haben aus zweierlei Gründen Geheimnisse: um uns selbst und um andere zu schützen. Es liegt auf der Hand, dass ich mich selbst schütze.

Es ist fast Mitternacht. Ich sitze an meinem Schreibtisch und versuche, einen Brief zu verfassen, der freundlich, aber nicht flirty klingt.

Lieber RJ,
ich habe mich sehr gefreut, von Dir zu hören, mein Freund.
Wollte Dir nur mitteilen, dass ich ab Montag, den 11. Mai, ein
paar Tage in Michigan sein werde. Ich würde gerne beim Wein-

gut vorbeikommen und Dich beim Wort nehmen bezüglich der
versprochenen Führung.
Nur für den Fall, dass Du mich vergessen hast: Ich bin die mit
den Grissini.
Liebe Grüße,

Ich lege den Füller beiseite und lese durch, was ich geschrieben
habe. *Mein Freund?* Nein, das muss weg. Aber was für einen Ton
will ich eigentlich anschlagen? Ich lehne mich auf meinem Stuhl
zurück und schaue an die Decke. O Gott, was ist nur los mit
mir? Warum spiele ich mit dem Feuer? Ich habe doch Michael.
Ich habe keinen Grund, zum Weingut zurückzukehren. Es ist
ein großer Fehler.

Ich setze mich auf und überarbeite den Brief noch einmal.
Jetzt ist er nicht mehr so schlimm. Eigentlich sogar ganz unschuldig. Er könnte genauso gut an eine Frau gerichtet sein, die ich
vor kurzem kennengelernt habe.

Bevor ich mir etwas von dem Teufel auf meiner Schulter ein-
flüstern lasse, greife ich zum Füller und unterschreibe. Ich schiebe den Brief in einen Umschlag, eile nach unten und werfe ihn
in den Briefkasten.

O Gott! Grundgütiger! Was habe ich nur getan? Ich wische
mir die Hände an meiner Jeans ab, als wären sie schmutzig. Lieber Gott, hilf mir! Ich bin genauso schlecht wie mein ehemaliger
Verlobter Jackson Rousseau.

Na ja, nicht ganz.

Zumindest noch nicht …

24

Als ich den Flughafen verlasse, trage ich eine Leggings mit Stiefeln und eine Fleece-Jacke von North Face. Ich ziehe meinen Koffer hinter mir her. Doch diesmal bläst mir nicht wie im letzten Monat ein arktischer Wind ins Gesicht, nein, das Wetter in Michigan erscheint mir heute fast tropisch. Ich schlüpfe aus der Jacke, hole meine Sonnenbrille aus der Tasche und schlendere hinüber zum Mietwagenschalter.

Gegen drei Uhr müsste ich in Harbour Cove sein, da bleibt mir noch genug Zeit, um bei Tageslicht mein Ferienhaus zu suchen. Wie beim letzten Mal will ich bis zum nächsten Morgen warten, um meine Mutter zu besuchen. Ich will sie allein antreffen.

So wie ich es mir ausmale, wird sie voller Verständnis sein. Vielleicht gibt sie sogar zu, dass sie genauso unsicher ist wie ich, was jenen Abend betrifft. Das würde mir auf jeden Fall einen Teil meiner Schuldgefühle nehmen. Doch selbst in den wildesten Wiedervereinigungsphantasien kann ich mir nicht vorstellen, dass Bob mir verzeiht.

Auf dem Flughafenparkplatz setze ich mich hinters Lenkrad des gemieteten Ford Taurus und rufe Michael an.

»Hey«, sage ich, immer überrascht, wenn er sich tatsächlich meldet. »Guten Morgen!«

»Morgen.« Ich weiß nicht, ob er müde oder immer noch verärgert ist. Ich entscheide mich für müde.

»Ich bin gerade gelandet. Es ist heute sogar ganz schön hier, die Sonne scheint.« Ich schnalle mich an und rücke den Spiegel zurecht. »Was steht heute bei dir auf dem Plan?«

»Zig Besprechungen.«

»Wieder Wahlkampfmeeting?« Auch wenn Michael seine Kandidatur für den Senat noch nicht bekannt gegeben hat, verbringt er viel Zeit mit politischen Beratern und Sponsoren, um mit ihnen eine Strategie zu entwerfen.

»Nein«, sagt er, als wäre die Vorstellung absurd. »Ich habe eine Stadt, um die ich mich kümmern muss. Ich bin meinen Wählern gegenüber verpflichtet.«

»Natürlich«, pflichte ich ihm bei und versuche, die Schärfe in seiner Stimme zu überhören. »Irgendwas Besonderes?«

»Ich gehe heute Abend mit Mack DeForio essen, zusammen mit der neuen Schulinspektorin.«

Das sind der Polizeichef und diese Frau, die ich bei der Charity-Veranstaltung kennengelernt habe, die mit der perfekten Körperhaltung. »Jennifer Lawson«, sage ich und wundere mich selbst. Wieso weiß ich noch ihren Namen? »Na, dann hoffe ich mal, dass es produktiv ist.«

Es folgt Schweigen, und ich weiß nicht genau, wie ich es unterbrechen soll. Michael fragt nicht, was ich vorhabe, weil er es bereits weiß. Und er ist stinksauer deswegen. Als ich ihm von meiner Reise nach Michigan und von dem erzwungenen Live-Geständnis berichtete, konnte er kaum fassen, was passiert war und erst recht nicht nachvollziehen, warum ich zu meiner Mutter fliegen möchte. Und angesichts dieses verkrampften Gesprächs weiß ich nicht, ob er mir je wieder vertrauen wird.

»Michael, ich weiß, dass du wütend bist. Ich verspreche dir, dass ich das Richtige tue. Und ich passe auf, niemand wird Genaueres erfahren.«

»Du meinst, niemand wird erfahren, dass der Bürgermeister von New Orleans eine Freundin hat, die jemanden fälschlicherweise der sexuellen Belästigung bezichtigt hat?« Ich höre, wie er seufzt, und stelle mir vor, dass er den Kopf schüttelt. »Mannomann, Hannah, was hast du dir dabei gedacht? Du bist das Aushängeschild von *Into the Light*. Und damit auch ich. Die Leute verzeihen einem so etwas nicht. Du setzt das letzte bisschen Vertrauen aufs Spiel, das die Opfer – und auch deine Zuschauer – in dich haben.«

Trotz der warmen Luft läuft es mir kalt über den Rücken. Sie werden *ihm* nie vertrauen, das will er damit sagen. Aber am traurigsten macht mich, dass ihm sein übertriebener Ehrgeiz wichtiger ist als ich. Als meine Beziehung zu meiner Mutter. Und wichtiger als die Möglichkeit, dass ich endlich Frieden mit meiner Vergangenheit schließe. Nein, ihm geht es allein um seine politische Karriere.

»Ich habe dir versprochen, dass es niemand mitbekommt.« Und bevor ich mich zusammenreißen kann, entfährt mir der Satz: »Und es ist ja nicht so, als hättest du noch nie etwas gesagt, das nicht wahr ist.«

Am anderen Ende herrscht beredtes Schweigen. Ich bin zu weit gegangen.

»Ich muss mich beeilen«, sagt er trocken. »Schönen Tag noch!«

Ohne sich zu verabschieden, legt er auf.

Als ich das Schild von *Merlot de la Mitaine* sehe, macht mein Herz einen Purzelbaum. Meine Güte, bin ich zwölf Jahre alt, oder was?

Ich habe mal gelesen, dass es Frauen guttäte, sich immer mal wieder zu verlieben. Selbst ältere Damen und Ehefrauen sollten von Zeit zu Zeit ein wenig flirten. In dem Artikel stand, dass die spielerische Tändelei eine harmlose Möglichkeit sei, unsere weiblichen Tugenden wieder mehr hervorzubringen, unsere Verführungskünste aufzufrischen und jünger und zufriedener auszusehen. Das würde unsere eigene Beziehung verbessern, behauptete der Verfasser.

Wäre ich eine Meisterin der Wortverdrehung, würde ich behaupten, dass ich es Michael und unserer Beziehung schuldig bin, an diesem Nachmittag das Weingut zu besuchen.

Aber ich bin keine Wortverdreherin und will es auch nicht sein.

Dorothy war schon immer mein Prüfstein. Als ich ihr von RJ und unserem kleinen Briefwechsel erzählte, sagte sie ganz lapidar: »Es gibt keinen Grund, warum du den Mann nicht besuchen solltest. So lange du keine verbindliche Beziehung hast, bist du frei, mit jedem zu sprechen.«

Aber genau das ist das Problem. Ich bin der Ansicht, in einer verbindlichen Beziehung zu sein. Ich bin mir nur nicht sicher, ob Michael es genauso sieht.

Ich lasse die Fensterscheibe hinunter und atme die Luft von Michigan ein. Bilde ich mir das ein, oder riecht sie hier oben wirklich frischer?

Ein Pfeil am Straßenrand weist nach links, ich biege in die lange, gewundene Auffahrt ein und bin so aufgeregt wie seit Jahren nicht mehr. Wie wird RJ reagieren, wenn er mich sieht? Was ist, wenn er meinen Brief noch gar nicht bekommen hat und mein Besuch ihn völlig überrascht? Wird er mich sofort erkennen? Der erste Blick wird mir alles sagen, was ich über seine Gefühle – oder deren Mangel – für mich wissen muss. Ich trete aufs Gas.

Ein Dutzend Autos steht auf dem Parkplatz. Ein junges Pärchen kommt aus dem Souvenirladen, beide tragen Papiertüten mit dem MM-Logo.

Bevor ich hineingehe, streiche ich meine Haare zurück. Hinter der Kasse steht eine Frau mittleren Alters, doch sie bemerkt mich nicht, weil sie gerade mit einem Kunden spricht.

Hinter dem Bogengang höre ich das Summen von Gesprächen, Lachen und leise Hintergrundmusik. Ich spähe in den angeschlossenen Verkostungsraum. Anders als beim letzten Mal sitzen nun ungefähr fünfzehn Personen an der u-förmigen Theke. Sie lachen, unterhalten sich und probieren den Wein.

Ich hole tief Luft. Wird schon schiefgehen!

Mit einer Tüte Grissini in der einen und den gelben Gummistiefeln in der anderen Hand trete ich durch den Bogengang. Ich sehe ihn, bevor er mich erblickt. RJ steht hinter der Theke und spricht mit drei jungen Frauen, denen er Wein einschenkt. Ich werde langsamer. Das ist ein Fehler. Ein riesengroßer Fehler. RJ arbeitet. Ich werde ihn mit meinen albernen Grissini und den Gummistiefeln furchtbar blamieren. Warum hab ich die Teile überhaupt mitgeschleppt?

Er lacht über etwas, was eine der Frauen sagt. Mir wird gleich schlecht. Er ist ein Frauenheld. Ich bin so dämlich, mir einzubilden, ich wäre etwas Besonderes für ihn. Gestern mag ich mich noch in seiner Aufmerksamkeit gesonnt haben, heute flirtet er schon mit diesen hübschen Mädchen. Und morgen? Weiß der Himmel.

Stocksteif bleibe ich mitten im Raum stehen, zwischen Eingang und Theke, und überlege, ob ich nach draußen stürzen oder mich unauffällig verdrücken soll. Da schaut er auf. Unsere Blicke treffen sich.

Alles verschwimmt. Er sagt meinen Namen, stellt die Flasche ab, wirft beinahe ein Glas um. Die drei Frauen am Tresen drehen sich neugierig um. Dann kommt RJ zu mir. Sein Blick versenkt sich in meinem, er schüttelt den Kopf, aber ich weiß, dass er mich nicht tadelt. Seine Augen strahlen, auf der Wange hat er einen roten Fleck.

Und dann liege ich in seinen Armen. Ich lasse die Stiefel fallen. Ich spüre sein weiches Hemd an meiner Wange und atme den sauberen Geruch ein, seinen Geruch.

»Das Mädchen aus dem Süden«, flüstert er mir ins Ohr.

Ich bringe kein Wort heraus. Mein ganzes Leben lang werde ich mich an diese Begrüßung erinnern.

Merlot de la Mitaine ist die perfekte Ablenkung von der vor mir liegenden Aufgabe. Ich versuche, mir wegen des bevorstehenden Treffens mit meiner Mutter keinen Stress zu machen, sondern mich in die lebendige, fröhliche Atmosphäre des Weinguts fallen zu lassen.

RJs Verkostungsraum ist so etwas wie ein Schmelztiegel. Hier sitzen Motorradfahrer neben Yuppies. Ob es am Wein oder an RJs unbekümmerter Art liegt, kann ich nicht sagen, aber die Leute scheinen lockerzulassen und ganz sie selbst zu sein. Während ich dort sitze, Wein trinke und mich mit verschiedenen Gästen unterhalte, vergehen zwei Stunden wie im Flug. RJ schwärmt von meinen Grissini, verteilt sie an der Theke und spart nicht mit Lob dafür. Ich beobachte, wie er alte Kunden mit Namen begrüßt und die neuen fragt, woher sie kommen und was sie hergeführt habe. Eigentlich müsste *er* eine Talkshow haben. RJ ist ungeheuer charmant, aber ohne andere dabei zu bedrängen. Er hat eine eher wertschätzende, zugewandte Art. Langsam bezieht er einen grimmig dreinschauenden Mann in ein Gespräch ein, das er mit zwei Nonnen aus Kanada führt. Allmählich taut der Stinkstiefel auf, bezahlt am Ende sogar die Rechnung der Ordensschwestern, und die drei überlegen, wo sie zusammen essen gehen könnten.

Die einzige Pause legt RJ um halb fünf ein, als Zach und Izzy mit ihren schweren Rucksäcken kommen, genau wie beim letzten Mal. Er winkt ihnen zu, als sie den Raum betreten, und gibt dann Don, dem Kellner, ein Zeichen, der daraufhin RJs Platz hinter der Theke einnimmt.

Ungewollt muss ich lächeln, als er die Kinder zur Begrüßung umarmt und abklatscht. Wieder setzt er sie an einen Tisch und verschwindet, um ihren Imbiss zu holen.

Kann dieser Mann wirklich wahr sein? Und was genau hat er mit diesen Kindern beziehungsweise deren Mutter zu tun? Kein Mensch ist so nett. Oder bin ich nur unglaublich zynisch geworden?

Um sechs Uhr wird es langsam ruhiger, Don unterhält die restlichen sechs Gäste an der Theke. Ich sitze am hinteren Tisch und helfe Izzy bei den Matheaufgaben. Plötzlich stößt sie einen Schrei aus:

»Mommy!«

Ich drehe mich um; Maddie kommt auf uns zu. Sie ist von Kopf bis Fuß in Schwarz gekleidet. Ist wahrscheinlich Vorschrift bei ihrer Arbeit, vermute ich. Als sie mich erblickt, wird sie langsamer. Kurz befürchte ich, dass sie sauer ist, weil sie vielleicht doch in RJ verliebt ist. Dann werden ihre Gesichtszüge weich, und sie grinst.

»Hey! Ich kenne Sie doch!« Mit einem violetten Fingernagel zeigt sie auf mich. »Schön, dass Sie wieder hier sind. Ich hatte da so einen Riecher wegen euch beiden.«

Maddies »Riecher« ist natürlich nur eine fixe Idee. Dennoch fühle ich mich wie ein junges Mädchen, dem die beste Freundin gerade verraten hat, dass der Junge, für den sie schwärmt, ihre Gefühle erwidert.

RJ und ich stehen vor dem Haus und winken Maddie und den Kindern nach. Die Gegend sieht jetzt völlig anders aus als an dem verschneiten Tag vor vier Wochen. An den dünnen Ästen der Kirschbäume sitzen Unmengen von Knospen, frisches Gras bedeckt den Obstgarten.

»Es ist wirklich wunderschön hier oben«, sage ich. Das ist ernst gemeint. Das grüne Gras setzt sich gegen die roten Zweige und das blaue Wasser in der Ferne ab.

»Hauptstadt der Kirschen«, sagt RJ.

»Wirklich?«

»Der See und das da hinten …« – er tritt neben mich und weist mit dem Finger über die Bucht zu einem anderen Landstreifen – »… schaffen auf dieser Halbinsel ein Mikroklima, das sich perfekt für Kirschbäume eignet. Ebenso für Vinifera-Reben, das sind die Pflanzen, aus denen Wein gemacht wird.«

Ich weise hinüber zu einem Gebilde im Obstgarten, das einer Kommode ähnelt. Jede Schublade ist in einem hübschen Pastellton gestrichen. »Und was ist das?«

»Einer meiner Bienenstöcke«, erklärt er. »Für einen halben Hektar Kirschen braucht man ungefähr hundertvierzigtausend

Bienen. Noch ein paar Wochen, dann tanzen sie um die Blüten und tun ihren Zauber.« Er zeigt auf die Bäume. »Aus den Knospen, die du jetzt siehst, werden große weiße Blüten werden. Sie reflektieren die Farbe der roten Zweige und das Grün der Blätter, so dass man schwören könnte, wenn man über die Halbinsel fährt, dass die Obstgärten rosa und grün vor der Kulisse des blauen Sees blühen. Der Anblick ist atemberaubend, das musst du dir wirklich einmal ansehen.«

»Eines Tages vielleicht.« Ich schaue auf die Uhr. »Aber jetzt muss ich los.«

»Nichts da! Ich lade dich zum Essen ein. Ich habe schon einen Tisch reserviert.«

25

Ein besserer Mensch hätte Nein gesagt. Ein mittelmäßiger Mensch hätte wenigstens Schuldgefühle gehabt. Doch als RJ vorschlägt, wir sollten in seinem Lieblingsrestaurant essen gehen, zögere ich nicht lange, sondern rufe Michael kurz an. »Hey, ich bin's«, spreche ich im Vorraum der Toiletten auf seine Mailbox und schiebe mir ein Minztäfelchen in den Mund. »Wahrscheinlich bist du gerade in der Besprechung mit Jennifer und DeForio. Wollte dir nur sagen, dass ich essen gehe. Ich habe auf dem Weg hier hoch bei einem Weingut gehalten, jetzt gehe ich mit dem Inhaber noch schnell etwas essen. Melde mich später.«

Ich weiß, dass ich Ausflüchte mache und dafür wahrscheinlich in der Hölle schmoren werde, aber rede mir ein, dass ich mich noch im Rahmen dessen bewege, was in Ordnung ist. Gut, es kann sein, dass ich die Grenze leicht touchiere, aber mit einem Zeh bin ich noch immer auf der sicheren Seite.

Wir sitzen an einem Tisch mit Blick auf die Grand Traverse Bay, essen Muscheln, gegrillten Thunfisch und Jakobsmuscheln in Whiskeysoße. Doch es hätte ebenso gut ein Hamburger sein können, das hätte keinen Unterschied gemacht. Es wäre trotzdem das beste Date meines Lebens gewesen. Also, wenn es wirklich ein Date wäre. Aber das ist es ja nicht.

RJ schenkt mir ein Glas Wein ein. »Weißburgunder, auch Pinot Blanc genannt. Die perfekte Ergänzung zu der buttrigen Muschelsoße.« Er schüttelt den Kopf. »Tut mir leid, ich höre mich an wie der letzte Angeber. Du bist aus New Orleans. Du kennst dich zehnmal besser aus mit Essen und Wein als ich.«

»Ja, auf jeden Fall.«

Er sieht mich an. »Wirklich, gehörst du zur Gourmetfraktion?«

»Nein«, erwidere ich und bemühe mich, nicht zu lachen. »Ich meinte das mit dem Angeber.«

Er macht ein langes Gesicht, ehe er merkt, dass ich ihn necke. Ich breche in Lachen aus, RJ ebenfalls. »Ah, du hast mich erwischt. Ich habe wirklich geredet wie der letzte Blödmann. Tut mir leid.«

»Schon gut. Du hast ja keine Ahnung, wie sehr ich mich auf einen Vortrag über Weißburgunder gefreut habe.«

Grinsend hebt er sein Glas. »Auf Weißburgunder und rote Gesichter. Und auf deinen Besuch!«

Während des Essens erkundige ich mich nach Zach und Izzy, den beiden Kindern, die jeden Tag nach der Schule zu ihm kommen.

»Ich habe ebenso viel davon, dass sie bei mir sind, wie die beiden. Ist gut für alle.«

»Wirklich?«, frage ich, ohne es ihm abzukaufen. Der Kerl hat zweifellos ein gutes Herz.

»Im Sommer sind sie eine große Hilfe. Zach ist ein Naturtalent als Imker. Er behauptet, er könnte die Bienen verzaubern, da kann ich nicht widersprechen. Ich vergäre den Honig, fermentiere ihn zu einem uralten Getränk namens Met. Wenn es sich verkauft, geht der Gewinn in Zachs Collegefonds.«

»Und was macht Izzy?«

»Izzy hilft bei …« RJ hält inne, als müsste er überlegen. »Sie hilft in der Küche.«

Ich schmunzele. »Na klar, eine Fünfjährige ist eine große Hilfe in der Küche. Du kannst mir nichts erzählen, RJ. Sie macht dir mehr Arbeit, als du zugibst. Du magst die beiden einfach, sei ehrlich!«

Lachend schüttelt er den Kopf. »Sie sind was Besonderes. Maddie hat alle Hände voll damit zu tun, sie allein großzuziehen. Sie hat nicht immer das größte Verantwortungsgefühl, aber sie ist jung und tut ihr Bestes.«

»Ich bin überzeugt, dass du für die beiden sehr wichtig bist. Wo ist ihr Vater?«

Ein Schatten legt sich auf RJs Gesicht. »Gestorben. Ist jetzt fast zwei Jahre her.«

»War er krank?«

Er atmet tief durch. »Ja. Traurige Geschichte.«

Ich möchte nachhaken, doch als ich seinen betrübten Gesichtsausdruck sehe, lasse ich das Thema auf sich beruhen.

In der nächsten Stunde unterhalten wir uns über unsere Lieblingsbeschäftigungen – bei RJ Kochen und Wein, bei mir Backen. Wir sprechen von unseren größten Leistungen und den abgrundtiefsten Enttäuschungen. Ohne ins Detail zu gehen, erzähle ich ihm von meiner Mutter. »Seit meiner Jugend war die Beziehung zu ihr schwierig, und erst jetzt wird mir klar, dass es zum großen Teil meine Schuld war. Ich hoffe, dass wir irgendwie Frieden schließen können.«

»Viel Glück dabei. Egoistisch, wie ich bin, hoffe ich natürlich, dass ihr beiden unzertrennlich werdet.«

Mein Herz schlägt schneller, ich drehe die Serviette auf meinem Schoß. »Erzähl mir von deiner größten Enttäuschung.«

Er berichtet von seiner Ehe, von den guten und schlechten Zeiten. »Das Problem war, dass wir nicht dieselben Vorstellungen hatten. Als ich Staci erzählte, dass ich Gallo verlassen will, wurde sie fuchsteufelswild. Ich konnte nicht glauben, dass sie nicht wusste, wie sehr ich mir immer schon einen eigenen Weinberg gewünscht hatte. Ehrlich, ich mache ihr keinen Vorwurf, weil sie ihr Leben nicht umkrempeln wollte. Und wahrscheinlich wäre ich wohl immer noch mit ihr verheiratet und würde mich für die Firma abrackern, wenn ihr Chef Allen nicht gewesen wäre. Die beiden haben im November geheiratet.«

»O nein! Das tut mir leid.«

»Was will man machen?« RJ hebt kapitulierend die Hände. »Sie ist glücklich, Allen ist glücklich. Wir haben nie so richtig zueinander gepasst. Das sehe ich inzwischen ein.«

»Verstehe.« Überrascht stelle ich fest, dass ich beginne, von Jackson und unserem Treffen in Chicago zu erzählen, davon, wie ich mich fühlte, als ich hörte, dass er heiratet.

»Eigentlich war es nur der Schock«, erkläre ich. »Er meinte, er wäre nicht der Richtige für mich, doch in dem Moment, als mir klarwurde, dass er heiratet und ein Kind bekommt, da hatte ich einfach Panik. Ich meine, was wäre, wenn ich doch einen Fehler gemacht habe? Wenn ich ihm noch eine Chance hätte geben sollen? Aber es war zu spät. Der Zug war abgefahren.«

»Und, was meinst du? War er der Richtige?«

»Nein. Aber Jackson ist ein netter Kerl. Er sagte mal etwas, das ich nicht vergessen werde: ›Wenn du jemanden liebst, gibst du ihn niemals auf.‹«

RJ denkt darüber nach. »Ich glaube, er hat recht. Wenn du die Beziehung mit ihm gewollt hättest, hättest du einen Weg gefunden. Ich denke, auf dich wartet noch jemand anderes.«

Ich merke, dass ich erröte. *Ja, das denke ich auch. Und ich denke, dass er Michael Payne heißt. Außerdem denke ich, dass ich mich hier gar nicht so wohlfühlen dürfte.*

RJ faltet die Hände auf dem Tisch und beugt sich vor. »Gut, wie wär's damit als klassisches Thema beim ersten Date: Was steht so auf deiner Wunschliste fürs Leben?«

Lächelnd tunke ich ein Stück Baguette in die Weinsoße. »Das ist einfach. Ich wünsche mir ein Baumhaus.«

Er lacht. »Ein Baumhaus? Echt? Ich dachte, damit wäre man ungefähr mit sieben Jahren durch.«

Ich mag es, wenn er mich neckt. Das Gespräch springt zwischen ernst und albern hin und her. »Bei mir nicht. Ich möchte mein ganz persönliches Baumhaus, mit Leiter und Seil. Von oben müsste man auf einen See schauen können, es sollte groß genug für einen Stuhl und ein Bücherregal und ein kleines Tischchen sein, wo man den Kaffee abstellt. Mehr brauche ich nicht, um glücklich zu sein. Der Rest der Welt kann mir gestohlen bleiben.«

»Schön! Also ein persönliches Baumhaus nur für dich. Lass mich raten: An der Tür hängt ein Schild mit der Aufschrift: *Jungs verboten*.«

»Vielleicht«, sage ich kokett. »Es sei denn, du kennst die geheime Parole.«

Ich spüre seinen Blick auf mir. Er ist so intensiv, dass ich beiseite sehen muss. RJ senkt die Stimme und beugt sich noch weiter vor, so dass unsere Gesichter nur Zentimeter voneinander entfernt sind. »Und wie lautet die geheime Parole?«

Mein Herz rast, ich greife zum Weinglas. Meine Hand zittert so, dass ich es wieder absetzen muss. Ich schaue über den Tisch in die Augen eines Mannes, den so sehr zu mögen ich kein Recht habe.

»Ich habe einen Freund, RJ.«

26

Er hebt die Augenbrauen, zieht die Luft ein. Doch ebenso schnell erholt er sich. »Interessante Parole. Ich hatte eher an so was wie zweimal lang und dreimal kurz Klopfen gedacht. *Ich habe einen Freund, RJ* – ich glaube, das kann ich behalten.« Ich stöhne. »Es tut mir wirklich leid. Ich habe mir die ganze Zeit gesagt, dass es in Ordnung ist. Dass du ein netter Kerl bist, ein Freund, mit dem ich gerne essen gehe, unabhängig vom Geschlecht.« Ich senke den Blick auf die Serviette. »Aber Tatsache ist, dass ich mich mit dir einfach zu wohl fühle. Und das ist falsch.« Ich zwinge mich, ihn anzusehen. »Und es macht mir Angst.«

RJ tätschelt meinen Arm. »Hey, ist in Ordnung. Fahr nach Hause und sag deinem Typen, dass du einen anderen kennengelernt hast. Dass du ihn für einen Mann sitzenlässt, den du kaum kennst, einen super Fang, der in den Bergen von Michigan lebt. Sag ihm, dass du eine Fernbeziehung führen willst, weil eintausendzweihundertacht Komma sechs Meilen doch wirklich ein Katzensprung sind.« Er neigt den Kopf. »Und ja, das ist die genaue Entfernung von deiner Haustür zu meiner. Was bedeutet: Ja, ich habe mich damit beschäftigt.«

Sein Blick ist so liebevoll, dass ich RJ am liebsten umarmen würde. Aber ich bezweifele, dass ich ihm jetzt Trost spenden könnte. Es ist, als wären wir zwei Jugendliche, die sich im Sommerlager ineinander verliebt haben und sich nun trennen müssen. Und schon jetzt bin ich todtraurig.

Als wir zum Weingut zurückkehren, ist es Mitternacht. Ich habe mein Ferienhaus noch nicht bezogen.

»Willst du noch fahren?«, fragt RJ.

»Ja.« Ich habe nur ein halbes Glas Wein zum Essen getrunken, vor zwei Stunden. »Danke für alles.«

Unsere Blicke versenken sich ineinander, und ehe ich mich versehe, liege ich in seinen Armen. Ich schmiege mich an ihn, spüre die Wärme seiner Brust, die sanfte Berührung seiner Hand, die mein Haar streichelt. Ich versuche, diesen Augenblick in mein Gedächtnis zu brennen – wie seine Wange sich an meinen Kopf drückt, sein warmer Atem an meinem Ohr. Ich schließe die Augen, möchte die Welt vergessen.

RJ gibt mir einen Kuss auf den Scheitel und tritt zurück. Da stehen wir und sehen uns an, bis ich mich schließlich zwinge, mich abzuwenden.

»Ich muss los.« Mein Herz flattert und zerbricht zugleich. »Ich habe morgen viel vor.«

»Tut mir leid«, sagt er und schiebt die Hände in die Taschen. »Habe ein bisschen die Beherrschung verloren.«

Ich will ihm sagen, dass es in Ordnung ist, dass ich mich auch habe hinreißen lassen. Dass ich am liebsten die ganze Nacht in seinen Armen liegen würde. Aber es ist nicht richtig. Ich würde mir niemals verzeihen.

»Sehen wir uns wieder?«, fragt er.

Ich zucke mit den Schultern, die Hoffnungslosigkeit unserer Lage lastet schwer auf mir. »Ich weiß es nicht.«

»Dich anzurufen kommt wahrscheinlich nicht in Frage.«

»Ganz ehrlich? Ich würde mich total darüber freuen. Aber so etwas mache ich nicht. Die Sache mit Michael ist zu ernst.« Zum ersten Mal nenne ich seinen Namen, RJ erstarrt.

»Ich hoffe, dass Michael weiß, was er an dir hat.«

Ich nicke. Das hoffe ich auch. Aber ich bin mir nicht mehr so sicher. Seit ich letzten Monat RJs kleines Weingut kennengelernt habe, habe ich Zweifel an der Beziehung zu Michael.

Lächelnd sieht er mich an, doch seine Augen sind schwer. »Falls du ihm den Laufpass geben solltest, wäre ich gerne an erster Stelle auf deiner Tanzkarte, hörst du?« Ich versuche zu lächeln. »Auf jeden Fall.« Aber das ist Träumerei. Selbst wenn ich solo wäre, könnte aus uns niemals mehr werden als eine gelegentliche Liebelei. Unsere Berufe würden jede Beständigkeit zunichtemachen. Und nichts wünsche ich mir so sehr wie Beständigkeit.

Am nächsten Morgen erwache ich in meinem Ferienhäuschen, und sofort fällt mein Blick auf das raumhohe Fenster, das hinaus auf die Bucht geht. Gerade steigt die Sonne am Horizont auf, taucht den Himmel in Rosa und Orange. Ich schaue nach draußen aufs Wasser, auf dem eine Nebeldecke liegt, und spreche ein stummes Gebet für den vor mir liegenden Tag.

Ich gehe ins Wohnzimmer, bestaune den steinernen Kamin, den Eichenboden und die eingebauten Bücherregale. Ganz nach meinem Geschmack.

Gerne würde ich dieses Haus RJ zeigen, ihn vielleicht zum Essen einladen. Aber das geht natürlich nicht. Wieder fühle ich einen Stich der Traurigkeit. Wie ist es möglich, sich so eng mit jemandem verbunden zu fühlen, den man kaum kennt? Liegt es daran, dass Michael in letzter Zeit so distanziert war? Ich will nicht zu diesen Frauen gehören, die einen zweiten Mann in Reserve brauchen, aber vielleicht ist es so. Michaels Verhalten macht mich verletzlich.

Ich koche mir eine Tasse Kaffee und nehme sie mit auf die Terrasse, zusammen mit dem Laptop. Es ist kälter, als ich dachte, aber die Umgebung ist so umwerfend schön, dass ich trotzdem draußen bleibe. Ich wickele den Bademantel enger um mich und schlage die Beine unter. So genieße ich den majestätischen Ausblick, denke an RJ und wie gut es sich anfühlte, mit ihm zusammen zu sein.

Ich stöhne. Das ist verrückt! Ich klappe den Laptop auf und

gehe ins Internet. Der Name von James Peters erscheint in meinem Posteingang.

Mit angehaltenem Atem warte ich, dass sich seine Nachricht öffnet.

Liebe Hannah,
vielen Dank für Ihr Exposé über Fracking und die Great
Lakes. Seien Sie versichert, dass Sie noch im Spiel sind um
den Posten. Wir wollen uns in den nächsten ein, zwei Tagen
entscheiden.
Herzlich,
James

Ich stoße die Luft aus. Gut. Ich habe noch eine Chance. Wenn ich die Stelle bekommen sollte, muss ich mir keine Sorgen mehr darum machen, wie ich das mit dem Themenvorschlag hinbekomme. Ich würde meine Mutter genauso wenig in Chicago auftreten lassen wie in New Orleans.

Ich lese gerade eine Mail von Jade, als mein Handy klingelt. Ich schiele aufs Display. Michael. Statt zu lächeln, seufze ich und wappne mich für ein weiteres gestelztes Gespräch. Noch ein paar Tage, dann läuft es wieder normal mit uns – rede ich mir zumindest ein.

»Guten Morgen«, sage ich fröhlicher, als mir zumute ist.

»Wie ist es so in Michigan?«

»Gut. Ich sitze auf der Terrasse mit Blick auf die Grand Traverse Bay. Sieht aus wie auf einer Postkarte.«

»Wirklich?«

»Ja, ich weiß, es ist komisch. So habe ich es nicht in Erinnerung.«

»Hast du sie schon gesehen?«, fragt er knapp. Er will nichts von meinen Erinnerungen wissen. Er will nur hören, dass ich Frieden mit meiner Mutter geschlossen habe und jetzt auf dem Heimweg bin.

»Ich fahre heute Vormittag hin. Ich will es zeitlich so legen, dass sie noch zu Hause ist, aber Bob schon bei der Arbeit.«

»Was hast du gestern Abend gemacht? Hab versucht, dich zu erreichen.«

Mein Herz schlägt schneller. »Ich war in einem tollen französischen Restaurant«, sage ich wahrheitsgemäß.

»Ach, stimmt. Ich habe deine Nachricht bekommen. Mit dem Weingutsbesitzer.« Er lacht. »So einen Beruf würde ich öffentlich gar nicht zugeben.«

Er macht sich über RJ lustig. Ich schlucke meine Wut hinunter. »Er macht tollen Wein. Du würdest dich wundern. Und das Weingut ist wunderschön. Die ganze Gegend hier ist ziemlich eindrucksvoll.«

»Na, dann verguck dich mal nicht. Ich will dich am Wochenende zurückhaben. Am Freitagabend ist die Benefizveranstaltung im City Park, schon vergessen?«

Wieder eine Charity-Nummer. Noch mehr Versprechen und leeres Gelaber. Händeschütteln und Schulterklopfen. Beim besten Willen kann ich keine Begeisterung dafür aufbringen.

»Nein«, beeile ich mich zu sagen. »Ich komme. Natürlich bin ich dabei.« Nach einer kurzen Pause füge ich hinzu: »Ich wünsche mir nur, dass du auch mal für mich da bist.«

Die Worte purzeln mir aus dem Mund, bevor ich sie mir verkneifen kann. Ich warte, aber gute zehn Sekunden lang höre ich nichts am anderen Ende.

»Muss ich verstehen, was du damit meinst?«, fragt Michael dann mit eisiger Stimme.

Mein Herz klopft wie wild. »Ich habe heute etwas vor, bei dem sich mir vor Angst der Magen umdreht, Michael. Du hast mir noch nicht mal Glück gewünscht, sondern nur von dir gesprochen.«

»Ich habe dir gesagt, dass ich es für einen Fehler halte, in der Vergangenheit zu wühlen. Ich habe dir davon abgeraten, aber du willst nicht hören. Stattdessen dampfst du mit voller Kraft voraus. Vielleicht hast du eine andere Vorstellung von ›für den anderen da sein‹ als ich.«

Ich lasse mich nicht von ihm manipulieren. »Hör zu, ich weiß, dass du nichts von meinem Vorhaben hältst, aber du musst mir vertrauen. Ich werde nichts tun, was uns schadet – falls es noch ein ›uns‹ gibt.« Ob es daran liegt, dass ich über tausend Meilen entfernt bin oder weil ich den vergangenen Abend mit einem Mann verbracht habe, den ich sehr interessant fand, kann ich nicht sagen, doch heute bin ich mutig, als hätten sich die Machtverhältnisse zwischen uns verschoben. »Manchmal weiß ich nicht, ob wir jemals heiraten werden. Ich bin vierunddreißig, Michael. Ich habe nicht alle Zeit der Welt.«

Das Herz rast in meiner Brust. Ich warte. O Gott, was habe ich getan?

Michael räuspert sich, so wie er es immer tut, bevor er eine wichtige politische Aussage trifft. »Du bist nervös. Das verstehe ich. Ja, die Antwort auf deine Frage lautet: Es gibt ein ›uns‹. Für *mich* wenigstens. Das habe ich vom ersten Tag an klar gesagt. Ich möchte warten, bis Abby mit der Schule fertig ist, ehe ich über eine zweite Ehe nachdenke.«

»Sie ist nächstes Frühjahr fertig. Es ist nicht zu übereilt, Pläne zu schmieden. Können wir darüber sprechen?«

»Meine Güte, Hannah, was ist nur in dich gefahren? Ja, wir können darüber sprechen, wenn du zurück bist.« Er lacht, aber es ist dieses gezwungene Lachen, das er immer in Debatten einsetzt, um seinen Gegner zu verunsichern. »So, ich muss mich beeilen. Sei vorsichtig heute.« Er macht eine Pause. »Und ganz offiziell: Viel Glück!«

27

An diesem Morgen kann ich mich zu keiner Entscheidung durchringen. Jede Wahl, vom Schmuck bis zur Frisur, erscheint mir ausschlaggebend. Leggings oder Rock? Glatte oder lockige Haare? Lippenstift oder Labello? Halskette oder nicht? »Verdammt!«, fluche ich, als mir das Rouge aus der Hand fällt. Es prallt von den Fliesen ab, der Spiegel zersplittert, rosa Puderbrocken verteilen sich auf dem Boden. Mit zitternden Händen sammele ich sie auf.

Was ist, wenn ich zu lange gezögert habe? Vielleicht empfindet meine Mutter nicht mehr diese Liebe, die Mütter und Töchter verbindet. Vielleicht hat sie mich vergessen, sich auf Bobs Seite geschlagen. Vielleicht hat er sie einer Gehirnwäsche unterzogen.

Mit Sicherheit hasst er mich. Ich werde von einer ernüchternden Furcht erfüllt, stelle mir zig mögliche Szenarien vor, keins davon angenehm. Wird er mich anschreien? Würde er es wagen, mich zu schlagen? Nein, ich habe ihn nicht als gewalttätig in Erinnerung. Ich wüsste nicht mal, dass er irgendwann die Stimme erhoben hätte. Das Heftigste, was ich bei ihm erlebt habe, war seine Reaktion, als ich ihn als pervers beschimpfte. Das ungläubig zusammenfallende Gesicht verfolgt mich bis heute.

Um halb neun fahre ich wieder an dem Haus vorbei, auf Erkundungstour. Meine Hände sind feucht, ich halte das Lenkrad fest umklammert. Ich hatte gehofft, meine Mutter wieder draußen zu sehen. Allein. Dann könnte ich zu ihr gehen und ihr sagen, dass es mir leid tut, und hätte es hinter mir. Aber der braune Chevy steht noch in der Einfahrt. Heute ist niemand draußen.

Ich werde langsamer. Hinter einem der Fenster meine ich eine Bewegung zu sehen. Ist sie im Haus? Was ist, wenn ich an der Tür klingele, und Bob macht auf? Würde er mich erkennen? Oder könnte ich behaupten, ich hätte mich in der Adresse geirrt, und unbemerkt wieder verschwinden? Vielleicht sollte ich einfach warten, bis meine Mutter heute Nachmittag nach Hause kommt.

Nein. Ich muss das jetzt durchziehen. Es ist schon Dienstag. Ich habe nicht mehr viel Zeit.

Ich parke wieder an der Straße, aber diesmal gehe ich die Auffahrt hoch, statt mich durch die Büsche zu schlagen. Sie ist nicht gepflastert, unbefestigt wie die Straße; der lose Kies knirscht unter meinen Schuhsohlen. Plötzlich fällt sie mir wieder ein, die letzte Szene, als ich im Mietwagen meines Vaters saß, in eben dieser Auffahrt. Er legte den Rückwärtsgang ein, und wir fuhren los. Meine Mutter lief hinter dem Auto her wie ein Hund hinter seinem Herrchen. Als wir die Straße erreichten, sah ich, dass sie auf dem Kies ausrutschte. Schluchzend fiel sie auf die Knie. Mein Vater bekam es auch mit, das weiß ich genau. Wir stießen auf die Straße, dann legte er den ersten Gang ein und trat aufs Gas. Ich drehte mich auf meinem Sitz um und schaute entsetzt zu, wie die Autoreifen kleine Steinchen in Moms Richtung schleuderten. Ich wandte mich ab, konnte nicht länger hinsehen. Und so bildete sich eine weitere Mauer um mein Herz.

Ich lege die Hand auf die Stirn. *Schluss mit diesen Erinnerungen. Bitte!*

Als ich den ersten Fuß auf die Veranda setze, gibt die Stufe unter mir nach. Schnell greife ich nach dem eisernen Geländer. Aus der Nähe sieht die Holzverkleidung des Hauses noch schlimmer aus als von der Straße. Der graue Anstrich blättert ab, die Fliegenschutztür fällt fast aus den Angeln. Warum repariert Bob das nicht, verdammt nochmal? Und warum habe ich diese

Kette umgelegt? Wahrscheinlich ist sie mehr wert als diese ganze Hütte. Nach all den Jahren der Wut ist es ein seltsames Gefühl, meine Mutter beschützen zu wollen.

Durch die geschlossene Tür höre ich Gelächter und leise Stimmen. Ich erkenne die Stimme von Al Roker. *Today.* Ein Bild meiner Mutter erscheint vor meinen Augen. Sie steht vor dem Badezimmerspiegel, aus dem Wohnzimmer dröhnt *Today* herüber, damit sie alles verstehen kann, während sie sich schminkt. Ob die Schwäche meiner Mutter fürs Frühstücksfernsehen wohl meine Berufswahl beeinflusst hat? Habe ich gehofft, dass sie mich eines Tages sehen würde? Oder habe ich mir absichtlich einen Beruf ausgesucht, in dem ich Fragen stellen kann, statt sie zu beantworten?

Ich atme tief durch. Dann räuspere ich mich, zupfe das Halstuch zurecht, um die Kette mit dem Diamant-Saphir-Anhänger zu verdecken, und drücke auf die Klingel.

Sie trägt einen blauen Kittel und eine schwarze Hose. Und sie ist winzig. Winzig klein. Ihr Haar, einst das Schönste an ihr, ist mattbraun und wirkt brüchig. Um den Mund hat sie viele kleine Falten, unter den Augen dunkle Ringe. Es ist das mitgenommene Gesicht einer vierundfünfzig Jahre alten Frau, die ein schweres Leben hinter sich hat. Ich schlage die Hand vor den Mund.

»Hallo«, sagt sie und öffnet die Fliegenschutztür. Ich möchte mit ihr schimpfen, weil sie so naiv ist. Niemals sollte sie einer Fremden die Tür öffnen. Sie lächelt mich an. Ich suche nach etwas Vertrautem in ihrem Gesicht und entdecke es in den blassblauen Augen. Sie sind immer noch voller Freundlichkeit, aber auch etwas anderes ist darin. Traurigkeit.

Ich lasse die Hand sinken, öffne den Mund, um etwas zu sagen, doch mein Hals schnürt sich zu. Ich kann sie nur anstarren, zusehen, wie sie langsam begreift, wer ich bin.

Sie zieht scharf die Luft ein und schlägt die Hand vor den Mund. Sie tritt auf die Veranda, die Tür fällt hinter ihr zu. Mit ihrer zarten Gestalt wirft sie sich voller Wucht auf mich, ich kippe beinahe um. »Mein Mädchen!«, ruft sie. »Mein schönes Mädchen!«

Es ist, als würden sich zwanzig Jahre einfach so auflösen, und wir sind wieder Mutter und Tochter, verbunden durch die elementarste, instinktivste Liebe. Sie zieht mich an ihre Brust und wiegt mich hin und her. Sie riecht nach Patchouliöl. »Hannah«, murmelt sie. »Hannah, meine liebe Hannah!« Vor und zurück taumeln wir, wie ein vom Wind gepeitschter, junger Baum. Schließlich löst sie sich und küsst mich auf die Wange, die Stirn, die Nasenspitze, so wie sie es immer tat, bevor ich morgens zur Schule aufbrach. Schluchzend tritt sie immer wieder zurück, um mich anzusehen, als hätte sie Angst, sie würde nur träumen. Wenn ich ihre Liebe zu mir je bezweifelt habe, bin ich nun eines Besseren belehrt.

»Mom«, meine Stimme bricht.

Ungläubig schüttelt sie den Kopf. »Du bist hier. Du bist wirklich hier. Ich kann es nicht fassen. Ich kann es einfach nicht fassen.«

Sie nimmt meine Hand und zieht mich zur Haustür. Ich kann mich nicht rühren. Von innen höre ich den Fernseher. Mir wird schwindelig. Meine Beine sind Betonpfeiler, im Boden verankert. Ich drehe mich zu meinem Wagen um. Ich könnte jetzt gehen. Ich könnte sagen, dass es mir leid tut, und einfach gehen. Ich muss nicht noch einmal in dieses Haus – das Haus, in das ich schwor, nie wieder einen Fuß zu setzen. Das zu besuchen mein Vater mir verboten hat.

»Ich will nicht lange bleiben«, sage ich. »Du musst doch zur Arbeit. Ich kann später wiederkommen.«

»Nein, bitte. Ich suche mir eine Vertretung.« Sie zieht an meiner Hand, doch ich gebe nicht nach.

»Ist … ist er da?«, frage ich mit zittriger Stimme.

Sie beißt sich auf die Lippe. »Nein. Er kommt erst um drei nach Hause. Wir beide sind allein.«

Wir beide. Mutter und Tochter. Kein Bob. Genau, wie ich es wollte – damals wie heute.

Mit meiner Hand in ihrer trete ich ein. Der Geruch von Holz und Zitronenöl erinnert mich an den Sommer 1993. Ich atme tief ein, um mein wildes Herzklopfen zu beruhigen.

Das Wohnzimmer ist klein, aber tadellos sauber. In einer Ecke entdecke ich den alten Holzofen. Ich bin erleichtert, dass das braune Sofa nicht mehr da ist. Sie haben es durch eine beige Couchlandschaft ersetzt, die das kleine Zimmer zu erdrücken scheint.

Während wir durchs Wohnzimmer in die kleine Küche gehen, erzählt meine Mutter, was alles verändert wurde. »Vor ungefähr zehn Jahren hat Bob neue Schränke eingebaut.«

Ich streiche über das hübsche Eichenholz. Den PVC-Boden – rechteckige Flächen, die wie Kacheln aussehen – und die weißen Arbeitsflächen aus Resopal haben sie behalten.

Mom zieht einen Stuhl unter dem Eichentisch hervor. Ich setze mich ihr gegenüber, sie hält meine Hände in ihren.

»Ich mache dir einen Tee«, sagt sie. »Oder einen Kaffee. Vielleicht magst du Kaffee lieber.«

»Ist beides gut.«

»Okay. Aber erst muss ich dich anschauen.« Sie betrachtet mich, ihr Blick verschlingt mich. »Du bist eine Schönheit!«

Mit glänzenden Augen streicht sie meine Haare glatt. Mir wird klar, wie viel ich ihr genommen habe, wie viele Mutter-Tochter-Momente. Diese Frau, die sich immer so begeistert geschminkt und frisiert hat, hätte ihrer Tochter bestimmt gerne ein paar Tricks beigebracht. Abschlussbälle, Tanzstunden, erste Dates. Das alles wurde ihr vorenthalten, als wäre ich gestorben. Wahrscheinlich noch schlimmer. Ich schied nicht durch einen Unfall oder eine Krankheit aus ihrem Leben, sondern bewusst und mit voller Absicht.

»Es tut mir so leid, Mom.« Die Worte purzeln mir aus dem Mund. »Ich bin hergekommen, um dir das zu sagen.«

Sie zögert, und als sie spricht, wägt sie jedes Wort ab, als hätte sie Angst, eine falsche Silbe könnte mein Geständnis in Nichts auflösen.»Dir ... dir tut leid, was du Bob angetan hast?«

»Ich ...« Diesen Satz übe ich seit Wochen, dennoch bleibt er mir im Hals stecken.»Ich weiß nicht genau ...«

Sie nickt, ermuntert mich, weiterzusprechen. Unablässig sieht sie mich an. In ihrem Blick steht eine Versessenheit, als hoffte sie gegen jede Vernunft, von mir die Botschaft zu erhalten, die sie unbedingt hören möchte.

»Ich weiß nicht genau, was damals wirklich geschehen ist.«

Sie hält die Luft an, schlägt die Hand vor den Mund und nickt.

»Danke«, sagt sie mit erstickter Stimme.»Danke.«

Wir trinken den Tee aus, dann laufen wir ein wenig durch den Garten. Zum ersten Mal kommt mir der Gedanke, dass ich meine Liebe zu Blumen von meiner Mutter geerbt haben könnte. Sie zeigt mir jede Pflanze und Blüte, alles hat eine besondere Bewandtnis, wurde in Erinnerung an mich gepflanzt.

»Die Trauerweide da habe ich in dem Jahr gesetzt, als du gingst. Sieh nur, wie groß sie geworden ist.« Sie schaut hinüber zu dem Baum, dessen Zweige sich zum See hinabsenken wie das Haar von Rapunzel. Ich stelle mir vor, wie meine Mutter dieses Loch gräbt und den dürren Baum in die Erde pflanzt in der Hoffnung, dass er ihre Tochter ersetzt.

»Dieser Flieder erinnert mich immer an deine erste Ballettaufführung. An dem Tag in Gloria Roses Ballettschule habe ich dir einen Strauß mit Fliederblüten geschenkt. Du hast gesagt, sie würden wie Zuckerwatte riechen.«

»Das weiß ich noch«, ich erinnere mich an das ängstliche kleine Mädchen, das durch die Kulissen späht und sich fragt, warum die Eltern nicht im Publikum sitzen.»Ich hatte solche Angst. Ich dachte, du würdest nicht kommen. Du hattest dich mit Daddy gestritten.«

Seltsam, dass ich mich nach so vielen Jahren ausgerechnet

daran erinnere. Die Aufführung fand lange vor unserem Umzug nach Detroit statt. Bisher war ich überzeugt, dass sie bis zu Bobs Auftauchen nie gestritten hatten.

»Ja, das stimmt.«

»Warum hattet ihr euch gestritten, wenn ich das fragen darf?«

»Das ist unwichtig, Spätzchen.«

Aus irgendeinem Grund sehe ich das anders. »Sag es mir, Mom, bitte! Ich bin jetzt erwachsen.«

Sie lacht. »Das stimmt. Ist dir klar, dass du jetzt im selben Alter bist wie ich damals, als du gegangen bist?«

Als du gegangen bist ... Es klingt bei ihr nicht anschuldigend, dennoch brennen ihre Worte in meiner Seele. Sie war so jung, als ich sie verlassen habe. Und das Leben, das ich danach führte, unterscheidet sich so stark von ihrem, damals wie heute.

»Daddy und du, ihr habt so jung geheiratet. Früher hast du immer gesagt, ihr hättet einfach nicht abwarten können.«

»Ich wollte nichts als raus aus Schuylkill.« Sie pflückt ein Glockenblümchen, rollt es zwischen den Fingern und atmet den Duft ein. »Dein Vater wurde nach Saint Louis verkauft. Er wollte nicht allein dorthin gehen.«

Ich lege den Kopf schräg. »Das klingt jetzt wie eine Vernunftehe.«

»Er war damals nicht gerade ein Weltenbummler. Wir beide nicht. Er hatte Angst, Pittsburgh zu verlassen. Ich denke, er hatte mich gerne bei sich.«

»Aber ihr habt euch doch geliebt!«

Sie hebt die Schultern. »Selbst am Anfang, als wir glücklich und leidenschaftlich waren, wusste ich, dass ich ihm nie genug sein würde.«

Ich entferne ein Haar von ihrem Kittel. »Du? Du warst so schön!« Ich korrigiere mich. »Du *bist* so schön. Natürlich warst du ihm genug.«

Ein Schatten legt sich über ihre Augen. »Nein, Schatz, aber das ist in Ordnung.«

»Warum sagst du so was? Daddy war verrückt nach dir.«
Sie schaut hinüber zum See. »Ich war nichts Besonderes. In der Schule hatte ich es nie leicht. Ich habe viel verpasst.«
Sie tut mir so leid! Mein Vater verbesserte immer ihre Grammatikfehler, kaufte ihr Bücher über gutes Englisch. »Du hörst dich an wie die Tochter eines Bergarbeiters«, sagte er gerne, und das war sie ja auch. »Gewöhn dir solche Redensweisen nicht an«, ermahnte er mich. »Gebildete Leute sagen nicht …« Und dann kam irgendein Beispiel in falschem Englisch. Mom lachte dann und winkte ab, doch einmal sah ich, wie ihre Lippe bebte, bevor sie sich abwandte. Ich ging zu ihr und schlang meine kleinen Arme um ihre Taille. Sie sei der klügste Mensch der Welt, versicherte ich ihr.

»Dein Opa wollte, dass ich zu Hause bleibe und auf meine kleinen Geschwister aufpasse, wenn meine Mutter putzen ging.« Sie senkt den Blick auf ihren Kittel. »Ist es zu glauben? Jetzt bin ich selbst Putzfrau.«

Ich merke, dass sie sich schämt. Hier steht ihre Tochter mit Designerklamotten und Collegeabschluss, und es ist ihr peinlich. Ich spüre eine so tiefe Liebe, dass ich kaum sprechen kann. Ich möchte ihr sagen, dass es in Ordnung ist. Dass ich nur ein Mädchen bin, das seine Mutter braucht. Aber es kommt mir seltsam vor. Ich heitere sie lieber auf.

»Du bist mit Sicherheit die beste im ganzen Team! Du warst immer schon ein Putzteufel.«

Sie lacht, ich wende mich ihr zu. »Letzten Endes warst du doch genug. Du warst diejenige, die jemand anderen gefunden hat, nicht Daddy. Er war am Boden zerstört.«

Sie wendet den Blick ab, mein Puls geht schneller.

»Stimmt das nicht?«, frage ich und spüre, wie mein Herz lauter schlägt.

Sie sieht mir in die Augen, aber sagt kein Wort. Ich weiß bereits die Antwort, aber will sie trotzdem von ihr hören.

»Daddy war dir doch treu, Mom, oder?«

»Ach, Schatz, es war nicht seine Schuld.«

Ich lege die Hand auf meine Wange. »Nein! Warum hast du mir das nie erzählt?«

»So war das nun mal bei Profisportlern – wahrscheinlich ist es bis heute so. Das wusste ich, als ich ihn geheiratet habe. Ich dachte einfach …« Sie lacht, es klingt traurig. »Ich dachte, ich könnte ihn ändern. Ich war jung und dumm. Ich bildete mir ein, ich müsste einfach nur hübsch sein, um ihn zu halten. Aber irgendeine war immer jünger und hübscher und, na ja, es machte eben mehr Spaß mit ihnen.«

Ich denke an Claudia und meine eigene Unsicherheit. »Es muss ein schreckliches Gefühl sein, perfekt sein zu müssen.«

Sie schiebt sich eine Haarsträhne hinters Ohr. »Die Spieler konnten jede Frau haben.«

Wut kommt in mir auf. »Wie viele?«

Sie zeigt auf eine Rosenhecke, die noch nicht blüht. »Die Rosen hast du immer geliebt. Komisch, ich mochte sie nie so gerne. Ich finde diese schöner.« Sie weist auf ein Büschel Narzissen.

»Wie viele Frauen, Mom?«, wiederhole ich.

Sie schüttelt den Kopf. »Hannah, hör auf! Bitte. Das ist nicht wichtig. Du kannst ihm keine Schuld geben. Das haben fast alle Sportler so gemacht. Die Mädchen schmissen sich ja richtig an sie ran.«

In Gedanken bin ich bei der jungen Frau mit der engen Jeans, die unbedingt jung und hübsch sein will, aber immer das Gefühl hat, nicht gut genug zu sein. Mit jedem Jahr muss sie das Voranschreiten der Zeit verflucht haben.

»Kein Wunder, dass du nicht glücklich warst. Warum hast du mir das nie erzählt? Ich hätte es verstanden.«

»Ehre deinen Vater«, zitiert sie leise die Bibel. »Es war nicht an mir, es dir damals zu erzählen, und jetzt ist es das eigentlich auch nicht.«

Ich könnte schreien! Es hätte so vieles erklärt. So viele Jahre lang verteufelte ich meine Mutter – und mein Vater ließ es zu.

Wenn ich nur gewusst hätte, was sie damals zu ertragen hatte, hätte ich mehr Verständnis gehabt.

»Ich war mir sicher, dass du irgendwann selbst dahinterkommen würdest, wenn du älter wärest und wir mehr wie Freundinnen wären als wie Mutter und Tochter.« Sie lächelt mich an, und ich sehe ihre verlorenen Träume in den blassblauen Augen.

Mom geht in die Knie und zieht einen Löwenzahn heraus. »Dein Vater hat sich nach Liebe gesehnt. Er brauchte sie wie Wasser. Er konnte sie nur selbst nicht geben.«

Ich will sagen, dass das nicht stimmt, dass mein Vater ein liebevoller Mann war. Doch unter der Oberfläche spüre ich die Wahrheit brodeln. Ich weiß, dass sie recht hat.

Sie schüttelt die Erde von dem Unkraut ab, und auch von mir fällt vieles ab. Alles, an dem ich festhielt, jede Wahrheit, an die ich unverbrüchlich glaubte, löst sich auf. Vielleicht hat mich mein Vater tatsächlich manipuliert. Vielleicht hat er meine Gefühle absichtlich vergiftet und mich von meiner Mutter ferngehalten. Vielleicht war *seine Wahrheit*, wie Dorothy sich ausdrückt, nicht die ganze Wahrheit.

Mom wirft den Löwenzahn hinter einen Busch. »Du warst die einzige Ausnahme. Ich bin mir sicher, dass er dich immer geliebt hat, Hannah Marie.«

»So gut er konnte«, sage ich in dem Bewusstsein, dass es eine egoistische Liebe war, die einzige, die er geben konnte. Mir fällt etwas ein. »Hast du mir Briefe geschickt, Mom?«

Mit großen Augen sieht sie mich an. »Am Ersten jedes Monats«, sagt sie. »Ohne Unterbrechung. Ich habe erst aufgehört, als einer mit einem Zettel zurückkam, auf dem stand, John sei gestorben. Sie sagte, ich sollte aufhören zu schreiben.«

Sie? Mir wird schwindelig. »Von wem war der Zettel?«

»Von einer Frau namens Julia.«

Ich berge den Kopf in den Händen. »Nein, nicht Julia!«

Doch noch während ich es zu leugnen versuche, weiß ich, dass es stimmt. So wie ich, war auch Julia eine Unterstützerin meines

Vaters. Sie bewies ihre Liebe, indem sie ihn schützte. Wie kann ich ihr böse sein, wenn ich genauso bin?

»Hättest du diese Briefe doch direkt an mich geschrieben!« Sie sieht mich an, als wäre der Vorschlag lächerlich. »Du wolltest mir deine Adresse nicht geben. Als du aus Atlanta weggingst, habe ich dich immer wieder darum gebeten. Schließlich sagte dein Vater, ich könnte ihm die Briefe schicken. Er hat versprochen, sie dir zu geben.«

Und sie hat ihm geglaubt. Genau wie ich.

»Wie konntest du mich nur gehen lassen?«, platzt es aus mir heraus.

Sie macht einen Schritt nach hinten und schaut auf ihre Hände. »Der Anwalt deines Vaters hat mich überzeugt, es sei das Beste für alle, auch für dich. Sonst wärst du zur Aussage gezwungen worden. Bob hätte vielleicht jahrelang ins Gefängnis gemusst.«

Da haben wir es. Sie stand damals vor der Wahl. Wahrscheinlich verzichtete sie auch auf ihren Teil des gemeinsamen Vermögens.

Mom umklammert meine Arme. »Du musst mir glauben, Hannah, ich habe dich so sehr geliebt; tue ich immer noch. Ich dachte, ich würde das Richtige tun. Wirklich.« Sie dreht sich ab und scharrt mit dem Turnschuh in der Erde. »Ich war so dumm. Ich dachte, du würdest zurückkommen, wenn du sechzehn würdest und selbst entscheiden könntest. Als dein Dad mir sagte, du würdest mich nie mehr sehen wollen, verlor ich beinahe den Verstand.«

Ein Schwindel breitet sich in mir aus, ich habe Mühe, die egoistischen Taten meines Vaters zu verstehen – und meine eigenen. Warum hat er meine Mutter von mir ferngehalten? Glaubte er, mir damit zu helfen? Oder fühlte er sich in seiner Ehre verletzt und wollte sich rächen? War der Wunsch, meine Mutter zu bestrafen, so groß, dass es ihm egal war, wenn er damit auch mich bestrafte? Ich spüre, wie sich die Wut auf meine Mutter langsam auflöst und sich stattdessen eine neue Last bildet, Zorn auf meinen Vater. Und wieder bin ich in Verbitterung und Groll gefangen.

Ich schaue hoch zum Himmel. *Nein!* Ich bin so weit gekommen, um mich von dieser Bürde zu befreien. Ich habe eine Wahl. Entweder verliere ich mich wieder in diesem schlechten Gefühl, oder ich lasse es los.

Ich denke an Fionas Worte: *Aus zwei Gründen haben wir Geheimnisse: Entweder um uns selbst oder um andere zu schützen.*

Mein Vater wollte mich schützen, zumindest hat er das gedacht. Ja. Daran will glauben. Denn die Alternative, dass er nur sich selbst geschützt hat, wäre eine zu schwere Belastung.

Ich lege meiner Mutter die Hand auf den Rücken. »Nicht weinen, Mom. Es ist nun mal so gelaufen. Du hast getan, was du für richtig hieltest. Und ich auch.« Ich muss schlucken. »Und Daddy ebenfalls.«

Sie wischt sich die Augen trocken, dreht sich zur Straße, schaut mit seitlich geneigtem Kopf nach Norden. Ich höre es ebenfalls: das ferne Brummen eines Motors. »Bob kommt zurück.«

28

Ein Stromstoß fährt mir durch den Rücken. Der Moment, dem ich mein ganzes Leben lang aus dem Weg gegangen bin, ist jetzt da. »Ich muss los.«

»Nein, bleib noch.«

»Ich setze mich ins Auto. Du kannst ihm erklären, warum ich hier bin. Wenn er will, dass ich fahre, tue ich das.« Meine Mutter glättet ihre Haare und klopft auf ihre Taschen. Dann holt sie einen Lippenstift hervor. »Nein«, sagt sie. Ihre Lippen haben jetzt einen leichten Roséton. Sie steckt den Stift zurück in die Tasche. »Bob wird sich nicht an dich erinnern.«

Diese Aussage verwirrt mich. Wieso sollte er mich vergessen haben? Bei dem, was ich ihm angetan habe?

Ein Bus der Gemeinde, nicht viel größer als ein Van, erscheint vor dem Haus. Aha. Meine Mutter ist Putzfrau und Bob Busfahrer. Ein Busfahrer, der sich nicht an die Tochter seiner Frau erinnern möchte.

Das grün-weiße Fahrzeug biegt in die Auffahrt ein. Meine Mutter stellt sich neben den Bus, wartet, dass sich die Falttür öffnet. Als es so weit ist, erscheint der Fahrer – ein sportlicher Mittzwanzigjähriger mit Tätowierungen auf dem Arm.

Ich bin verwirrt. Wer ist der Typ? Doch nicht Bob. Hinter dem Fahrer steht jemand, ein älterer Herr, gebrechlich und gebückt, hält sich am Ellenbogen des Tätowierten fest.

Meine Mutter tritt vor und küsst den alten Mann auf die Wange. »Hallo, mein Schatz.«

Mir bleibt die Luft weg. Bob? Nein, das kann nicht sein! Meine Mutter bedankt sich beim Fahrer und hält Bob die Hand hin. Lächelnd nimmt er sie. Ob es an seiner Haltung liegt oder ob er Osteoporose hat, weiß ich nicht, aber er scheint fünfzehn Zentimeter geschrumpft zu sein. Ich suche nach einer Ähnlichkeit, nach einem Hinweis auf den kräftigen Handwerker mit den breiten Schultern und dem herzhaften Lachen. Doch ich sehe nur einen schwachen Mann in einem blassgrünen Hemd, das vorne einen roten Fleck hat. Wie ein Fünfjähriger klammert er sich an die Hand meiner Mutter.

Mein Kopf sucht nach Erklärungen. Er hatte einen Unfall. Er ist krank.

»Du bist doch die Hübsche«, sagt er zu meiner Mutter, als hätte er sie noch nie gesehen. Dann entdeckt er mich und grinst mich an. »Hallo«, sagt er in einem Singsang.

»Bob, kennst du noch Hannah, meine Tochter?«

Er kichert. »Du bist doch die Hübsche.«

Langsam nähere ich mich ihm. Er sieht aus wie ein Elf, hat ein zierliches, glattes Gesicht und riesige Ohren, die wie angeklebt aussehen. Bob trägt weiße Turnschuhe und Chinos, die von einem braunen Ledergürtel gehalten werden und seinen ballonförmigen Bauch betonen.

All meine Ängste lösen sich auf, stattdessen verspüre ich Mitleid, Traurigkeit und Scham. Ich lasse die Hände sinken. »Hallo, Bob!«

Er schaut von meiner Mutter zu mir. »Hallo«, sagt er lächelnd.

Meine Mutter legt den Arm um mich. »Bob, das ist meine Tochter.« Sie spricht freundlich, aber langsam, als redete sie mit einem Kind. »Das ist Hannah. Sie ist zu Besuch gekommen.«

»Du bist doch die Hübsche.«

In dem Moment geht es mir auf: Alzheimer.

Bob sitzt am Küchentisch und setzt ein Kinderpuzzle zusammen, während meine Mutter und ich das Essen vorbereiten. Ich sehe, wie er einen Feuerwehrwagen aus Holz untersucht, mit den

Fingern über den Rand fährt und überlegt, in welches der fünf vorgeformten Löcher er passt.

»Alles in Ordnung, Schatz?«, fragt Mom ihn wieder und holt eine Tüte aus dem Gefrierschrank. »Knoblauchtoast«, sagt sie. »Den magst du doch gerne, nicht wahr?«

Ich bestaune ihre Fröhlichkeit, die Achtung, die sie ihrem Mann entgegenbringt. Ich spüre keine Verbitterung, keine Ungeduld, keinen Zorn. Sie wirkt fast trunken vor Glück, weil ich hier bin, und das freut und schmerzt mich zugleich. Ich hätte vor zwanzig Jahren zurückkommen sollen.

Alle ein, zwei Minuten berührt sie mich, als würde sie sich dadurch versichern, dass ich wirklich da bin. Sie macht Spaghetti, weil das immer mein Leibgericht war. Sie brät Hackfleisch und Zwiebeln an und gibt ein Glas Tomatensoße hinzu. Der Parmesan kommt aus einer grünen Packung, ist nicht frisch gerieben. Unsere einzige gemeinsame kulinarische Vorliebe ist wohl die für selbstgebackenes Brot.

Wieder trifft mich die Erkenntnis, wie stark sich mein Leben von ihrem unterscheidet. Wer wäre ich geworden, wenn ich hier geblieben wäre? Würde ich jetzt in Nord-Michigan leben und für meine Familie Bolognese zubereiten? Und die wichtigere Frage: Ist mein Leben durch das Wegziehen besser oder schlechter geworden?

Das Abendessen kommt mir vor, als machten wir einen Ausflug in ein Spieleparadies. Während meine Mutter und ich uns zu unterhalten versuchen, unterbricht uns Bob mit den immer selben Sätzen: »Wer ist das? Du bist doch die Hübsche! Morgen früh gehe ich angeln.«

»Er war seit Jahren nicht mehr angeln«, erklärt Mom. »Todd setzt jedes Jahr für ihn das Boot ins Wasser, aber dann hockt er nur darin. Ich muss es wirklich verkaufen.«

Wir sprechen über die vergangenen Jahre. Meine Mutter erzählt, sie seien in den Norden gezogen, als Bob seine Lehrerstelle verlor.

»Das war eine weitere Klippe«, sagt sie. »Als Lehrer aufzuhören, war schon schlimm genug, aber die Baseballmannschaft zu verlieren, hat ihn fast wahnsinnig gemacht.«

Ich will die Frage nicht stellen, die in mir gärt, doch ich muss es tun. »Hatte ... meine Situation ... etwas damit zu tun, dass er seine Stelle verlor?«

Meine Mutter putzt sich den Mund mit einer Serviette ab, dann füttert sie Bob mit Spaghetti. »Mrs Jacobs, erinnerst du dich noch an sie? Sie wohnte nebenan.«

»Ja«, bestätige ich und habe die alte Krähe vor Augen, die ich einmal sagen hörte, meine Mutter würde gerne auffallen.

»Sie hatte Wind von unserem Zerwürfnis bekommen.«

Das Zerwürfnis. Sie spricht von dem Vorfall. Von dem Vorwurf, *meinem* Vorwurf.

»Wer hat es ihr gesagt?«, frage ich. »Dieser ... Zwischenfall ... geschah doch hier, dreihundert Meilen entfernt von Bloomfield Hills. Woher wusste sie es?«

Meine Mutter wischt Bob den Mund ab und hält ihm ein Glas Milch an die Lippen. Sie antwortet nicht auf meine Frage.

»Dad«, beantworte ich sie selbst. Mein Vater muss Mrs Jacobs von meiner Anschuldigung erzählt haben. Er kannte ihren Ruf als Tratschtante. Er wusste, dass sie den Mund nicht halten würde. Und genau aus diesem Grund erzählte er es ihr. Noch ein Racheakt.

»O nein!« Ich spüre die Bürde meiner Tat, ahne die Auswirkungen, die diese eine Anschuldigung nach sich zog. »Und sie hat ihn angezeigt?«

Meine Mutter beugt sich vor und streicht mir über den Arm. »Auf gewisse Weise hat uns das befreit, Schätzchen. Wir verließen Detroit und zogen hierher. Wir haben einen Neuanfang gewagt.«

»Warum hat Bob hier nicht unterrichtet?«

»Damals gab es viel Arbeit für Handwerker. Gibt es immer noch.«

»Aber er war so gerne Lehrer. Und Trainer.«
Sie wendet sich ab. »Das Leben besteht aus Kompromissen,
Schätzchen. Es war zu riskant. Wenn sich irgendjemand über ihn
beschwert hätte, wäre er wehrlos gewesen.«
Nachbeben, Kollateralschäden. Wie auch immer man das Er-
gebnis meiner Beschuldigung nennt, es ist der Ruin. Ich schiebe
den Teller beiseite, bekomme keinen Bissen mehr hinunter.
Am Abend sitzen wir auf der hinteren Veranda. Ich habe einen
Plastikstuhl gewählt, Mom führt Bob zu einem Schaukelstuhl.
Die Frühlingsluft ist kühl, Mom holt uns Pullover aus dem Haus
und legt Bob eine Decke um die Schultern. »Ist dir warm genug,
Liebling?«
»O ja.«
»Auf der Veranda sitzt du am liebsten, nicht wahr, mein
Schatz?«
»O ja.«
Ich sehe zu, gerührt von der liebevollen Fürsorge, die meine
Mutter dem Schatten jenes Menschen angedeihen lässt, den sie
ihren Mann nennt. Und die Pflege fordert ihren Tribut, das sehe
ich ihr an. Ich denke an meinen Vater, als er vierundfünfzig Jahre
war. Er reiste um die Welt, spielte fünf Mal die Woche Golf. Er
war gesund, er hatte Geld und Julia. Das ist nicht gerecht. Meine
Mutter sollte reisen und ihr Leben genießen. Stattdessen ist sie
an einen Mann gebunden, der sie nur selten erkennt.
»Wer ist das?«, fragt Bob zum hundertsten Mal und zeigt auf
mich.
Meine Mutter will es ihm wieder erklären, doch ich unterbreche sie. »Lass mich mal, Mom.« Ich stehe auf und hole tief
Luft. »Ich bin tausend Meilen weit gekommen, um mich zu entschuldigen. Es ist nicht so, wie ich es mir vorgestellt habe, aber
dennoch muss ich es tun.«
»Schatz, das ist doch nicht nötig.«
Ich überhöre sie und gehe zum Schaukelstuhl. Bob rutscht zur
Seite und klopft auf den Platz neben sich. Ich setze mich.

Ich müsste seine Hand nehmen. Ich müsste ihm den Rücken tätscheln oder über den Arm streichen, irgendetwas tun, damit er weiß, dass ich zu ihm stehe. Ich hasse mich selbst dafür, aber ich kann es nicht. Selbst jetzt, in seinem geschwächten Zustand, ist die Vorstellung, ihn zu berühren, zu verstörend. Ist das ein instinktives Gefühl? Ich schließe die Augen. Nein! Ich kann mir nicht weiter den Kopf über jenen Abend zerbrechen. Bobs Berührung war unbeabsichtigt, egal, wie beabsichtigt sie sich auch anfühlte. Punkt. Ende der Geschichte. Meine gesamte Beziehung zu meiner Mutter hängt von dieser Einschätzung ab. Und ich werde lernen, daran zu glauben. Ich weiß, dass ich es kann.

»Wer ist das?«

Ich hole tief Luft. »Ich bin Hannah, Bob. Suzannes Tochter. Kennst du mich noch?«

Er nickt und lacht. »O ja!« Aber es stimmt nicht. Ich weiß es. Schließlich bringe ich den Mut auf, seine Hand zu nehmen. Sie ist kalt und voller Altersflecken, violette Venen schlängeln sich über die Knochen. Aber sie ist weich. Er drückt meine Hand, und mein Herz zieht sich zusammen.

»Ich habe dir einmal weh getan«, sage ich und spüre, dass meine Nase vor Reue brennt.

»Du bist doch die Hübsche!«

»Nein«, erwidere ich. »Ich bin nicht hübsch. Ich habe dir einen Vorwurf gemacht. Einen sehr schlimmen Vorwurf.«

Er schaut in die Ferne, in den Wald, aber seine Hand liegt noch in meiner.

»Hör mir zu«, sage ich durch zusammengebissene Zähne. Aus irgendeinem Grund klingt es wütend.

Er dreht sich zu mir um und sieht mich mit dem Gesicht eines Kindes an, das gescholten wird. Tränen treten mir in die Augen, ich versuche, sie fortzublinzeln. Er schaut verdutzt drein.

»Ich möchte dir sagen, dass es mir leid tut.« Meine Stimme ist rau und zittrig.

Meine Mutter kommt an meine Seite und tätschelt meine Schulter. »Pssst. Das ist nicht nötig, Schätzchen.«

»Ich habe dir vorgeworfen, mich angefasst zu haben«, fahre ich fort. Jetzt laufen mir die Tränen über die Wangen. Ich versuche nicht länger, mich stoisch zu geben. »Das war ein Fehler von mir. Ich hatte keinen Beweis. Du wolltest nicht ...«

Er hebt die andere Hand und berührt mein Gesicht. Mit dem Finger fährt er einer Träne nach. Ich lasse ihn gewähren. »Sie weint«, sagt er zu meiner Mutter. »Wer ist sie?«

Ich muss schlucken und wische mir über die Augen. »Ein ganz kleiner Mensch«, sage ich leise und will aufstehen, doch er lässt meine Hand nicht los.

»Du bist doch die Hübsche.«

Ich betrachte diesen Mann, den Inbegriff von Unschuld. »Kannst du mir verzeihen?«, frage ich, auch wenn ich weiß, dass es ungerecht ist. Dieser Mann ist nicht mehr in der Lage zu vergeben. Dennoch muss ich es wissen. Ich will es hören. Ich *muss* es hören. »Bitte, Bob, verzeih mir! Kannst du das? Bitte!«

Er lächelt. »O ja.«

Ich halte die Hand vor den Mund und nicke, bekomme kein Wort heraus. Langsam breite ich die Arme aus und ziehe seine zerbrechliche Gestalt an mich. Er umklammert mich, als wäre die menschliche Berührung instinktiv, der letzte Rest unserer Menschlichkeit.

Ich spüre die Hand meiner Mutter auf dem Rücken. »Wir verzeihen dir, Hannah.«

Ich schließe die Augen und lasse den Satz auf mich wirken. Wie viel Heilung in diesen vier Worten liegt.

29

Meine Mutter bietet mir zwar an, bei ihr zu übernachten, aber ich lehne ab, es fühlt sich nicht richtig an. Stattdessen fahre ich mit Schuldgefühlen zu meinem wunderschönen Ferienhäuschen. Die privilegierte Tochter kann das schäbige Holzhaus und den Mann in den Fängen der Demenz verlassen, aber meine Mutter kann nicht fliehen. Die Ereignisse des Tages gehen mir durch den Kopf. Habe ich etwas erreicht? Wenn ja, warum geht es mir dann so verdammt schlecht? Dieser eine Vorwurf, ausgesprochen vor zwanzig Jahren, hat einen Dominoeffekt ausgelöst. Durch meine Tat wurde das Leben von meiner Mutter und Bob komplett verändert. Seinen guten Ruf wird er nie wieder zurückbekommen.

Mein Herz beginnt zu rasen, ich atme ungleichmäßig und stoßweise. Ich halte am Straßenrand. Die Kette mit dem Diamant-Saphir-Anhänger erstickt mich, ich löse sie und nehme sie ab, verstaue sie in meiner Tasche. Ich muss mit Michael sprechen. Ich brauche jemanden, der mir versichert, dass ich damals aus der Perspektive, dem Unwissen einer Dreizehnjährigen gehandelt habe. Dass ich das Leben der beiden nicht zerstören wollte.

Schnell gebe ich seine Nummer ein. Die Mailbox springt an. Ich lege auf, ohne eine Nachricht zu hinterlassen. Wem mache ich hier etwas vor? Michael will meine Geschichte nicht hören. Ich schließe die Augen und versuche, mich so weit zu beruhigen, dass ich wieder fahren kann.

Zwei Meilen weiter komme ich am Schild von *Merlot de la Mitaine* vorbei. Ohne nachzudenken, biege ich in die Kiesauffahrt ein und fahre hoch zum Parkplatz. Meine Anspannung lässt nach, ich reibe mir den Nacken. Ein halbes Dutzend Wagen steht hier, die Fenster sind erleuchtet. Auf einmal verspüre ich das dringende Bedürfnis, RJ zu sehen. Ich will ihm von meinem heutigen Tag erzählen. Ich will seine tröstenden Arme um mich spüren, ich will hören, dass alles gut ist. Und abgesehen davon brauche ich ein Glas Wein.

Ich schließe den Wagen ab und eile zum Eingang. Kurz vor der Tür halte ich inne. Was mache ich hier? Das ist nicht richtig. Gestern habe ich RJ gesagt, dass ich einen Freund habe. Und jetzt komme ich plötzlich zu ihm, weil ich Mitgefühl brauche? Wie jämmerlich! Bin ich genau wie mein Vater, voller Sehnsucht nach Liebe, aber unfähig, selbst zu lieben? Benutze ich Menschen für meine Zwecke?

Ich gehe zurück zu meinem Auto und verschwinde, bevor RJ merkt, dass ich hier war.

Am nächsten Morgen fahre ich wieder zum Haus meiner Mutter. Sie wartet mit Pfannkuchen und Würstchen auf mich – so habe ich seit Jahren nicht mehr gefrühstückt. Bob sitzt im Wohnzimmer, blättert in einem alten Versandhauskatalog. Hinter der Küchentheke steht meine Mutter und sieht mir beim Essen zu.

»Noch etwas Saft?«, fragt sie.

»Nein, danke. Aber diese Pfannkuchen sind superlecker«, sage ich, und sofort legt sie mir noch einen Stapel auf den Teller.

Als wir mit dem Abwasch fertig sind, ist es nach zehn Uhr. Mein Flug geht um sechs Uhr abends; ich hatte vor, früh am Flughafen zu sein, mit Michael zu telefonieren und meine E-Mails zu checken.

Aber es ist ein wunderschöner Tag. Ein perfekter Tag zum Angeln.

Ich gehe ins Wohnzimmer, wo Bob im Fernsehsessel eingenickt ist, den abgegriffenen Katalog auf dem Schoß. Ich lege ihn auf den Beistelltisch. Dabei sehe ich, dass die Seite mit Mädchenunterwäsche aufgeschlagen ist. Ein Schauer fährt mir über den

Rücken. Mein Gott, ist er doch …? Ich starre ihn an, wie er dort schläft, mit offenem Mund und schlaffer Haut. *Er ist wie ein Kind*, rede ich mir ein. *Er ist nichts anderes als ein kleiner Junge.* Und ich bete zu Gott, dass es stimmt.

Ich fasse Bob am Ellenbogen. Durch das Gras stakst er zum See hinunter, in den Händen seine alte rote Angelkiste, die ich noch von damals kenne. Sie ist verschlossen, genau wie früher.

»Angeln gehen«, sagt er.

»Wir angeln heute nicht«, erkläre ich. »Aber wir fahren mit dem Boot.«

Ich helfe Bob auf die Metallbank im Boot, meine Mutter legt ihm eine orangefarbene Rettungsweste an. Seine Angelkiste hat er auf dem Schoß, er legt eine Hand darauf, als wäre es sein Lieblingsspielzeug. Die Scharniere sind verrostet, das alte Schloss ebenfalls.

Mit zusammengekniffenen Augen frage ich mich, warum er die alte Kiste verschlossen hält. Der gesamte Inhalt kann nicht viel mehr als fünfzig Dollar wert sein. Zwei Schlüssel baumeln an der Kette, mit der das Boot am Anleger befestigt ist. Ich nehme an, der kleinere gehört zur Angelkiste.

»Was hast du in dieser Kiste, Bob?«, frage ich und klopfe auf das Metall. »Fischköder? Schwimmer?«

»O ja«, sagt er, aber schaut in die Ferne.

Große Wolken bauschen sich über uns, spielen Verstecken mit der Sonne. Die Wasseroberfläche ist spiegelglatt, ich zähle mindestens ein Dutzend Angelboote.

»Sieht aus, als wäre es ein guter Tag zum Angeln«, sage ich. »Alte Kumpel treffen?«

»O ja.«

Ich fülle Benzin in den Tank, betätige die Pumpe. Seltsam, dass mir das alles wieder einfällt. An dem Tag, als Bob mir gezeigt hat, wie man den Motor anlässt, hörte ich kaum zu.

Ich ziehe am Startkabel. Der Motor stottert und spuckt,

springt aber nicht an. Mein Arm schmerzt, aber ich gebe nicht auf. Ich bin Bob diese Bootsfahrt schuldig. Wieder betätige ich die Pumpe, und endlich tuckert der Motor los.

Wir stoßen uns ab, der Motor hustet und stößt eine Rauchwolke aus. Der vertraute Benzingeruch vermischt sich mit dem modrigen Geruch des Sees. Ich halte das Ruder, lenke das kleine Boot über den See. Meine Mutter hockt neben Bob, ruft ihm über das Motorengeräusch zu, er solle sich setzen. Doch er will stehen. Er ist wie ein Kind auf dem Jahrmarkt, ganz durcheinander vor Freude und Aufregung.

Er lacht und jubelt, hebt die Hände zur Sonne und atmet den muffigen Geruch des Wassers ein. Auch meine Mutter lacht, und ich freue mich über ihre Fröhlichkeit. Ich lege das Ruder um, wir fahren nach Westen. Eine Welle bricht sich am Bug, lässt kalte Wassertropfen auf uns regnen. Bob jauchzt und klatscht in die Hände.

»Angeln gehen«, ruft er.

Eine gute Dreiviertelstunde lang tuckern wir über den See, bis meine Mutter feststellt, dass sich auf dem Boden ein paar Zentimeter Wasser gesammelt haben. Ich fahre zurück ans Ufer, wir machen das Boot am Anleger fest. Bob hält die Hand meiner Mutter. Zu dritt erklimmen wir den grasbewachsenen Abhang hinauf zum Haus.

Wir kommen an dem alten Schwebebalken vorbei, und spontan steige ich darauf.

»Du hast mir diesen Balken geschenkt, Bob. Danke. Das hätte ich schon vor vielen Jahren sagen sollen. Ich finde ihn toll.« Ich tanze über das schmale Brett, halte mit ausgestreckten Armen lachend das Gleichgewicht.

Bob hält mir die Hand hin. Ich vollführe einen schwerfälligen Sprung, dann sehe ich mich über die Schulter nach ihm um.

»Danke, Bob.«

Er lächelt mich an und nickt. »Schwesters Balken.«

Unser Abschied ist bittersüß. Diesmal ist er nur vorübergehend. Meine Mutter und ich wissen beide, wie viel wir verloren haben und noch nachholen müssen.

»Nächsten Monat«, sagt sie. Sie nimmt mich in die Arme, und ich höre sie flüstern: »Ich hab dich lieb.«

Ich trete zurück und schaue in ihre blauen Augen, die vor Tränen glänzen. »Ich habe dich auch lieb, Mom.«

Aufgewühlt verlasse ich Harbour Cove. Ja, es ist schön, wieder eine Mutter zu haben, aber kann ich mir je verzeihen, was ich ihr angetan habe? Und Bob? Wie sähe ihr Leben heute aus, wenn ich nicht die falschen Schlüsse gezogen hätte?

Nach einigen Meilen halte ich an einem Rastplatz und rufe Michael an.

»Hallo, Schatz.«

»Hey, wo bist du?«

»Kurz hinter Harbour Cove, fahre jetzt zum Flughafen.«

»Alles gut?«

»Ja. Es war die richtige Entscheidung, herzukommen. Ich habe meiner Mutter versprochen, dass ich in ein, zwei Monaten zurückkehre. Es ist ganz seltsam, wieder eine Mutter zu haben.«

»Also ist alles in Ordnung?«

Er will wissen, ob ich mein Geheimnis im Fernsehen veröffentlichen werde. Trotz Stuarts Drängen habe ich mit meiner Mutter nicht über die Sendung gesprochen. Sie würde kommen, wenn sie wüsste, dass Stuart sie auf der Bühne haben will. Aber ich lasse nicht zu, dass meine Mutter zu einem Requisit meiner geschönten Geschichte wird. Mein Publikum glaubt ebenso wie Stuart und Priscille, dass ich nach Harbour Cove gefahren bin, um meiner Mutter zu verzeihen, nicht um sie um Verzeihung zu bitten.

»Ja«, antworte ich. »Du brauchst nichts zu befürchten. Ich werde keine hässlichen Geheimnisse enthüllen.«

Meine Stimme klingt abfällig, und ich nehme an, dass auch Michael das hört.

30

Es ist fast Mitternacht, als das Flugzeug am Donnerstag landet.
Bei der Gepäckausgabe stelle ich das Handy wieder an und habe
zwei verpasste Anrufe, beide mit der Vorwahl 312. Chicago. Mit
zitternden Händen öffne ich die E-Mails und mahne mich, nicht
zu aufgeregt zu sein.

Liebe Hannah,
herzlichen Glückwunsch! Sie sind die letzte Kandidatin für die
Moderatorenstelle von Good Morning, Chicago. *Der letzte*
Schritt ist ein Gespräch mit dem Eigentümer des Senders,
Joseph Winslow.
Angehängt finden Sie die genaue Auflistung der Vergütung mit
allen Zusatzleistungen, die wir zusammengestellt haben. Bitte
lassen Sie mich wissen, wann Sie Zeit für ein Gespräch haben.
Mit freundlichen Grüßen,
James Peters

Ich öffne den Anhang und starre auf die Zahl am Ende des
Blattes. Auf all die Nullen. Ich kann es kaum glauben! Ich wäre
reich! Ich wäre näher an meiner Mutter und …

Kurz steht mir das Bild von RJ vor Augen. Ich verdränge es.
Er ist nur ein netter Kerl, ein Mann, den ich kaum kenne und der
mir zugehört hat, als ich angeschlagen war.

Noch drei Mal lese ich die Mail, ehe ich das Handy verstaue.
Und in dem Moment trifft es mich. Der einzige Zweck des Vorstellungsgesprächs in Chicago war es, die Wochenenden allein

mit Michael zu verbringen und eine bessere Ausgangsposition zu haben, wenn er nach Washington geht. Welch sonderbare Wendung ... Jetzt ist mein einziger Gedanke, dass ich näher bei meiner Mutter und RJ wäre.

Am Freitagmorgen kommt Jade überpünktlich in die Garderobe geschneit. »Willkommen zurück«, ruft sie glücklich und reicht mir einen Scone von Community Coffee.

»Oh, danke.« Ich schließe die E-Mails und erhebe mich vom Schreibtisch. »Du hast so gute Laune. Warst du letzte Nacht etwa nicht alleine? Aber sag ja nicht, dass Marcus bei dir war.«

Sie wirft mir einen bösen Blick zu. »Officer Arschloch bekommt diesen Hintern nicht mehr in seine Hände. Wenn ich heute Nacht Besuch gehabt hätte, würde ich heute Champagner ausgeben, keine Blaubeerscones. Aber ich muss dir etwas erzählen.« Sie verstaut ihre Tasche im Spind. »Zuerst berichte du aber mal von deiner Reise. Wie war's bei deiner Mutter?«

Lächelnd schüttele ich den Kopf. »Wunderbar ... und schrecklich.« Ich erzähle von meiner Mutter und Bob, von unseren zwei gemeinsamen Tagen. »Ich schäme mich so. Ich habe wirklich ihr Leben zerstört.«

Jade nimmt mich in die Arme. »Hey, du hast den ersten Schritt getan: Du hast dich entschuldigt. Jetzt musst du auch den zweiten tun. Dir selbst vergeben, Hannabelle.«

»Das versuche ich ja. Es kommt mir nur zu einfach vor. Ich habe das Gefühl, ich müsste etwas Größeres tun, Buße oder Wiedergutmachung für das leisten, was ich angerichtet habe.«

»Oh, ich denke, du hast schon Buße getan. Du hattest jahrelang keine Mama.«

Ich nicke, aber innerlich weiß ich, dass mir das nicht reicht.

Jade weist auf den Schminkstuhl. »Nimm Platz!«

Schnell husche ich hinüber und beschreibe ihr die herrlichen Weinberge. Als ich ihr von meinem Abend mit RJ erzähle, hebt sie die Augenbrauen.

»Du magst den Typen.«

»Ja. Aber ich liebe Michael.« Ich drehe mich um und nehme die Post vom Schrank. »So, genug von mir. Was ist passiert, während ich weg war? Wie geht's deinem Vater?«

Sie breitet einen schwarzen Umhang um mich und sieht mir im Spiegel in die Augen. »Ich hab's ihm endlich gesagt.«

Ich drehe mich mit dem Stuhl zu ihr um. »Und?«

»Wir saßen auf dem Sofa, blätterten in einem alten Fotoalbum. Er redete von früher – es geht inzwischen nur noch um früher, nie um die Zukunft. Im Album klebt ein Bild von ihm und mir in der Auffahrt unseres alten Hauses auf der LaSalle Street. Natalie hat es aufgenommen. Wir haben gerade seinen alten Buick Rivera gewaschen und uns gegenseitig nass gespritzt.« Sie lächelt. »Ich weiß es noch, als wäre es heute gewesen. Meine Mutter war stinksauer über den Dreck, den wir ins Haus brachten. Wir waren klatschnass.«

»Schöne Erinnerung«, sage ich.

»Ja. Wir ließen das alles Revue passieren, und auf einmal hat er mich angesehen und gesagt: ›Jade, Schätzchen, du warst eine wunderbare Tochter.‹

Da wusste ich ganz sicher, dass ich ihn verlieren werde. Und er wusste es auch.« Sie lässt den Kamm sinken. »Ich *musste* ihm die Wahrheit sagen. Ich bin sofort zu meiner Tasche gegangen und hab das kleine Beutelchen herausgeholt. Dann habe ich ihm einen Versöhnungsstein in die Hand gelegt und gesagt. ›Ich habe dich angelogen, Daddy. Damals habe ich gelogen. Auf meiner Geburtstagsfeier hatte Erica Williams doch etwas getrunken.‹

Und da hat er mir den Stein einfach zurückgegeben! Kurz dachte ich, mein Herz würde zerbrechen, ich habe geglaubt, er würde ihn ablehnen. Aber dann hat er nur die Hand auf meine Wange gelegt, gelächelt und gesagt. ›Mein Sonnenschein, das weiß ich doch. Das habe ich immer gewusst.‹«

Ich greife nach Jades Hand und drücke sie.

»Die ganze Zeit hat er darauf gewartet, dass ich ihm vertraue, mich ihm anvertraue. Dabei war seine Liebe schon immer groß genug, um auch meine Schwächen mitzutragen. Wie konnte ich nur daran zweifeln?«

Am darauffolgenden Mittwoch ist das Studio bis auf den letzten Platz besetzt. Wie angekündigt, folgt der zweite Teil der *Hannah Farr Show*, und ich bin sowohl Moderatorin als auch Gast. Obwohl ich wieder gemeinsam mit Claudia vor der Kamera stehe, zusammen mit mehreren Müttern und Töchtern, die sich wiedergefunden haben, wurde ich als Hauptattraktion angepriesen. Stuart ließ die ganze Woche lang Ankündigungen laufen, bewarb die mit Spannung erwartete Sendung, in der Hannah Farr die Wahrheit über ihre Mutter und sich erzählt. Selbstverständlich habe ich nicht die Absicht, die ganze Wahrheit zu offenbaren, aber das habe ich Stuart natürlich nicht verraten.

Wir sind gerade eine gute Viertelstunde auf Sendung, und ich fühle mich wie ein Hochstapler. Ich werde als liebende Tochter dargestellt, als Kind, das alles vergibt. Wir sprechen über die Wichtigkeit von Mutter-Tochter-Beziehungen, und Claudia stellt mir und den anderen Gästen Fragen über das Wiedersehen. Ich erzähle, dass sich meine Mutter statt für mich für Bob entschied, und versuche, vage zu bleiben, damit ich ihr nicht den Vorwurf mache, mich verlassen zu haben. Aber es ist klar, dass das Publikum davon ausgeht.

Erleichtert seufze ich auf, als die Sendung für Fragen freigegeben wird. Nur noch zwanzig Minuten. Es ist gleich vorbei.

Eine Frau mittleren Alters nimmt meine Hand. »Hannah, ich bewundere Sie so sehr. Meine Mutter ließ meine Geschwister und mich auch im Stich. Anders als Sie, habe ich ihr nie verzeihen können. Wie haben Sie es geschafft, Ihrer Mutter zu vergeben?«

Mein Herz schlägt schneller. »Danke, aber ich glaube nicht, dass ich Ihre Bewunderung verdient habe. Meine Freundin

Dorothy schien zu wissen, dass ich mich mit meiner Mutter versöhnen muss. Und sie hatte recht.«

»Aber Hannah, Ihre Mutter hat Sie verlassen.«

Hat sie nicht, möchte ich sagen. Ich habe sie verlassen. »Obwohl wir sechzehn Jahre keinen Kontakt hatten, kam es mir nie so vor, als hätte sie mich wirklich aufgegeben. Ich wusste immer, dass sie mich liebt.«

»Liebt?« Die Zuschauerin schüttelt den Kopf. »Dann hat sie aber eine seltsame Art, es zu zeigen. Aber Sie haben ein gutes Herz, daran zu glauben.«

Die Frau setzt sich wieder, ein anderer Gast hebt die Hand. »Für uns Mütter ist es sehr schwer, Ihre Mutter zu verstehen. Wenn sie den Mut hätte, heute hier zu sein, würden wir wahrscheinlich sehr hart mit ihr ins Gericht gehen. Ist sie deshalb nicht dabei?«

»Nein, ganz und gar nicht. Ich habe darauf bestanden, sie aus der Sendung herauszuhalten. Ich weiß, dass meine Mutter gekommen wäre, wenn ich sie gefragt hätte.«

»Sie sind wirklich meine Heldin, Hannah. Obwohl Ihnen das Vorbild einer Mutter gefehlt hat, ist aus Ihnen eine tolle junge Frau geworden. Und eine sehr erfolgreiche, wenn ich das sagen darf. Haben Sie sich vielleicht mal Gedanken über das Motiv Ihrer Mutter gemacht? Kann es sein, dass sie jetzt versucht, etwas wiedergutzumachen, weil Sie inzwischen einen Namen haben und eine vermögende Frau sind?«

Ich zwinge mich, das Lächeln nicht zu verlieren. Meine Mutter wird als selbstsüchtiges, kaltherziges Biest dargestellt. Wie können sie es wagen! Mein Blutdruck steigt, und ich rufe mir in Erinnerung, dass ich der Grund für die feindselige Einstellung dieser Frau gegenüber meiner Mutter bin. Ich habe sie als die Übeltäterin hingestellt. Und mich als das liebende, verzeihende Opfer. Nach allem, was ich in den letzten zwei Monaten erfahren habe, bin ich eine größere Betrügerin als je zuvor.

Die Zuschauerin lässt nicht locker. »Man hört manchmal Geschichten über Prominente, deren verschwundene Eltern nur deswegen wieder Kontakt aufnehmen, um ebenfalls im Rampenlicht zu stehen oder um sich zu bereichern ...«

Ich kann nicht zulassen, dass meine Mutter den Kopf hinhalten muss. Ich muss das klarstellen. Innerlich höre ich Fionas Worte: *Die Entscheidung ist eigentlich nicht schwer: Wollen wir ein verstelltes oder ein aufrichtiges Leben führen?*

Die Frau sieht aus, als könnte sie kaum den Schmerz ertragen, den sie wegen mir empfindet. Ich schaue in ihre mitleidvollen Augen. »Die Wahrheit ist ...«

Kamera Eins zoomt zu einer Nahaufnahme heran. Ich beiße mir auf die Lippe. Soll ich es tun? Schaffe ich das?

»Die Wahrheit ist ...« Das Herz hämmert in meiner Brust, ich höre wieder die Stimme des Zweifels, die jenen Abend und Bobs Berührung in Frage stellt. Doch ich bringe sie zum Schweigen.

»Die Wahrheit ist, dass ich diejenige bin, der vergeben werden muss, nicht meine Mutter.«

Murmeln im Publikum.

»Ach, meine Liebe, das ist doch nicht Ihre Schuld«, sagt die Frau zu mir.

»Doch, doch.«

Ich wende mich ab und gehe zurück auf die Bühne, setze mich neben ein Mutter-Tochter-Gespann auf die Couch. Mit Blick in die Kamera beginne ich zu erzählen. Und diesmal sage ich die Wahrheit ... zumindest das, was ich dafür halte.

»Ich muss etwas beichten. Ich bin nicht das Opfer dieser Geschichte, sondern meine Mutter. Vor über zwanzig Jahren habe ich einen Mann beschuldigt und damit sein Leben zerstört. Und damit auch das meiner Mutter.«

Von meinem erhöhten Platz auf der Bühne kann ich sehen, wie sich das Gesicht der Frau verändert, während ich die Geschichte meines Lebens erzähle. In den folgenden Minuten drückt es zuerst Unglauben, Fassungslosigkeit und dann Entsetzen aus.

»Sehen Sie, ich war noch ein Kind und habe beschlossen, dass meine Wahrheit die einzige Wahrheit ist. Ich war egoistisch und voreingenommen, und am Ende hatte diese eine Entscheidung Folgen, die sich mein junges Gehirn niemals hätte ausmalen können. Als Frau habe ich an dieser Geschichte festgehalten, obwohl ich es tief in mir besser wusste. Es war deutlich einfacher, *meine* Wahrheit zu glauben, als mich näher damit zu befassen und die objektive Wahrheit herauszufinden. Hat Bob meinen Stein angenommen? Nein, nicht wirklich. Es war zu spät. Er leidet an Alzheimer. Er kann meine Beichte nicht verstehen, die Gnade des Vergebens nicht mehr empfinden.« Tränen stehen mir in den Augen, ich blinzele sie fort. Ich will kein Mitleid. »Dennoch bin ich dankbar für die Versöhnungssteine. Sie haben mich zu meiner Mutter geführt und, was ebenso wichtig ist, zu meinem wahren Selbst.«

Mit dem Fingerknöchel wische ich mir über die Augen. Im Studio ist es totenstill. Aus dem Augenwinkel sehe ich, wie Stuart wild mit den Armen rudert. Sollen die Leute etwa klatschen? O Mann, Stuart. Ich habe keinen Applaus verdient. Ich bin nicht die Heldin dieser Geschichte, ich bin der Bösewicht.

»Aber du hast nie für deine Lüge bezahlt.«

Ich drehe mich zu Claudia um. Bisher war sie so schweigsam, dass ich meine Co-Moderatorin fast vergessen hatte. Die Worte »deine Lüge« brennen sich in meine Seele. Ich habe meine damalige Entscheidung tatsächlich nie als Lüge bezeichnet, weil ich mir bis heute nicht sicher bin.

Sie neigt den Kopf zur Seite, wartet auf meine Antwort. Ich bin versucht, ihr zu widersprechen und zu sagen, dass ich durchaus gebüßt habe, wie Jade mir erklärte. Ich habe meine Mutter und die ganzen Jahre mit ihr verloren. Aber das ist das alte Ich, das sich an den letzten Rest von Rechtschaffenheit klammert.

»Du hast recht«, gebe ich zu. »Ich habe nie dafür bezahlt.«

31

Als ich die Bühne verlasse, packt Stuart mich am Ellenbogen, doch ich schüttele ihn ab. Ich will mich nicht mit ihm abklatschen. Ich will nicht hören, wie klug es von mir war, mich endlich meinen Fans zu öffnen, dass die Quoten steigen werden, dass es das Beste war, was ich für meine Karriere tun konnte. Die Vorstellung, von dieser Sendung zu profitieren, widert mich an. Ich habe dieses Geständnis nicht geplant und sicherlich nicht gebeichtet, um die Zuschauerzahlen in die Höhe zu treiben.

Auf dem Heimweg muss ich ständig anhalten, um mir die Augen zu trocknen. Ich kann nicht aufhören zu weinen. Es ist, als hätte mein Live-Geständnis alle Dämme gebrochen. Ich bin nackt, ohne Maske. Endlich darf ich Scham, Schuld, Trauer und Reue empfinden. Ich stehe zu meinem furchtbaren Fehler, und diese Freiheit ist gleichzeitig qualvoll und befreiend.

Ich fahre auf den Parkplatz eines Kaufhauses und rufe Michael an. Seine Mailbox springt an, und mir fällt wieder ein, dass er bis Freitag in Baton Rouge ist.

»Ich bin's, Michael. Ich habe die Wahrheit gesagt. Ich hatte es nicht vor, aber es ging nicht anders. Bitte versteh mich.«

Am Abend sitze ich auf dem Balkon und esse etwas vom Lieferservice, als Jade klingelt.

»Komm hoch!«

Ich hole ein zweites Weinglas heraus und gebe ihr rote Bohnen und Reis auf einen Teller.

»Ich dachte, du wärst mit Michael unterwegs«, sagt sie. »Schließlich ist ja heute Mittwoch.«

»Nein. Er trifft sich gerade mit zwei großen Spendern in Baton Rouge. Du weißt schon: Golfspielen, Martinis ... Männerkram. Wir sehen uns am Wochenende.«

»Wo ist Crabby?«

Ich verkneife mir ein Grinsen. »Bei ihrer Großmutter.« Jade hebt die Augenbrauen. »Ist schon komisch, dass er sie unterbringen kann, wenn er nur will.«

Mein Handy klingelt. Vorwahl 312. Ich stoße einen leisen Schrei aus. »O Gott! Das ist Chicago!« Ich springe auf. »Da muss ich drangehen.«

»Atme tief durch. Und sag ihnen, du kommst nur, wenn deine Assistentin eine sechsstellige Summe erhält.«

»Hallo?«, melde ich mich, gehe ins Wohnzimmer und schiele zu Jade hinüber. Sie hält mir den ausgestreckten Daumen hin, ich drücke mir selbst den Daumen.

»Hannah, hier ist Mr Peters.«

»Hallo, James, ähm, Mr Peters.«

»Sie können sich bestimmt vorstellen, dass ich mich ziemlich gewundert habe, als ich heute Ihre Sendung gesehen habe.«

Ich lächele. »Sie haben sie gesehen?«

»Meine Schwester machte mich darauf aufmerksam. Sie schickte mir einen YouTube-Link.«

»Wie nett von ihr! Meine Wahrnehmung der ganzen Geschichte hat sich stark verändert, seitdem ich Ihnen vor einigen Wochen die Idee vorschlug. Ich war wirklich der Ansicht, dass ich die Entschuldigung meiner Mutter annehmen müsste. Doch dann hörte ich mir ihre Geschichte an. Selbstverständlich hatte ich nicht vor, das heute zu gestehen, aber es fühlte sich einfach falsch an, ihr die alleinige Schuld zu geben.«

Er zögert. »Sie haben diese Idee als Ihre eigene verkauft, Hannah.«

»Ja.«

»Aber wenn ich Stuart Booker glaube, war es seine Idee – und die Ihrer Co-Moderatorin.«

Plötzlich wird die Luft im Wohnzimmer sehr dünn. Ich lasse mich in einen Sessel fallen. »Nein, das stimmt nicht. Verstehen Sie, die neue Moderatorin Claudia, die ist ganz scharf auf meine Stelle, seit …«

Ich höre selbst, wie verzweifelt das klingt, wie armselig und lächerlich. Jetzt ist nicht die Zeit für Vorwürfe. Ich muss mich souverän geben.

»Es tut mir leid, Mr Peters. Das war ein Missverständnis. Ich kann es erklären.«

»Mir tut es auch leid. Joseph Winslow hat das Gespräch mit Ihnen abgesagt. Sie sind raus aus dem Rennen. Viel Glück, Hannah! Und keine Sorge, ich habe Stuart gegenüber nichts verraten.«

Mit einem seltsamen Gefühl der Orientierungslosigkeit kehre ich auf den Balkon zurück.

Jade hebt ihr Weinglas. »Und, können wir auf die neue Moderatorin von *Good Morning, Chicago* anstoßen?«

Ich lasse mich auf meinen Stuhl sinken. »Ich bin raus. Sie wollen mich nicht mehr. Sie haben die Sendung heute gesehen und glauben, ich hätte die Idee von Claudia gestohlen.«

»Ach, du Scheiße!« Jade legt mir die Hand auf den Rücken. »Was hast du ihm gesagt?«

Ich schüttele den Kopf. »Es war sinnlos, mich zu verteidigen. Ich komme mir so verlogen vor. Immerhin hat er Stuart nichts von dem Bewerbungsgespräch erzählt. Ich kann es mir nicht leisten, auch noch diesen Job zu verlieren.«

Jade verzieht das Gesicht.

»Was ist?«

»Ich mache es ja nicht gerne noch schlimmer, Süße, aber ich habe noch eine schlechte Nachricht.«

Ich starre sie an. »Was?«

»Der Sender hat den Nachmittag über massenweise Mails, Tweets und Anrufe bekommen. Die Leute werfen dir vor … nun ja … dass du verlogen bist.«

In meinem Kopf dreht sich alles. Michael hatte recht. Die Menschen finden es spannend, wenn eine Prominente – selbst eine so kleine wie ich – abstürzt. Entsetzt starre ich Jade an.

»Stuart und Priscille wollen sich als Erstes morgen früh mit dir treffen. Ich habe ihm gesagt, dass ich dich heute Abend sehe. Ich dachte, du hörst es lieber von mir.«

»Das ist ja super. Stuart und Priscille waren doch diejenigen, die diese Aktion mit der großen Beichte losgetreten haben!«

Sie tätschelt mir die Hand. »Ich weiß, Hannabelle, ich weiß.« Sie holt tief Luft. »Und noch eine Neuigkeit, wo ich gerade dabei bin. Der Verlobte von Claudia, Brian Jordan?«

»Ja?«

»Er hat gerade für weitere zwei Jahre bei den Saints unterschrieben. Habe ich heute Nachmittag in den Nachrichten gehört.«

Mir fällt die Kinnlade hinunter. »Das kann doch nicht sein! Er wurde nach Miami verkauft. Hat Claudia mir erzählt.«

»Er bleibt, wo er ist. Und Claudia auch.«

Am nächsten Morgen stehe ich wie bestellt vor Priscilles Büro. Sie sitzt mit dem Rücken zu mir am Schreibtisch.

»Guten Morgen!«, sage ich zu ihrem Hinterkopf und trete ein.

»Mach die Tür zu«, erwidert sie nur und tippt weiter in den Computer. Stuart sitzt ihr gegenüber und nickt mir knapp zu. Ich hocke mich auf den Stuhl neben ihm.

Nach einer weiteren Minute Tippen dreht sich Priscille zu uns um und schenkt uns endlich ihre ungeteilte Aufmerksamkeit. »Wir haben ein Problem, Hannah.« Sie wirft die *Times-Picayune* auf den Tisch. Ein Artikel von Brian Moss nimmt fast die gesamte Titelseite ein. Die Schlagzeile lautet: *Hannah Farr – alles Lüge?*

Ich schließe die Augen. »O Gott. Das tut mir total leid. Hört zu, ich werde es den Zuschauern erklären …«

»Auf gar keinen Fall!«, sagt Priscille. »Wir schauen nicht zurück. Keine Erklärung, keine Entschuldigung. In ein, zwei Wochen wird der Skandal vergessen sein.«

»Sprich mit niemandem darüber«, fügt Stuart hinzu. »Nicht mit der Presse, nicht mit Freunden. Wir betreiben Schadensbegrenzung.«

»Verstanden«, sage ich, obwohl ich nichts mehr verstehe.

Mit zitternden Händen verlasse ich Priscilles Büro. Gesenkten Kopfes gehe ich davon, schaue auf dem Weg zur Garderobe auf mein Handy. Zwei SMS und drei Anrufe in Abwesenheit. Alle von Michael. *Ruf mich an, sofort!*

Scheiße. Er hat die Zeitung gelesen.

Ich schließe die Tür und wähle seine Nummer, überzeugt, dass er drangehen wird.

Ich habe recht.

»O Gott, Michael«, sage ich mit bebender Stimme. »Du hast es bestimmt schon gehört. Meine Fans hassen mich.«

»Was hast du nur getan, Hannah? Alles, wofür wir gearbeitet haben, geht gerade den Bach runter.«

Ich beiße mir auf die Lippe. »Na ja, es ist ja nicht der Weltuntergang. Stuart und Priscille haben vorgeschlagen, dass ich mich eine Weile bedeckt halte. In ein, zwei Wochen sollten sich die Leute beruhigt haben.«

»Du hast leicht reden«, gibt er zurück. »Was ist mit mir? Ich kann mich nicht bedeckt halten.«

Sein abfälliger Tonfall trifft mich, aber was habe ich erwartet? Ich wusste ja, dass es ihm dabei mehr um sich geht als um mich.

»Es tut mir unheimlich leid, Michael. Ich wollte nicht, dass das …«

»Ich habe dich gewarnt, Hannah. Ich habe dir gesagt, dass es so kommt. Du wolltest nicht auf mich hören.«

Er hat ja recht. Er hat mich gewarnt. Aber trotz Michaels Zorn und dem meiner Zuschauer habe ich die richtige Entscheidung getroffen. Nie im Leben könnte ich hier sitzen und mich als großzügige, verzeihende Tochter feiern lassen, während ich die Ursache für das ganze Problem bin.

»Sehen wir uns am Wochenende?«

Er zögert nur einen Bruchteil zu lange, damit ich weiß, dass er seine Möglichkeiten abwägt. »Ja«, sagt er. »Wir sehen uns morgen.«

»Gut. Dann bis morgen.«

Ich lege das Handy beiseite und stütze die Ellenbogen auf den Tisch. Nach zwanzig Jahren habe ich endlich reinen Tisch gemacht. Warum fühle ich mich dann so schmutzig?

Heute ist das Studio nicht gut besetzt. Vielleicht bilde ich es mir ein, aber die Zuschauer wirken zurückhaltend, fast feindselig.

Zu Gast ist ein Schönheitschirurg, der sich auf das Entfernen von Tätowierungen spezialisiert hat. Er vergleicht Tattoos mit selbst zugefügten Erkennungszeichen. Ich muss an Michael denken. Habe ich seinen Markenkern wirklich beschädigt? Nein, nie im Leben. Die Menschen von New Orleans vertrauen ihm. Wenn er mir meine jugendliche Verfehlung öffentlich vergibt, werden sie ihn noch mehr lieben als zuvor.

Als die Sendung vorbei ist und ich zum anschließenden Plaudern hinunter ins Publikum gehe, erheben sich die meisten Gäste von ihren Plätzen und verlassen das Studio, ohne mir zuzuwinken oder zuzulächeln.

»Wie fanden Sie Dr. Jones?«, frage ich mit angestrengt fröhlicher Stimme.

Im mittleren Gang dreht sich eine Frau um. Irgendwie kommt sie mir bekannt vor. Ja, ich habe sie schon mal gesehen. Bloß wo?

Sie ist fast am Ausgang angekommen, als sie mir etwas zuruft: »Sie haben uns verloren, Hannah Farr. Ich bin heute nur gekommen, weil ich die Karten vorher schon gekauft hatte. Sie sind so eine Enttäuschung!«

Meine Hand schießt hoch an den Hals, ich bekomme keine Luft. Sie schüttelt den Kopf, wendet sich ab und geht.

Jetzt erinnere ich mich. Es war die Frau, die an dem Abend im Broussard's meine Hand nahm, als ich dort mit Michael und Abby essen ging. *Ich bin so ein großer Fan, Hannah*, hatte sie gesagt und nach meinem Arm gegriffen. *Sie bringen mich jeden Morgen zum Lächeln.*

Ich habe meine Chance vertan. Ich hätte den Chirurg fragen sollen, wie ich meine neue Tätowierung wieder loswerde – das Bild von der Frau mit den zwei Gesichtern.

32

Den Rest des Donnerstags versuche ich mir einzureden, dass dieser Aufstand schnell vorüber sein wird. Gegen meine Überzeugung höre ich auf Priscille und Stuart und antworte auf keine der hässlichen E-Mails. Abends höre ich auf, die Twitter-Nachrichten zu lesen. Die Beleidigungen sind einfach zu heftig.

Als ich mich am Freitag nach einer glanzlosen Show in die Garderobe verdrücken will, klingelt mein Handy. Eine SMS von Priscille. *Meeting im Konferenzraum, sofort.* Mein Mut sinkt. Das kann nichts Gutes bedeuten.

Der schlichte Raum erwacht zum Leben, als ich die Deckenbeleuchtung einschalte. Normalerweise knistert es hier vor Energie und Ideen, doch heute fühlt sich der Raum unheimlich an, als würde ich ein Vernehmungszimmer betreten und auf den untersetzten Beamten warten, der mir gleich eine Falle stellt. Ich setze mich und scrolle durch mein iPhone. Irgendwann höre ich Priscilles Schritte im Gang. Ich richte mich auf. Wo sind Stuarts Schritte? Er ist immer bei unseren Besprechungen dabei. Die nächste Welle der Furcht bricht über mir zusammen.

»Danke fürs Kommen, Hannah.« Priscille lächelt mich sparsam an, schließt die Tür und setzt sich neben mich. Sie hat keinen Notizblock, keinen Laptop dabei, nicht mal ihren allgegenwärtigen Kaffeebecher.

Ich umklammere meine zitternden Hände und lächele gezwungen zurück. »Kein Problem. Wie geht es dir? Die Sendung war doch super eben, meinst du nicht ...«

»Ich habe schlechte Neuigkeiten«, unterbricht sie mich.
Mir dreht sich der Magen. Dieser Skandal erledigt sich nicht
von selbst. Ich habe Ärger, großen Ärger.
»Es tut mir so leid, Priscille. Ich werde mich bei meinem Publikum entschuldigen. Ich kann noch besser erklären, was geschehen ist. Ich war damals so jung. Wenn sie …«
Sie hebt die Hand und schließt die Augen. Ich spüre, wie mir
die Tränen kommen, und blinzele hektisch. »Bitte! Bitte sei nicht
so hart!«
»Um sechs Uhr heute früh hatten wir eine Dringlichkeitssitzung. Ich habe versucht, mich dafür einzusetzen, dass du bleiben
kannst, doch am Ende musste ich mich geschlagen geben. Du
musst gehen.«
Ich starre sie an, mein Blick ist verschwommen und leer.
»Ich habe den Vorstand überredet, dich erst mal in den unbefristeten Urlaub zu schicken. Das ist einfacher für dich, wenn du
dich woanders bewirbst. Rausgeschmissen zu werden, ist schwer
zu erklären.«
Jetzt dreht sie das Messer noch, das sie in mich gestoßen hat.
»Bitte nicht!« Ich klammere mich an ihre Arme. »Nach all den
Jahren … Ein einziger Fehler …«
»So sehen wir das nicht. Du warst das Gesicht und die Stimme
der Frauen von Louisiana. Dein Ruf war tadellos. Wir alle haben
deinen Einsatz für *Into the Light* bewundert. Du hast zahllose
Sendungen über Kindesmissbrauch, Pädophilie, Vergewaltigung
und Inzest gemacht. Aber dieser, Zitat, einzige Fehler, wie du ihn
nennst, stellt das alles in Frage.
Und das Schlimmste ist, dass du sehenden Auges in diese Falle
gelaufen bist, Hannah. Du hast dein Gutmenschentum immer
vor dir hergetragen, hast die verachtenswerten Männer, die Mutter, die dich verlassen hat, zum Thema gemacht. Wärst du nicht
so verdammt selbstgerecht gewesen, hättest du nicht so arrogant
von deiner Vergebung und deiner Nachsicht erzählt, wärst du
heute beliebter als je zuvor, da bin ich mir sicher.«

»Nein, das war Claudia! Sie hat erzählt, ich wäre verlassen worden. Claudia hat von einem verachtenswerten Mann gesprochen, von meiner Nachsicht und Vergebung. Sie hat mir eine Falle gestellt!« Ich springe auf und zeige auf den Fernseher. »Hol das Band von der Sendung mit Fiona. Sieh es dir selbst an!«

Wenn Blicke sprechen könnten, würde Priscille sagen: *Oh, du armes Ding, aus deiner lächerlichen Beschuldigung klingt nur die pure Verzweiflung.*

Ich lasse mich auf den Stuhl fallen und schlage die Hände vors Gesicht. Claudia hat diese ganze Geschichte eingefädelt. Wie hat sie das geschafft? Würde ich sie nicht so dermaßen verachten, müsste ich sie bewundern.

»Egal«, sagt Priscille. »Deine Kehrtwende riecht nach Heuchelei. Und Heuchelei, meine Liebe, ist etwas, das die Zuschauer einem nicht vergeben. Claudia war einverstanden, deinen Job zu übernehmen, bis wir eine Nachfolgerin finden.«

Ich bekomme kaum noch Luft. Klar war sie das. Irgendwo aus den nebligen Tiefen meiner Verzweiflung steigt ein Gedanke an die Oberfläche. Vielleicht war es das jetzt. Vielleicht erlebe ich jetzt die Demütigung und Erniedrigung, die ich verdiene – meine Buße.

Priscille spricht von einer Abfindung und einem Angebot, damit ich weiterhin krankenversichert bin, doch nichts davon kommt bei mir an. Meine Gedanken überschlagen sich. Ich bin noch nie zuvor gefeuert worden – nicht mal aus diesem Ferienjob bei Popeye's Chicken, als ich die normale mit der Diätlimo verwechselte. Doch nun, mit vierunddreißig, bin ich gekündigt, geschasst, auf die Straße gesetzt. Aus der lokalen Berühmtheit ist eine Arbeitslose geworden.

Ich kann ein Schluchzen nicht unterdrücken. Priscille legt mir die Hand auf den Rücken. »Du schaffst das schon«, sagt sie. Dann schiebt sie ihren Stuhl zurück.

Ich versuche, tief einzuatmen. »W… wann ist meine letzte Sendung?«

273

Ich höre ihre Schritte hinter mir.

»Die war heute.« Priscille schließt die Tür.

Ich schlage meine Garderobentür zu und werfe mich auf die Couch. Ich überhöre das Klopfen an der Tür und schaue nicht hoch, als jemand näherkommt.

»Hey«, sagt Jade. Ihre sanfte Stimme ist Balsam für meine Seele. Sie massiert mir den Rücken.

Schließlich richte ich mich auf. »Ich bin beurlaubt. Auf unbestimmte Zeit. Genaugenommen bin ich gefeuert.«

»Das wird schon wieder«, sagt sie. »Endlich hast du Zeit für deine Mutter. Du kannst eine große Spezialistin für Merlot aus Michigan werden.«

Ich kann mir kein Lächeln abringen. »Was soll ich nur Michael sagen?«

»Du musst dir selbst vertrauen.« Sie sieht mir fest in die Augen. »Zum allerersten Mal wirst du tun, was du selbst für das Richtige hältst. Nicht das, was dein Vater wollte. Nicht das, was am besten für die Karriere deines Partners ist. Du tust das, was am besten für Hannah Farr ist.«

Ich kratze mich an der Wange. »Klar, weil es das letzte Mal so super gelaufen ist, als ich nur auf mich selbst gehört habe.«

Ich brauche lediglich zwanzig Minuten, um meine Sachen einzupacken. Jade hilft mir dabei, ausschließlich die Dinge auszuwählen, die wichtig sind, den Rest können sie in den Müll werfen. Ich hänge ein halbes Dutzend Auszeichnungen ab. Jade wickelt das Foto von Michael und mir zusammen mit einem Bild von meinem Vater in ein Papiertuch. Ich klaube eine Handvoll Gegenstände vom Schreibtisch und nehme meine persönlichen Unterlagen mit, Jade verschließt die Kiste mit Klebeband. Mission erfüllt. Keine weiteren Tränen, keine sentimentalen Erinnerungen. Bis zu dem Moment, als ich mich von Jade verabschieden will.

Sprachlos sehen wir uns an, dann streckt sie die Arme aus. Ich werfe mich hinein und berge den Kopf an ihrer Schulter.

»Es wird mir fehlen, jeden Morgen dein Gesicht zu sehen«, sagt sie.

»Versprich mir, dass wir Freunde bleiben.«

Sie klopft mir auf den Rücken und flüstert: »Für immer und ewig.«

»Ich bin am Ende. Niemand in dieser Branche wird mich je wieder einstellen.«

»Red keinen Blödsinn«, gibt Jade zurück. »Du bist Hannah Farr.«

Ich löse mich von ihr und tupfe mir mit dem Ärmel die Augen trocken. »Die Heuchlerin, die zwei Leben zerstört hat.« Ich nehme ein Taschentuch und putze mir die Nase. »Die Sache ist die, Jade: Ich habe es verdient. Ich habe das Gefühl, als wäre dieser Schicksalsschlag so etwas wie ausgleichende Gerechtigkeit.«

»Deshalb hast du es getan, oder?«

Ich weiß nicht, ob das stimmt. Habe ich dasselbe Bedürfnis wie Dorothy verspürt, mich öffentlich kasteien zu lassen? Nein, dafür bin ich zu zurückhaltend. Ich weiß nur, dass dieser Fehler zu groß war, um mit einem Versöhnungsstein bereinigt zu werden.

Ich werfe einen Blick auf den Schminkstuhl. »Wird deutlich einfacher sein, Claudia für meine – ihre – Sendung herzurichten.«

»Yep. Ist ein Klacks, ihr Gesicht schön zu machen. Aber verdammt schwer, die dunklen Flecken auf ihrem Herzen zu übertünchen.« Sie umarmt mich fest und flüstert: »Ich habe hier ein Insektenspray, an dem sie unbedingt mal riechen muss.« Lächelnd reicht sie mir den Karton. »Ich melde mich später bei dir«, sagt sie und schickt mir einen Luftkuss. »Immer locker bleiben!«

Das kann ich ja jetzt.

Ich schlendere den Gang hinunter zum Aufzug und bete, dass mich niemand sieht. Ich drücke auf die Taste und setze die Kiste auf der Hüfte ab. *Bitte, ich will nur noch raus!* Die Fahrstuhltüren öffnen sich, ich gehe ins Foyer. Fast habe ich die Glastüren erreicht, da sticht mir einer der fünf Bildschirme ins Auge, die dort an der Wand hängen. Er zeigt die WNO-Nachrichten, wie immer. Ich gehe weiter. Bleibe stehen. Kehre um.

Gezeigt wird Michael, der die Treppe zum Rathaus hinaufsteigt. Er ist aus Baton Rouge zurück. Er trägt den grauen Anzug, den ich so gerne an ihm mag, und die hellblaue Krawatte, die ich ihm bei Rubensteins gekauft habe. Carmen Matthews, eine Reporterin von WNO, hält ihm ein Mikrophon vors Gesicht. Ich bemerke die verräterische Falte auf seiner Stirn. Meine Nackenhaare stellen sich auf.

»Wir sind jetzt seit über einem Jahr gut befreundet«, sagt er. »Sie ist ein sehr netter Mensch.«

Mein Herz schlägt doppelt so schnell. Reden die über mich? Bin ich der *nette Mensch*, von dem er gerade spricht?

»Sie wissen also von ihrer Vergangenheit, dass sie einen Mann fälschlicherweise der Vergewaltigung bezichtigte?«

Ich halte die Luft an.

Michael schaut finster drein. »Ich glaube nicht, dass es je zur Anzeige kam.«

»Aber sie hat einen Mann verleumdet. Wegen ihr hat er seine Stelle verloren. War Ihnen das bekannt?«

Ich starre auf den Bildschirm. *Komm, Michael, sag es ihr. Verzaubere sie. Deine Worte können alles ändern. Sag ihr und ganz New Orleans, dass ich mich seit Jahren damit quäle, dass ich entgegen deinem Rat darauf bestand, reinen Tisch zu machen – obwohl ich mir nicht mal sicher bin, wirklich falsch zu liegen. Herrgott nochmal, erzähl den Leuten, dass ich kein Ungeheuer bin, dass ich noch ein Kind war!*

Er sieht der Journalistin in die Augen. »Ich wusste, dass sie sich mit ihrer Mutter überworfen hatte. Aber nein, ich hatte keine Ahnung von der falschen Beschuldigung.«

Du Lügner! Du verdammter Lügner! Es war keine falsche Beschuldigung. Es war meine Wahrheit, und du weißt, dass sie mir keine Ruhe ließ.

»Welche Folgen hat das für die Zukunft Ihrer Beziehung?«

Michael wirkt selbstsicher und bestimmt, wie immer. Aber ich kenne ihn. Ich sehe, wie er die Lippen aufeinanderpresst und den Kopf schief legt. Er wägt gerade seine Möglichkeiten und ihre Folgen ab und sucht die passenden Worte.

»Ich lege sehr großen Wert auf Ehrlichkeit. Dies ist ein ganz klarer Vertrauensbruch.«

Meine Welt wird schwarz. »Du Schwein! Du feiges Schwein!«

»Hannah Farr ist eine sehr gute Freundin. Wir waren zusammen auf Benefizveranstaltungen, auf Feierlichkeiten und so weiter. Aber ich erfahre Näheres über Hannahs Vergangenheit erst jetzt, zusammen mit allen anderen.« Er hebt einen Finger und spricht mit Nachdruck, jedes einzelne Wort betonend. »Ich möchte eines klarstellen: Für das, was sie in der Vergangenheit getan oder nicht getan hat, ist sie alleine verantwortlich zu machen, nicht ich.«

Der Karton rutscht mir von der Hüfte und fällt zu Boden.

33

Ich taumele aus dem Gebäude, meine gesamte berufliche Laufbahn in einem verbeulten Pappkarton. Die Wolken am Himmel türmen sich brodelnd. Ich biege um die Ecke in die St. Philip Street, und eine heftige Nordostböe schlägt mir ins Gesicht. Doch ich drehe nicht um. Nein, ich biete dem Wind die Stirn, fordere ihn heraus, dankbar für das kurze Durchatmen. Ich muss an Menschen denken, die sich aus Verzweiflung Verletzungen zufügen, nur um sich lebendig zu fühlen. Zum ersten Mal kann ich das fast verstehen. Leere ist schlimmer als Schmerz.

Es ist Mittag; unter schwarzen Regenschirmen hasten die geschniegelten Angestellten von New Orleans zusammen mit den üblichen Touristenhorden zum Essen. Sie treffen sich mit Kunden, sie netzwerken, genießen die Stadt – Dinge, die ich bis gestern auch noch getan habe.

Während ich weiter nach Osten gehe, öffnet der Himmel seine Schleusen, schwer prasselt der Regen auf den ohnehin schon mitgenommenen Karton. Wie bin ich nur auf die Idee gekommen, ausgerechnet heute mit der Straßenbahn zu fahren? Ich hätte wissen müssen, dass ich rausgeworfen werde. Ich hätte das Auto nehmen sollen. Ein Taxi fährt auf mich zu, aber ich traue mich nicht, ihm zu winken, weil ich Angst habe, dann diesen verfluchten Karton fallen zu lassen. Der Wagen zischt an mir vorbei, spritzt Dreck auf meinen khakifarbenen Mantel. »Mistkerl!«

Ich denke an Michael, den wahren Mistkerl, und schäume innerlich. Wie konnte er mich so verraten? Meine Arme tun weh. Schnell rechne ich nach: noch zwölf Häuserblocks bis zur

Straßenbahnhaltestelle, dann noch ein Block nach dem Aussteigen – und die ganze Zeit muss ich wie ein Obdachloser diesen bescheuerten Karton schleppen.

Auf der anderen Straßenseite, am Anfang vom Louis Armstrong Park, entdecke ich einen Müllcontainer. Bevor ich es mir anders überlege, trete ich auf die Straße und versinke bis zum Knöchel in einer Pfütze. Der Karton will mir aus der Hand rutschen, mit Mühe halte ich ihn fest, als ein Mercedes um die Ecke kommt und mich beinahe streift. »Scheiße!« Ich hieve den durchnässten Karton wieder auf die Hüfte und überquere die Straße im Laufschritt.

Der Park wirkt trostlos und verlassen, genauso wie ich. An einem Holzzaun, direkt über dem Container, hängt ein Schild, das verkündet, es sei verboten, hier persönliche Gegenstände zu entsorgen. Wäre eine Verhaftung nicht die perfekte Krönung dieses Tages? Ich setze den nassen Karton auf dem Rand des Containers ab und betaste noch einmal seinen Inhalt. Regentropfen rinnen mir aus den Haaren und von den Wimpern. Meine Finger streifen Unterlagen und Briefbeschwerer, gerahmte Auszeichnungen und Tischkalender, bis sie auf etwas Hartes, Glattes stoßen. Ja! Ich nehme den Gegenstand heraus und entferne das darum gewickelte Papiertuch. Ich betrachte das Bild von Michael und mir beim Segeln auf dem Lake Pontchartrain. Wir lächeln in die Kamera wie das glückliche Pärchen, für das ich uns hielt. Ich schleudere das Foto in den geräumigen Metallbehälter und vernehme mit großer Befriedigung, wie das Glas auf dem Boden zersplittert.

Endlich finde ich das Bild, das ich gesucht habe, die Aufnahme von meinem Vater und mir, die bei den Critics' Choice Awards gemacht wurde, wenige Monate vor seinem Tod. Er war von L. A. hergeflogen, um mich zu begleiten. Ich betrachte das Foto, Regentropfen fallen auf das Glas. Ja, er hat eine rote Nase und glasige Augen. Ja, er hatte zu viel getrunken und machte sich zum Narren. Aber er ist mein Vater. Ich habe ihn geliebt –

279

den stärksten, kaputtesten Mann, den ich je gekannt habe. Und so gestört er auch war, er liebte mich, seine selbstsüchtige Tochter.

Meine salzigen Tränen vermischen sich mit dem Regen. Ich schiebe das Foto in meine Tasche und nehme noch einen letzten Gegenstand aus dem Karton, meinen Füllfederhalter aus der limitierten Serie von Caran D'Ache, mit dem mich Michael überrascht hat, als meine Sendung bei den Louisiana Broadcast Awards den zweiten Platz machte. Damals, als alle noch dachten, ich sei eine dynamische Neuaufsteigerin.

Ich stopfe den Stift in meine Manteltasche und kippe den restlichen Inhalt in den Müll, zusammen mit dem Karton. »Auf Nimmerwiedersehen!«, sage ich. Mit einem dumpfen Laut fällt der Deckel zu.

Nun leichter, gehe ich weiter die Rampart Street hinunter. Vor mir läuft ein junges Pärchen. Der dunkelhaarige Junge hält einen schwarzen Regenschirm über sich und seine Freundin, die andere Hand hat er in die Gesäßtasche ihrer engen Jeans geschoben. Wie er die da wohl wieder herausbekommen will? Die Hand muss weh tun, in dem winzigen Viereck; der Jeansstoff schneidet in seine pummeligen Finger. Merken die beiden denn nicht, wie lächerlich es aussieht, wenn seine dicke Pranke ihren Hintern umfasst? Aber was interessiert mich das? Sie sind jung und glauben, verliebt zu sein. Das Mädchen kann nicht wissen, dass er sie irgendwann verraten wird. Sie wird an einem Fernseher vorbeilaufen und hören, wie er sich von jeder Verantwortung freispricht, als wäre sie nicht mehr als ein fehlerhaftes Gerät.

Ich beschleunige und folge dem Pärchen auf die Canal Street. Ein Obdachloser sitzt auf dem nassen Gehweg vor einer alten Apotheke. Über seine Beine hat er eine Plastikfolie gebreitet. Er schaut hinauf zu dem Pärchen vor mir und hält den beiden einen schmutzigen Styroporbecher entgegen. »Alles Gute«, sagt er und reckt den Becher höher.

»So 'n Spinner«, sagt der Junge im Vorbeigehen. »Selbst mein Hund weiß, dass man bei Regen reingeht.«

Lachend schlägt ihm das Mädchen auf den Arm. »Du bist so gemein!«

»Alles Gute«, wiederholt der Obdachlose, als ich vorbeigehe, und streckt mir den schmutzigen Becher hin.

Kurz nicke ich ihm zu und schaue hinüber zum eleganten Ritz-Carlton auf der anderen Straßenseite. Fast habe ich die Straßenbahnhaltestelle erreicht, als ich innehalte. Ich drehe mich um und stoße mit einer Frau mit Dreadlocks zusammen.

»Entschuldigung«, sage ich.

Ich schlängele mich an den entgegenkommenden Menschen vorbei, eine Forelle, die gegen den Strom schwimmt. Ich beeile mich, trete einer Frau aus Versehen in die Hacken. Sie zischt mir etwas Unverständliches zu, doch das ist mir egal. Ich muss zurück zu diesem Mann. Ein paar Schritte bevor ich bei ihm bin, sieht er mich. Ich werde langsamer.

Als ich näherkomme, werden seine Augen größer, als hätte er Angst vor mir. Denkt er, ich käme zurück, um ihn fertigzumachen? Erlebt er so viel Grausamkeit?

Ich gehe zu ihm und hocke mich hin. Er hat feuchte Augen, aus der Nähe sehe ich Krümel in seinem verfilzten Bart. Ich nehme den Füller aus der Manteltasche und lasse ihn in seinen Becher fallen. »Bringen Sie den zum Pfandleiher«, sage ich. »Das ist Rotgold, 18 Karat. Verlangen Sie mindestens dreitausend dafür.«

Ich richte mich auf, warte keine Reaktion ab, sondern verschwinde im anonymen Strom der Menschen.

34

Als es an der Tür klingelt, ist es nach sieben Uhr. Obwohl ich den ganzen Nachmittag eingeübt habe, was ich sagen will, zieht sich mein Herz zusammen. Ich drücke Michael auf und warte in der offenen Tür, die Arme in die Seiten gestemmt. Wie will er rechtfertigen, was er gesagt hat? Nichts, aber auch gar nichts, kann entschuldigen, was er von sich gegeben hat. Ich weigere mich, von ihm manipuliert zu werden. Ich werde nicht zulassen, dass er sich aus dieser demütigenden Situation hinausmanövriert.

Der Fahrstuhl klingelt, die Türen gleiten beiseite. Anstelle von Michael tritt Jade in einer Yogahose und einem rosa Kapuzensweater aus der Kabine.

»Hey!«, sage ich und merke, dass ich zum ersten Mal an diesem Tag aufrichtig lächele.

Jade umarmt mich. Sie hat die schwarzen Haare zu einem Pferdeschwanz zusammengenommen, und auf ihrer glatten karamellbraunen Haut ist keine Spur von Make-up. In der Hand hält sie eine Einkaufstüte. »Marcus ist zu uns gekommen, er will sich mit Devon das Baseballspiel ansehen. Ich dachte, du könntest Gesellschaft gebrauchen.« Sie hebt die Tüte an. »Karamelleis mit Meersalz.«

»Du bist umwerfend«, sage ich und ziehe sie in die Wohnung.

Bevor ich Zeit habe, ihr zu erklären, dass ich eigentlich ausgehen will, klingelt es erneut an der Tür. »Das ist Michael«, sage ich und mache ihm auf. »Wir wollen essen gehen.« Schnell erzähle ich ihr von seinem Interview im Fernsehen.

»Er ist ein Scheißkerl. Das war mir schon vor ungefähr acht Monaten klar, als er aufgehört hat, von dir im Futur zu reden.«

»Wirklich? Warum hast du mir das nicht gesagt?«

»Weil eine Frau so was selbst herausfinden muss. So wie ich meine eigene Entscheidung wegen Marcus treffen muss.«

Ich atme tief durch. Jade hat recht. Ich kann ihr nicht sagen, was sie tun soll, egal wie überzeugt ich davon bin. Ich kann nur beten, dass sie für sich und Devon die richtige Entscheidung trifft.

Sie stellt das Eis in den Gefrierschrank. »Kannst du behalten.«

»Geh nicht!«, bitte ich sie. »Bleib so lange hier, bis ich wiederkomme. Glaub mir, es wird heute nicht spät.«

»Hast du wirklich nichts dagegen? Ich hatte gehofft, Officer A-loch heute nicht sehen zu müssen. Er versucht immer noch alles, um mich umzustimmen. Volle Kraft voraus!«

Ich grinse. »Ich bestehe sogar darauf. Mach's dir bequem. Die Fernbedienung liegt auf dem Couchtisch, mein Laptop ist im Schlafzimmer.«

»Danke. Ich verstecke mich im Schlafzimmer, bis du weg bist. Viel Glück!«

Sie verschwindet durch den Flur, schließt die Tür hinter sich, ich stelle mich wieder vor die Wohnung, so wie eben gerade. Als sich diesmal der Fahrstuhl öffnet, kommt Michael heraus, immer noch in seinem grauen Anzug und der puderblauen Krawatte. Verdammt! Wie schafft er es, so geschniegelt auszusehen, trotz der stürmischen Ereignisse heute? Ich betaste meine Frisur und denke, dass ich mir schon vor zwei Wochen neue Strähnen hätte machen lassen müssen. Die Haare fühlen sich schlaff und klebrig an, das unglückselige Ergebnis meiner Stylingprodukte in Kombination mit dem heutigen Regen.

Als er mich erblickt, lächelt er, doch ich sehe ihn eiskalt an. Gerade will ich auf dem Absatz kehrtmachen und in der Wohnung verschwinden, da kommt noch jemand aus dem Aufzug. Was soll das denn? Mit offenem Mund schaue ich Michael an, doch er weicht meinem Blick aus. Der Feigling hat seine siebzehnjährige Tochter als Schutzschild mitgenommen.

»Ich dachte, wir bestellen uns was zu Essen hierher«, sagt er. »Ist so furchtbares Wetter.«

Ich beiße die Zähne aufeinander und funkele ihn wütend an, doch er sieht mir nicht ins Gesicht.

»Ich möchte heute ausgehen«, sage ich und spüre, wie mein Herz in der Brust pocht. »Es sei denn, du willst nicht mit mir gesehen werden.«

Er lächelt mich nervös an und dreht sich zu Abby um, als wollte er sich vergewissern, dass ich sie auch wahrnehme.

Ich kneife die Augen zusammen und mache Platz. Abby schlurft auf die Tür zu, starrt auf ihr Handy und tippt darauf herum. Sie betritt die Wohnung, ohne mich zu grüßen.

»Hey, Abby«, sage ich. Am liebsten würde ich sie anschreien: *Pack das verfluchte Teil weg, begrüß mich und verzieh dich für die nächsten zwei Stunden nach unten in die Lobby, damit ich deinen Vater ordentlich zusammenstauchen kann!*

»Hey«, murmelt sie und geht in die Küche. Als sie den frisch gebackenen Laib Apfelbrot entdeckt, schaut sie endlich von ihrem Handy auf. Ich bemerke, dass ihre Augen kurz aufleuchten, bevor sie sich zusammenreißt, denn sie will sich über nichts freuen, das von mir stammt. Sie simst weiter.

»Willst du ein Stück?«, frage ich, Michael absichtlich ignorierend, der mein Weinregal nach einer Flasche Rotwein absucht, als hätten wir heute eine ganz normale Verabredung. »Ist noch warm.«

Abby mustert das Brot und zuckt mit den Schultern. »Warum nicht?«

Sie sagt das so, als täte sie mir einen Gefallen, und ich bin versucht zu erwidern, schon gut, es interessiert mich einen feuchten Dreck, ob du mein Brot oder meine Freundschaft willst. Aber das stimmt nicht. Und ich bin mir ziemlich sicher, dass sie es weiß.

Auf der Suche nach meiner Butterdose drehe ich mich zum

Schrank um. Hinter mir wird eine Schublade geöffnet. Als ich die Butter auf die Kücheninsel stelle, hat sich Abby schon mit einem stumpfen Buttermesser eine Scheibe Brot abgeschnitten. Verdammt nochmal! Jetzt ist mein Kunstwerk zerdrückt und zerfetzt. Abby beobachtet mich. Ich bin mir sicher, dass sie auf eine Reaktion von mir wartet.

»Butter?«, frage ich aufgesetzt fröhlich und halte ihr die Dose unter die Nase. Sie sticht mit dem Messer mitten in das Stück hinein, verteilt die Butter auf dem Brot, kaut und schluckt, ohne ein einziges beschissenes Wort des Dankes.

Ich bemühe mich, gleichmäßig zu atmen. *Sie ist noch ein Kind*, wiederhole ich innerlich.

Ich drehe eine Flasche Wasser auf und reiche sie ihr, dazu ihren geliebten spiralförmigen Strohhalm. Michael öffnet einen australischen Shiraz. Kurz muss ich an RJ denken und was ich darum geben würde, heute Abend eine Flasche Wein mit ihm zu trinken. Oder wäre er ebenso schockiert von meiner Beichte?

Wir gehen ins Wohnzimmer. Der Himmel draußen ist inzwischen blauschwarz, Regen prasselt gegen die Fensterscheiben.

Anstatt mich zu Michael auf die Couch zu setzen, nehme ich den Clubsessel und verschränke die Arme vor der Brust. Abby setzt sich auf den Teppich, lehnt sich mit dem Rücken gegen den Couchtisch. Ohne den Untersetzer zu benutzen, der gut sichtbar neben ihr liegt, stellt sie die Wasserflasche auf den Mahagonitisch. Nachdem sie ihre mit Butter beschmierten Hände an meinem Teppich abgewischt hat, nimmt sie die Fernbedienung und zappt durch die Programme, um sich letztlich für eine Sendung mit einem Haus voller Fotomodelle zu entscheiden.

Mit leerem Blick starre ich auf den Bildschirm. Meine Wut wächst mit jeder Minute. Ich muss das loswerden. Ich muss Michael sagen, wie sehr mich seine Antwort auf die Reporterfrage verletzt hat, wie ich mich von ihm verraten fühle. Irgendwann halte ich es nicht mehr aus. Ich drehe mich im Sessel, um ihn anzusehen.

»Wie konntest du nur?«, frage ich in dem Bemühen, leise und gefasst zu sprechen.

Er weist mit dem Kinn auf Abby, als wollte er mich erinnern, dass wir nicht allein sind. Glaubt er tatsächlich, das hätte ich vergessen? Mein Blutdruck steigt, doch ich weigere mich, das Gespräch zu beenden.

»Warum?«, hake ich nach.

Er schüttelt den Kopf und flüstert: »Ich wurde in die Enge getrieben.«

»Schwachsinn!«, sage ich laut. Abby dreht sich um. Ich funkele sie böse an, bis sie wieder zum Fernsehen schaut, bin zu sauer, um mich zu fragen, ob ich sie ungerecht behandele.

Michael schlägt sich auf die Oberschenkel. »Und, Mädels? Habt ihr Lust auf Abendessen? Ich habe einen Riesenhunger!«

»Nein«, sage ich, während Abby im selben Moment bejaht.

Michael sieht mich finster an, zögert kurz und sagt: »Na gut, Abby, los geht's!«

Sprachlos sehe ich zu, wie die beiden sich erheben und in den Flur gehen. Sie wollen abhauen. Nein. Das kann er nicht bringen. Er schuldet mir eine Erklärung, verdammt nochmal!

»Warum hast du mich nicht verteidigt, Michael?« Ich folge ihm durch die Küche.

An der Kücheninsel wirbelt er herum, zum ersten Mal flackert Feindseligkeit in seinen Augen. »Darüber unterhalten wir uns später, Hannah.«

Sein überheblicher Tonfall macht mich fuchsteufelswild. Hinter ihm entdecke ich Abby. Ihr selbstgefälliges Grinsen will mir sagen: *Du hast verloren.* Na warte, du Früchtchen! Ich werde gerade erst warm!

»Nein«, sage ich zu Michael. »Wir unterhalten uns jetzt darüber. Ich brauche Antworten. Ich muss wissen, warum du mich hast fallen lassen, warum du behauptet hast, nichts von meiner Vergangenheit zu wissen, warum du so getan hast, als wäre ich nicht mehr als eine Bekannte.«

»Ähm, vielleicht weil du das bist?«, murmelt Abby vor sich hin.

Ich drehe mich um, Adrenalin schießt mir durch die Adern. Bevor ich etwas sagen kann, spricht Michael sie an. »Spätzchen, geh doch bitte schon mal runter in die Lobby, ja? Ich bin in einer Minute bei dir.«

In einer Minute? Er gibt mir beschissene sechzig Sekunden Zeit, um Luft abzulassen? Dieser miese Kerl! Kaum hat Abby die Tür hinter sich zugeschlagen, kommt Michael mir drohend nah. »Sprich nie wieder so vor meiner Tochter mit mir!«

Ich beiße die Zähne aufeinander, weil ich nichts sehnlicher täte, als eine Schimpftirade über seine respektlose, bösartige Zicke von Tochter abzulassen. Aber er soll mich nicht vom Thema abbringen. Ich tue so, als wäre ich unbeeindruckt von seinem untypischen Wutausbruch.

»Beantworte meine Frage!«, sage ich und bemühe mich, trotz hämmerndem Herzen, ruhig zu bleiben. »Beantworte meine Frage, Michael! Heute Morgen komme ich an einem Fernseher vorbei und höre, wie du der gesamten Stadt erzählst, dass ich eine Bekannte vor dir bin und zur Rechenschaft gezogen werden muss. Nicht ein Versuch von dir, die aufgebrachten Gemüter zu beruhigen. Nein, ganz im Gegenteil, du hast die Flammen weiter geschürt!«

Er reibt sich mit der Hand übers Gesicht und seufzt. »Das ist kompliziert. Wenn ich für den Senat kandidiere ...«

»Scheiß auf den Senat! Ich bin deine Freundin, verdammt nochmal! Hast du eine Ahnung, wie demütigend es war zu hören, dass du mich als *nette Person* bezeichnest? Als *gute Bekannte*?«

Er zuckt die Schultern. »Das war nicht persönlich gemeint, Liebling.«

»So kam es aber an! Du hättest mich retten können, Michael. Du hast die Macht. Warum hast du sie nicht eingesetzt?«

Er nestelt an seinem Manschettenknopf herum. »Das war

nicht allein meine Entscheidung. Bill Patton hatte da eine sehr dezidierte Meinung.«

Mein Kopf schießt hoch. »Was? Du hast deinen Wahlkampfmanager gefragt, wie du reagieren sollst?«

»Liebling«, sagt er und greift nach meinem Arm, den ich ihm entreiße.

»Fass mich nicht an!«

»Hör mir zu, Hannah. Eine Stunde nach deiner Sendung hat mich Bill angerufen. Er wusste, dass wir Schadensbegrenzung betreiben müssen.« Er hält mich an den Armen fest und starrt mir ins Gesicht. »Ich habe dir gesagt, dass du nicht in der Vergangenheit graben sollst, richtig? Ich wusste, dass sie dir dafür die Hölle heißmachen. Und jetzt gibst du mir die Schuld, weil ich dich nicht beschützt habe!«

Ich schaue zur Seite. Es ist wahr. Er hat recht. Er hat mich gewarnt, und ich habe nicht gehört. Wie er vorhersagte, gefährdeten meine Aktionen seine wie meine Karriere. Ich stoße Luft aus, und damit verpufft auch noch der letzte Rest Zorn.

»Was soll ich jetzt tun? Ich habe keinen Job. Jeder in dieser Stadt hasst mich.«

Michael lockert seinen Griff, ich reibe mir über die Arme. »Aber überall sonst wirst du hoch gehandelt! Du wirst noch überschüttet mit Angeboten, glaub mir. Zieh dich zurück. In sechs Monaten, einem Jahr, wird New Orleans alles über diese Story vergessen haben. Und ich auch.«

Mein Herz entspannt sich allmählich. Er passt auf mich auf. »Komm her, Baby«, flüstert er und öffnet die Arme.

Ich warte gute fünf Sekunden, bevor ich nachgebe. Ich weiß, ich hätte mich länger zieren sollen. Aber ich möchte mich nur geliebt fühlen. Mein Kopf sinkt an seine Brust.

»Ach, Liebling. Das wird schon wieder.« Er massiert mir den Nacken. »Das wird alles in Ordnung kommen. Du fällst auf die Füße, davon bin ich überzeugt. Und vergiss nicht: Du wirst dich nicht mehr mit Stuart herumschlagen müssen.« Er lehnt sich zurück und sieht mir ins Gesicht, ein sexy Lächeln auf den Lippen. »Und mit deiner Erzfeindin Claudia Campbell.«

Ich unterdrücke ein Lächeln und löse mich von ihm. Ich will mich nicht von Michael manipulieren lassen. »Ich habe keine Krankenversicherung mehr. Das System, das sie mir angeboten haben, kostet ein Vermögen.«

»Das ist doch nur vorübergehend. Beiß lieber in den sauren Apfel und zahle.«

»Wovon denn? Ich bin arbeitslos! Ich bekomme kein Geld mehr.« Wir wissen beide, dass das nicht ganz stimmt. Seit dem Tod meines Vaters schwimme ich in Geld. Zum Glück besitzt Michael genug Taktgefühl, um sich die Mahnung zu verkneifen. Er nickt nachdenklich. »Betrachte es als erledigt. Ich weiß, dass es nicht viel ist, aber ich übernehme deine Krankenversicherung.« Er legt mir die Hände auf die Wangen und küsst mich auf die Stirn. »Das ist das Einzige, was ich für dich tun kann.«

Mein Herz setzt aus. Nein. Es ist nicht das *Einzige*. Er könnte noch etwas tun. Etwas Größeres und viel Bedeutsameres. Eine Stimme in meinem Kopf ruft: *Jetzt, sag es ihm jetzt!*

Ich trete zurück und zwinge mich, in seine blauen Augen zu schauen. »Du könntest mich heiraten, Michael. Dann wäre ich über dich versichert.«

Er lässt die Hände sinken und lacht, ein nervöses, abgehacktes Geräusch. »Ja, das stimmt wohl. Und wenn ich jemand wäre, der impulsiv handelt, würde ich deinen Antrag vielleicht sogar annehmen.« Er tippt mir mit dem Zeigefinger auf die Nase. »Du kannst von Glück sagen, dass ich mich nicht unter Druck setzen lasse.«

»Unter Druck? Wir sind seit fast zwei Jahren zusammen! Erinnerst du dich an letzten Sommer, als wir in Santa Barbara waren? Da hast du gesagt, es wäre nur eine Frage der Zeit. Du hast mir versprochen, dass ich eines Tages deine Frau würde.« Ich spüre, dass mir Tränen in die Augen steigen, und blinzele sie fort. Ich will jetzt nicht rührselig werden. Ich muss dranbleiben, bevor ich den Mut verliere.»Wann, Michael? Wann wirst du dein Versprechen einlösen?«

Die Luft zwischen uns wird zum Schneiden dick. Michael kaut auf seiner Wange, starrt auf den Fliesenboden. Er atmet geräuschvoll ein. In dem Moment, als er antworten will, wird die Tür aufgeschoben.

»Komm, Dad, lass uns gehen!«

Verdammt nochmal! Abbys Timing könnte schlechter nicht sein. Erleichterung steht Michael ins Gesicht geschrieben, als sie in die Küche kommt. Er lächelt seiner Tochter beziehungsweise Retterin entgegen und streicht über ihr blondes Haar.»Klar, Spätzchen.«

Als er sich zu mir umdreht, ist jegliche Zuneigung aus seinem Blick gewichen.»Ich melde mich«, sagt er und marschiert zur Tür.

Vor mir verschwimmt alles. Er haut einfach ab? Aber er hat mir noch immer keine Antwort gegeben!

»Geh nach unten, Abby!«, fordere ich seine Tochter auf.

Sie dreht sich um, legt den Kopf schräg.»Wie bitte?«

Ich überhole Michael und stelle mich vor die Tür.»Geh bitte!«, wiederhole ich mit pochendem Herzen und ziehe die Tür auf.»Dein Vater und ich sind noch nicht fertig.«

Sie sieht ihren Vater an, wartet auf eine Entgegnung – oder auf seinen Schutz. Er denkt kurz nach, dann legt er eine Hand auf Abbys Schulter.»Jetzt ist nicht der richtige Zeitpunkt«, sagt er zu mir in unbeschwertem Ton.»Ich habe gesagt, ich melde mich später.«

Er nickt Abby zu und geht zur Tür.

»Jetzt ist wohl der richtige Zeitpunkt«, sage ich mit kräftiger, entschlossener Stimme, die mir ganz fremd ist. Es ist, als hätte jemand anders von mir Besitz ergriffen. Ein fähiger, entschlossener, selbstsicherer Mensch.»Willst du mich heiraten, Michael?«

Abby schnaubt verächtlich, brummt etwas vor sich hin, von wegen ich hätte keinen Stolz. Michael sieht mich mit stechendem

Blick an, Abscheu steht ihm ins Gesicht geschrieben. Er klopft Abby auf die Schulter. »Komm, Süße, lass uns gehen.«

Sie nähern sich der Tür. Ich sollte sie ziehen lassen. Ich habe genug gesagt. Aber ich kann nicht. Ich bin nicht mehr aufzuhalten. Ich folge ihnen nach draußen und rufe mit lauter, jetzt höherer Stimme: »Was ist, Michael? Warum kannst du mir nicht antworten?«

Er schaut sich nicht um. Irgendwo hinter mir öffnet sich eine Tür. Entweder ist es meine Nachbarin Mrs Peterson oder Jade, zwei Personen, die sehr unterschiedlich auf diese Szene reagieren würden. Die alte Peterson würde den Kopf schütteln und sich über meinen Wutausbruch mokieren. Aber Jade? Die würde mich innerlich anfeuern und einen Freudentanz aufführen. Ich versuche, ihre positiven Schwingungen zu nutzen, und folge Michael zum Aufzug.

»Ein einfaches Ja oder Nein«, rufe ich. »Sag es bitte.«

Abby drückt auf die Ruftaste für den Fahrstuhl. »Da braucht jemand dringend seine Pillen.«

»Nicht, Abby!«

Sie greift nach ihrem Handy, will zweifellos ihren Freundinnen von diesem Vorfall berichten. Im Bruchteil einer Sekunde beschließe ich, alles auf eine Karte zu setzen.

»Weißt du nicht, was du simsen sollst, Süße? Hier hast du etwas, das sich lohnt.« Ich greife nach dem Jackenärmel ihres Vaters. »Wirst du mich jemals heiraten, Michael? Oder geht es dir nur um Sex?«

Abby hält die Luft an. Michael sieht mich an, seine Augen sind stahlblaues Eis. Sein Kiefermuskel zuckt, doch er sagt kein Wort. Muss er nicht. Die Fahrstuhltüren öffnen sich. Abby und Michael treten hinein.

Schwer atmend stehe ich vor dem offenen Aufzug. Was habe ich nur getan? Soll ich weitermachen? Zurückrudern? Um Vergebung bitten? Das Ganze als Scherz abtun?

Michael drückt auf die Taste.

»Das war es? Du gehst?«

Er schaut durch mich hindurch, als wäre ich unsichtbar. Die Türen beginnen sich zu schließen.

»Du feiger Hund«, fahre ich ihn an, dann verpasse ich ihm den finalen Dolchstoß: »Auf Nimmerwiedersehen!«

Bevor die beiden verschwinden, erhasche ich einen Blick auf Abbys Gesicht. Sie feixt, als hätte sie einen Wettkampf gewonnen. Ich sehe rot, gehe durch die Decke. Lautstark lasse ich meine Wut heraus, die letzte Szene dieser dramatischen Oper. »Und das gilt auch für dich, du kleines Biest!«

35

»Los, Hannabelle, erzähl! Ich will alles wissen!« Jade sitzt aufgeregt auf meinem Küchenhocker, während ich im Kreis herum-
laufe und mir immer wieder vor die Stirn schlage.
»O Mann! Verdammt nochmal! Wieso habe ich das nur getan? Innerhalb von achtundvierzig Stunden habe ich zwei Jobs
und meinen Freund verloren. Auf Wiedersehen, Superstar, hallo,
Super-Loser!«
Ich nehme die offene Weinflasche von der Theke und hole mir
ein Glas aus dem Schrank.
»Es war, als wäre ich … außer Kontrolle. Ich konnte einfach
nicht aufhören!«
»Ich weiß. Ich hab's gehört. Ich konnte gar nicht glauben, dass
du das warst! Ich musste um die Ecke schielen, wollte es mit
eigenen Augen sehen. Du warst der Hammer!«
Ich spüre, dass mein Zorn verraucht, jetzt fühle ich mich gede-
mütigt, verachte mich selbst. Ich schlage die Hände vors Gesicht.
»Was habe ich nur getan, Jade? Ich hab's verbockt. Michael
wird nie wieder mit mir sprechen.« Auf einmal bekomme ich
Panik. Ich greife zum Handy und tippe hektisch eine Nachricht
an Michael. Doch bevor ich auf *Senden* drücken kann, springt
Jade von der Arbeitsfläche und reißt mir den Apparat aus den
Händen.
»Hör auf! Endlich hast du auf dein Gefühl gehört, und das
hat dich nicht getrogen. Du bist schon seit Monaten frustriert.
Glaub mir, wenn er dich wirklich will, kommt er zurück.«
»Nein. Ich stand total neben mir. Ich muss ihm das erklären.

Ich muss mich bei ihm entschuldigen. Und bei Abby. Wie konnte ich nur so etwas vor Abby sagen?« Ich schließe die Augen und warte, bis die Welle der Übelkeit verebbt.

Jade legt mir die Hände auf die Schultern. »Jetzt gibst du dem Opfer die Schuld, genau wie du es mir vorwirfst. Reiß dich zusammen, Hannah! Es war höchste Zeit für dieses Gespräch. Du hattest jedes Recht, Antworten zu verlangen.«

»Aber wie ich das getan habe ... Das war total falsch. Du hättest hören sollen, wie ich mit Abby gesprochen habe.«

»Habe ich durchaus gehört. Die kleine Zicke hatte das mal dringend nötig, und ihr Vater auch. Also lass diese Schuldgefühle sein.«

Ich greife nach meinem Handy, aber Jade lässt es in den Ausschnitt ihres Sweatshirts fallen. »Ich erlaube dir keinen Rückfall. Okay, du warst nicht besonders wortgewandt, das gestehe ich dir zu. Wichtig ist aber, dass du endlich Tacheles geredet hast. Du hattest den Mumm, ihn zu fragen, was du unbedingt wissen willst.«

Ich seufze laut. »Und ich bekam genau die Antwort, vor der ich Angst hatte.«

Jade lächelt und flüstert: »Du hast das Haus abgebrannt.«

»Was habe ich?«

»Du hast das Haus abgebrannt«, wiederholt sie. »Du bist aufs Ganze gegangen, wie ein Serienmörder, der das Haus in Brand setzt, bevor er die Pistole auf sich selbst richtet. Es gab kein Zurück mehr für dich.«

»Super, jetzt werde ich schon mit einem Serienmörder verglichen.« Ich lehne mich gegen den Kühlschrank und reibe mir den Nasenrücken. »Aber eines siehst du richtig: Ich habe die Pistole auf mich selbst gerichtet.«

Sie kommt zu mir, ihre blauschwarzen Augen sehen mich eindringlich an. »Es gibt einen Grund, warum man sein Haus abbrennt, Hannabelle. Das macht man nicht aus Versehen. Man will sichergehen, dass es kein Zurück mehr gibt.«

Ich erstarre. Sicher, unsere Beziehung hat mich frustriert, aber ich war nicht bereit, dem Ganzen ein Ende zu bereiten, oder? »Du glaubst, ich *wollte* meine Beziehung zerstören?«

Jades Mundwinkel ziehen sich nach oben. »Seit du aus Michigan zurück bist, hast du dich verändert.« Sie zieht an einer Locke von mir. »Ich meine, schau dich doch mal an! Sieht so aus, als hättest du Urlaub von Miss Perfect.«

Ich schiebe mir die Haare hinter die Ohren. »Gerade ist vielleicht nicht der beste Zeitpunkt, um mir zu sagen, dass ich total daneben aussehe.«

»Ach was, alles ist gut«, erwidert Jade. »Du hast jetzt eine Mama, und die hat dich lieb.« Sie lächelt mich an. »Und dieser Typ vom Weingut ... JR ... oder RJ ... wie heißt der noch mal? Wenn du von ihm erzählst, siehst du glücklich aus.«

Ich schüttele den Kopf. »Daraus kann nichts werden. Klar, macht er einen supernetten Eindruck. Aber ich kenne ihn doch kaum. Und er kennt mich nicht. Er wäre genauso abgestoßen wie alle anderen, wenn er wüsste, was für eine Mogelpackung ich war.«

»Genau: war. Das ist das entscheidende Wort. Du bist aber kein Lügner mehr. Und wenn der Mann so anständig ist, wie du behauptest, dann ist es ihm scheißegal, was du mit Dreizehn getan hast.«

»Es ist sinnlos. Er wohnt tausend Meilen weit weg.

Sie hebt die Hände und sieht sich um. »Tausend Meilen weit weg von wo?«

36

Um drei Uhr morgens schieße ich im Bett hoch, das Herz hämmert in meiner Brust. Ich reiße die Balkontüren auf und pralle gegen eine Wand aus siebenundzwanzig Grad Celsius und neunzig Prozent Luftfeuchtigkeit. Ich stolpere nach draußen auf den Balkon, an die frische Luft, aber es ist, als würde ich Pudding atmen. Das Nachthemd klebt mir auf der Haut, ich umklammere das Balkongeländer und versuche, mein wild schlagendes Herz zu beruhigen. Ich bekomme einen Herzinfarkt. Ich kriege keine Luft mehr! O Gott, hilf mir!

Das geht vorbei. Geht es immer.

Jene Sendung liegt sechs Tage zurück, seitdem habe ich keine Nacht durchgeschlafen. Fiona und ihre verfluchten Steine! Ich habe meinen Schutzschild abgelegt, doch anstatt von den Menschen angenommen zu werden, wie sie versprochen hat, wurde ich zurückgewiesen. Von Michael. Von den Zuschauern. Von meinen Vorgesetzten.

Ich will das Leben zurück, das ich noch vor einer Woche hatte. Ich weiß, dass es nicht perfekt war, aber es war deutlich einfacher, als so einsam und unsicher zu sein wie jetzt. Ich verschließe die Augen vor der Wahrheit, ich weiß. In meinen Träumen male ich mir aus, dass Michael anruft – oder noch besser: dass er vor der Tür steht –, um sich zu entschuldigen. Dann erklärt er, er habe sich geirrt, er würde meine Entscheidung respektieren, öffentlich Buße zu tun. In einer anderen, intimeren Version, verborgen in den Tiefen meines Bewusstseins, sagt er mir sogar, er hätte nachgedacht. Er würde mich lieben und zu seiner Frau machen.

Doch dann fällt mir wieder ein: Ich habe alle Brücken hinter mir abgebrochen.

Ich denke an Dorothy, welche Katastrophe ich aus ihrem Leben gemacht habe. Diese verfluchten Steine!

Ohne noch länger nachzudenken, stürze ich in die Wohnung und greife zum Handy. Ich wühle in der Schreibtischschublade herum, bis ich die gesuchte Visitenkarte finde. Mit zitternden Fingern gebe ich die Ziffern ein. Schert mich nicht, dass es mitten in der Nacht ist. Sie ist eh auf ihrer feinen Lesereise und scheffelt Millionen.

Dies ist der Anschluss von Fiona Knowles. Bitte hinterlassen Sie eine Nachricht!

All die aufgestaute Wut und die Traurigkeit brechen sich Bahn, und ich bin wieder das junge Mädchen an der Bloomfield Hills Academy. Nur dass ich jetzt meine Stimme gefunden habe. Ich umklammere den Apparat so fest, dass sich meine Fingernägel in die Handfläche graben.

»Hier ist Hannah Farr. Ich frage mich, Fiona, ob du überhaupt selbst an diese Steine glaubst. Denn meiner Meinung nach sind sie einfach nur scheiße. Ich habe meine Arbeit, meinen Freund und meine Fans verloren. Eine liebe Freundin hat ihre lebenslange Gefährtin verloren. Und du läufst herum und wirbst für deine Entschuldigungsnummer, als wäre sie eine Zauberformel, die alle unsere Sünden und alle Traurigkeit vertreibt. Das ist Schwachsinn. Du begreifst es einfach nicht. Manchmal reicht eine Entschuldigung nicht aus.« Ich umklammere den Hörer in dem klaren Bewusstsein, dass ich schon wieder ein Haus niederbrenne. »Was du damals mit mir in der Schule gemacht hast, damit hast du nicht nur mich verletzt.«

Ich schließe die Augen. »Du hast meine ganze Familie zerstört.«

Sie wird nicht wissen, wovon ich rede, doch es stimmt. Fiona Knowles hat meine Welt zerstört. Jetzt schon das zweite Mal.

Ich liege auf meiner schmiedeeisernen Chaiselongue auf dem Balkon und schaue hinauf in den Himmel, bis ich im Osten die erste schwache Röte entdecke. Schnell greife ich zum Handy und rufe meine Mutter an.

»Guten Morgen, Schätzchen!«

Sofort schnürt sich mir der Hals zu, wie immer, wenn ich mit ihr spreche. »Hallo, Mom! Wie geht es dir?«

»Ich habe dir doch von Bobs Erkältung erzählt, oder? Er scheint sie nicht loszuwerden, aber er hat gute Laune. Gestern bei der Seniorenbetreuung war er wirklich gut gelaunt. Und gestern Abend hat er ein ganzes Hotdog gegessen.«

»Freut mich, dass es ihm allmählich besser geht.« Innerlich schelte ich mich. Ich will ihr keine falschen Hoffnungen machen. Auch wenn er sich von seiner Erkältung erholt, wird sich sein Gehirn immer weiter zurückentwickeln.

»Und was ist mit dir, Spätzchen? Geht es langsam aufwärts?«

Ich schließe die Augen. »Nein. Heute Nacht habe ich Fiona Knowles angerufen und ihr auf den Anrufbeantworter geschrien. Jetzt fühle ich mich total mies.«

»Du hast sehr viel um die Ohren. Du bist nicht du selbst.«

»Ich weiß, aber das Traurige ist, dass ich glaube, endlich ich selbst zu sein. Und trotzdem enttäusche ich die anderen.«

»Ach, Schatz, es wird dir bessergehen, wenn du wieder arbeiten kannst. Ich bin mir sicher, dass es nur eine Frage der Zeit ist, bis WNO dich aus deinem unbefristeten Urlaub zurückruft.«

Na klar. Und Michael wird die Politik Politik sein lassen, mich heiraten und ein Dutzend Kinder mit mir bekommen. Ich seufze, rufe mir in Erinnerung, dass sie nun mal so ist, immer positiv.

»Danke, Mom, aber das wird nicht passieren. Ich habe dir doch gesagt, dass es nur unbefristeter Urlaub genannt wird. In Wirklichkeit wurde ich rausgeworfen.«

»Brauchst du Geld, bis du etwas Neues findest? Ich kann dir …«

»Nein. Auf gar keinen Fall. Aber danke.« Vor Schuldgefühlen

zieht sich meine Brust zusammen. Meine Mutter, die bei anderen Leuten putzen geht, bietet mir Geld an. Sie weiß nicht, dass ich zehn Jahre oder länger arbeitslos sein könnte, ehe mir das Geld ausginge. Das habe ich dem Erbe meines Vaters zu verdanken … und seiner geschickten Scheidungsvereinbarung damals, als er seine Exfrau mittellos zurückließ.

»Vergiss nicht«, sagt sie, »wenn es nicht klappt, kannst du immer nach Hause kommen.«

Nach Hause. Ihr Haus. Sie spricht das Angebot leise aus, als bäte sie einen Jungen um eine Verabredung und hätte Angst, er würde ablehnen. Ich kneife mir in die Nase, um nicht loszuheulen, und nicke.

»Danke, Mom.«

»Ich würde mich freuen«, sagt sie. »Aber ich weiß, was du mit unserem Haus verbindest.«

Ich sehe sie vor mir in ihrer blitzsauberen Küche mit den selbstgezimmerten Eichenschränken. Nebenan sitzt Bob im Fernsehsessel und macht ein Kinderpuzzle. Es riecht nach Holz, Möbelpolitur und morgendlichem Kaffee. Vielleicht schaut sie aus dem Küchenfenster auf zwei Gänse, die im See schwimmen. Vielleicht sieht sie Tracy nebenan, die Bettlaken an die Wäscheleine hängt. Sie winken sich zu, und später wird Tracy mit dem Baby auf einen Schwatz vorbeikommen.

Ich vergleiche ihr Leben mit meiner kleinen Welt in dieser wunderschönen Eigentumswohnung, die mir keine durchgeschlafene Nacht gewährt und deren einziges Familienfoto meinen Vater zeigt, der nicht mehr lebt.

Wie arrogant von mir, über ihr Leben zu urteilen.

»Und das war falsch von mir«, erwidere ich. »Du hast ein schönes Haus, Mom, ein schönes Leben.«

»Finde ich auch. Ich danke immer meinem Glücksstern, besonders jetzt, da ich dich wiederhabe.«

Welch eine Lektion sie mir erteilt! Ich reibe mir den Hals. »Du musst jetzt zur Arbeit. Danke für …« Ich will sagen »für deinen Rat«, aber anders als mein Vater hat sie mir nichts geraten. »Danke, dass du da bist. Wirklich.«

»Jederzeit, Schätzchen. Tag und Nacht.«

Ich lege auf, gehe zum Schreibtisch und hole meinen Kalender. Abgesehen von einem Zahnarzttermin in drei Wochen sind alle Tage frei. Und wie Jade gestern Abend andeutete: Was hält mich hier?

37

Am Freitagnachmittag ist der Frisörsalon voller hübscher junger Frauen. *Le Début des Jeunes Filles de la Nouvelle Orléans* steht kurz bevor – die offizielle Einführung von fünfundsechzig jungen Mädchen in die Gesellschaft. Am Abend werden sie der versammelten Elite von New Orleans vorgestellt. Es werden sich Beziehungen bilden, aus denen irgendwann Verlobungen und später aufwändige Hochzeiten hervorgehen werden. So funktioniert das in dieser Stadt – altes Geld heiratet altes Geld. Ich sitze im Wartebereich, tue so, als läse ich einen Artikel in der Cosmopolitan: *Zwanzig Tipps, um zehn Jahre jünger zu wirken.* Doch insgeheim spähe ich über den Rand und warte, dass Marilyn endlich kommt.

Wie viele Südstaatenfrauen ihrer Generation hat Marilyn jede Woche einen festen Termin zum Waschen und Legen. Doch allmählich frage ich mich, ob sie heute abgesagt hat. Ich stecke die Nase wieder in die Zeitschrift. Wo war ich noch mal? Ach ja: *Tipp Nr. 9: Kaschieren Sie den faltigen Hals mit einem Tuch.*

Als jemand hereinkommt, schaue ich auf, aber es ist nur eine weitere hübsche junge Frau. Ich sehe mich um. Voller Hoffnung strahlen die Schönheiten in die Spiegel, voller Träume und Möglichkeiten. Auf einmal fühle ich mich furchtbar alt. Habe ich meine Gelegenheit verpasst, mein gesellschaftliches Debüt? Jedes Jahr stürmt ein neuer Jahrgang von Frauen den Heiratsmarkt, jünger, aufregender. Wie soll eine Mittdreißigjährige da mithalten?

Ich zucke zusammen, als ich Abby auf der anderen Seite des

Salons entdecke. Scheiße! Sie steht mit zwei weiteren Mädchen um einen Stuhl herum und sieht zu, wie einer Rothaarigen die Haare hochgesteckt werden. Die Freundin ist offenbar eine Debütantin. Mein Herz schlägt schneller. Abby lacht über etwas, das die Frisöse sagt, dann schaut sie zu mir herüber, als hätte sie gewusst, dass ich sie beobachte.

Ich ziehe den Kopf ein, vor mir spielt sich wieder die schreckliche Szene ab, die ich machte, als Michael und ich uns trennten. Ich habe sie ein Biest genannt! Was habe ich mir nur dabei gedacht? Ich winke kurz und lächele, dann verstecke ich mich schnell wieder hinter der Zeitschrift. Kurz darauf höre ich eine Stimme direkt vor mir.

»Hey, Hannah!«

Panik durchfährt mich wie ein Stromstoß. Wird Abby mich beschimpfen? Mich vor dem gesamten Salon zusammenstauchen? Ich schiele hoch. »Hi, Abby.«

»Zum Haareschneiden hier?«, fragt sie.

Solange ich mit ihrem Vater zusammen war, hat sie mir nicht eine einzige persönliche Frage gestellt. Was führt sie im Schilde? Ich lege die Cosmopolitan beiseite und stehe auf, so dass wir auf gleicher Höhe sind. Wenn sie jetzt anfängt, mich zu beschimpfen, kann ich schnell das Weite suchen.

»Nein, ich warte auf eine Freundin.« Ich weise in die Runde. »Sieht aus, als hättet ihr großen Spaß.«

»Klar, Debütantinnenball. Ist der Wahnsinn. Ich hab's ja schon hinter mir.«

Ich nicke, und ein unangenehmes Schweigen breitet sich aus. »Abby«, sage ich und umklammere den Riemen meiner Handtasche. »Es tut mir wirklich leid, was ich Freitagabend gesagt habe. Das war falsch von mir. Du hast jedes Recht, sauer auf mich zu sein.«

Sie zuckt mit den Schultern. »Ehrlich gesagt, mochte ich dich da zum ersten Mal.«

Sprachlos starre ich sie an, überzeugt, dass sie es ironisch meint.

»Endlich bist du mal für dich eingetreten. Es ist einfach … ich weiß ja, dass du klug bist und so … aber ich habe nie begriffen, warum du es nicht schnallst.«

Ich warte, »schnalle« es noch immer nicht.

Abby sieht mir in die Augen. »Hannah, mein Vater hätte dich nie geheiratet.«

Getroffen von diesem Satz, wende ich mich ab.

»Ist doch klar! Seine Aktien als Witwer und alleinerziehender Vater stehen viel höher, als wenn er verheiratet wäre.«

Ich lasse ihre Worte auf mich wirken und vergegenwärtige mir, wie Michael in den Medien genannt wird: *Bürgermeister Payne, alleinerziehender Vater. Der Witwer Michael Payne.* Das ist sozusagen Teil seines Titels.

»Die Wähler sind ganz wild auf den Scheiß«, sagt Abby. »So oft hätte ich dich am liebsten erwürgt, zum Beispiel an dem Abend im Broussard's, als sich das Pärchen verlobte und du fast heulend dagesessen hast. Ich konnte nicht fassen, wie dämlich du bist.«

Sie meint das nicht böse. Zum ersten Mal behandelt sie mich so, als läge ihr etwas an mir. Und was sie sagt, leuchtet mir ein. Ein alleinstehender Vater, der seine Frau durch einen tragischen Unfall verloren hat – das ist Michaels Marke. Ich hätte es wissen sollen. Seine Marke bedeutet ihm alles.

Ich reibe meine Stirn. »Ich komme mir so bescheuert vor«, sage ich ohne jede Heuchelei oder Absicht, sie zu beeindrucken. »Unglaublich, dass ich das nicht gemerkt habe.«

»Hey, am Montag hast du es auf jeden Fall wieder rausgeholt. Das war echt stark, wie du ihn fertiggemacht hast. Natürlich war mein Vater stinksauer, aber ich dachte: *Wow, die Frau hat ja doch ein Rückgrat.*«

Ihr Handy klingelt kurz, sie wirft einen Blick darauf. »Gut, also, bis dann.«

»Bis dann, Abby. Und danke.«

Sie geht davon, dreht sich noch einmal um. »Hey, das Brot,

das du immer backst, besonders das mit den Äpfeln und diesem knusprigen Kram obendrauf, ja? Du müsstest echt eine Bäckerei oder so aufmachen, wirklich.«

Mein Lächeln schwindet, als Marilyn den Salon betritt. Sie trägt einen rosa Leinenrock und eine Baumwollbluse, hat sich einen blassgelben Pulli um die Schultern geschlungen. Sie geht an den Tresen, und die Rothaarige dahinter lächelt sie an.

»Hallo, Mrs Armstrong! Ich sage Kari Bescheid, dass Sie da sind. Möchten Sie einen Tee?«

»Nein, danke, Lindsay.« Sie dreht sich zum Wartebereich um und stutzt, als sie mich sieht.

»Hannah«, sagt sie kühl.

Ich stehe auf, gehe zu ihr, reibe den Versöhnungsstein in meiner Hand. »Hallo, Marilyn. Ich bin hergekommen, weil ich gerne mit dir sprechen würde. Es dauert nur eine Minute. Setzt du dich kurz zu mir?«

Sie schnauft. »Tja, ich habe wohl keine große Wahl, oder?«

Ich nehme ihre Hand, und wir setzen uns. Noch einmal gestehe ich ihr, wie dumm es von mir war, sie und Dorothy in die Sendung zu lassen. Dann reiche ich ihr den Versöhnungsstein. »Ich war egoistisch. Und ich lag falsch. Du wurdest überrumpelt.«

»Da hast du recht. Du hast mich ausgetrickst, und deshalb bin ich so böse auf dich.« Sie schaut auf den Stein in ihrer Hand. »Aber es wäre egal gewesen, wo Dorothy ihr Geständnis gemacht hätte. Tatsache ist, es hätte mich so oder so tief erschüttert.«

»Es war eine schreckliche Entscheidung.«

»Ja, ebenso wie dein Live-Geständnis. Du hast ja wirklich Ärger dafür bekommen. Es tat mir leid, das zu sehen, Hannah.«

Wie kann ich ihr erklären, dass Dorothy und ich dasselbe fühlen? Wir haben unsere wohlverdiente Quittung erhalten.

»Ich fahre für eine Weile nach Michigan. Deshalb bin ich hier. Dorothy wird eine Freundin brauchen.«

Marilyn schaut hoch. »Wie geht es ihr?«, fragt sie leise.

»Sie ist traurig. Einsam. Untröstlich. Du fehlst ihr unglaublich.«

»Selbst wenn ich ihr vergeben könnte, würde ich es nie vergessen.«

»Der alte Spruch, von wegen man solle vergeben und vergessen, ist Quatsch, wenn du mich fragst.« Ich hebe entschuldigend die Hände. »Tut mir leid, wenn das profan klingt, Marilyn, aber du wirst Dorothys Fehler niemals vergessen. Das ist unmöglich. Und ich verspreche dir, dass auch Dorothy ihn nie vergisst.« Ich nehme ihre Hand und drücke sie, als könnte ich meine Botschaft in sie hineinpressen. »Ich bin keine Fiona Knowles, aber ich bin überzeugt, dass Vergebung noch wertvoller ist, wenn sie im vollen Bewusstsein der Schmerzen gewährt wird, die der andere verursacht hat. Wenn einem das klar vor Augen steht, man sich aber trotzdem für das Vergeben entscheidet – ist das nicht großzügiger, als Scheuklappen aufzusetzen und so zu tun, als hätte es die Kränkung nie gegeben?«

Eine ganz in Schwarz gekleidete hübsche Blondine erscheint. »Mrs Armstrong? Kari wartet schon auf sie.«

Marilyn tätschelt meine Hand. »Ich weiß es zu schätzen, dass du gekommen bist, Hannah. Aber ich kann nichts versprechen. Auch ich bin untröstlich.«

Ich sehe ihr nach und denke traurig, dass zwei gebrochene Herzen kein ganzes bilden, sondern ein großes Loch.

38

Barfuß knete ich am Mittwochmorgen einen Brotteig, als es an der Tür klingelt. Ich wische mir die Hände ab. Wer kommt mich an einem Wochentag besuchen? Ich dachte, ich wäre die einzige Arbeitslose in New Orleans.

Ich drücke auf die Gegensprechanlage. »Ja?«

»Hannah, hier ist Fiona. Darf ich raufkommen?«

Ich starre auf den Drücker, als würde ich gerade Opfer eines Klingelscherzes. »Fiona Knowles?«, frage ich.

»Wie viele Fionas kennst du?«

Ungewollt muss ich über ihre naseweise Antwort grinsen. Ich drücke ihr auf und lege schnell alle Messbecher und Löffel in die Spüle. Ein blöder Versuch, Ordnung zu machen. Was will sie hier? Hat sie wieder eine Buchvorstellung? Und woher hat sie meine Adresse?

»Bist du nicht eigentlich auf Tour?«, frage ich, als sie aus dem Fahrstuhl tritt. Es klingt wie eine Anschuldigung, ich rudere zurück. »Ich wundere mich nur, dich zu sehen.«

»Gestern Abend war ich in Nashville. Heute sollte ich eigentlich in einer Buchhandlung in Memphis sein. Aber ich habe abgesagt und bin stattdessen hierher geflogen.« Sie kommt herein. Ihr Blick huscht umher, sie sieht sich um. Fiona ist nervös, genau wie ich. »Du hast nämlich recht, Hannah: Eine Entschuldigung reicht manchmal nicht.«

Sie ist nur für mich zurückgekommen? Ihr Verleger wird bestimmt die Kosten tragen. Ich führe sie in die Küche. »Ach, vergiss es einfach. Ich war an dem Abend wirklich nicht gut drauf.«

»Nein, du hattest recht. Ich bin es dir schuldig, dir aufrecht und persönlich Abbitte zu leisten. Und ich muss wissen, was ich noch getan habe, um deine Familie zu zerstören.«

Sie schielt zu meinem Kaffeebecher. »Möchtest du einen?«, frage ich.

»Oh, gerne. Wenn es nicht zu viel Mühe macht. Und nur, wenn du Zeit hast.«

»Zeit ist das Einzige, was ich habe.« Ich hole einen Becher aus dem Schrank. »Wie ich schon auf dem AB erwähnte, bin ich arbeitslos.«

Ich schenke ihr und mir etwas ein, wir gehen ins Wohnzimmer und setzen uns rechts und links aufs Sofa. Fiona kommt sofort zur Sache. Vielleicht will sie noch rechtzeitig zu ihrem Auftritt am Abend wieder in Memphis sein.

»Zuerst mal weiß ich, dass es nicht genug ist, aber ich muss dir sagen, wie leid mir all das tut, was dir passiert ist.«

Ich lege meine Hände um den dampfenden Becher. »Schon gut. Ich wurde ja nicht mit vorgehaltener Waffe dazu gezwungen. Die Entscheidung habe ich aus freien Stücken getroffen.«

»Ich fand es mutig, was du getan hast.«

»Hm. Du und noch zwei, drei weitere. Der Rest der Stadt hält mich für eine Heuchlerin.«

»Ich würde dir gerne irgendwie helfen. Ich fühle mich furchtbar.«

»Warum hast du mich so gehasst?« Die Worte sind heraus, bevor ich sie zurückhalten kann. Trotz all der Jahre, die vergangen sind, will das unsichere Mädchen in mir immer noch eine Erklärung.

»Ich habe dich nicht gehasst, Hannah.«

»Jeden Tag hast du dich über mich lustig gemacht. Darüber, wie ich rede, wie ich mich anziehe, über meine minderwertige Familie. Jeden beschissenen Tag.« Ich beiße die Zähne aufeinander. Ich werde nicht vor ihr weinen.

»Bis du eines Morgens einfach beschlossen hast, dass ich es

nicht wert bin. Da wurde ich unsichtbar. Nicht nur für dich, sondern auch für all deine Freundinnen. Das war noch schlimmer: allein zu essen, allein zum Unterricht zu gehen. Ich habe immer behauptet, ich wäre krank, damit ich nicht zur Schule gehen musste.

Ich weiß noch, wie ich in dem engen Büro der Vertrauenslehrerin saß und meine Mutter Mrs Christian erklärte, dass ich jeden Morgen Bauchschmerzen hätte. Sie konnte nicht verstehen, warum ich die Schule hasste. Ich hätte dich auf keinen Fall verpetzt. Du hättest mich fertiggemacht.«

Fiona schlägt die Hände vors Gesicht und schüttelt den Kopf. »Das tut mir so leid.«

Ich sollte aufhören, kann aber nicht.

»Nach dem Gespräch unterhielt sich meine Mutter noch eine Weile mit Mrs Christian, beide versuchten so zu tun, als hätten sie gerade ein produktives Treffen gehabt. Meine Mutter erwähnte, dass sie die Küche umbauen lassen wollte.« Ich halte inne, habe die Szene im Flur wieder vor Augen, die beiden Frauen, die angeregt plaudern, während ich an einem fremden Spindschloss herumnestele und hoffe, dass meine Mutter sich beeilt.

»Mrs Christian empfahl einen Handwerker. Bob Wallace, den Lehrer für Werkunterricht an der staatlichen Schule.«

Fiona lässt den Kopf in den Nacken sinken. »Sag es nicht! Der Mann, den sie später geheiratet hat?«

»Genau. Wenn du nicht gewesen wärst, hätte meine Mutter Bob niemals kennengelernt.«

Als ich diese Worte ausspeie, erscheint ein verschwommenes Bild vor meinem inneren Auge. Ich sehe meine Mutter, die Bob anlächelt, ihn liebevoll mit einer Gabel Spaghetti füttert. Ich verdränge das Bild. Denn im Moment will ich böse auf Fiona sein, nicht dankbar.

»Ich könnte versuchen zu erklären, warum ich so war«, sagt sie. »Ich könnte sogar eine ziemlich zu Herzen gehende Geschichte von einem Mädchen erzählen, das voller Unsicherheit ist und den Erwartungen seiner Mutter nie gerecht wurde.« Ihr Gesicht ist rot und fleckig, ich muss mich zusammenreißen, um ihr nicht über den Arm zu streicheln und zu sagen, es wäre in Ordnung. »Aber das erspare ich dir. Lange Rede kurzer Sinn: Ich hatte die Schnauze voll von der Welt. Ich war verletzt. Und verletzte Menschen verletzen andere.«

Ich schlucke. »Wer konnte schon wissen, dass es dir genauso schlecht geht wie mir?«

»Wir richten so viel Schaden an, wenn wir versuchen, unseren Schmerz zu verbergen. Denn irgendwie bricht er immer hervor.«

Ich lächele halbherzig. »Bei dir war es wohl eher ein kleiner Ausbruch.«

Fionas Mundwinkel ziehen sich nach oben. »Nein, es war eine richtige Explosion.«

»Was soll's.«

Sie hebt kapitulierend die Hände. »Selbst jetzt, wo ich dieses verrückte Phänomen mit der Versöhnungskette ins Leben gerufen habe, fühle ich mich wie eine Betrügerin. Oft habe ich keine Ahnung, wovon ich überhaupt rede.«

Ich lache. »Und ob! Du bist der Guru des Vergebens. Du hast ein Buch darüber geschrieben.«

»Ja, stimmt. Ich handele aus dem Bauch heraus. In Wahrheit bin ich auch nur ein Mädchen, das vor einem Publikum steht und es bittet, ihm zu verzeihen. Ein ganz normaler Mensch, wie jeder andere, der einfach nur geliebt werden will.«

Meine Augen beginnen zu brennen, dann schüttele ich den Kopf. »Sagt Julia Roberts das nicht so ähnlich am Ende von *Notting Hill* zu Hugh Grant?«

Fiona grinst. »Sag ich doch: Ich bin eine Mogelpackung.«

Der Umzug zum Memorial Day liegt zwei Tage zurück, der Weg vor dem Garden Home ist immer noch mit kleinen amerikanischen Flaggen geschmückt. Ich gehe hinein und wundere mich, Dorothy an einem leeren Tisch im Speisesaal zu finden. Das Mittagessen wird erst in einer halben Stunde serviert. Sie hat ein Frotteehandtuch als Serviette um den Hals. Am liebsten würde ich es abreißen, damit diese Leute verstehen, dass diese Frau ihre Würde hat, doch dann wird mir klar, dass das Lätzchen nicht böse gemeint ist. Die Pfleger wollen Dorothy vor den Flecken schützen, die sie vielleicht verursacht. Hätte ich doch auch ein bisschen Schutz gehabt, als ich deutlich mehr als ein paar Flecken verursacht habe!

Als ich auf ihren Tisch zugehe, hole ich das Brot aus der Tasche.

»Ich rieche Hannahs Brot«, sagt Dorothy. Ihre Stimme ist munter heute. Vielleicht tut die Zeit ihren Zauber. Oder besser noch: Vielleicht hat sie von Marilyn gehört.

»Guten Morgen, Dorothy!« Ich beuge mich vor, um sie zu umarmen. Der Geruch ihres Chanel-Parfüms, ihre dünnen Arme um meinen Hals machen mich heute sentimental. Vielleicht liegt es auch daran, dass ich nächste Woche nach Michigan aufbreche. Aus welchem Grund auch immer drücke ich sie heute fester als sonst. Sie klopft mir auf den Rücken, als spürte sie meine emotionale Zerbrechlichkeit.

»Schon gut, Hannah Marie. Jetzt komm, setz dich und erzähl mir deine Geschichte.«

Ich ziehe einen Stuhl vom Nebentisch heran und berichte ihr von Fionas Besuch. »Ich war baff, dass sie tatsächlich hergeflogen ist, um sich noch einmal bei mir zu entschuldigen.«

»Wunderbar! Und, geht es dir besser?«

»Ja. Aber ich würde sagen, die Geschworenen beraten noch, ob es wirklich gut oder einfach nur dumm ist, seine Reue zu gestehen. Wir beide, zum Beispiel. Wird unser Leben je wieder so wie früher sein?«

»Schätzchen, weißt du das nicht? Das Geständnis hat uns befreit. Aber beim nächsten Mal müssen wir besser aufpassen, wenn wir unser zerbrechliches Herz offenbaren. Diese zarten

Seiten dürfen wir nur mit Menschen teilen, die für eine weiche Landung sorgen.«

Sie hat recht. Claudia Campbell war keine würdige Vertrauensperson. Meine Gedanken wandern zu Michael. Nein, er hat auch nicht für eine weiche Landung gesorgt.

»Freut mich, dass du so optimistisch bist.«

»Bin ich.« Sie legt die Hand auf meinen Arm. »Wir haben nun endlich uns selbst gefunden.«

Ich grübele eine Weile darüber nach. »Wirklich? Tja, hoffen wir, dass das reicht. Erzähl mal, wie geht's denn so? Wie geht's Patrick?«

»Prima.« Sie holt einen Brief aus der Tasche und reicht ihn mir.

Ich lächele. »Hat er dir einen Liebesbrief geschrieben?«

»Der ist nicht von Paddy. Das ist eine Antwort auf einen Stein.«

Marilyn hat ihr verziehen! Phantastisch! Doch dann sehe ich den Absender.

»New York?«

»Los, lies ihn! Aber bitte laut. Ich höre es gerne noch mal.«

Ich falte den Brief auseinander.

Liebe Mrs Rousseau,

als ich Ihre Entschuldigung erhielt, war ich sprachlos. Wie Sie sehen, schicke ich Ihnen den Stein zurück, aber ich möchte betonen, dass Ihre Entschuldigung nicht nötig war. Ich bedauere aufrichtig, dass Sie solche Schuldgefühle mit sich herumgetragen haben, weil Sie nach jenem Tag in der Schule den Kontakt zu mir verloren.

Es stimmt, ich bin nicht mehr an die Walter Cohen High zurückgekehrt. Natürlich mussten Sie annehmen, Sie hätten mich verloren. Wenn Sie die ganzen Jahre doch nur gewusst hätten, dass Sie der Mensch waren, der mich damals gerettet hat! Das klingt so abgedroschen, doch an jenem Junitag habe ich ihr Klassenzimmer als schwieriger Junge betreten und bin

als Mann hinausgegangen. Und, was wichtiger ist: als Mann,
den ich tatsächlich mochte.
Ich kann mich noch so deutlich an jenen Vormittag erinnern.
Sie riefen mich nach vorn ans Pult, um einen Blick ins Klassen-
buch zu werfen. Alles war voller Striche. Ich hatte in jenem
Halbjahr keine einzige Hausaufgabe gemacht. Sie entschuldig-
ten sich, aber erklärten, dass Sie keine andere Wahl hätten, als
mich durchfallen zu lassen. Ich bekäme keinen Abschluss.
Das war keine große Überraschung. Das ganze Schuljahr schon
hatten Sie mir Stress gemacht. Ich weiß nicht mehr genau, wie
oft Sie zu Hause bei uns anriefen, einmal standen Sie sogar
vor der Tür. Sie flehten mich an, zur Schule zu gehen, Sie
appellierten an meine Mutter. Mir fehlten sechs Punkte für
den Abschluss, das bedeutete, ich musste in dem Halbjahr alle
Kurse bestehen. Und Sie waren wild entschlossen, mir dabei zu
helfen. Nicht nur in Ihrem Englischkurs. Sie sprachen auch mit
meinen anderen Lehrern. Aber ich hab es Ihnen nicht leicht
gemacht. Ich hatte immer neue Ausreden, und ja, manche von
ihnen stimmten auch. Aber letzten Endes konnten Sie keinen
Schüler bestehen lassen, der nur einmal in der Woche in den
Unterricht kam, wenn überhaupt.
Also: Ja, wir können uns noch beide an jenen Tag erinnern.
Aber ich weiß nicht genau, ob Sie auch den Rest der Stunde
in Erinnerung haben.
Bevor Sie mit dem Unterricht begannen, baten Sie Roger
Farris, seinen Walkman wegzulegen. Mit genervtem Stöhnen
verstaute er ihn unter seinem Tisch. Mitten in der Stunde
meldete Roger dann, sein Walkman sei verschwunden.
Er rastete aus, überzeugt, dass jemand ihn gestohlen hatte.
Die Schuldzuweisungen begannen. Jemand schlug vor, dass
Sie uns durchsuchen. Sie wollten nichts davon hören.
Mit großer Ruhe erklärten Sie uns, dass jemand einen Fehler
begangen hatte. Sie behaupteten, einer von uns würde seine
Tat gerade stark bereuen und sie sehr gerne wiedergutmachen.

Dann gingen Sie in Ihr kleines Büro, das vom Klassenzimmer abging, und machten dort das Licht aus. Sie verkündeten, jeder Schüler aus der Klasse würde nun zwanzig Sekunden allein in dem dunklen Raum verbringen. Wir sollten unsere Rucksäcke und Tornister mitnehmen. Derjenige, der den Walkman habe, würde ihn in Ihrem Büro lassen, davon waren Sie überzeugt.

Wir stöhnten und motzten. Was für ein Schwachsinn, uns alle als Diebe zu bezichtigen. Jeder wusste, dass es Steven Willis gewesen war. Der Junge ohne Geld, der so viel Gras rauchte. Dass er überhaupt an dem Tag in der Schule war, galt als Überraschung. Meistens hat er geschwänzt.

Wieso sollte man ihn nicht einfach darauf ansprechen, seinen Rucksack durchsuchen und den Rest der Klasse verschonen? Von selbst würde er Rogers Walkman niemals herausrücken. Wir versuchten Sie zu überzeugen, dass die Menschen einfach nicht so funktionierten, dass Sie naiv waren.

Doch Sie ließen nicht locker. Sie sagten, von Natur aus seien wir alle gut. Derjenige, der »versehentlich« den Walkman genommen hätte, würde in diesem Moment mit sich ringen, sich wünschen, es rückgängig machen zu können.

Widerwillig gehorchten wir. Einer nach dem anderen verschwand in der Dunkelheit Ihres Kabuffs. Gina Bluemlein stoppte die Zeit und klopfte an die Tür, um Bescheid zu geben, wenn die zwanzig Sekunden vorbei waren. Am Ende der Stunde waren alle Schüler in Ihrem dunklen Büro gewesen. Und dann kam der Moment der Wahrheit. Wir drängten uns in der Tür, als Sie das Büro betraten. Mittlerweile waren wir ebenso gespannt wie Sie zu sehen, wie Ihr Experiment ausgegangen war. Sie schalteten das Licht an. Es dauerte einen Moment, bevor wir ihn entdeckten, doch da lag er auf dem Boden neben Ihrem Aktenschrank: Roger Farris' Walkman. Die Klasse war baff. Wir brachen in Jubel aus und klatschten uns ab. An jenem Tag verließen alle die Schule mit einem neu entdeckten Optimismus für die Menschheit.

*Und ich? Dieses eine Erlebnis veränderte mein Leben. Genau
wie jeder vermutete, hatte ich den Walkman genommen. Die
Klasse hatte recht – ich hatte nicht die Absicht, ihn zurückzugeben. Ich hatte mir einen Walkman gewünscht, doch mein
Vater war arbeitslos. Und Roger war eh ein Arschloch. Was
juckte es mich also?*

*Doch Ihr fester Glaube an das Gute in mir veränderte meine
Einstellung völlig. Als ich den Walkman neben den Schrank
legte und das Büro wieder verließ, hatte ich das Gefühl, meine
alte Haut abgestreift zu haben. Die Abgebrühtheit, das Gefühl,
dass ich mein Leben lang zum Opfer gemacht worden war und
mir die Welt etwas schuldete, legte sich. Zum ersten Mal, seit
ich mich erinnern konnte, hatte ich das Gefühl, etwas wert zu
sein.*

*Sie sehen also, Mrs Rousseau, dass Ihre Entschuldigung un-
gerechtfertigt ist. Ich verließ den Klassenraum und ging direkt
zum Institut für Erwachsenenbildung. Sechs Wochen später
hatte ich meinen Abschluss geschafft. Die Vorstellung, dass ich
tatsächlich gut sein könnte, dass Sie an mich glaubten, veränderte meine Denkweise komplett. Das Kind, das von seinen
Eltern herumgestoßen wurde, das der Welt die Schuld an
seinem miesen Schicksal gab, übernahm allmählich die Regie.
Ich wollte beweisen, dass Sie recht hatten. Ihre Lektion am
letzten Tag der Highschool erwies sich als Auslöser für alles,
was ich danach tat.*

*Bitte seien Sie versichert, dass ich für meinen Teil Ihnen auf
ewig dankbar bin, weil Sie das Gute in mir gesehen und mir
erlaubt haben, entsprechend zu handeln.*

Mit freundlichen Grüßen,
Steven Willis, Rechtsanwalt
Kanzlei Willis & Bailey
149 Lombardy Avenue
New York, NY

Ich tupfe mir die Augen mit den Ärmeln ab und sehe Dorothy an. »Was musst du stolz sein!«

»Eine weitere Kerze ist entzündet«, sagt sie und wischt sich selbst die Augen mit dem Frotteetuch trocken. »Mein Raum wird heller.«

Für jede Kerze, die wir löschen, entzünden wir eine neue. Welch ein ewiges Ausprobieren unser Leben doch ist! Unsere Schuldgefühle und Scham werden von Augenblicken der Demut und Gnade aufgewogen. Am Ende können wir nur hoffen, dass das von uns entzündete Licht die Dunkelheit erleuchtet.

Ich drücke Dorothys Hand. »Du bist eine unglaubliche Frau.«

»Ja, das stimmt!«

Ich drehe mich um. Marilyn steht hinter mir. Wie lange sie dort schon wartet, kann ich nicht sagen.

Dorothys Augen werden groß. »Bist du das, Mari?«

Marilyn nickt. »Ja, ich bin das.« Sie beugt sich vor, um ihrer Freundin einen Kuss auf die Stirn zu geben. »Und nur fürs Protokoll, Dottie: Dein Raum braucht gar nicht heller zu werden, er hat immer schon nur so gestrahlt vor Licht.«

Als ich nach Hause komme, ist es ein Uhr. Ich fühle mich leichter, weil ich die Versöhnung meiner beiden Freundinnen miterlebt habe – und weil ein Brief von RJ in meinem Briefkasten gelegen hat. Mit zitternden Händen schiebe ich den Finger unter das Siegel.

Liebe Hannah,
vielen Dank für Deinen Brief. Ich war mir nicht sicher, ob ich noch einmal von Dir hören würde. Du brauchst Dich nicht zu entschuldigen. Es leuchtet ein, dass eine so eindrucksvolle Frau wie Du eine feste Beziehung hat. Ich respektiere Deine Ehrlichkeit und Rechtschaffenheit.

Ich laufe in der Küche auf und ab, schaue auf die Worte »feste Beziehung«. Ich habe keine feste Beziehung mehr! Ich kann dich jetzt treffen, ohne Schuldgefühle!

Schau doch vorbei, wenn Du das nächste Mal im Handschuhstaat bist, mit oder ohne Deine Mutter – oder Deinen Freund. Ich verspreche, dass ich mich wie ein Gentleman benehme. Und wie immer: Ich möchte ganz oben auf Deiner Tanzkarte stehen, falls Du der aktuellen Situation müde werden solltest.
Dein RJ

Ich lehne mich gegen den Kühlschrank und lese den Brief erneut. Offenbar ist RJ geblendet von der Frau, für die er mich hält. Ich habe ihm nicht die Wahrheit über meine Vergangenheit gesagt, und warum sollte ich das nach der furchtbaren Reaktion in New Orleans auch tun? Wie alle anderen wäre er entsetzt zu erfahren, was für ein Mädchen ich damals war.

Ich würde ihn so gerne wiedersehen, aber kann ich ihm weiter etwas vormachen? Kann ich noch so eine oberflächliche Beziehung wie mit Michael oder Jackson führen und weiter versuchen, die alten Dämonen unter der Falltür zu verstecken? Jacksons Abschiedsworte kommen mir in den Sinn: *Kein Wunder, dass du mich so einfach gehen lässt, Hannah. In Wirklichkeit hast du mich nie richtig an dich herangelassen.*

Nein, so bin ich nicht mehr.

Fast stürme ich zu meinem Schreibtisch, greife zum Stift und einem Blatt Briefpapier.

Lieber RJ,
meine Tanzkarte ist leer.
Alles Liebe,
Hannah

39

Mein Auto ist vollgetankt, und letzte Woche habe ich extra noch einen Ölwechsel machen lassen. Zwei Koffer stehen vor meiner Wohnungstür, daneben eine Tasche mit Müsliriegeln, Nüssen, Wasser und Obst. Ich bin startklar für den Aufbruch nach Michigan früh am nächsten Morgen. Als um zwei Uhr nachts das Telefon klingelt, schlafe ich tief und fest.

»Er ist nicht mehr da, Hannah!«

O Gott, Bob ist tot. Ich schwinge die Beine über die Bettkante. »Das tut mir so leid, Mom. Was ist passiert?«

»Ich bin nur kurz auf Toilette, da war er nicht mehr im Bett. Er ist nicht im Haus. Er ist weg, Hannah. Ich habe ihn schon draußen gesucht, aber ich kann ihn nirgends finden!«

Ich seufze auf. Bob ist doch nicht tot. Das ist gut, sage ich mir, obwohl Bobs Tod meiner Mutter ein neues Leben schenken würde, auch wenn sie das selbst nicht so sehen würde.

Sie redet so schnell, dass ich sie kaum verstehe. »Kann ihn nicht finden … hab überall gesucht …«

»Beruhige dich, Mom. Es geht ihm bestimmt gut.« Aber das glaube ich selbst nicht. Bob hat keinerlei Überlebensfähigkeiten. Und mit dem Wald so nah vor der Haustür, dem See und den kalten Temperaturen nachts …

»Ich bin unterwegs. Ruf die Polizei! Wir finden ihn, das verspreche ich dir.«

Sie stößt die Luft aus. »Wie gut, dass du kommst.«

Endlich ist ihre Tochter für sie da, in Zeiten der Not. Denn sie braucht ihren Mann.

Alle halbe Stunde rufe ich bei ihr an, aber es meldet sich nur der Anrufbeantworter. Als ich zehn Meilen vor Memphis bin, nimmt sie ab.

»Die Polizei hat ihn gefunden, er hat auf dem Boden seines Angelboots gekauert, deswegen habe ich ihn nicht gesehen.« Das Boot. Das alte Angelboot, das ich ihm letzten Monat wieder gezeigt habe. Die Fahrt auf dem See muss Erinnerungen in ihm wachgerufen haben. O Gott, selbst wenn ich gute Absichten habe, geht es daneben.

»O Mom, das tut mir leid. Wie geht es ihm?«

»Er ist unterkühlt. Hockte in kaltem Wasser, acht Zentimeter hoch. Die Sanitäter waren da. Wollten ihn zur Untersuchung nach Munson bringen. Aber er hat schon genug ertragen. Ich hab ihm heiße Milch gemacht und ihn ins Bett gesteckt.«

»Gegen sieben Uhr heute Abend müsste ich da sein.«

»Ich mache was zu essen.«

»Nein, ist schon gut. Ich esse zwischendurch etwas.«

»Auf gar keinen Fall! Und noch was, Hannah.«

»Ja?«

»Danke. Du kannst dir gar nicht vorstellen, was für ein Trost du für mich bist.«

Auf der ganzen Fahrt nach Michigan denke ich über ihren Satz nach. Vielleicht bin ich dumm, meine Lektion nicht gelernt zu haben nach allem, was ich verloren habe. Der Gedanke macht mir Angst, aber ich muss es tun. Es steht außer Frage. Bevor es zu spät ist, muss ich mich noch bei zwei Menschen entschuldigen, und zwar bei Bobs Sohn und seiner Tochter.

Ich habe Anne und Bob Junior nie kennengelernt. Als es mit ihrem Vater und meiner Mutter ernst wurde, waren sie schon erwachsen. Wie sie von meiner Anschuldigung erfuhren, weiß ich nicht. Aber sie sind im Bilde. Meine Mutter sagt, dass sie und Bob nur sehr wenig Kontakt zu Anne und Junior haben. Ich kann bloß vermuten, dass ich für diese Distanz verantwortlich bin. Unsere ehemalige Nachbarin Mrs Jacobs verriet es der Schulbehörde, und mit Sicherheit gab es Gerede. Bobs Exfrau muss es gewusst haben. Ob sie so gemein war, es ihren Kindern zu erzählen? Offensichtlich schon.

Ich starre nach vorne auf den sich endlos reihenden Verkehr der I-57. Anne, die ältere der beiden, müsste jetzt Ende vierzig sein, nicht viel jünger als meine Mutter. Im Sommer 1993 war sie bereits verheiratet und lebte in Wisconsin. Junior war auf dem College, meine ich mich zu erinnern.

Ob sie kommen würden? Vielleicht sogar mit ihren Familien? Ich weiß nicht, was schlimmer wäre: mich ihrem Zorn in einer großen oder kleinen Gruppe zu stellen.

Mein Magen verkrampft. Ich stelle den iPod lauter. Lifehouse singt:»*I'm halfway gone and I'm on my way …*« Das Lied scheint von meiner Reise zu handeln. Ich habe die Hälfte hinter mir. Muss mich nur noch bei wenigen entschuldigen. Ich bin weit gegangen, aber noch nicht weit genug. Ich habe die Kapuze meines dunklen Umhangs abgestreift, doch am Hals schnürt er mir noch immer die Luft ab.

Ich lasse den Kopf gegen die Kopfstütze fallen. Wie soll ich ihnen gegenübertreten? Wenn mir jemand erzählen würde, er hätte meinen Vater fälschlicherweise der sexuellen Belästigung beschuldigt, würde ich denjenigen verachten, wahrscheinlich noch mehr, als es mein Vater tun würde. Und keine Entschuldigung, wie aufrichtig auch immer, kann verflossene Zeit ersetzen.

Ich könnte den Vorwurf beschönigen, Ausreden vorbringen, zu erklären versuchen, dass ich noch jung war und fest an die fixe Idee glaubte, meine Eltern würden wieder zusammenkommen. Ich könnte ihnen auch die Wahrheit sagen, dass ich bis heute nicht sicher weiß, ob die Berührung ein Versehen war. Doch das scheint mir unaufrichtig, ein Ausweichmanöver. Nein, wenn ich das tue, dann übernehme ich zu hundert Prozent die Verantwortung, nicht zu fünfzig, nicht zu neunundneunzig Prozent. Nein, dann stehe ich vollkommen dafür gerade.

319

Als ich in der Einfahrt halte, ist die Sonne hinter dem See verschwunden. Ich stelle den Motor aus und entdecke meine Mutter auf der Treppe zur Veranda, als hätte sie den ganzen Tag auf mich gewartet. Wenn ich es nicht besser wüsste, könnte man meinen, dass sie diejenige mit Alzheimer ist. Sie hat das Haar zu einem wirren Pferdeschwanz nach hinten gebunden, trägt eine altmodische Brille, die zu groß für ihr kleines Gesicht ist. Ihre Jacke ist offen, darunter sehe ich eine verblichene Jogginghose und ein T-Shirt. Aus der Ferne sieht sie aus wie ein zwölfjähriges Mädchen.

Jetzt fallen sie mir wieder ein, all die Kommentare, die wir früher zu hören bekämen, weil die Leute uns für Schwestern hielten. Mich überfällt ein Gedanke, bevor ich ihn verdrängen kann. War es das, was Bob so anziehend fand? Dass meine Mutter wie ein Kind aussah?

Ich laufe zu ihr. »Mom!«

Sie schaut auf, als erschräke sie sich, mich zu sehen. »Hannah.« Sie kommt zu mir herunter und drückt mich an sich, fester heute, fast verzweifelt.

»Wie geht es ihm?«, frage ich.

»Er hat fast den ganzen Tag geschlafen.« Sie schlingt die Arme um ihren Körper. »Ich war so unvorsichtig. Schon lange will ich eine Glocke an die Schlafzimmertür hängen. Du hättest ihn sehen sollen, Hannah. Er war völlig unterkühlt und zitterte wie ein nasser Hund.«

Ich nehme ihr Gesicht in die Hände, als wäre sie das Kind und ich die Mutter. »Jetzt geht's ihm besser. Und es ist nicht deine Schuld, Mom. Du hast ihn gefunden. Du hast ihn zurück.«

Ich finde, das ist eine Metapher für ihr Leben. Sie verliert diejenigen, die sie liebt, sie entgleiten ihr, und Mom bleibt zurück und fragt sich, wo ihre Lieben sind und ob sie noch leben.

Es ist zweiundzwanzig Jahre her, dass ich in diesem Holzhaus übernachtet habe. Ob es sich jemals wie ein Heim anfühlen kann? Ich stehe auf der Schwelle des kleinen Schlafzimmers und höre zu, wie meine Mutter Bob dasselbe Lied vorsingt wie früher mir.

»Like a bridge over troubled water, I will lay me down.« Ihre Stimme ist heiser, sie singt ein bisschen schief. Ich bekomme einen Kloß im Hals.

Sie streicht Bob übers Haar und gibt ihm einen Kuss auf die Wange. Gerade als sie das Licht ausmachen will, fällt mir ein Foto auf seinem Nachttisch ins Auge.

»Was ist das?«, frage ich und komme näher.

»Bobs Lieblingsbild«, sagt sie.

Ich nehme den Holzrahmen in die Hand und erkenne mich selbst als Jugendliche, zusammen mit Tracy am Ende des Anlegers. Wir schauen uns über die Schulter zur Kamera um, als hätte Bob gerufen: »Was habt ihr vor, Jungs?« und wir hätten uns umgedreht und wären in dem Moment von ihm geknipst worden. Ich betrachte die Aufnahme genauer. Hinten links hat sich mein Badeanzug leicht hochgeschoben, so dass die weiße Haut meines Pos einen Kontrast zum gebräunten Oberschenkel bildet.

Ich stelle das Foto wieder weg. Unbehagen kommt in mir auf. Warum hat er von allen Bildern ausgerechnet dieses auf seinem Nachttisch?

So schnell mein Verdacht aufflackert, ersticke ich ihn wieder. In jenem Sommer lief ich fast jeden Tag im Badeanzug herum. Logisch, dass ich auf einem Bild darin zu sehen sein würde.

Ich knipse die Lampe aus und denke an das, was ich Marilyn sagte. *Um zu vergeben, muss man nicht unbedingt vergessen.* Doch in meinem Fall muss ich es wohl doch. Jener verschwommene Schnappschuss meiner Erinnerung kann unmöglich nachträglich scharf gestellt werden. Wenn ich vergeben will, muss ich vergessen.

Meine Mutter und ich sitzen hinten auf der Terrasse und trinken Limonade. Die Nachtluft ist kühl, sie ist erfüllt vom Zirpen der Grillen und dem Quaken von Fröschen. Mom entzündet eine

321

Zitronella-Kerze, um die Mücken fernzuhalten, und erzählt mir von dem schicken Haus, das sie immer putzt.

Kurz verschwindet sie, um nach Bob zu sehen. Als sie zurückkehrt und sich wieder auf ihre Schaukel setzt, lächelt sie mich an. »Wo waren wir stehengeblieben?«

Wo waren wir stehengeblieben? Es ist, als hätte sie all die schlimmen Jahre übersprungen, die Jahre, in der ich ihr weh tat und mich weigerte, sie zu sehen. Ihre Liebe zu mir scheint genauso groß wie früher, als hätte sie mir meine Gemeinheiten absolut vergeben. Das ist die großherzige Vergebung, von der Fiona immer spricht.

»Ich möchte mich entschuldigen.«

»Ach, Schatz, nicht. Wir haben dir schon vor vielen Jahren verziehen.«

»Nein, meine Entschuldigung bei Bob kam zu spät.« Ich atme tief durch. »Ich möchte mich bei seinen Kindern entschuldigen.«

Eine Weile sieht sie mich schweigend an. »Hannah, nein.«

»Bitte, Mom! Ich denke schon länger darüber nach, dass sie entfremdet von ihrem Vater aufwuchsen. Das ist meine Schuld.«

»Das kannst du nicht wissen.«

»Könntest du ein Treffen mit Anne und Junior organisieren? Bitte?«

Die Kerzenflamme beleuchtet die Falten in ihrem Gesicht. »Es ist Jahre her, dass wir seine Kinder gesehen haben. Das wird nicht einfach. Willst du das wirklich tun?«

Nein, will ich nicht. Ganz im Gegenteil würde ich Bobs Kindern am liebsten für den Rest meines Lebens aus dem Weg gehen. Aber das kann ich nicht. Ich bin es ihnen und dem Mann schuldig, dessen Ruf ich ruiniert habe.

»Ja. Bitte, ich muss das machen, Mom.«

Sie dreht ihr Gesicht in die Dunkelheit. »Was ist, wenn sie nicht kommen wollen?«

»Sag ihnen, dass es dringend ist. Erzähl ihnen irgendwas. Sie müssen das hören, und zwar von mir. Alles andere wäre feige.«

»Wann?«

»Können wir es für Samstag einrichten? Bitte?«

Sie nickt, und ich bin überzeugt, dass sie denkt, ich hoffte auf eine Freisprechung. Doch das stimmt nicht. Ich hoffe, dass sie Bob freisprechen.

40

Ich setze mich auf einen Hocker und zwinge mich, ein Thunfischsandwich zu essen, während meine Mutter die Kirschen für ihren Kuchen abwäscht. Zum hundertsten Mal schaue ich auf die Uhr. In drei Stunden werden sie hier sein. Mir wird schlecht, und ich lege das Sandwich zurück auf den Teller.

Ich sehe meine Mutter im Profil, sie lässt Wasser über einen Durchschlag laufen. Sie trägt eine weiße Caprihose und eine ärmellose Bluse.

»Du siehst hübsch aus, Mom.«

Lächelnd dreht sie sich zu mir um. »Ich dachte, das würde dir gefallen.«

»Tut es.« Ich schaue hinüber zu dem Teig, den sie auf der Arbeitsfläche ausgerollt hat. »Du hast immer gerne gebacken, stimmt's?«

Sie folgt meinem Blick. »Nichts Besonderes, keine tollen Sachen, wie man sie in New Orleans macht. Einfach gute, altmodische Obstkuchen, Plätzchen und Torten. Sachen, die meine Mutter schon gebacken hat.«

Mit der Schulter schiebt sie sich eine Locke aus dem Gesicht.

»Hoffentlich mögen sie Kirschkuchen. Vor vielen Jahren kamen sie mal zu Weihnachten. Staci – das ist die Exfrau von Junior – aß sogar zwei Stück.« Sie schaut hoch zur Uhr über dem Herd. »Anne wollte um acht Uhr in Wisconsin losfahren, das heißt, sie müsste gegen drei Uhr hier sein. Junior hat versprochen, zu derselben Zeit zu kommen. Ich habe einen Nudelauflauf zum Abendessen gemacht. Und natürlich einen Salat.«

Sie spricht hastig, ich komme nicht dazwischen. Ich sehe, dass ihre Hände zittern.

»Mom, ist alles in Ordnung?«

Sie schaut auf. »Ganz ehrlich? Ich bin fix und fertig.« Sie gibt die Kirschen in eine Schüssel und stellt den Durchschlag in die Spüle. Das metallische Geräusch lässt mich zusammenfahren.

Ich stehe auf, gehe zu ihr und nehme ihre Arme. »Was ist denn?«

Sie schüttelt den Kopf. »Es ist lange her, dass sie Bob gesehen haben. Sie wissen nicht, was sie erwartet. Und Anne ... Sie lässt sich gerade wieder scheiden. Als ich anrief, gab sie mir deutlich zu verstehen, dass ich ihr mit meiner Bitte Umstände mache.«

Ich schließe die Augen. »Das tut mir so leid, Mom. Das ist alles meine Schuld.«

Sie schielt hinüber zum Schlafzimmer, wo Bob schläft, und senkt die Stimme, als könnte er unser Gespräch belauschen und verstehen. »Ich habe ihr gesagt, es könnte das letzte Mal sein, dass sie ihn sieht.«

Ich halte die Luft an. Vielleicht hat meine Mutter recht. Seit man den durchnässten Bob am Mittwoch aus dem Boot zog, hat er kein Wort mehr von sich gegeben. Sein Husten wird immer schlimmer. Wieder fühle ich mich schuldig. Wäre er auch dann zum Boot gelaufen, wenn ich letzten Monat nicht darauf bestanden hätte, mit ihm auf den See zu fahren?

»Es tut mir leid, Mom. Du hast schon genug Probleme, und ich mache dir noch mehr.«

Sie schluckt und hebt die Hand, will nicht darüber sprechen. »Und Junior ist ja immer nett, aber ich konnte merken, dass er nicht gerade erfreut war.«

»Ich habe so viel Schaden angerichtet.«

Zum ersten Mal bröckelt die tapfere Fassade meiner Mutter. »Ja. Ja, das hast du. Das muss ich zugeben. Ich hoffe einfach nur, dass es nicht zu spät ist. Hoffentlich erkennt Bob seine Kinder.«

Eine dunkle Wolke zieht über mich. Das Ganze ist ein Fehler. Meine Mutter und ich haben überzogene Erwartungen. Sie schüttet eine Tasse Zucker über die Kirschen. »Vielleicht versteht Bob ja, dass ihm verziehen wurde, möglicherweise.« Verziehen? Meine Nackenhaare stellen sich auf. Wie sonderbar, dass meine Mutter dieses Wort benutzt. Wieso soll ihm verziehen werden, wenn er nichts Unrechtes getan hat?

Sie steht am Wohnzimmerfenster und schaut alle paar Minuten auf die Uhr. Um zwanzig vor drei biegt ein Van in die Auffahrt. »Anne ist da«, sagt meine Mutter, holt einen Lippenstift aus der Tasche und fährt damit über ihre Lippen. »Sollen wir sie draußen begrüßen?«

Mein Herz hämmert. Hinter der Scheibe beobachte ich, wie eine Frau mittleren Alters aus dem Van steigt. Sie ist groß und hat graues, schulterlanges Haar. Auf der Beifahrerseite erscheint ein Mädchen, ungefähr neun Jahre alt.

»Sie hat Lydia mitgebracht«, sagt Mom.

Ich werde von Gefühlen überwältigt – Traurigkeit, Schrecken, Erleichterung. Ich werde von dieser Frau zerrissen werden. Und ich habe es verdient.

Nach dem Van kommt ein zweites Fahrzeug, ein weißer Pickup. Er erinnert mich an den von RJ, und mich tröstet die Aussicht, dass ich ihn am Montag besuchen werde, egal wie es heute ausgeht. Ich werde ihm alles über meine Vergangenheit erzählen, werde reinen Tisch machen. Irgendwie weiß ich, dass er es verstehen wird.

Der Pick-up parkt hinter dem Van. Anne und Lydia warten; offenbar haben sie sich draußen verabredet.

Mein Herz schlägt schneller. Ich brauche frische Luft. Ich wende mich ab, gehe zu Bob, der in seinen Fernsehsessel verfrachtet wurde. Mit vereinten Kräften haben meine Mutter und ich ihn heute Vormittag aus dem Bett gehievt. Ich habe ihm die Haare gekämmt, Mom hat ihn rasiert. Er ist jetzt wach, aber die Zeitung, die sie ihm auf den Schoß gelegt hat, ist herunter-gerutscht, er interessiert sich deutlich mehr für seine Lesebrille, dreht sie in den Händen, knibbelt am Nasensteg aus Plastik.

Ich nehme ihm die Zeitung von den Beinen und glätte seine dünnen grauen Haare. Er hustet, ich reiche ihm ein Taschentuch.

»Wie schön, dass ihr gekommen seid«, höre ich meine Mutter rufen.

Jetzt kommen sie herein. Das kleine Zimmer scheint zu schrumpfen. Ich möchte fliehen.

»Danke, Suzanne«, sagt eine Männerstimme.

Ich wirbele herum. Und dann sehe ich ihn.

RJ.

41

Im ersten Moment begreife ich es nicht. Was will RJ hier? Wie hat er mich gefunden? Lächelnd trete ich auf ihn zu, doch sein Gesichtsausdruck lässt mich innehalten. Er hat die Puzzleteile bereits zusammengefügt. Und dann verstehe auch ich. O gütiger Gott! RJ ist Robert – Bob – Junior, Bobs Sohn. »Du bist Hannah«, sagt er. Es ist keine Frage. Sein Blick wird schwer, er senkt ihn auf die Füße. »Mensch, das tut mir so leid.« »RJ«, sage ich, aber mir fehlen die Worte. Er denkt, ich sei das Mädchen, das von seinem Vater belästigt wurde. Gleich wird er die Wahrheit erfahren. Ich bekomme keinen Ton heraus.

Er legt einen Arm auf die Brust, hält sich die Hand vor den Mund. Kopfschüttelnd sieht er mich an. »Nicht du.« Der Kummer in seinen Augen zerbricht mir das Herz.

»Du kennst Junior?«, fragt meine Mutter.

Meine Kehle ist so zugeschnürt, dass ich kaum Luft bekomme. Sie wiederholt ihre Frage, und ich kann nur nicken. Die Zeit steht still. Natürlich! Warum habe ich es nicht begriffen? Jetzt ergibt alles einen Sinn. Er ist in der Nähe von Detroit aufgewachsen. Seine Eltern ließen sich scheiden, als er auf dem College war. Er hat seinem Vater nicht verziehen – was, das verriet er nicht. Damals kam es mir zu intim vor, nachzuhaken, doch jetzt weiß ich es. Die ganzen Jahre dachte RJ, sein Vater sei ein Ungeheuer.

Meine Mutter stellt mich Anne vor, RJ geht an mir vorbei, hinüber zu seinem Vater. Ich halte Ausschau nach ein bisschen Wärme in den blaugrauen Augen von Bobs Tochter, doch sehe nichts als Eis. Ich halte ihr meine zitternde Hand hin. Anne begrüßt mich flüchtig. Sie macht sich nicht die Mühe, mich ihrer Tochter vorzustellen, weshalb ich es selbst übernehme. »Ich bin Hannah«, sage ich zu dem schmalen Mädchen in kurzen Jeanshosen und Tanktop.

Sie hustet, dasselbe tiefe Rasseln, das auch Bob von sich gibt. »Ich bin Lydia«, krächzt sie und starrt mich an. Falls Kinder einem tatsächlich tief in die Seele blicken können, dann ist Lydia die Ausnahme von der Regel. Sie himmelt mich an, als wäre ich ein Star, obwohl ich in Wirklichkeit eine fehlgeleitete Rakete bin, die ihre Familie zerstört hat.

Anne schielt zu ihrem Vater im Sessel hinüber, macht aber keine Anstalten, ihn zu begrüßen. Ich zwinge mich, ihr über den Arm zu streichen, und spreche laut, damit auch RJ mich hört. »Ich habe meine Mutter gebeten, euch anzurufen.« Ich halte inne, hole tief Luft, balle mehrmals die Fäuste. *Ich schaffe das. Ich muss es tun.* »Ich muss euch etwas erzählen.«

»Möchte jemand etwas trinken?«, fragt meine Mutter und strahlt, als gäbe sie eine Party, doch ich höre das Beben in ihrer Stimme. Sie hat eine Riesenangst. »Ich habe Tee da und Limonade. Oder willst du vielleicht eine Cola, Lydia?«

Lydia will antworten, doch Anne unterbricht sie. »Bringen wir es hinter uns!«, sagt sie, als wüsste sie bereits, warum sie hier ist und was ich sagen werde. »Wir müssen bald zurück.« Sie legt ihrer Tochter die Hand auf die Schulter. »Geh nach draußen, los!«

Sie wollen heute Abend noch zurück? Die Fahrt nach Madison dauert sieben Stunden! Nein, wahrscheinlich haben sie ein Motel in der Stadt gebucht, oder sie übernachten bei RJ. Ich denke daran, dass meine Mutter etwas zu Essen vorbereitet hat, dass sie mich höflich darum gebeten hat, heute Nacht auf dem Sofa zu schlafen, damit Anne das kleine Gästezimmer haben kann. Ich half ihr, die Bettwäsche zu wechseln, und sah zu, wie sie Pfingstrosen im Garten pflückte und sie auf die Kommode stellte. Eine weitere Enttäuschung für die Frau, die nur akzeptiert werden will. Vielleicht hatte mein Vater doch recht, als er sagte, der Schlüssel zum Glück sei, nichts zu erwarten.

Als Lydia nach draußen gegangen ist, setzt Anne sich auf das Sofa, meine Mutter hockt sich auf die Lehne von Bobs Sessel. RJ nimmt den Eichenstuhl, den meine Mutter aus der Küche geholt hat.

Ich nehme die beiden Beutelchen mit den Steinen in die Hand, die ich schon vorher auf den Couchtisch gelegt habe.

»Ich möchte mich entschuldigen«, sage ich und stehe auf. »Vor einem Monat kam ich hierher, um Frieden mit eurem Vater zu schließen. Als ich dreizehn war, behauptete ich, dass eine zufällige Berührung mit Absicht geschehen war. Ich habe gelogen.«

Zum ersten Mal nenne ich es eine Lüge. War das jetzt ein Versprecher oder bin ich tatsächlich bereit, es zuzugeben? Ich kann es beim besten Willen nicht sagen. Aber für den heutigen Tag ist es eine Lüge. Ohne Beweis kann ich es nicht anders nennen.

»Vielleicht habt ihr von den Versöhnungssteinen gehört. Ich habe meiner Mutter und eurem Vater jeweils einen geschenkt. Jetzt möchte ich auch euch beiden einen geben.«

RJ stützt die Ellenbogen auf die Knie, legt das Kinn in die gefalteten Hände. Er schaut zu Boden. Anne sagt nichts. Ich schiele zu Bob hinüber. Er schläft, sein Kopf liegt auf dem Kissen, die Lesebrille ist verrutscht. Meine Brust zieht sich zusammen.

»Ich dachte, es würde mein Schuldgefühl lindern, wenn ich eurem Vater einen Stein schenkte, zumindest ein wenig. Aber letzten Endes habe ich meinen Frieden noch nicht gemacht. Weil ich mich auch bei euch entschuldigen muss.«

Ich hole aus jedem Beutelchen einen Stein. »Anne«, sage ich und trete auf sie zu. »Bitte verzeih mir, was ich dir und deiner Familie angetan habe. Ich weiß, dass ich euch die verlorene Zeit nicht zurückgeben kann. Es tut mir unendlich leid.«

Sie starrt auf den Stein in meiner ausgestreckten Hand. Ich warte, bemüht, die Hand ruhig zu halten. Sie wird ihn nicht annehmen. Und ich kann es ihr nicht verübeln. Gerade als ich die Hand zurückziehen will, greift sie nach dem Stein. Für den Bruchteil einer Sekunde sieht sie mir in die Augen. Dann nimmt sie den Stein und lässt ihn in ihrer Tasche verschwinden – zusammen mit dem Beutelchen und dem darin enthaltenen zweiten Stein.

»Danke«, sage ich und kann endlich wieder atmen. Aber ich weiß, dass es nur der erste Schritt war. Auch wenn sie den Stein angenommen hat, heißt das noch lange nicht, dass sie ihn mir mit einem Knicks und einem Brief der Vergebung zurückschickt. Jedoch ist es ein Anfang, und auf mehr kann ich heute nicht hoffen.

Nummer eins, jetzt kommt Nummer zwei. Ich gehe zu RJ.

Er hebt den Blick nicht vom Boden. Ich sehe ihn an. Am liebsten würde ich über seine widerspenstigen braunen Locken streichen. Er hat die Hände gefaltet, als würde er beten. Auf einmal scheint er mir so rein zu sein. RJ ist der perfekte Mann, und ich bin eine Sünderin. Wie könnte so eine ungleiche Verbindung jemals funktionieren?

Bitte, lieber Gott, hilf mir! Hilf mir, an ihn heranzukommen.

Meine Absicht war es eigentlich, die beiden zu erweichen und den Weg zu ebnen, damit sie sich liebevoll von ihrem Vater verabschieden können. Doch jetzt ist alles anders. Ich liebe diesen Mann. Und ich brauche seine Vergebung.

»RJ«, sage ich mit stockender Stimme. »Es tut mir so unendlich leid. Egal, ob du die Güte besitzt, mir zu verzeihen oder nicht – ich hoffe, dass es nicht zu spät ist, um deine Gefühle für deinen Vater zu verändern.« Mit flacher Hand halte ich ihm den Stein hin. »Bitte nimm diesen Stein als Symbol meiner Reue. Wenn ich doch …«

Er hebt den Kopf und sieht mich an. Seine Augen sind ausdruckslos. Wie in Zeitlupe bewegt sich seine Hand auf meine zu. Eine Welle der Erleichterung rollt über mich hinweg.

Ich höre das Splittern bevor ich den Luftzug an meinem Ohr

spüre. RJ hat den Stein quer durch das Zimmer gegen das Fenster geschleudert.

Mir schießen Tränen in die Augen, beschämt ziehe ich die Hand zurück und sehe zu, wie RJ sich vom Stuhl erhebt und zur Tür geht.

»Junior!« Meine Mutter springt auf. Die Fliegenschutztür schlägt hinter ihm zu. Durch das Fenster verfolge ich, wie er zu seinem Pick-up marschiert. Ich kann das nicht zulassen. Ich muss dafür sorgen, dass er mich versteht.

»RJ!«, rufe ich und laufe nach draußen, die Treppe hinunter. »Warte!«

Er reißt die Wagentür auf. Bevor ich die Auffahrt erreiche, prescht er in seinem Pick-up davon. Ich sehe ihm nach, bis sich die Staubwolke legt. Die Szene erinnert mich an den Tag, als ich meine Mutter am Ende der Auffahrt zurückließ und die Autoreifen meines Vaters ihr Kieselsteine entgegenschleuderten.

Es ist erst fünf Uhr, als wir vier uns zum Essen hinsetzen. Bob schläft noch in seinem Zimmer, als die überbackenen Nudeln aus dem Ofen kommen, aber Anne besteht darauf, ihn nicht zu wecken. Ich sehe die Erleichterung im Gesicht meiner Mutter. Der Nachmittag scheint bei allen seinen Tribut zu fordern, auch bei Bob. Eine gemeinsame Mahlzeit würde keine entspannte Angelegenheit werden, mit Fremdem am Tisch. Wahrscheinlich ist meine Mutter froh, Bobs Würde bewahren zu können.

Wir sitzen am Küchentisch, vertilgen als Nachtisch den Kirschkuchen. Ich tue so, als äße ich, schiebe jedoch nur die Kirschen auf meinem Teller hin und her. Ich bekomme einfach nichts hinunter. Jedes Mal, wenn ich an RJ und den Schmerz und Abscheu in seinen Augen denke, schnürt sich mir der Hals zu.

Anne ist ebenso schweigsam wie ich. Meine Mutter versucht, die Stimmung zu heben, indem sie die Packung mit dem Eis herumreicht und jedem noch ein Stück Kuchen anbietet.

Haben wir wirklich gedacht, dass wir sechs hier zusammen

essen würden, vielleicht eine Flasche Wein öffnen, lachen und plaudern? Im Nachhinein erscheint es mir unmöglich. Wie dumm ich war! RJ und Anne sind nicht meine Geschwister. Sie haben keinen Grund, mir zu verzeihen. Dass Anne überhaupt noch hier ist, gleicht einem Wunder. Vielleicht fühlt sie sich mitschuldig an der Reaktion ihres Bruders. Oder sie bekam Mitleid mit meiner Mutter, als sie merkte, dass sie Essen vorbereitet hat. Zum Glück durchbricht Lydia das unangenehme Schweigen. Sie erzählt von ihrer Bronchitis, von einem Pferd namens Sammy und von ihrer besten Freundin Sara. »Sara kann einen Flickflack. Sie geht zum Turnen. Ich kann nur Handstandüberschlag. Willst du mal sehen, Hannah?«

Ich lächele, dankbar für Lydias kindliche Unbefangenheit. Wenn sie nur wüsste, wie viel Leid ich ihrer Mutter zugefügt habe. Ich schiebe den Stuhl nach hinten und lege die Serviette auf den Tisch. »Ja! Zeig mal, was du kannst.«

»Fünf Minuten«, sagt Anne zu ihrer Tochter. »Wir müssen gleich los.«

»Aber ich muss mich noch von Grandpa verabschieden.«

»Beeil dich!«

Ich verlasse die Küche hinter Lydia und höre die Stimme meiner Mutter: »Noch ein Stück Kuchen, Anne? Eine Tasse Kaffee?«

»Du bist lieb zu deinem Opa«, sage ich zu Lydia, als ich mit ihr nach hinten in den Garten gehe.

»Ja. Ich hab ihn nur ein paarmal gesehen.« Sie streift ihre gelben Flip-Flops ab. »Dabei wollte ich immer einen haben – einen Opa, meine ich.«

Auch ihr habe ich Bob genommen. Der arme Mann hat seine Enkelkinder nie richtig kennengelernt. Lydia nimmt Anlauf, macht einen Handstandüberschlag und landet perfekt auf den Füßen. Ich klatsche und jubele, auch wenn ich nicht mit dem Herzen dabei bin. Ich kann nur daran denken, wie viele Leben ich zerstört habe.

»Bravo! 2020 bist du bei den Olympischen Spielen dabei!«
Lydia hustet und schiebt die Füße wieder in die Flip-Flops.
»Danke. Eigentlich will ich es nur in die Tanzgruppe schaffen. In
zwei Jahren komme ich auf die Mittelschule. Meine Mutter will,
dass ich Fußball spiele, aber darin bin ich total schlecht.«

Ich betrachte das unbekümmerte Mädchen mit den langen
Beinen und der kleinen Andeutung einer Brust. Solch unverstell-
te Schönheit. Wann fangen wir eigentlich an, unsere Natürlich-
keit zu verbergen?

»Hör auf dein Herz«, sage ich zu ihr, »damit liegst du immer
richtig.« Ich greife nach ihrer Hand. »Komm, wir gehen zu deinem Grandpa, dann kannst du dich verabschieden.«

Bob liegt unter einer orange-gelben Decke in seinem Bett. Seine
rosa Haut glänzt, die Haare stehen in alle Richtungen ab, er sieht
aus wie ein kleiner Junge. Es zerreißt mir das Herz. Als er Lydias
rasselnden Husten hört, flattern seine Augenlider.

»Entschuldigung, Grandpa!« Sie krabbelt aufs Bett, kriecht
unter die Decke und kuschelt sich an ihn.

Wie vom Instinkt gesteuert, hebt er den Arm und legt ihn um
seine Enkeltochter. Sie schmiegt ihren kleinen Körper an ihn.

Ich gebe Lydia Bobs Lieblingsspielzeug und küsse ihn auf die
grauen Bartstoppeln. Er schaut hoch, und eine Sekunde lang
könnte ich schwören, dass er mich erkennt. Dann wird sein
Blick wieder glasig, und er starrt ausdruckslos auf das Kinderpuzzle.

»Schau mal her!«, sagt Lydia und zeigt auf das kleine Holz-
flugzeug. »Siehst du diese Ecke hier?«

Ich will gehen, da erscheint Anne in der Tür und späht ins
Zimmer. Ihr Blick landet auf dem Bett, wo ihre Tochter neben
ihrem Vater liegt.

Ihr Gesicht erstarrt. Mit zwei raschen Schritten stürzt sie in
den Raum. »Weg von ihm!« Sie reißt Lydia am Arm. »Wie oft
habe ich dir gesagt …«

»Anne«, unterbreche ich sie und gehe auf sie zu. »Ist doch gut. Ich habe dir doch gesagt …«

Als ich ihr verletztes, schmerzverzerrtes Gesicht sehe, halte ich inne. Wir sehen uns in die Augen. *Hat er dir weh getan? Hat er dich missbraucht?* Ich stelle die Fragen nicht laut. Das ist nicht nötig. Sie liest sie meinem Gesicht ab.

Auf der anderen Seite des Zimmers nickt sie, ganz leicht nur.

42

Ich liege im Gästebett meiner Mutter, schaue an die Decke. Alles ergibt einen Sinn. Annes Schwierigkeiten, Beziehungen zu Männern aufzubauen, ihre distanzierte Haltung gegenüber ihrem Vater, schon bevor ich auf der Bildfläche erschien. Sie hat es ihr ganzes Leben lang geheim gehalten, und dann kam ich und machte es öffentlich. Sie wollte nicht, dass ihr Geheimnis bekannt wurde. Und meine Entschuldigung? Sie hat sie sofort durchschaut.

Ich spüre, dass mein Herz schneller schlägt. Eine bizarre Mischung aus Abscheu und Rechtfertigung überfällt mich. Ich hatte doch recht, vor all den Jahren. Ich habe niemanden zu Unrecht beschuldigt. Das ist mein Freispruch. Ich kann zurück nach New Orleans fahren und meinen Ruf reinwaschen. Ich kann meiner Mutter sagen, dass ich nach allem, was wir durchgemacht haben, doch nicht gelogen habe. Ich werde RJ einen Brief schreiben – nein, ich fahre direkt zu seinem Weingut. Gleich als Erstes morgen früh. Ich werde ihm sagen, dass ich doch recht hatte, damit er weiß, dass ich kein bösartiges Kind war, das das Leben seines Vaters zerstören wollte.

Aber Anne ist fort. Was ist, wenn er mir nicht glaubt? Ich habe keinen Beweis. Was ist, wenn ich ein unschuldiges Nicken für die Bestätigung einer Freveltat hielt?

Aber dieser Blick in ihren Augen, voller Grauen und Schmerz. Ich weiß, was sie mir mit ihrem angedeuteten Nicken sagen wollte.

Ich lege den Arm um das Kopfkissen. Ich kann nicht den

Rest meines Lebens meine eigenen Entscheidungen anzweifeln. Wenn ich doch nur einen Beweis hätte, um RJ – und mir – zu zeigen, dass ich richtig lag.

Ich schieße hoch. Es gibt einen Beweis. Und ich weiß genau, wo ich ihn finde.

Der Halbmond wirft einen silbernen Streifen auf die Wasserfläche des Sees. Ich haste darauf zu, meine nackten Füße rutschen auf dem nassen Gras aus, der Strahl der Taschenlampe hüpft auf und ab. Zitternd erreiche ich das Boot. Ich lehne die Lampe gegen eine Rettungsweste und nehme die Angelkiste hoch.

Ich bemühe mich, den winzigen Schlüssel in das Schloss zu schieben. Es ist verrostet, lässt den Schlüssel nicht hinein. Ich probiere es immer wieder, nestele an dem korrodierten Teil herum.

»Verdammt nochmal!«, stoße ich durch zusammengebissene Zähne hervor. Mit bloßen Händen zerre ich so lange am Verschluss, bis sie schmerzen. Vergeblich.

Ich schiebe mir das Haar aus der Stirn und lasse den Kopf sinken. Auf dem Boden des Bootes entdecke ich einen alten Schraubenzieher. Ich knie mich auf die Angelkiste und schiebe den Schraubenzieher unter den Metallbügel. Mit aller Kraft versuche ich ihn aufzuhebeln.

»Geh auf, du Scheißteil!« Meine Finger verkrampfen, so sehr strenge ich mich an, das Schloss aufzubrechen. Es funktioniert nicht. Es gibt nicht nach.

Ich betrachte die Angelkiste, als wäre sie ein Mensch. »Was hältst du da versteckt, hm?« Ich trete dagegen. »Mädchenzeitschriften? Kinderpornos?«, zische ich, dann versuche ich es noch einmal. Diesmal rutscht der Schlüssel ins Schloss, als wäre es brandneu.

Als ich den Metalldeckel anhebe, schlägt mir ein muffiger Geruch aus Schimmel und Tabak entgegen. Ich richte den Strahl der Taschenlampe auf den Inhalt, neugierig und zugleich voller

Angst davor, was ich finden werde. Doch der Kasten ist leer. Keine Schwimmer, keine Köder. Nur ein Kartenspiel und eine halbvolle Schachtel Marlboro Red. Ich nehme die feuchte Packung heraus. Und dort, auf dem Boden der Angelkiste, entdecke ich ein Plastiktütchen mit gewölbten Rändern.

Ich leuchte mit der Taschenlampe darauf. Das Herz schlägt mir schwer in der Brust. Das Tütchen hat einen Zip-Verschluss, und darin befinden sich ... es sieht aus wie die Rückseiten von Fotos ... Mir dreht sich der Magen, ich befürchte, mich jeden Moment zu übergeben. Pornographie, mit Sicherheit. Vielleicht sogar ein schriftliches Geständnis. Ich greife danach, als wäre es meine Rettung.

Doch als ich die Tüte berühre, erstarre ich. In Gedanken höre ich Dorothys Worte so deutlich, als säße sie am Ruder. *Lerne, mit der Ungewissheit zu leben! Nur törichte Menschen lassen sich von falscher Sicherheit trösten.*

Ich blicke hoch in den Himmel. »Nein!«, wimmere ich. »Ich bin die Ungewissheit so satt.«

Ich schaue hinaus auf den glatten grauen See und denke an RJ. Diese Tüte könnte meinen Ruf wiederherstellen. RJ würde die Wahrheit erfahren, ein für alle Mal. Bestimmt würde er mir verzeihen.

Doch seinem Vater würde er niemals vergeben. Die Narbe würde niemals verblassen.

Ich berge den Kopf in den Händen. Fiona hat recht. Wir lügen und betrügen aus zwei Gründen: um uns selbst oder um andere zu schützen. Alzheimer hat Bob harmlos gemacht. Ich muss nicht länger vor ihm beschützt werden. Aber die, die ihn lieben, schon. Ich muss *ihre Wahrheit* schützen.

Ich schlage den Deckel zu. Niemand muss die Wahrheit wissen. Weder RJ noch meine Mutter noch meine alten Fans oder zukünftigen Arbeitgeber. Nicht mal ich. Ich werde lernen, mit der Ungewissheit zu leben.

Mit zitternden Händen bringe ich das Schloss wieder an und

drücke es zu. Bevor ich Zeit habe, es mir anders zu überlegen, ziehe ich den Schlüssel heraus. Mit aller Kraft schleudere ich ihn in den See. Kurz treibt er auf dem mondbeschienenen Wasser, dann geht er unter.

43

In den folgenden vier Tagen trauere ich. Ich trauere um den Verlust von RJs Freundschaft und aller Möglichkeiten, die ich mir ausgemalt hatte. Ich betrauere das versiegende Leben des Mannes im Nebenzimmer, der um jeden Atemzug kämpft, während die Frau an seiner Seite tröstliche Lieder singt. Ich betrauere die verlorenen zwei Jahrzehnte mit meiner Mutter und den Verlust des Superhelden, für den ich meinen Vater gehalten habe. Irgendwann werde ich akzeptieren, dass wir gar nicht so unterschiedlich sind. Wir beide sind Menschen mit Fehlern, voller Ängste, verzweifelt auf der Suche nach Liebe. Törichte Menschen, die sich in der falschen Sicherheit ihrer eigenen Wahrheit gewogen haben. Doch jetzt trauere ich.

Meine Mutter weckt mich um halb fünf Uhr morgens. »Er ist gegangen.«

Diesmal begreife ich sofort. Bob ist tot.

Es ist überraschend, wie viel man bei einer Beerdigung über den jeweiligen Menschen erfährt und wie viele unbeantwortete Fragen mit ihm begraben werden. Auf der Gedenkfeier meines Vaters vor zwei Jahren hörte ich zum ersten Mal, dass er gerne einen Flugschein gemacht hätte, aber es niemals versucht hat, ohne dass ich den Grund wüsste. Als ich nun an Bobs Grab stehe und seine Kollegen von den Anonymen Alkoholikern über seinen langen Kampf berichten, erfahre ich, dass Bob ein Pflegekind war. Mit fünfzehn Jahren riss er aus und war ein Jahr lang obdachlos, bis ein Restaurantbesitzer ihn unter seine Fittiche nahm, ihm einen

Küchenjob und ein Zimmer anbot. Es dauerte sechs Jahre, doch er schaffte das College.

Was geschah bei jenen Pflegeeltern, das ihn auf die Straße trieb? Und gegen welche Dämonen kämpfte er bei seinen Zwölf Schritten? Gegen die Alkoholsucht, wie er behauptete, oder doch gegen etwas noch zerstörenderes?

Ich halte die Hand meiner Mutter und senke den Kopf, als der Priester das letzte Gebet spricht und Gott um Vergebung bittet. Aus dem Augenwinkel sehe ich RJs stoisches Profil, er steht auf der anderen Seite meiner Mutter. Ich schließe die Augen. *Bitte vergib Bob. Und mir auch. Und bitte, bitte, bitte erweiche RJs Herz.* Der Priester schlägt ein Kreuz. Bobs Sarg wird ins Grab hinabgelassen. Allmählich löst sich die Besucherschar auf. Ein Fremder geht auf meine Mutter zu. »Ihr Mann war ein guter Mensch«, sagt er.

»Der beste«, erwidert sie. »Und er wird belohnt werden.« Wenn Dorothy hier wäre, würde sie sich freuen. Mom hofft nicht nur, sondern sie vertraut darauf, dass er belohnt wird. Und auf etwas vertrauen heißt, zu wissen, dass es so sein wird.

Ich drücke ihren Arm und wende mich in Richtung Auto, damit sie noch ein paar Minuten hat, um sich in Ruhe von ihrer großen Liebe zu verabschieden. Plötzlich steht RJ vor mir.

Er trägt einen dunklen Anzug und ein weißes Hemd. Kurz blicken wir uns in die Augen. Ich bin unsicher, was ich in seinen sehe. Es ist nicht mehr die Verachtung, die vor einer Woche darin stand. Eher Enttäuschung oder Sehnsucht. Ich kann mir vorstellen, dass auch er den Verlust dessen betrauert, was hätte sein können.

Ich erschrecke, als sich zwei Arme um meine Taille schlingen. Lydia umarmt mich. Sie verbirgt das Gesicht in meinem Kleid, ihre Schultern beben.

»Hey, Süße«, sage ich und streiche ihr über den Kopf. »Alles gut?«

Sie drückt mich noch fester. »Ich habe ihn umgebracht.«

Ich löse mich von ihr. »Was erzählst du da?«

»Ich habe ihn mit meiner Bronchitis angesteckt. Ich bin ihm zu nahe gekommen.«

Langsam erinnere ich mich an die Worte ihrer Mutter. *Weg von ihm!*

Ich nehme ihre Arme. »Ach, Mäuschen, du hast deinem Opa nichts getan.«

Sie schnieft. »Woher weißt du das?«

»Weil ich es war.« Ich muss schlucken. »Dein Opa hat sich heimlich zu seinem Boot geschlichen, weil ich eine Bootsfahrt mit ihm gemacht hatte. Am nächsten Morgen haben sie ihn durchnässt und unterkühlt gefunden. Deshalb ist er krank geworden. Er hat sich nicht davon erholt.«

Mit dem Schuh scharre ich in der Erde vor mir, bis ich zwei Steine finde. Einen reiche ich Lydia, dann nehme ich ihre Hand. Zusammen gehen wir zum Grab.

»Aber wenn du meinst, dass du etwas getan hast, dann flüstere es dem Versöhnungsstein zu, so.« Ich halte ihn in der geschlossenen Hand vor den Mund und sage: »Es tut mir leid, Bob.«

Mit skeptischem Blick betrachtet das Mädchen den Stein in seiner Hand, aber hält ihn sich trotzdem vor den Mund. »Es tut mir leid, wenn ich dich mit Bronchitis angesteckt habe, Grandpa. Aber vielleicht war es doch Hannah, weil sie dich mitgenommen hat zu einer Bootsfahrt oder so.«

Ich lächele. »Gut. Bei drei werfen wir unseren Stein ins Grab. Dann weiß Bob, dass es uns leid tut. Eins, zwei drei.«

Ihr Stein landet auf dem Sarg, meiner daneben.

»Ich hoffe, es hat geklappt«, sagt Lydia.

»Hoffen ist was für Weicheier«, sage ich und nehme ihre Hand. »Man muss fest daran glauben.«

Zwei Autos stehen noch auf der schmalen Straße vor dem Friedhof, der Chevrolet meiner Mutter und RJs Pick-up. Sie parken ein gutes Stück auseinander. Ein leichter Regen kommt auf. Unter einem karierten Schirm hake ich mich bei meiner Mutter unter. Rechts neben uns streckt Lydia die Arme aus und dreht sich im Kreis. Entweder bemerkt sie die nieselige Luft nicht, oder sie freut sich darüber. Ich schaue mich kurz um. RJ begleitet Anne. Ihr Kopf ist seinem zugewandt, als wären sie ins Gespräch vertieft. Ich muss etwas zu ihm sagen. Es ist vielleicht das letzte Mal, dass ich ihn sehe.

Fast haben wir das Auto erreicht, da bleibt meine Mutter stehen.

»Steig schon mal ein, ist offen. Ich lade die Kinder ein, mit zu uns zu kommen.«

Ich überlasse ihr den Regenschirm und schaue zu, wie sie zu ihren Stiefkindern geht, zwei Erwachsenen, die sie nie richtig kennengelernt hat. Sie werden uns nicht begleiten, das weiß ich schon jetzt. Und zwar nicht wegen Mom, sondern meinetwegen.

Kurz darauf dreht sie ab, und ihr überschattetes Gesicht verrät mir, dass ich recht hatte.

Ich stehe im Nieselregen und sehe, wie RJ sich immer weiter von mir entfernt. Mein Herz tut weh. Dies ist meine letzte Gelegenheit. Ich muss etwas sagen. Bloß was? *Es tut mir leid? Ich weiß bis heute nicht, was an jenem Abend geschah? Ich versuche, mit der Ungewissheit zu leben, kannst du das auch?*

Jetzt haben die drei den Pick-up erreicht. Lydia öffnet die hintere Tür und hüpft auf die Rückbank, Anne setzt sich auf den Beifahrersitz. RJ greift nach der Tür. Doch anstatt sie zu öffnen, dreht er sich um. In der regengetränkten Luft findet sein Blick meinen, als hätte er gespürt, dass ich ihn beobachte.

Mein Herz setzt aus. Er nickt mir zu, ein schlichter, nichtssagender Gruß. Doch für mich ist es mehr. Bei mir entzündet er einen winzigen Funken Hoffnung. Ich lasse den Arm meiner Mutter los und hebe die Hand.

Langsam gehe ich auf RJ zu, voller Angst, dass er verschwindet, sobald ich mich zu schnell bewege. Mein Absatz bleibt im Gras hängen, ich stolpere. Der letzte Rest Anmut ist dahin. Ich finde mein Gleichgewicht wieder und eile schneller auf ihn zu, will ihn unbedingt noch erreichen.

Ich stehe vor ihm, Regentropfen rinnen mir aus den Haaren und von den Wimpern.

»Es tut mir so leid«, sage ich schwer atmend. »Bitte glaube mir!«

Er streicht mir über den Arm. »Tu ich.« Er wendet sich seinem Wagen zu. »Pass auf dich auf.«

Wieder sehe ich zu, wie RJ in seinen Pick-up steigt und davonfährt.

In den folgenden anderthalb Wochen räumen meine Mutter und ich Bobs Schränke und Schubläden aus. Sie behält seinen Bademantel, ein Flanellhemd und drei Pullis. Sein Rasierzeug und die Bürste will sie auch nicht abgeben.

»Vor zwei Wochen ist mein Mann gestorben«, sagt sie, während sie die Laschen eines Kartons zuklebt, »aber Bob ist schon seit fünf Jahren fort.«

Sie hat zwei Häufchen mit Erinnerungsstücken für Anne und RJ gebildet. »Die Sachen für Anne packe ich ein und schicke sie ihr. Aber ich dachte, Junior würde vielleicht selbst vorbeikommen und …«

»Nein, Mom. Solange ich hier bin, wird er das nicht tun.«

»Dann bringen wir ihm die Sachen zum Weingut. Ich war noch nie da. Bob ging es schon zu schlecht, als Junior dorthin zog.«

»Er will mich nicht sehen.« Mir kommt der Gedanke, dass der Mann, der sich nun weigert, mich zu treffen, vielleicht der einzige ist, der je mein wahres Gesicht sah. Er sah mich ungeschminkt, einen Trampel mit schlaffen Haaren und aufgerissenem Kleid. Er kennt die zickige Jugendliche, die dachte, sie wüsste alles besser. RJ kennt all die hässlichen Seiten von mir, die ich versteckt halten wollte. Doch anders als in Fionas Märchen vom Verzeihen ist er nicht fähig, das Hässliche zu lieben.

Nach drei Wochen spüre ich, dass meine Mutter stark genug ist, um wieder alleine zu sein. Und ich spüre auch, dass ich nicht von RJ hören werde. Ich erzähle ihr von meinen Umzugsplänen, bevor ich es mir wieder anders überlege.

Am ersten Montag im Juli verfrachte ich mein Gepäck in den Kofferraum, und wieder trifft mich die Erkenntnis, dass ich momentan kaum eine Spur hinterlasse. Immer noch spreche ich täglich mit Dorothy und Jade, aber ich habe keine Arbeit, keinen Freund oder Mann und kein Kind, von dem ich mich verabschieden oder um das ich mich sorgen könnte. Es ist befreiend und erschreckend zugleich, dieses Wissen, wie problemlos ich verschwinden könnte. Ich schiebe den Autoschlüssel ins Schloss, schnalle mich an und hoffe, meinem Herzschmerz davonfahren zu können.

»Pass auf dich auf!«, sagt meine Mutter und beugt sich vor, um mir noch einen Kuss auf die Wange zu geben. »Ruf mich an, wenn du da bist.«

»Willst du wirklich nicht mitkommen?«

Sie schüttelt den Kopf. »Mir gefällt es hier. Das weißt du doch.«

Ich hole die Halskette mit dem Diamant-und-Saphiranhänger aus meiner Tasche und reiche sie ihr. »Die gehört dir«, sage ich und drücke ihr die Platinkette in die Hand.

Sie starrt auf die funkelnden Edelsteine, und ich merke, dass sie sie erkennt. »Das … das kann ich nicht annehmen.«

»Und ob! Ich habe sie schätzen lassen. Das ist nur ein Bruchteil dessen, was du verdient hast.«

Ich fahre davon und male mir aus, wie sie mit schwerem Herzen in das leere Haus zurückkehrt. Wenn sie die Papiere auf der Küchenarbeitsfläche entdeckt, wird sie meinen, ich hätte etwas vergessen. Ich stelle mir vor, wie sie das amtliche Gutachten liest und bei der Summe die Hand vor den Mund schlägt. Dann wird sie meinen Brief öffnen und erfahren, dass ich Geld auf ihr Konto überwiesen habe. Endlich wird sie die Zahlung von meinem

Vater erhalten, die sie schon vor einundzwanzig Jahren hätte bekommen sollen.

Ich fahre auf die I-94 und schalte das Radio ein. John Legend ertönt aus den Lautsprechern, er singt eine bittersüße Ballade, die überhaupt nicht zu diesem wunderbaren Julitag passen will. Ich öffne das Fenster und versuche, mich auf den wolkenlosen blauen Himmel zu konzentrieren anstatt auf das herzzerbrechende Lied, das mich an RJ erinnert. Habe ich nach allem, was ich seiner Familie angetan habe, wirklich gedacht, dass er sich melden würde? Ich schlucke meine Tränen hinunter und stelle einen anderen Sender ein. Terry Gross interviewt eine neue Autorin. Ich aktiviere den Tempomat und rolle mit den anderen Fahrzeugen über die Interstate, lausche Terrys beruhigender Stimme, das monotone Summen der Straße unter den Reifen. Meine Gedanken schweifen ab.

Ich lächele bei der Erinnerung an die Reise, als Julia und ich meinen alten Honda von L. A. nach New Orleans brachten, eine dreitägige Tour, fast zweitausend Meilen. Mit gerunzelter Stirn versuche ich mich zu erinnern, warum mein Vater nicht mitkommen konnte. *Julia kann dich bringen*, sagte er. *Sie hat nichts Besseres zu tun.* Stimmte das? Heute klingt es unglaublich respektlos.

Ich habe Julia wieder vor Augen, wie sie zu Bon Jovi sang und ihr blonder Pferdeschwanz im Rhythmus hüpfte. Wusste mein Vater diese Frau überhaupt zu schätzen? Wusste er, wie treu sie zu ihm stand, wie unverbrüchlich sie es tun würde, über seinen Tod hinaus?

Ich nehme mir vor, ihr einen Versöhnungsstein zu schicken. Ich kenne Julia; die versteckten Briefe müssen schwer auf ihrem Gewissen lasten. Sie soll erfahren, dass ich nicht besser war, dass auch ich meinen Vater um jeden Preis geschützt habe, auch wenn es mich meine Integrität gekostet hat.

346

Die Straßen von Chicago sirren nur so vor Energie und Sommerhitze. Es ist vier Uhr, als ich vor dem alten Backsteingebäude auf der Madison Street stehe. Mit dem Lift fahre ich in den dritten Stock und gehe den schmalen Flur entlang auf der Suche nach Apartment Nr. 319. Das handgemalte Schild an der Tür verrät mir, dass ich hier richtig bin: *Planungscenter des Versöhnungstreffens.*

Ich spähe durch die Glastür. In dem großen Raum geht es zu wie in einem Bienenstock. Und da sitzt sie, die Bienenkönigin, an einem Schreibtisch, das Telefon am Ohr, den Blick auf den Computerbildschirm gerichtet. Ich trete ein.

Sie erblickt mich erst, als ich direkt vor ihr stehe. Sie schaut hoch, Angst flackert in ihrem Gesicht auf, und ich weiß, dass sie noch immer da ist, die Last, von der ich sie befreien muss.

Ich lege einen Stein auf ihren Schreibtisch.

»Der ist für dich.«

Fiona erhebt sich und kommt um den Tisch herum. Wir stehen uns gegenüber wie zwei befangene Teenager. »Ich verzeihe dir voll und ganz. Und diesmal meine ich es ernst.«

»Aber ich habe dein Leben zerstört.« Ihre Erwiderung ist halb Feststellung, halb Frage.

»Mein altes Leben«, sage ich. »Und vielleicht ist das gut so.« Ich trete zurück und sehe mich um. »Kannst du Hilfe gebrauchen?«

44

Ich zahle ein Vermögen für die einmonatige Miete eines Apartments in Streeterville, obwohl ich nur selten dort bin. In den folgenden vier Wochen verbringe ich fast jede Stunde mit Fiona und über zwanzig weiteren Freiwilligen im Planungscenter, beantrage Genehmigungen im Rathaus von Chicago oder habe Besprechungen mit Verkäufern und offiziellen Vertretern des Millenium Park. Abends treffen wir uns auf Pizza und Bier in Fionas Apartment oder zur Happy Hour in einer Bar.

In der Sweetwater Tavern bestellt Fiona ihr neues Lieblingsgetränk, einen Grant Park Fizz.

»Das ist eine total leckere Mischung aus Gin, Ingwersirup, Limone, Wasser und Gurke. Probier mal, und trink ganz langsam!«

»Wow!«, sage ich zwischen zwei Schlucken. »Das Beste, was ich seit Monaten probiert habe.«

Sie grinst und legt mir einen Arm um die Schulter. »Merkst du das eigentlich? Wir werden tatsächlich Freundinnen.«

»Kann sein, also mach es nicht sofort wieder kaputt«, sage ich und stoße mit ihr an.

»Gibt's was Neues?«, fragt sie.

Sie spricht von RJ und den letzten beiden Steinen, auf die ich noch hoffe.

»Von ihm nicht«, erwidere ich. »Aber von seiner Schwester Anne habe ich einen Stein zurückbekommen.«

»Von der du denkst, dass sie …«

»Genau. Ihre Nachricht war kurz und rätselhaft. So in dem

Sinne: *Beiliegend ist Dein Stein. Deine Entschuldigung ist angenommen. Es geschah ein Mal, vor langer Zeit. Ich hoffe, wir können es jetzt ruhenlassen.«*

»Also hat er sie missbraucht! Nur ein Mal, aber trotzdem.«

»Möglich. Vielleicht meinte sie aber auch das eine Mal, als es mir passierte.«

Fiona seufzt. »O Mann! In Wirklichkeit hat sie dir gar nichts gesagt. Du musst sie fragen …«

Ich hebe abwehrend die Hand. »Sie hat mir genug gesagt. Sie verzeiht mir. Und sie hat recht. Es ist Zeit, dass wir es ruhenlassen.«

Kommt nachts der Regen, bringt die Sonne bald Segen. Alle vertrauen darauf, dass die alte Bauernregel heute zutrifft. Es ist sechs Uhr morgens, wir treffen uns in der Zentrale, packen bei strömendem Regen Kartons mit T-Shirts und Ausrüstung ein.

»Gib mal den Karton«, sagt meine Mutter zu Brandon, einem superlieben freiwilligen Helfer von Mitte zwanzig. »Ich hab im Auto noch Platz für einen.«

»Klar, Ma.«

Seit meine Mutter am Donnerstag eingetroffen ist, nennen Fiona und ihr Freiwilligentrupp sie einfach »Ma«. Sie grinst jedes Mal darüber. Ich kann mir vorstellen, dass dieses schlichte Wort für sie wie eine Symphonie ist, nachdem sie jahrelang nichts dergleichen gehört hat.

Um kurz nach neun kommt die Sonne durch, eine Stunde vor der offiziellen Eröffnung. Es treiben sich schon viele Besucher herum. Sie tragen T-Shirts mit Aufschriften wie »Scheue keine Reue!« oder »Verzeihen macht frei«. Auf meinem steht einfach nur »Stoned«. Ich kann nicht so tun, als wäre mir verziehen, ich kann nicht einmal behaupten, dass ich angemessen gebüßt hätte. Ich weiß nicht, ob das überhaupt geht. Wie Fiona sagt, ist das Vergeben kompliziert, genau wie die Liebe und das Leben.

Ich konzentriere mich auf diesen Tag, auf die Feier, auf die

349

ich mich nun schon seit Wochen freue. Im hintersten Winkel meine Herzens male ich mir aus, dass RJ heute kommt. Doch ich verdränge diese Hoffnung. Mein Vater hat mich vor langer Zeit gelehrt, nichts zu erwarten.

Fiona und ich eilen von einem Tisch zum nächsten, von einem Verkäufer zum anderen, stellen sicher, dass alles in Ordnung ist. Dabei ist es gar nicht nötig, wir müssen nur unsere nervöse Energie loswerden. Alles läuft von selbst. Meine Mutter ist damit beschäftigt, sich einen Überblick über die angebotenen Backwaren zu verschaffen.

»Sechs Dollar für ein Stück Kuchen!«, staunt sie. »Kannst du das glauben? Ich habe den falschen Beruf.«

Um elf Uhr entdecke ich Dorothy. Sie wird von Marilyn und Patrick flankiert, an deren Armen sie sich festhält. Ich nehme meine Mutter bei der Hand und eile zu ihnen hinüber.

»Hallo, ihr! Ich möchte euch meine Mutter vorstellen. Mom, das sind meine lieben Freunde Dorothy, Marilyn und Mr Sullivan.«

»Paddy«, korrigiert er mich.

Dorothy streckt die Hand aus. »Sie haben eine wunderbare Tochter.«

»Ja, nicht?«, sagt meine Mutter. »So, wenn ihr mich jetzt entschuldigen würdet, ich muss T-Shirts verkaufen.«

Wir winken ihr nach, und Marilyn spricht mich an. »Hannah, danke, dass du das hier möglich gemacht hast.«

»Nein, bedanke dich bei Dorothy, dass sie es möglich gemacht hat. Ich wollte das mit diesen Steinen nicht so ernst nehmen, aber sie hat darauf bestanden.«

Hinter ihnen nähert sich Jackson, den Arm um eine hübsche Brünette mit einem sehr dicken Babybauch geschlungen. »Hannah, das ist Holly.«

Ich verspüre einen Stich des Neids. Was würde ich darum geben, verheiratet und schwanger zu sein. Hätte ich Jackson je aufrichtig vergeben können? Ich bilde mir gerne ein, dass ich jetzt weicher bin, dass mein neues Ich über seine Affäre hinweggekommen wäre. Doch eigentlich glaube ich, dass Jackson recht hatte. Er war nicht der Richtige.

Ich nehme Hollys Hand. »Es freut mich wirklich, dich kennenzulernen, Holly. Herzlichen Glückwunsch zu eurer Hochzeit und dem Baby.« Zufrieden und stolz schaut sie ihren Mann an. »Ich bin ein Glückspilz.« Sie wendet sich wieder mir zu. »Hey, ich habe gehört, du bist der Auslöser für eine ganze Lawine von Entschuldigungen bei den Rousseaus.«

Mit einem Lächeln denke ich an die Kette der Versöhnung, die mit mir und Dorothy begann und mit Marilyn und Jackson fortgeführt wurde. »Na ja, eigentlich ist es Dorothy, deine Schwiegermutter, die der Auslöser war.«

Jackson schüttelt den Kopf. »Das sieht sie aber anders.« Er legt die Hand auf die Schulter eines kleinen grauhaarigen Herrn. »Erinnerst du dich an meinen Vater, Stephen Rousseau?«

»Aber sicher.« Ich gebe Dorothys Exmann die Hand, der Mann, der sie nach ihrer Brustoperation verließ. Was Dorothy wohl davon hält, dass er heute hier ist?

»Ich freue mich, dass mein Vater mir meinen Stein zurückgegeben hat«, sagt Jackson. »Ich war ein egoistischer Sohn, dem sein eigenes Glück wichtiger war als seins. Schwer zu glauben, ich weiß.« Er grinst sein fröhliches, schiefes Grinsen, von dem ich glaubte, es ihm genommen zu haben.

»Und ich habe meinen Stein Dot geschickt«, sagt Mr Rousseau und schaut zu seiner Exfrau hinüber. »Ich war kein besonders feinfühliger Ehemann.«

Ich mustere Dorothy. Sie hat den Kopf hoch erhoben und verzieht keine Miene. Aber in ihrem Gesicht ist ein Frieden, der vorher nicht da war.

»Blödsinn«, sagt sie und wendet sich schnell an mich. »Wir treffen uns heute mit Steven Willis. Meinem ehemaligen Schüler, der jetzt in New York lebt. Erinnerst du dich, Hannah?«

»Natürlich. Wie könnte ich deine brillante Idee mit dem gestohlenen Walkman je vergessen?« Ich tätschele ihre Hand. »Viel Spaß euch allen! Ich komme später wieder zu euch. Jetzt muss ich erst mal zur Crown Fountain, da treffe ich mich mit Jade.« Ich entferne mich über den asphaltierten Weg. Ungefähr dreißig Meter weiter höre ich, wie jemand meinen Namen ruft. »Hannah!«

Ich drehe mich um; Jackson kommt auf mich zu gelaufen. »Hey, meine Mutter hat mir erzählt, was in Michigan passiert ist, dass der Weingutbesitzer dir nicht vergeben hat. Sie meint, du würdest den Typen wirklich lieben.«

Mein Herz zerreißt, am liebsten würde ich verschwinden. Ich verdrehe die Augen und spüre, dass mein Gesicht heiß wird. »Lieben? Na ja, ich kannte ihn ja kaum.«

Jacksons Gesicht wird zärtlich. »Schon gut, Hanni. Du darfst deine Gefühle ruhig zeigen.«

Tränen treten mir in die Augen, ich wische sie fort. »Das ist ja albern.« Mein Lachen erstickt, ich verberge das Gesicht. »Tut mir leid, wirklich.«

»Es geht mich ja nichts an«, sagt Jackson, »aber verbocke es nicht, Hanni. Wenn du diesen Kerl wirklich liebst, dann kämpfe um ihn!«

Er drückt meinen Arm und geht.

Gedanken an RJ stürzen auf mich ein, Gedanken, die ich die ganze Zeit vergraben, nicht zugelassen hatte, um nicht zu leiden. Wie es ihm wohl geht? Ob er manchmal an mich denkt? *Jemanden, den man liebt, gibt man niemals auf.* Habe ich RJ aufgegeben? Nein. Ich hab's versucht. Er hat mich aufgegeben.

Jade steht neben dem Rollstuhl ihres Vaters. Die beiden sind offensichtlich fasziniert von der interaktiven Video-Brunnen-Skulptur. Jade bestaunt eine riesige Wasserwand, auf die das Gesicht eines Jugendlichen projiziert wird. Ein Wasserstrahl schießt aus seinem Mund. Jades Vater lacht.

»Hannabelle!«, ruft sie, als sie mich entdeckt. Ich umarme sie und bücke mich, um ihren Vater zu begrüßen.

»Wie fühlen Sie sich, Mr Giddens?«

Er ist abgemagert, hat dunkle Ringe unter den Augen. Aber er lächelt, und sein Handschlag ist fest.

»Besser als in den letzten Monaten.«

»Dad und seine Brüder haben es sich dieses Wochenende richtig gutgehen lassen, nicht, Dad?«

Mr Giddens nickt abwesend und betrachtet weiter gefesselt den Brunnen, ich nehme Jade beiseite. »Wie ist sein Zustand? Und wie geht es dir?«

Sie lächelt, doch ihr Blick ist schwer. »Er ist schwach, aber glücklich. Es handelt sich nur noch um Wochen, nicht Monate. Ich will ihn nicht gehenlassen, aber ich muss. Immerhin weiß ich, dass er stolz auf mich ist.«

»Und auf all deine Übeltaten.« Ich drücke ihren Arm. »Wie sieht's zu Hause aus?«

»Marcus hat mir letzte Woche Rosen geschenkt. Hat sich zum zigsten Mal entschuldigt. Er schwört, er wäre der perfekte Ehemann, wenn ich ihm nur noch eine einzige Chance gäbe.«

Ich werde hart. Angespannt atme ich ein und mahne mich, nicht zu urteilen. »Aha. Wie lieb. Und, was hast du gesagt?«

Sie schlägt mir auf den Arm. »Jetzt sei nicht so höflich, Hannabelle. Was glaubst du denn, was ich gesagt habe? Ich habe ihm gesagt, er soll sich verziehen! Um nichts in der Welt kommt der zurück! Bei mir heißt es: Beim ersten Mal bist du draußen.«

Ich lache lauthals und drehe sie im Kreis. »Gut für dich! Manchmal ist eine Entschuldigung eben nicht genug.«

Ich werfe einen kurzen Blick auf die Uhr. Es ist gleich zwölf. Aus der Richtung des Pritzker Pavilion höre ich, wie eine Band *Happy* von Pharrell Williams spielt.

»Ist er hier?«, fragt Jade.

Sie meint RJ. Wie ich hatte sie gedacht, dass er möglicherweise kommen würde.

»Nein«, sage ich. »Er kommt nicht.« Und in diesem Moment weiß ich es ganz genau. Der alte Mantel der Düsternis droht sich wieder auf mich zu legen. Und aus dem Bauch heraus treffe ich eine Entscheidung.

»Er kommt nicht her, deshalb fahre ich zu ihm, nach Michigan, auf sein Weingut.«

Jade beginnt zu kreischen. »Los! Mach, dass du wegkommst!« Ich zische davon und höre sie hinter mir rufen: »Immer locker bleiben!«

Ich werd's versuchen.

Meine Mutter ist nicht ganz so glücklich, als ich ihr sage, was ich vorhabe. »O Schatz, bist du dir sicher, dass das eine gute Idee ist? Er weiß doch, dass du hier bist. Als ich ihm letzte Woche Bobs Sachen brachte, habe ich ihm von diesem Versöhnungstreffen heute erzählt.«

Ich sacke in mir zusammen. Meine Mutter hat Angst, dass ich noch einmal gedemütigt werde. Sie weiß, dass RJ mir niemals vergeben wird. Ich schaue in ihre Augen und sehe eine Frau, der das Leben diktiert wurde, ohne es selbst bestimmen zu können. Ihre Weigerung, Michigan und Bob zu verlassen, war das einzige Mal, als sie das tat, was sie selbst wollte. Ob das eine gute oder schlechte Entscheidung war, kann ich wirklich nicht sagen.

»Willst du mitkommen?«

Sie sieht sich zu den Besuchern um, und ich kann ihre Gedanken lesen. Seit Jahren war sie nicht mehr fort von Harbour Cove, konnte nicht herumschlendern, sich umsehen und sich einfach nur amüsieren. »Willst du das denn?«

»Du kannst auch in meinem Apartment bleiben. Nimm am Mittwoch den Zug zurück, so wie du es vorhattest.«

Sie strahlt. »Hättest du nichts dagegen?«

»Natürlich nicht! Ich melde mich heute Abend. Wenn es nicht gutgeht, komme ich morgen zurück.«

Sie umarmt mich, bevor ich gehe. »Viel Glück, Mäuschen«,

sagt sie und glättet meine Haare. »Ich bin für dich da, das weißt du doch, oder?«

Ich nicke. Seit jener lange zurückliegenden Mutter-Tochter-Begegnung in Chicago haben wir viel durchgemacht. Fort sind Wut, Vorurteile und das Bedürfnis nach Gewissheit. Sicherlich ist unsere Beziehung nicht perfekt. Mir ist klar, dass die Mutter-Tochter-Bindung meiner Träume genau das ist – ein Traum. Wir werden keine langen Diskussionen über Politik, Philosophie, Bücher und Kunst führen. Wir begeistern uns nicht beide für Wein, gutes Essen und Filme. Meine Mutter ist keine lebenskluge Frau, die Weisheiten von sich gibt.

Stattdessen bietet sie mir etwas Besseres. Sie gibt meinem Herzen in all seiner Zerbrechlichkeit einen weichen Landeplatz.

45

Abgesehen vom fernen Zwitschern der Spatzen im Obstgarten ist es still, als ich um kurz nach vier auf das Gelände des Weinguts fahre. Ich suche RJs Pick-up, kann ihn aber nirgends entdecken. Ich eile über den Parkplatz und stöhne, als ich das Schild an der Tür sehe: GESCHLOSSEN. Verdammt! Ich klopfe trotzdem und spähe hoch zum Fenster. Doch die Vorhänge sind zugezogen. Die Wohnung ist ebenso verlassen wie der restliche Hof.

Ich lasse mich auf eine Bank auf der Terrasse sinken. Es ist zu spät. Ich hätte nicht kommen sollen. Die Zweifel melden sich wieder, reden mir ein, ich sei es nicht wert, ich sei dumm zu glauben, dass jemand wie RJ mich jemals lieben würde. *Hau ab! Verschwinde, jetzt sofort, bevor du dich wieder zum Affen machst!*

Nein. Diesmal gebe ich nicht auf. Ich werde um RJ kämpfen. Vielleicht verliere ich, aber dann weiß ich am Ende wenigstens, dass ich alles versucht habe.

Um Zeit totzuschlagen, schaue ich mich hinter dem Hauptgebäude um. Alle fünf Minuten prüfe ich die Uhrzeit. *Komm, RJ!* Ich muss dich sehen.

An einem Abhang, vor einer Holzhütte, entdecke ich einen Traktor. Unter der Traufe steht eine Werkbank, in der sich alle möglichen Werkzeuge finden. Ich streiche mit der Hand über das Holz und nehme mir einen Hammer, eine Zange und einen Schraubenzieher heraus. Jedes Werkzeug hat die Initialen RW im Griff. Robert Wallace. Es sind Bobs Schreinerwerkzeuge. Meine Mutter hat sie RJ geschenkt.

Mein Fuß stößt gegen etwas Hartes. Ich trete zurück und kneife die Augen zusammen. Unter der Werkbank ist eine Kiste eingeklemmt. Die Haare auf meinen Armen stellen sich auf. Nein. Das kann nicht sein.

Langsam lasse ich mich in die Hocke sinken und spähe unter die Bank. Erschrocken ziehe ich die Luft ein: Bobs rote Angelkiste.

Ich blicke mich um. Niemand in Sicht. Vorsichtig bewege ich mich, als würde ich in aufgewühltes Wasser waten, in dem ich zu ertrinken drohe, aufs Neue angetrieben von dem Wunsch nach Gewissheit.

Mein Herz schlägt schnell. Ist es ein Zeichen, dass die Angelkiste hier wieder auftaucht? Soll ich doch hineinsehen?

Mit beiden Händen ziehe ich die verrostete alte Kiste aus ihrem Versteck. Sie wiegt so gut wie nichts. Ich überlege mir schnell, sie in meinen Kofferraum zu tun. Später werde ich sie in den Müllcontainer werfen und RJ damit ersparen, das Plastiktütchen mit den Fotos darin zu entdecken.

In dem Moment, als die Metallkiste ans Tageslicht kommt, sehe ich es. Ich halte die Luft an. Der Deckel hängt hinunter, wie die offene Schnauze eines Krokodils. Ich starre darauf.

In der Kiste liegt nur ein rostiges Schloss, dessen Bügel mit einer Eisensäge durchtrennt wurde. Irgendjemand – zweifellos RJ – hat das Rätsel endlich gelöst.

Der Obstgarten versinkt im nächtlichen Schatten und nimmt die Wärme des Tages mit sich. Ich hole mir einen Pulli aus dem Auto und schlinge ihn um mich, dann setze ich mich an einen Picknicktisch. Ich bilde ein Dreieck aus meinen Armen und lege den Kopf auf den Tisch. Blicke hinüber zu den in der Dämmerung kaum noch erkennbaren Kirschbäumen und konzentriere mich auf mehrere blinkende Lichter irgendwo weit draußen im Weinberg, bis meine Augenlider schwer werden.

Jemand klopft mir auf die Schulter. Ich fahre zusammen. Es ist stockfinster. Ich blinzele, aber irgendwann gewöhnen sich meine Augen an die Dunkelheit. Ich kann sein Gesicht erkennen.

»RJ.«

Peinlich berührt setze ich mich auf. Er muss mich für völlig durchgedreht halten, so wie ich hier auf seinem Grundstück sitze und schlafe. Oder noch schlimmer, für einen kranken Stalker. Jede Faser meines Körpers befiehlt mir zu fliehen. Dieser Mann will mich nicht sehen. Er wird mir nicht verzeihen. Was habe ich mir nur gedacht? Aber ich kann nicht. Ich tue es nicht. Ich bin zu weit gekommen und habe zu viel verloren.

Er hockt sich neben mich, seine Beine zeigen in die entgegengesetzte Richtung von meinen, so dass sich unsere Schultern berühren und unsere Gesichter nur wenige Zentimeter voneinander enfernt sind.

Ich lege eine Hand auf meine Brust und versuche, meinen rasenden Herzschlag zu beruhigen, zwinge mich, ihm in die Augen zu sehen.

»Bitte«, sage ich, »fühl mal!« Zitternd nehme ich seine Hand und lege sie auf mein pochendes Herz. »So viel Angst habe ich vor dir.« Er will mir seine Hand entziehen, doch ich halte sie fest, auf meinem Herz. »Ich bitte dich, ich flehe dich an, RJ, mir zu verzeihen.« Ich schließe die Augen. »Ich habe eine Todesangst, denn du hast jetzt die Macht, mein geschundenes Herz zu zerstören oder zu heilen.«

Ich gebe seine Hand frei, er lässt sie sinken und starrt mich an. Sein Mund bildet eine harte, gerade Linie. Ich wende mich ab, würde mich am liebsten in Luft auflösen. Das war's. Es ist vorbei. Ich habe mich ihm offenbart, und er schweigt. Tränen stehen in meinen Augen, ich springe auf. Ich muss hier weg, bevor er mich weinen sieht.

Ich halte die Luft an, als ich seine Hand um mein Handgelenk spüre. Er zieht mich zu sich herunter. Ich drehe mich zu ihm um. Sein Blick ist ganz weich. Lächelnd streckt er die Finger nach meinem Gesicht aus und streicht mir sacht über die Wange. »Ich bin die ganze Strecke nach Chicago und zurück gefahren, und etwas Besseres hast du nicht zu bieten?«

Ich schlage die Hand vor den Mund. »Du warst in Chicago? Heute? Wegen mir?«

Er nickt. »Ein Mädchen, das ich mal kannte, sagte mir, wenn man jemanden liebt, gibt man ihn nicht auf.«

»Aus genau demselben Grund bin ich hier«, sage ich.

Er nimmt mein Gesicht in die Hände und beugt sich vor. Seine Lippen berühren sanft die meinen, ich schließe die Augen. Dieser Moment ist genau so, wie ich ihn erhofft hatte – nein, genau so, wie ich wusste, dass er sein würde.

Ich hole den Stein aus der Tasche. Er ist weich und glatt, und nach so vielen Monaten empfinde ich ihn fast schon als Trost. Doch das ist er nicht. Er ist eine Bürde.

»Ich habe einmal versucht, dir den hier zu geben, im Haus meiner Mutter. Ich bitte dich ein zweites Mal, RJ: Kannst du mir vielleicht verzeihen?«

Er nimmt den Stein entgegen. »Ja, ich verzeihe dir.« RJ sieht mir tief in die Augen, er streicht mir übers Haar. »Du bist ein guter Mensch, Hannah. Ein wahrhaft guter Mensch.«

Mein Hals schnürt sich zu, ich schließe die Augen. Auf diese schlichte Bestätigung habe ich mein ganzes Leben lang gewartet – jeder sehnt sich danach. »Danke.«

»Es tut mir leid, dass ich so lange gebraucht habe.« Er dreht den Stein in seiner Hand. »Wenn man sich selbst nicht verzeihen kann, ist es schwer, anderen zu vergeben.«

Ich halte die Luft an, warte darauf, dass er mir erzählt, was er in der Angelkiste fand.

»Ich habe dir nie den wahren Grund verraten, warum ich Zach und Izzy unter meine Fittiche genommen habe.«

Ich blinzele. »Sie sind von dir«, sage ich ausdruckslos.

»Nein.« RJ beißt auf seine Unterlippe. »Ihr Vater hat für mich gearbeitet. Nachdem ich ihn mindestens zehnmal verwarnt hatte und er wieder betrunken auftauchte, warf ich ihn raus. Er bettelte mich an, aber ich ließ ihn nicht zu Wort kommen.«

»Du hast getan, was du tun musstest«, sage ich.

Er rollt den Stein auf seiner Handfläche. »Na ja, unbedingt hätte ich es nicht tun müssen. Auf dem Heimweg kaufte sich Russ eine große Flasche Jack Daniels. Schlief auf dem Küchenboden ein und wachte nicht mehr auf.«

Ich schließe die Augen. »Ach, RJ.«

»Er brauchte Hilfe, aber ich kehrte ihm den Rücken zu.«

Ich drücke seine Hand. »Lass es los. Vergib dir! So wie ich es sehe, haben wir gar keine andere Wahl.«

Schweigend sitzen wir eine Weile da, die Hände verschränkt. Dann steht RJ auf. »Komm«, sagt er und zieht mich auf die Füße. »Ich will dir etwas zeigen.«

Er holt eine Taschenlampe und führt mich über den Parkplatz einen Pfad hinunter. Ich bin erleichtert, als wir an der Holzhütte vorbeigehen, ohne dass er von der Angelkiste spricht.

Händchenhaltend laufen wir durch den dunklen Obstgarten. RJ erzählt, wie er auf dem Versöhnungstreffen meine Mutter entdeckte. »Ich konnte es nicht glauben, als sie mir erzählt hat, du wärest nicht mehr da. Sie musste mir versprechen, dich nicht anzurufen. Ich wollte dich überraschen. Ich bin mit Vollgas über die Interstate gedonnert. Ich hatte solche Angst, dass du weg bist, wenn ich ankomme.«

»Ich wäre nicht gegangen«, sage ich. »Ich hätte für immer auf dich gewartet.«

Er nimmt meine Hand und küsst sie.

»Ich fasse es noch immer nicht, dass du das Weingut an einem Samstag geschlossen hast«, sage ich. »Ich weiß doch, wie viel so ein Sommerwochenende hier oben wert ist.«

»Ob du's glaubst oder nicht, aber es sieht aus, als hätten wir bisher das beste Jahr, auch wenn das nicht besonders viel heißt.« Er grinst mich an. »Wenn ich doch noch einen guten Bäcker finden könnte, wäre alles super. Kennst du da jemanden?«

»Ehrlich gesagt: Ja. Aber die gibt's nur im Doppelpack: Mutter und Tochter.«

»Wirklich?« Er drückt meine Hand. »Dann seid ihr beide engagiert.«

Wir gehen noch hundert Meter weiter, bis RJ vor dem Stamm eines gewaltigen Ahorns stehen bleibt.

»Das gehört dir«, sagt er, tätschelt den Stamm und späht hoch.

»Hat auf dich gewartet.«

Das Baumhaus schwebt in ungefähr vier Metern Höhe inmitten schimmernder Blätter und Zweige. Durch Tränen sehe ich RJ an. »Du ... das ist für mich?«

Er nickt.

Ich schlinge die Arme um ihn und küsse ihn auf den Mund, auf die Wangen, auf die Stirn. Lachend dreht er mich im Kreis. Als er mich wieder absetzt, greife ich zur Leiter.

»Halt!«, sagt er und versperrt mir den Weg. »Um hinaufzusteigen, brauchst du die Parole.«

Ich lege den Kopf schräg. »Gut. Und wie lautet die Parole?«

»Das weißt du doch. Du hast sie mir schließlich selbst verraten. Überleg mal.«

Lächelnd denke ich an unser gemeinsames Abendessen, als ich ihm von meinem Traumhaus im Baum erzählte. Als er mich nach der Parole gefragt hat, habe ich geantwortet: »Ich habe einen Freund, RJ.«

»Komm«, sagt er, und seine Augen blitzen. »Das weißt du noch.«

Ich zögere. »Ich ... habe ... einen Freund?«

Er grinst. »Genau. Und der nächste Satz?«

Ich brauche einen Moment. »RJ?«

Er nickt. »Zwei Sätze, nicht einer.«

Als ich den Code wiederhole, bricht meine Stimme. »Ich habe einen Freund. RJ.«

»Wie klingt das?«, flüstert er.

»Perfekt.«

Als wir am nächsten Morgen einen Spaziergang durch die Bucht machen, ist es neblig. Ich habe die Haare zu einem Pferdeschwanz gebunden, mein Gesicht ist rosa von RJs Kernseife. Ich trage einen seiner alten Pullis und die Leggings, die ich schon gestern anhatte. Er legt mir den Arm um die Schultern, zufrieden schweigend laufen wir nebeneinanderher.

Ich habe ihn am Vorabend nicht nach der Angelkiste gefragt. Und werde es nie tun. So wie ich es sehe, gibt es zwei Möglichkeiten, was seit meinem Geständnis im Wohnzimmer meiner Mutter vor neun Wochen geschehen ist: entweder hat RJ herausgefunden, dass meine Beschuldigung berechtigt war, oder er hat gelernt, mir zu verzeihen. Ich muss nicht wissen, was stimmt.

Am Ufer bleiben wir stehen, RJ holt die Steine aus seiner Tasche. Einen behält er in der linken Hand, den anderen legt er auf meine Handfläche. Es ist der Stein, der sagt, dass er mir verzeiht. RJ sieht mich an, und gemeinsam werfen wir unsere Steine – und das Gewicht, das sie symbolisieren – in den See. Hand in Hand stehen wir da und sehen zu, wie sich immer größere Kreise bilden. Langsam gehen sie ineinander über und verschwinden am Ende ganz, so dass außer RJ und mir niemand weiß, dass die Steine und die von ihnen ausgelösten Wellen jemals existierten.

Danksagung

Der Ausspruch des puritanischen Predigers Thomas Goodwin trifft es am besten: »Jener Segen ist am süßesten, der mit Gebeten und Dank erzielt wird.« Ich bedanke mich jeden Tag, und dennoch kommt es mir absurd unzureichend vor. Einen Roman zu veröffentlichen, war mein Traum; einen zweiten herauszubringen, erscheint mir geradezu phantastisch. Und wenn meine wunderbare Agentin Jenny Bent nicht so begeistert und überzeugt gewesen wäre und mich nicht vorsichtig gedrängt hätte, würde ich vielleicht immer noch an diesem Buch herumtippen. Bastian Schlück, vielen Dank für den Einsatz im Ausland – du bist umwerfend! Und vergessen will ich auch nicht die Perle hinter den Kulissen der Bent Agency, Victoria Lowes. Jeder deiner vielen Hüte steht dir perfekt.

Abgesehen von den hervorragenden Leuten bei Penguin in den USA, bin ich begeistert von meinem Verlags-Dreamteam in Deutschland unter der Leitung der unglaublichen Julia Schade, einer Frau, deren Kompetenz nur noch von ihrer Freundlichkeit übertroffen wird. Meinen wunderbaren Lektorinnen Carla Grosch und Sita Frey schulde ich großen Dank. Aufrichtiger Dank und große Bewunderung gebührt der Marketingmanagerin Indra Heinz, der Übersetzerin Andrea Fischer sowie dem gesamten Verkaufsteam der S. Fischer Verlage.

Tiefste Liebe und Dankbarkeit gelten meinem unvergleichlichen Ehemann Bill. Eine bessere Schriftstellerin würde die richtigen Worte finden, um dir zu sagen, was du mir bedeutest. Einen Dank auch meinen liebevollen Eltern, die meine größten

Bewunderer sind, meinen wunderbaren Tanten, Cousinen, Stiefkindern und Geschwistern, besonders meiner Schwester Natalie Kiefer, die weiterhin für fast jede Buch-Veranstaltung Freunde zusammentrommelt. Ein besonderer Dank gilt David Spielman, mein kluger Schwager und NOLA-Ratgeber. Die Telefongespräche, E-Mails und persönlichen Stadtpläne waren unbezahlbar. Vielen Dank an die netten Fernsehjournalisten, die mir mit ihrem Fachwissen halfen: Sheri Jones, Rebecca Regnier und Kelsey Kiefer. Ein riesengroßes Lob an meine liebe Freundin und Lehrerkollegin Gina Bluemlein für ihre brillante Idee mit dem gestohlenen Walkman (in Wahrheit ein gestohlenes Handy) und ihre Erlaubnis, sie in meinem Buch verwenden zu dürfen. Zusätzlich geht ein Dankeschön an die wunderbare Sarah Williams Crowell, die mich in den allerersten Buchclub einlud und ihre Geschichte vom weißen Teppich mit mir teilte. Ich wollte sie unbedingt in dieses Buch aufnehmen, als Hommage an ihre schöne Seele wie auch an ihre Eltern Don und Nancy Williams.

Meine Liebe und Anerkennung gelten meinen unglaublichen Freunden für jedes freundliche Wort und ihre Unterstützung. Ein riesengroßes Dankeschön von ganzem Herzen geht an meine großzügige selbsternannte Assistentin Judy Graves. Jeder Autor sollte das Glück haben, eine Freundin wie dich zu haben.

Dank an meine ersten Leser, Amy Bailey Olle und Staci Carl. Eure Anmerkungen und Vorschläge sind unbezahlbar. Und Amy: Du bist die beste Schreibpartnerin, die man haben kann.

An alle Buchhändler, Blogger und Buchclubs, die so freundlich waren, mich lesen zu lassen oder für mein Buch zu werben: Es war mir eine Ehre, und es ist unheimlich aufregend. Besonderen Dank an Kathy O'Neil vom R Club und an das Pflegeheim Fairview – vor allem an die herrliche, couragierte Marilyn Turner. Und an meine liebe Freundin Dorothy Silk. Dein Geist leuchtet noch immer.

Für mich sind der größte Gewinn des Schreibens die neuen

Freunde unter den Schriftstellern, die ich gefunden habe, darunter Julie Lawson Timmer und Amy Sue Nathan. Meine Unsicherheit mit euch teilen und mit euch und Kelly O'Connor McNees und Amy Olle feiern zu können, hat mir massenweise Therapiestunden erspart.

Auch euch, meine lieben Leser, danke ich für eure kostbare Zeit und das Vertrauen, euch von mir eine Geschichte erzählen zu lassen. Ich fühle mich geehrt und danke euch aus tiefstem Herzen.

Und da ich ein Buch über Vergebung geschrieben habe, möchte ich schließlich nicht versäumen zu erwähnen, dass es mir leid tut. Denn das tut es. Aufrichtig.

Liebe Leserin, lieber Leser,

vielen Dank, dass Sie mein Buch gelesen haben.
Ich hoffe, es hat Ihnen gefallen. Wenn Sie mehr von
mir lesen möchten und wissen wollen, wann mein
neues Buch erscheint, dann senden Sie eine E-Mail
mit Ihrem Namen an:

lori@fischerverlage.de

Ich freue mich auf Ihre Zuschrift!

Ihre

Lori Nelson Spielman

Lori Nelson Spielman

Mit dem Absenden Ihrer E-Mail an lori@fischerverlage.de
erklären Sie sich mit den AGBs und Datenschutzbestimmungen
der S. Fischer Verlag GmbH einverstanden.
Diese finden Sie hier:

www.fischerverlage.de/datenschutzbestimmungen

Lori Nelson Spielman
Morgen kommt ein neuer Himmel
Roman
368 Seiten. Klappenbroschur

Ein berührender Roman über die eine Liebe,
die uns ein Leben lang nicht verlässt.

Elizabeth weiß, dass sie sterben wird. Und sie weiß auch, dass
ihre 34-jährige Tochter Brett nicht glücklich ist – trotz
Freund, Wohnung und Job. In ihrem Testament fordert
Elizabeth ihre Tochter dazu auf, ihr Leben komplett zu än-
dern und hinterlässt ihr mehrere Briefe. Brett ist fassungslos:
Wie kann ihre Mutter sich derart in ihr Leben einmischen?
Wütend liest Brett den ersten Brief – und ist überwältigt von
der liebevollen und fürsorglichen Nachricht ihrer Mutter.

»Eine wunderschöne, berührende Geschichte.«
Cecelia Ahern

Das gesamte Programm gibt es unter
www.fischerverlage.de

fi 2-1330 / 1